MATAR A UN
Ruiseñor

MATAR A UN
Ruiseñor

HARPER LEE

Prólogo de
VICENTE MOLINA FOIX

Harper*Enfoque*

© 2022, Harper*Enfoque*.
Publicado en Nashville, Tennessee, Estados Unidos de América
HarperEnfoque es una marca registrada
de HarperCollins Christian Publishing, Inc.

Matar a un ruiseñor
Título en inglés: *To Kill a Mockingbird*
©1960, renovado en 1988 por Harper Lee
©2017, 2021, del prólogo, Vicente Molina Foix
Publicado originalmente por HarperCollins Publishers LLC, New York,
U.S.A.

Diseño de cubierta: lookatcia.com
Imagen de cubierta: GettyImages

ISBN 978-1-4003-4334-8
ISBN 978-1-4003-4335-5 (eBook)

Primera edición: febrero de 2022

PRÓLOGO
La niña que aprendió a leer

Esta novela está envuelta en leyendas. La primera es la de su extraordinario éxito desde el momento de su aparición en 1960, siempre disponible en las librerías y nunca fuera de las manos y la memoria de sus lectores, que se cifran en más de cuarenta millones repartidos en lenguas y países muy diversos. No menos legendaria fue Harper Lee, hasta poco antes del final de una prolongada vida de casi noventa años, artífice de un solo libro y reacia siempre a la publicidad y las entrevistas, aunque de ningún modo insensible a la repercusión emocional que esa obra única tuvo, dentro y fuera de los Estados Unidos. Con inusitada rapidez, en 1962, llegó la brillante adaptación hecha en Hollywood por Robert Mulligan al frente de un equipo artístico de mucho relieve, en el que destacaban la niña Mary Badham, la partitura de Elmer Bernstein, la interpretación de Gregory Peck y el guion ejemplar, fiel al original sin servilismo, del escritor, y gran amigo de Lee, Horton Foote; Peck y Foote ganaron sus respectivos Óscar, y la película amplió con su formidable impacto en las salas de cine de medio mundo el aura singular de la novela.

Pero hay una leyenda más que concierne a *Matar a un ruiseñor* y ha acompañado, con mayor o menor intensidad según las circunstancias, a su autora: la sombra de Truman Capote, también sureño y crecido en el pueblo natal de ella, Monroeville, Alabama, en tanto que amigo íntimo y compañero de una red de afinidades literarias y sentimentales que él y Nelle, apelativo familiar que todos daban a Harper Lee, desarrollaron entre la admiración mutua y la complicidad, no exentas de suspicacias. Esa larga y profunda relación de Nelle y Truman culminó en un episodio fascinante y nunca del todo aclarado del que solo podemos hacer mención: el viaje conjunto de los dos amigos a una cárcel de Kansas donde Capote, llevándola de colaboradora, iba a entrevistar a los dos condenados por el macabro asesinato de una familia de granjeros, el llamado caso Clutter, que conmocionó al país en 1959. Previsto inicialmente como el núcleo de un reportaje para la revista *The New Yorker*, las conversaciones anotadas con la ayuda de Nelle fueron acaparando morbosamente en los siguientes meses la inspiración del ya entonces celebrado novelista, hasta convertirse, casi siete años después, en uno de sus más grandes libros, *A sangre fría*. La visita al penal de Kansas tuvo además un reflejo muy novelesco en las dos estupendas películas biográficas sobre el autor, *Historia de un crimen* y *Truman Capote*, producidas casi simultáneamente (los años 2005 y 2006) y en las que, naturalmente, el coprotagonismo le corresponde al personaje de Nelle, interpretado en la primera nada menos que por Sandra Bullock y en la segunda por Catherine Keener.

Mientras Capote trataba de dar forma y final en Sicilia, la Costa Brava y otros refugios dorados a su «novela de no-ficción», término del que siempre se proclamó inventor, la desconocida Harper Lee conseguía suscitar el interés de Therese von Hohoff, una editora de la firma J. B. Lippincott (más tarde englobada en HarperCollins), que, tras lograr que la autora aceptara unas revisiones, publicó en 1960 su novela; la admiración fue inmediata, las críticas excelentes, obteniendo el Premio Pulitzer en 1961. Como ha sucedido en ocasiones similares entre artistas unidos por vínculos familiares o amistosos, el inesperado y clamoroso triunfo de *Matar a un ruiseñor* acabaría provocando la reacción celosa de un temperamento tan neurótico como el del autor de *Desayuno en Tiffany's*, quien, en 1959, en una carta a un paisano de los dos escritores hace poco dada

8

a conocer, afirmaba haber leído en manuscrito la novela de Nelle, tildándola de escritora de excepcional talento. Sin embargo, años después, y ya distantes los en otro tiempo inseparables amigos de Monroeville, Capote declaró en uno de sus prontos, a menudo inducidos por el alcohol y los narcóticos, que él era responsable de una buena parte de las páginas de la novela de Harper Lee; esta, picada en su orgullo, algo de lo que no carecía, le sacó a relucir a Wayne Flynt, un historiador muy ligado a ella en las últimas décadas de su vida, la envidia, «cultivada durante más de veinte años», de su viejo amigo Truman. Flynt lo cuenta con ecuanimidad en su memoria *Mockingbird Songs* (publicada en 2017 por Harper, sello del grupo HarperCollins, en Estados Unidos), reproduciendo la burlona carta del 10 de marzo de 2006 en la que Nelle se refiere al carácter negativo, progresivamente descontrolado, de Capote, algo que, según ella, podía hacer de él un mentiroso compulsivo del tipo de los que «si les dices "¿Sabías que han asesinado a J. F. Kennedy?", responden "Sí, claro, yo conducía el coche en el que iba"».

Si bien es verdad que los paisajes y el ámbito de alguno de los primeros relatos de Capote y de las dos novelas de Harper Lee coinciden en cierto halo mágico y en las localizaciones de la Alabama rural, conviene aclarar que la voz narrativa y el empuje argumental, tan palpitante, de *Matar a un ruiseñor* llevan una impronta inconfundible. Dividida en seis partes, el curso de la novela denota en la escritora una madura sabiduría constructiva llena de brío y también de sutileza, pues siendo el libro memorable por su valiente tratamiento de las cuestiones de raza y desigualdad social, en ningún momento siente el lector que la autora esté tratando de trasmitirle un sermón edificante. El arranque es encantador, con la deliciosa descripción del despertar cotidiano del pueblecito de Maycomb (un trasunto reconocible de Monroeville), perezoso y tórrido, y en el que «A las nueve de la mañana, los cuellos rígidos de los hombres se veían lánguidos. Las damas se bañaban antes de la tarde, después de su siesta de las tres, y al atardecer estaban como blandos pastelitos cubiertos de sudor y dulce talco».

En ese enclave de apariencia apacible corren los años 1930, sin asomo pues de las dos guerras mundiales, y en él, como pobladores de un pequeño universo feliz, surgen los personajes que acabarán enfrentándose a la violencia y a la muerte. Ninguno de ellos, y se trata de un numeroso elenco, está descrito con dejadez. Todos resuenan vivamente en la página: los niños avispados o necios, las damas de la vecindad, entrometidas unas y gruñonas, bondadosas otras, los ásperos y más intolerantes rufianes, el invisible pero trascendental vecino Boo Radley, quizá solo un espectro, el juez, el *sheriff*, y por supuesto el padre de los protagonistas, el abogado, el hombre justo, Atticus Finch, a quien sus dos hijos, Scout, la niña de ocho años, y Jem, su hermano mayor de trece, llaman siempre por el nombre de pila, nunca papá. Una figura en principio secundaria, Cal, abreviación de Calpurnia, la criada negra de los Finch, adquiere en la novela preponderancia desde su presentación, que la pequeña narradora –a la que Cal riñe constantemente por sus trastadas– hace con una mezcla de candor y malicia: «Toda ángulos y huesos, era miope, también bizca, y sus manos eran tan anchas como un travesaño de cama, y dos veces más duras […] Nuestras batallas eran épicas y con un final sin variación. Calpurnia ganaba siempre, principalmente porque Atticus siempre se ponía de su lado».

La maestría de Lee queda patente en la plasmación, salpicada de un suave humor, de esa vida pueblerina suspendida en el tiempo y ajena a toda tragedia, centrándose la novela en sus primeras cien páginas en las escenas de escuela y calle mayor, de rifirrafes banales y habladurías quisquillosas, así como en las enseñanzas domésticas de Atticus, desdeñadas por el levantisco Jem y ansiadas por Scout, cuyo mayor afán es adquirir, con los libros clásicos de su padre y las lecturas que este le hace cada noche, un saber que ni los maestros ni los chicos de su edad le proporcionan. En aquel idílico rincón solo los accidentes del clima adquieren rango dramático: la nieve que aparece en la página 101, para asombro de todos («¡El mundo se está acabando!», le dice Scout a su padre), y con el frío glacial, el incendio declarado, por los excesos de la calefacción, en la casa de una vecina benévola, la señorita Maudie. Y por encima de todo están los niños, con sus inventos y sus travesuras.

La novela pertenece casi exclusivamente en este primer tercio al trío formado por Jem, Scout y el recién llegado forastero Dill, cuyo nombre completo, según él mismo anuncia pomposamente, es Charles Baker Harris, siendo su edad cercana a los siete años y su estatura corta: «Soy pequeño pero mayor». Reaparece así Truman Capote en nuestra historia, pues es evidente que, del mismo modo que el hermano mayor Jem no existió en la vida real de Harper Lee, ni su propio padre era viudo, y en la casa de la familia había unas hermanas ausentes del libro, ese sabihondo y algo repipi Dill, que se hace inseparable de los hermanitos Finch y corteja a Scout, tiene todos los indicios, y no solo por la baja estatura, de ser un retrato del escritor; nunca muy dado a la modestia ni a la discreción, el propio Truman lo afirmó en su jugoso libro de conversaciones con Lawrence Grobel: «Harper Lee fue mi mejor amiga. ¿Has leído su libro, *Matar a un ruiseñor*? Soy un personaje de ese libro».

Antes de que el pueblo quede trastornado por la supuesta violación de una joven blanca y el juicio al hombre de color acusado del delito, las únicas angustias que los tres niños sienten no parecen peligros reales sino imaginaciones de sus cabecitas soñadoras. Una está relacionada con la casa frontera a la de los Finch, la de los Radley, donde habita el fantasma que produce ruidos pero nadie ha divisado en veinte años, las otras tienen más de hechizo que de amenaza: el tronco de un roble seco que ofrece regalos, y la casa encima del árbol, el lugar privado al que se sube el hermano Jem cuando está enfadado o quiere cambiar de realidad. ¿Tenían ese refugio común Truman y Nelle? Todo parece confirmarlo. La imagen de una cabaña construida entre las ramas de un árbol figura por primera vez en una novela de Capote, *El arpa de hierba* (1945), y en la preciosa obra de teatro de igual título que él mismo adaptó en 1952, con sus excéntricas

11

hermanas, las solteronas Talbo, cobijadas, huyendo de las ase-chanzas de un pícaro estafador, en la frondosa vegetación convertida en su nueva vivienda. Ya hemos dicho que Harper Lee utiliza esa imagen alegórica en *Matar a un ruiseñor* como escondite de Jem, añadiendo el fascinante intercambio misterioso que Scout mantiene con el roble del abandonado jardín de los Radley, donde periódicamente halla muñecos y chucherías dejadas por una mano desconocida a la que ella corresponde. Esos objetos y mensajes cifrados que la niña saca de la hendidura del roble seco tienen capital importancia en el sorprendente desenlace de la novela, que no conviene contar.

Solo a la altura del capítulo 9, siempre a través del relato elocuente y la mirada incisiva de la narradora Scout, irrumpen los conflictos históricos de la esclavitud, el desprecio a la gente de color y la supremacía de los blancos, muy bien sintetizado todo ello dentro de la propia casa de los Finch por la presencia de la hermana de Atticus, la tía Alexandra, una buena mujer convencional llena de prejuicios. Y a partir del capítulo 12 la feliz atmósfera de cuento maravilloso se turba definitivamente, aprendiendo de golpe los tres niños que en Maycomb hay ogros, brujería, hogueras canallescas, armas para matar incluso a los seres más inocentes. En el desarrollo de los incidentes que ocupan el resto de la novela, con las sesiones ante el tribunal y los intentos de linchamiento y asesinato, se consolida la conciencia de la narradora de ocho años, modelada en el ejemplo de su padre, un hombre, le dice ella misma a su amiguito Dill, que «es igual en la sala del juzgado que en la calle». La narración en primera persona llevada a cabo por Scout es otro de los grandes aciertos de la autora, que nunca traiciona el punto de vista narrativo de quien ve, oye, juzga y participa, no pocas veces, en los hechos y las conversaciones.

En ese sentido, *Matar a un ruiseñor*, audaz en la creación de una voz ingenua pero perspicaz, tan ocurrente como insolente, es también la novela de la formación de una niña temperamental y muy singular, movida por la aspiración de ser mejor y comprender a los otros. Los alegatos de Atticus ante el juez y el jurado, su valor, su aplomo, impregnan el libro, pero la corriente que sacude en todo momento a los lectores la conduce Scout, la chiquilla vestida de cualquier manera, sin coquetería, a la que le gusta leer, saber, escuchar.

Hemos hablado aquí de leyendas, unas más fidedignas que otras aunque todas sugestivas, como suelen serlo esos territorios inciertos de la ficción. Lo único que escapa a la leyenda es la alta calidad literaria de *Matar a un ruiseñor* y la vigencia que mantiene sesenta años después de publicarse. Su desenlace, de delicado lirismo, nos devuelve, tras las peripecias y los giros más trepidantes, a Atticus, ya no el héroe sino el hombre mayor que lee junto al hijo malherido un libro juvenil de aventuras, en vez de uno de sus eruditos tratados. La niña entra en la habitación donde su hermano ha conciliado por fin el sueño e insiste en que su padre le lea a ella, antes de dormirse, las palabras escritas que la llevarán a la edad adulta.

Vicente Molina Foix

Al señor Lee y a Alice
en testimonio de amor y cariño

Los abogados, supongo, también fueron niños alguna vez.

Charles Lamb

PRIMERA PARTE

Cuando tenía casi trece años, mi hermano Jem sufrió una grave fractura en el brazo a la altura del codo. Cuando sanó y por fin se disiparon sus temores de que nunca podría volver a jugar al fútbol americano, en raras ocasiones volvía a acordarse de aquella lesión. El brazo izquierdo le quedó algo más corto que el derecho; cuando estaba de pie o andaba, el dorso de la mano formaba casi un ángulo recto con su cuerpo, y el pulgar estaba paralelo a sus muslos. A él no podría haberle importado menos, con tal de poder pasar y chutar.

Cuando transcurrieron años suficientes para poder verlos en retrospectiva, a veces hablábamos de los acontecimientos que condujeron a su accidente. Yo sostengo que los Ewell fueron quienes lo comenzaron todo, pero Jem, que era cuatro años mayor que yo, decía que eso había empezado mucho antes. Dijo que comenzó el verano en que Dill vino a vernos, cuando nos hizo concebir por primera vez la idea de hacer salir a Boo Radley.

Yo decía que si él quería tener una amplia perspectiva de lo sucedido, en realidad comenzó con Andrew Jackson. Si el general Jackson no hubiera perseguido a los indios creek arroyo arriba, Simon Finch nunca habría llegado hasta Alabama, y ¿dónde estaríamos nosotros si no lo hubiera hecho? Éramos demasiado mayores como para zanjar la discusión con una pelea, de modo que consultamos a Atticus. Nuestro padre dijo que los dos teníamos razón.

Al ser del Sur, era un motivo de vergüenza para algunos miembros de la familia que no tuviéramos constancia de que alguno de nuestros antepasados hubiera peleado en la batalla de Hastings. Tan solo teníamos a Simon Finch, un boticario de Cornualles cuya piedad solo se veía superada por su tacañería. En Inglaterra, a Simon le irritaba la persecución de aquellos que se autodenominaban metodistas a manos de sus hermanos más liberales, y ya que Simon se consideraba metodista, cruzó el Atlántico hasta Filadelfia, de ahí a Jamaica, y desde allí a Mobile subiendo hasta Saint Stephens. Teniendo en cuenta las estrictas normas de John Wesley sobre no enriquecerse en los negocios aprovechándose de los demás, Simon se dedicó a la práctica de la medicina logrando un gran éxito; pero en esta empresa era infeliz, pues había sido tentado a hacer lo que él sabía que no era para la gloria de Dios, como llevar oro y ropas costosas. De modo que Simon, habiendo olvidado lo que su maestro había dicho sobre la posesión de bienes humanos, compró tres esclavos y con su ayuda estableció una hacienda a las orillas del río Alabama, a unos sesenta y cinco kilómetros más arriba de Saint Stephens. Regresó a Saint Stephens solamente una vez, para encontrar esposa, y con ella estableció una descendencia con muchas hijas. Simon vivió hasta una edad impresionante y murió rico.

Era costumbre de los hombres de la familia quedarse en la hacienda de Simon, Finch's Landing, y ganarse la vida con el algodón. El lugar se sostenía a sí mismo. Modesto en comparación con los imperios que lo rodeaban, Landing producía sin embargo todo lo necesario para la vida excepto hielo, harina de trigo y prendas de vestir, que proporcionaban las embarcaciones fluviales de Mobile.

Simon habría considerado con impotente rabia los problemas entre el Norte y el Sur, ya que arrebataron a sus descendientes todo a excepción de su tierra; sin embargo, la tradición de vivir en esa hacienda siguió inalterable hasta bien entrado el siglo xx, cuando mi padre, Atticus Finch, fue a Montgomery para aprender Derecho, y su hermano menor fue a Boston para estudiar Medicina. Su hermana Alexandra fue la Finch que se quedó en Landing: se casó con un hombre taciturno que pasaba la mayor parte de su tiempo tumbado en una hamaca al lado del río preguntándose si sus redes de pesca estarían llenas.

Cuando mi padre fue admitido en la abogacía, regresó a Maycomb y comenzó a ejercer. Maycomb, a unos treinta kilómetros al este de Finch's Landing, era la capital del condado de Maycomb. La oficina de Atticus en el edificio del juzgado contenía poco más que una percha para sombreros, una escupidera, un tablero de damas y un impecable *Código de Alabama*. Sus dos primeros clientes fueron las dos últimas personas a las que ahorcaron en la cárcel del condado de Maycomb. Atticus los había instado a que aceptaran la generosidad del Estado, que les permitiría declararse culpables de homicidio en segundo grado y así evitar la pena capital, pero ellos eran Haverford, un apellido que en el condado de Maycomb es sinónimo de burro testarudo. Los Haverford habían liquidado al principal herrero de Maycomb por un malentendido que surgió por la supuesta «detención ilegítima» de una yegua, fueron lo bastante imprudentes para hacerlo en presencia de tres testigos e insistieron en que «ese hijo de mala madre se lo merecía» era una defensa lo bastante buena para cualquiera. Persistieron en declararse no culpables de homicidio en primer grado, de modo que no hubo mucho que Atticus pudiera hacer por sus clientes, a excepción de estar presente en su partida, una ocasión que fue probablemente el comienzo de la profunda antipatía de mi padre hacia la práctica del Derecho Penal.

Durante sus cinco primeros años en Maycomb, Atticus practicó más que cualquier otra cosa la Economía; y durante varios años desde entonces invirtió sus ganancias en la educación de su hermano. John Hale Finch era diez años menor que mi padre, y decidió estudiar Medicina en un momento en que no valía la pena cultivar algodón; pero después de tener a Jack encauzado, Atticus comenzó a obtener ingresos razonables practicando la abogacía. Le gustaba Maycomb, había nacido y se había criado allí; conocía a su gente, ellos le conocían, y debido a los negocios de Simon Finch, Atticus estaba emparentado por sangre o matrimonio con casi todas las familias de la ciudad.

Maycomb era una vieja población, pero además era una vieja población cansada cuando yo la conocí. En el tiempo lluvioso las calles se convertían en un barrizal rojizo; crecía hierba en las aceras, y el edificio del juzgado parecía combarse sobre la plaza. En cierto modo, hacía más calor entonces: un perro negro sufría los días de verano; las flacas mulas enganchadas a los carros espantaban moscas bajo la sofocante sombra de las encinas que había en la plaza. A las nueve de la mañana, los cuellos rígidos de los hombres se veían lánguidos. Las damas se bañaban antes de la tarde, después de su siesta de las tres, y al atardecer estaban como blandos pastelitos cubiertos de sudor y dulce talco.

La gente se movía despacio entonces. Cruzaban la plaza a paso lento, entrando y saliendo de las tiendas que la rodeaban, y se tomaban su tiempo para todo. Un día tenía veinticuatro horas, pero parecía más largo. No había ninguna prisa, ya que no había ningún lugar adonde ir, nada que comprar y nada de dinero con el cual comprar, nada que ver fuera de los límites del condado de Maycomb. Pero era una época de vago optimismo para algunas personas: al condado de Maycomb se le había dicho recientemente que no tenía nada que temer, solamente a sí mismo.

Vivíamos en la principal calle residencial de la ciudad: Atticus, Jem y yo, además de Calpurnia, nuestra cocinera. Jem y yo estábamos contentos con nuestro padre: jugaba con nosotros, nos leía y nos trataba con cortesía.

Calpurnia era otra cosa. Toda ángulos y huesos, era miope, también bizca, y sus manos eran tan anchas como un travesaño de cama, y dos veces más duras. Siempre me estaba ordenando que saliera de la cocina, preguntándome por qué no podía comportarme tan bien como Jem aunque sabía que él era mayor, y me llamaba para volver a casa cuando yo no estaba lista para regresar. Nuestras batallas eran épicas y con un final sin variación. Calpurnia ganaba siempre, principalmente porque Atticus siempre se ponía de su lado. Ella había estado con nosotros desde que nació Jem, y yo había sentido la tiranía de su presencia desde que podía recordar.

Nuestra madre murió cuando yo tenía dos años, de modo que nunca sentí su ausencia. Ella era una Graham de Montgomery; Atticus la conoció cuando fue elegido por primera vez para la legislatura estatal. Para entonces, él era de mediana edad y ella quince años más joven. Jem fue el resultado de su primer año de matrimonio. Cuatro años después nací yo, y dos años después nuestra madre murió de un ataque repentino al corazón. Decían que era cosa de familia. Yo no la extrañaba, pero creo que Jem sí. Él la recordaba claramente, y algunas veces en mitad de un juego daba un largo suspiro, y después se marchaba y jugaba él solo detrás de la cochera. Cuando se ponía así, yo sabía que era mejor no molestarle.

Cuando yo tenía casi seis años y Jem se acercaba a los diez, nuestras fronteras en el verano (al alcance de la voz de Calpurnia) eran la casa de la señora Henry Lafayette Dubose, dos puertas al norte de la nuestra, y la Mansión Radley, a tres puertas al sur. Nunca sentimos la tentación de traspasarlas. La Mansión Radley estaba habitada por una entidad desconocida, cuya mera descripción era suficiente para hacer que nos portáramos bien durante días. La señora Dubose era el mismo demonio.

Ese fue el verano en que vino Dill.

Una mañana temprano, cuando estábamos comenzando nuestros juegos en el patio trasero, Jem y yo oímos algo en la puerta contigua, en el parterre de coles de la señorita Rachel Haverford. Fuimos hasta la malla de alambre para ver si había un perrito, pues la perra terrier de la señorita Rachel estaba preñada, pero en cambio encontramos a alguien sentado que nos miraba. Sentado, no era mucho más alto que las coles. Nos quedamos mirando fijamente hasta que él habló:

—Hola.

—Hola, tú —contestó Jem amablemente.

—Soy Charles Baker Harris —dijo él—. Sé leer.

—¿Y qué? —pregunté yo.

—Solo pensé que os gustaría saber que sé leer. Si tenéis algo que necesitéis leer, yo puedo hacerlo…

—¿Cuántos años tienes? —preguntó Jem—. ¿Cuatro y medio?

—Voy para siete.

—Entonces no es nada —dijo Jem, señalándome con el pulgar—. Aquí Scout lee desde que nació, y ni siquiera ha comenzado aún la escuela. Pareces muy canijo para tener casi siete años.

—Soy pequeño pero mayor —afirmó él.

Jem se apartó el cabello para mirarlo mejor.

—¿Por qué no vienes aquí, Charles Baker Harris? —dijo—. Señor, vaya nombre.

—No es más curioso que el tuyo. Tía Rachel dice que te llamas Jeremy Atticus Finch.

Jem frunció la frente.

—Soy lo bastante alto para estar en consonancia con mi nombre —dijo—. Tu nombre no es más largo que tú. Apuesto a que es un palmo más largo.

—La gente me llama Dill —dijo Dill, intentando pasar por debajo de la valla.

—Te irá mejor si pasas por encima en lugar de por debajo —observé yo—. ¿De dónde vienes?

Dill era de Meridian, Misisipi, e iba a pasar el verano con su tía, la señorita Rachel, y desde entonces pasaría todos los veranos en Maycomb. Su familia era del condado de Maycomb originariamente. Su madre trabajaba para un fotógrafo en Meridian, había presentado una fotografía de él a un concurso de niños guapos, y ganó cinco dólares. Le dio el dinero a Dill, quien lo empleó en ir veinte veces al cine.

—Aquí no hay exposiciones de fotografía, excepto a veces las de Jesús en el juzgado —dijo Jem—. ¿Viste alguna película buena?

Dill había visto *Drácula*, una revelación que movió a Jem a mirarle con cierto respeto.

—Cuéntanosla —le pidió.

Dill era un chico muy curioso. Llevaba pantalones cortos azules de lino que se abotonaban a la camisa, su cabello era blanco como la nieve y lo llevaba pegado a la cabeza como si fuera un plumón de pato; era un año mayor que yo, pero yo le sobrepasaba en altura. Mientras nos relataba la vieja historia, sus ojos azules se iluminaban y se oscurecían; su risa era repentina y feliz, y solía tirarse de un mechón de cabello que caía sobre su frente.

Cuando Dill hubo reducido al polvo a Drácula, y Jem dijo que la película parecía mejor que el libro, le pregunté a Dill dónde estaba su padre.

—No has dicho nada de él.

—No tengo ningún padre.

—¿Está muerto?

—No…

—Entonces, si no está muerto, sí lo tienes, ¿verdad?

Dill se sonrojó y Jem me dijo que me callase, una señal segura de que Dill había sido estudiado y hallado aceptable. A partir de entonces el verano pasó con una diversión constante. La diversión constante era: hacer mejoras a nuestra casa del árbol que descansaba entre dos cinamomos gigantes en el patio trasero, alborotar, recorrer nuestra lista de obras de teatro basadas en las de Oliver Optic, Victor Appleton y Edgar Rice Burroughs. En este asunto teníamos la fortuna de tener a Dill. Él representaba los papeles que anteriormente me daban a mí. El mono en *Tarzán*, el señor Crabtree en *The Rover Boys*, el señor Damon en *Tom Swift*. De ese modo llegamos a conocer a Dill como un merlín de bolsillo, cuya cabeza estaba llena de planes excéntricos, anhelos extraños y fantasías raras.

Pero a finales de agosto nuestro repertorio era aburrido, por haberlo representado incontables veces, y fue entonces cuando Dill nos dio la idea de hacer salir a Boo Radley.

La Mansión Radley fascinaba a Dill. A pesar de nuestras advertencias y explicaciones, le atraía como la luna atrae al agua, aunque no más cerca de la farola de la esquina, a una distancia segura de la puerta de los Radley. Ahí se quedaba, rodeando el grueso poste con un brazo, mirando fijamente y haciéndose preguntas.

La Mansión Radley hacía una curva cerrada más allá de nuestra casa. Andando hacia el sur, se pasaba por delante de su porche; la acera daba un giro y estaba en paralelo con la finca. La casa era baja, en otra época era blanca y con un ancho porche y persianas verdes, pero hacía mucho tiempo que se había oscurecido hasta llegar al tono de pizarra gris que la rodeaba. Unas tablas descompuestas por la lluvia caían sobre los aleros del barandal; unos robles mantenían alejados los rayos de sol. Los restos de una cerca guardaban el patio frontal, un patio «barrido» que nunca se barría, donde crecían en abundancia hierbajos y flores silvestres.

Dentro de la casa vivía un fantasma maligno. La gente decía que existía, pero Jem y yo nunca lo habíamos visto. La gente decía que salía de noche, cuando se ponía la luna, y miraba por las ventanas. Cuando las azaleas de la gente se helaban en una noche fría, era porque él había soplado sobre ellas. Cualquier pequeño delito cometido en Maycomb era obra del fantasma. En una ocasión, la ciudad estaba aterrorizada por una serie de macabros acontecimientos nocturnos: encontraban mutilados pollos y animales domésticos; aunque el culpable era Addie el Loco, quien finalmente terminó ahogándose en el remolino de aguas de Barker, todos seguían mirando la Mansión Radley, sin estar dispuestos a descartar sus sospechas iniciales. Un negro no pasaría al lado de la Mansión Radley de noche; cruzaría a la acera contraria e iría silbando mientras caminaba. Los terrenos escolares de Maycomb lindaban con la parte trasera del terreno de los Radley; desde el gallinero de los Radley, altos árboles de pacanas dejaban caer su fruto al patio de la escuela, pero los niños no tocaban ninguna de aquellas nueces: las pacanas de los Radley mataban. Una bola de béisbol que cayera en el patio de los Radley era una bola perdida, y no se hacían preguntas.

La desgracia de aquella casa comenzó muchos años antes de que Jem y yo naciéramos. Los Radley, bien recibidos en cualquier parte de la ciudad, se encerraban en su casa, una predilección imperdonable en Maycomb. Ellos no iban a la iglesia, que era el entretenimiento principal de Maycomb, sino que rendían culto en su casa; la señora Radley en raras ocasiones llegaba a cruzar la calle para tomar un café a media mañana con sus vecinas, y sin duda nunca se unió a ningún círculo misionero. La señora Radley caminaba hasta la ciudad a las once y media cada mañana y regresaba prontamente a las doce, a veces llevando una bolsa de papel marrón que los vecinos suponían que contenía las provisiones de la familia. Yo nunca supe cómo el viejo señor Radley se ganaba la vida, Jem decía que «compraba algodón», un término educado para decir que no hacía nada, pero el señor Radley y su esposa habían vivido allí con sus dos hijos durante tanto tiempo como cualquiera podía recordar.

Las persianas y las puertas de la casa de los Radley estaban cerradas los domingos, otra cosa ajena a las costumbres de Maycomb: puertas cerradas significaba solamente enfermedad y tiempo frío. De entre todos los días, el domingo era día para las visitas formales por la tarde: las señoras llevaban corsé, los hombres llevaban abrigos, los niños llevaban zapatos. Pero subir los peldaños de la Mansión Radley y decir «Hola» una tarde de domingo era algo que sus vecinos no hacían nunca. La casa de los Radley no tenía puertas de tela metálica. Una vez le pregunté a Atticus si alguna vez tuvo alguna; Atticus dijo que sí, pero antes de que yo naciera.

Según la leyenda del barrio, cuando el joven Radley estaba en la adolescencia hizo amistad con algunos de los Cunningham, de Old Sarum, una tribu enorme y confusa que estaba domiciliada en la parte norte del condado, y formaron lo más parecido a una pandilla que se viera jamás en Maycomb. Hacían muy poca cosa, pero lo bastante para que hablaran de ello por la ciudad y los amonestaran públicamente desde tres púlpitos: merodeaban por la barbería; subían en el autobús hasta Abbottsville los domingos e iban al cine; asistían a bailes en los lugares de juego en el condado al lado del río: la posada Dew-Drop y Campamento Pesquero; probaban el *whisky* de contrabando. Nadie en Maycomb tenía las agallas para decirle al señor Radley que su muchacho andaba con malas compañías.

Una noche, debido a un consumo excesivo de licor, los muchachos recorrieron la plaza en un viejo automóvil prestado, se resistieron al arresto del alguacil de Maycomb, el señor Conner, y le encerraron en el pabellón exterior del edificio del juzgado. La ciudad decidió que había que hacer algo. El señor Conner dijo que él sabía quién era cada uno de ellos, y estaba decidido a que no se salieran con la suya, así que los muchachos comparecieron ante el juez, acusados de conducta desordenada, alteración del orden público, asalto y violencia, y de usar un lenguaje abusivo y soez en presencia de una señora. El juez preguntó al señor Conner por qué incluía esa última acusación, y el señor Conner dijo que blasfemaban tan fuerte que estaba seguro de que cada mujer de Maycomb los había escuchado. El juez decidió enviar a los muchachos a la escuela industrial estatal, donde a veces eran enviados muchachos por ninguna otra razón sino la de proporcionarles comida y un albergue decente: no era ninguna cárcel ni tampoco una deshonra. El señor Radley pensó que lo era. Si el juez ponía en libertad a Arthur, el señor Radley se encargaría de que no causara más problemas. Sabiendo que la palabra del señor Radley era inquebrantable, el juez aceptó hacerlo.

Los otros muchachos asistieron a la escuela industrial y recibieron la mejor enseñanza secundaria que se podía tener en el estado; uno de ellos, con el tiempo, llegó a estudiar en la escuela de ingeniería de Auburn. Las puertas de la casa de los Radley estaban cerradas los días entre semana y también los domingos, y al hijo del señor Radley no se le volvió a ver durante quince años.

Pero llegó un día, que Jem apenas recordaba, en que varias personas vieron y oyeron a Boo Radley, pero no Jem. Dijo que Atticus nunca hablaba mucho sobre los Radley; cuando Jem le hacía preguntas, la única respuesta de Atticus era que él debía ocuparse de sus propios asuntos y dejar que los Radley se ocuparan de los suyos, que tenían derecho a hacerlo. Pero cuando sucedió, Jem dijo que Atticus meneó la cabeza y dijo:

—Humm, humm, humm.

Así que Jem recibió la mayor parte de su información de la señorita Stephanie Crawford, una vecina gruñona que decía que conocía todo el asunto. Según la señorita Stephanie, Boo estaba sentado en la sala recortando algunos artículos del *The Maycomb Tribune* para pegarlos en su álbum de recortes. Su padre entró en la sala. Cuando el señor Radley pasó por su lado, Boo clavó las tijeras en la pierna de su padre, las sacó, las limpió en sus pantalones y volvió a lo que estaba haciendo.

La señora Radley salió a la calle corriendo y gritando que Arthur los estaba matando a todos, pero cuando llegó el *sheriff* encontró a Boo aún sentado en la sala, recortando el *Tribune*. Tenía treinta y tres años en aquel entonces.

La señorita Stephanie dijo que el viejo señor Radley afirmó que ningún Radley iba a ir a un manicomio, cuando se sugirió que una temporada en Tuscaloosa podría ser beneficiosa para Boo. Boo no estaba loco, pero a veces se ponía muy nervioso. Estaba bien que lo encerrasen, concedió el señor Radley, pero insistió en que no debían acusarlo de nada: él no era un criminal. El *sheriff* no tuvo el valor de meterlo en la cárcel en compañía de negros, así que Boo fue encerrado en los sótanos del juzgado.

La transición de Boo desde los sótanos hasta que regresó a su casa estaba nublada en el recuerdo de Jem. La señorita Stephanie Crawford dijo que alguien del Ayuntamiento le había dicho al señor Radley que si no sacaba de allí a Boo, moriría por el moho y la humedad que había en ese lugar. Además, Boo no podía vivir para siempre de la munificencia del condado.

Nadie sabía qué forma de intimidación había utilizado el señor Radley para mantener a Boo fuera de la vista, pero Jem se imaginaba que el señor Radley lo mantenía encadenado a la cama la mayor parte del tiempo. Atticus dijo que no, que no era eso, que había otras maneras de convertir a las personas en fantasmas.

Mi memoria recordaba vivamente haber visto a la señora Radley en alguna ocasión abrir la puerta delantera, acercarse hasta el borde del porche y regar sus plantas. Pero cada día Jem y yo veíamos al señor Radley ir y venir a la ciudad. Era un hombre delgado y correoso con unos ojos sin color, tan incoloros que no reflejaban la luz. Los huesos de sus mejillas eran agudos y tenía la boca grande, con el labio superior delgado y el labio inferior carnoso. La señorita Stephanie Crawford decía que era tan rígido que se tomaba la Palabra de Dios como su única ley, y nosotros la creíamos, porque la postura del señor Radley era siempre muy recta.

Él nunca nos hablaba. Cuando pasaba, bajábamos la mirada al suelo y decíamos: «Buenos días, señor», y él tosía en respuesta. El hijo mayor del señor Radley vivía en Pensacola; visitaba su casa por Navidad, y era una de las pocas personas que alguna vez vimos entrar o salir del lugar. El día que Radley llevó a casa a Arthur, la gente dijo que aquella casa había muerto.

Pero llegó un día en que Atticus nos dijo que nos castigaría si hacíamos cualquier ruido en el patio, y encomendó a Calpurnia que se hiciera cargo en su ausencia si nosotros hacíamos algún ruido. El señor Radley se estaba muriendo.

Él se tomó su tiempo. Colocaron caballetes de manera que bloqueaban el camino a cada lado de la finca de los Radley, pusieron paja sobre la acera y desviaron el tráfico hacia la calle trasera. El doctor Reynolds estacionaba su coche delante de nuestra casa y caminaba hasta la de los Radley cada vez que le llamaban. Jem y yo nos arrastramos por el patio durante días. Al final, quitaron los caballetes, y nos quedamos mirando desde el porche delantero cuando el señor Radley hizo su último viaje pasando por delante de nuestra casa.

—Ahí va el hombre más ruin al que Dios haya dado aliento jamás —murmuró Calpurnia, y escupió meditativamente en el patio. Nosotros la miramos con sorpresa, porque Calpurnia en raras ocasiones comentaba sobre la forma de ser de las personas blancas.

El barrio pensaba que, cuando el señor Radley ya no estuviera, Boo saldría, pero vieron otra cosa: el hermano mayor de Boo regresó de Pensacola y ocupó el puesto del señor Radley. La única diferencia entre su padre y él era la edad. Jem dijo que el señor Nathan Radley «compraba algodón» también. El señor Nathan nos hablaba, sin embargo, cuando le dábamos los buenos días, y a veces le veíamos regresar de la ciudad con una revista en la mano.

Cuanto más hablábamos a Dill de los Radley, más quería saber él; cuanto más tiempo pasaba abrazado a la farola de la esquina, más intriga sentía.

—Me pregunto qué hará ahí dentro —murmuraba—. ¿No tendría por lo menos que asomar la cabeza por la puerta?

—Sale —dijo Jem— cuando está todo oscuro. La señorita Stephanie Crawford dijo que una vez se despertó en mitad de la noche y le vio mirándola fijamente a través de la ventana… Dijo que su cabeza era como una calavera que la miraba. ¿No te has despertado alguna vez por la noche y le has oído, Dill? Camina así… —Jem arrastró los pies por la grava—. ¿Por qué crees que la señorita Rachel cierra todo por la noche? Yo he visto sus huellas en nuestro patio trasero más de una mañana, y una noche le oí arañando la puerta de atrás, pero ya se había ido cuando Atticus acudió.

—Me pregunto qué aspecto tendrá —dijo Dill.

Jem le hizo una razonable descripción de Boo: medía unos dos metros de altura, a juzgar por sus huellas; comía ardillas crudas y cualquier gato que pudiera atrapar, por eso sus manos estaban manchadas de sangre; si te comías un animal crudo, nunca podías limpiarte la sangre. Una larga cicatriz irregular le atravesaba la cara; los dientes que le quedaban estaban amarillentos y podridos; tenía los ojos saltones y babeaba la mayor parte del tiempo.

—Intentemos hacerle salir —propuso Dill—. Me gustaría ver qué aspecto tiene.

Jem dijo que, si Dill quería morir, lo único que tenía que hacer era acercarse a la puerta y llamar.

Nuestra primera incursión se produjo únicamente porque Dill apostó *El fantasma gris* contra dos *Tom Swift* a que Jem no pasaría de la puerta del patio de los Radley. En toda su vida, Jem nunca había rechazado un desafío.

Jem lo pensó durante tres días. Supongo que amaba el honor más que su cabeza, porque Dill lo convenció fácilmente.

—Tienes miedo —le dijo Dill el primer día.

—No tengo miedo, solamente respeto —replicó Jem.

Al día siguiente, Dill le dijo:

—Tienes demasiado miedo incluso para meter el dedo gordo del pie en el patio.

Jem dijo que no, pues había pasado al lado de la Mansión Radley todos los días que iba a la escuela.

—Siempre corriendo —dije yo.

Pero Dill lo logró al tercer día, cuando le dijo a Jem que la gente de Meridian sin duda no tenía tanto miedo como la gente de Maycomb, y que él nunca había visto personas tan miedicas como las que había en Maycomb.

Eso fue suficiente para hacer que Jem marchara hasta la esquina, donde se detuvo y se apoyó contra la farola, observando la puerta que colgaba extrañamente de su gozne de fabricación casera.

—Supongo que en tu cabeza tienes claro que nos matará a todos, Dill Harris —dijo Jem cuando nos reunimos con él—. No me culpes a mí cuando él te saque los ojos. Recuerda que tú comenzaste.

—Aún estás asustado —murmuró Dill pacientemente.

Jem quería que Dill supiera de una vez por todas que él no tenía miedo a nada.

—Es que no se me ocurre ninguna manera de hacer que salga sin que nos atrape.

Además, Jem tenía que pensar en su hermana pequeña. Cuando dijo eso, yo supe que tenía miedo. Jem tenía que haber pensado en su hermana pequeña esa vez que yo lo reté a que saltara desde el tejado de la casa.

—Si muero, ¿qué va a ser de ti? —me preguntó en aquella ocasión. Entonces saltó, aterrizando sin ningún daño, y su sentido de la responsabilidad le abandonó hasta que se enfrentó a la Mansión Radley.

—¿Vas a huir de un reto? —preguntó Dill—. Si lo haces, entonces…

—Dill, hay que pensar bien estas cosas —dijo Jem—. Déjame pensar un momento… es parecido a hacer salir a una tortuga…

—¿Cómo se hace eso? —preguntó Dill.

—Encendiendo una cerilla y poniéndosela debajo.

Yo le dije a Jem que si prendía fuego a la casa de los Radley, yo se lo contaría a Atticus.

Dill dijo que encender una cerilla debajo de una tortuga era odioso.

—No es odioso, tan solo la convence; no es lo mismo que asarla en el fuego —refunfuñó Jem.

—¿Cómo sabes que la cerilla no le hace daño?

—Las tortugas no pueden sentir, estúpido —dijo Jem.

—¿Acaso has sido tortuga alguna vez?

—¡Caramba, Dill! Espera, déjame pensar…, supongo que podríamos amansarlo.

Jem se quedó allí pensando tanto tiempo que Dill hizo una pequeña concesión.

—No diré que has huido de un reto y te daré *El fantasma gris* si vas hasta allí y tocas la casa.

Jem sonrió.

—¿Tocar la casa? ¿Eso es todo?

Dill asintió.

—¿Seguro que eso es todo? No quiero que digas otra cosa diferente en cuanto regrese.

—Sí, eso es todo —dijo Dill—. Probablemente él te perseguirá cuando te vea en el patio, entonces Scout y yo saltaremos sobre él y le sujetaremos hasta que podamos decirle que no vamos a hacerle ningún daño.

Salimos de la esquina, cruzamos al otro lado de la calle

que discurría paralela a la casa de los Radley, y nos detuvimos en la puerta del patio.

—Vamos —dijo Dill—. Scout y yo te seguiremos.

—Ya voy —respondió Jem—, no me metas prisa.

Fue hasta la esquina de la finca, después regresó, estudiando el terreno como si estuviera decidiendo el modo mejor de efectuar una entrada, frunciendo el ceño y rascándose la cabeza. Entonces yo le hice una mueca.

Jem abrió la puerta y salió corriendo hasta el lateral de la casa, dio un golpe a la pared con la palma de la mano y regresó corriendo, pasando a nuestro lado y sin esperar para ver si su aventura había sido exitosa. Dill y yo le seguimos de inmediato. Cuando estábamos a salvo en nuestro porche, jadeando y sin aliento, miramos.

La vieja casa seguía igual, decaída y enferma, pero mientras mirábamos fijamente la calle, creímos ver que una persiana interior se movía. Un movimiento muy pequeño, casi imperceptible, y la casa siguió en silencio.

2

Dill nos dejó a principios de septiembre para regresar a Meridian. Le vimos alejarse en el autobús de las cinco y yo me sentí desdichada sin él, hasta que caí en que en una semana más comenzaría la escuela. Nunca había esperado con tanta ilusión ninguna otra cosa en mi vida. Las horas del invierno me habían encontrado en la casa del árbol, mirando al patio de la escuela y espiando a multitud de niños con un catalejo de dos aumentos que Jem me había dado, aprendiendo sus juegos, siguiendo la chaqueta roja de Jem entre los corros que jugaban a la gallina ciega, compartiendo secretamente sus desdichas y sus pequeñas victorias. Anhelaba reunirme con ellos.

Jem condescendió a llevarme a la escuela el primer día, una tarea que por lo general hacían los padres, pero Atticus había dicho que a Jem le encantaría enseñarme cuál era mi clase. Creo que algún dinero cambió de manos en esa transacción, porque mientras íbamos trotando por la esquina al lado de la Mansión Radley, oí un tintineo poco familiar en los bolsillos de Jem. Cuando ralentizamos el paso y llegamos caminando al patio de la escuela, Jem se ocupó de explicarme que durante las horas de clase yo no debía molestarle, no debía acercarme a él para pedirle que representáramos un capítulo de *Tarzán y los hombres hormiga*, ni para avergonzarlo con referencias a su vida privada, ni tampoco estar detrás de él durante el recreo al mediodía. Debía quedarme con los niños de primer grado, y él permanecería con los de quinto. En pocas palabras, debía dejarlo en paz.

—¿Quieres decir que ya no podremos jugar más? —le pregunté.

—Lo haremos como siempre lo hacemos en casa —dijo él—, pero verás…, la escuela es diferente.

Sin duda lo era. Antes de que terminara la primera mañana, la señorita Caroline Fisher, nuestra maestra, me llevó hasta la parte delantera de la clase, me golpeó la palma de la mano con una regla y después me ordenó quedarme de pie en el rincón hasta el mediodía.

La señorita Caroline no tenía más de veintiún años. Tenía el cabello castaño rojizo brillante, mejillas sonrosadas, y llevaba las uñas pintadas con esmalte color carmesí. También llevaba zapatos de tacón alto y un vestido a rayas rojas y blancas. Tenía el aspecto y el olor de una gota de menta. Vivía al otro lado de la calle, una puerta más abajo que nosotros, en el cuarto delantero del piso de arriba de la señorita Maudie Atkinson, y cuando la señorita Maudie nos la presentó, Jem estuvo aturdido durante días.

La señorita Caroline escribió su nombre en la pizarra y dijo:

—Aquí dice que soy la señorita Caroline Fisher. Soy del norte de Alabama, del condado de Winston.

La clase murmuró con aprensión, por temor a que ella demostrara tener algunas peculiaridades propias de aquella región. (Cuando Alabama se separó de la Unión el 11 de enero de 1861, el condado de Winston se separó de Alabama, y todos los niños en el condado de Maycomb lo sabían). El norte de Alabama estaba lleno de grupos políticos con intereses en el alcohol, empresas del acero, republicanos, profesores y otras personas sin raíces en la zona.

La señorita Caroline comenzó el día leyéndonos una historia sobre gatos. Los gatos mantenían largas conversaciones los unos con los otros, llevaban una ropa bonita y vivían en una casa calentita debajo de la estufa de una cocina. Cuando la señora Gata llamó a la tienda para pedir ratones de chocolate malteados, la clase estaba tan agitada como un cesto de gusanos. La señorita Caroline parecía no ser consciente de que aquellos alumnos de primer grado, que llevaban ropa desgastada, camisas de mezclilla y faldas de tela de saco, la mayoría de los cuales había cortado algodón y había alimentado a cerdos desde que eran capaces de caminar, eran inmunes a la literatura. La señorita Caroline llegó al final de la historia y dijo:

—Oh, ¿no ha sido encantador?

Entonces fue a la pizarra y escribió el alfabeto con enormes letras mayúsculas, se giró hacia la clase y preguntó:

—¿Alguien sabe lo que son?

Todos lo sabían; la mayoría de la clase de primer grado no había pasado el año anterior.

Supongo que me escogió a mí porque conocía mi nombre. Mientras yo leía el alfabeto, apareció una pequeña arruga entre sus cejas, y después de hacerme leer una gran parte de *Mis primeras lecturas* y los datos del mercado de la Bolsa del *Mobile Register* en voz alta, descubrió que yo era letrada y me miró con algo más que un ligero desagrado. La señorita Caroline me dijo que le dijera a mi padre que no me enseñara más cosas, pues podría interferir en mi lectura.

—¿Enseñarme? —dije yo con sorpresa—. Él no me ha enseñado nada, señorita Caroline. Atticus no tiene tiempo para enseñarme nada —añadí, cuando la señorita Caroline sonrió y meneó la cabeza—. ¡Vaya! Está tan cansado por la noche que se queda sentado en la sala leyendo.

—Si él no te enseñó, ¿quién lo hizo? —preguntó la señorita Caroline de buen ánimo—. Alguien lo hizo. Tú no naciste leyendo *The Mobile Register*.

—Jem dice que sí. Y que me cambiaron cuando nací, y que en realidad soy una…

La señorita Caroline aparentemente pensó que yo estaba mintiendo.

—No dejemos que nuestra imaginación nos arrastre, querida —dijo—. Y ahora dile a tu padre que no te enseñe nada más. Es mejor comenzar a leer con una mente fresca.

Dile que de ahora en adelante yo me encargaré e intentaré enmendar el daño...

—¿Señora?

—Tu padre no sabe enseñar. Ahora puedes sentarte.

Yo musité que lo sentía y me retiré pensando en mi delito. Nunca aprendí a leer deliberadamente, pero me había revolcado de manera ilícita en los periódicos diarios. En las largas horas en la iglesia... ¿fue entonces cuando aprendí? No recordaba ser incapaz de leer himnos. Ahora que me obligaban a pensar en ello, la lectura era algo que simplemente sabía, como aprender a abrocharme la parte de atrás de mi traje de la Unión sin mirar, o lograr hacer dos lazadas con cordones de zapatos enmarañados. No podía recordar cuándo las líneas por encima del dedo en movimiento de Atticus se separaron en palabras, pero yo las había contemplado todas las noches que recuerdo, escuchando las noticias del día, proyectos que había que convertir en leyes, los diarios de Lorenzo Dow..., cualquier cosa que Atticus estuviera leyendo cuando yo trepaba a su regazo cada noche. Hasta que temí poder perderlo, nunca me encantó leer. A uno no le encanta respirar.

Sabía que había molestado a la señorita Caroline, así que dejé las cosas estar y me quedé mirando por la ventana hasta el recreo, cuando Jem me sacó del grupo de alumnos de primer grado en el patio de la escuela. Me preguntó qué tal me iba. Yo se lo expliqué.

—Si no tuviera que quedarme, me iría. Jem, esa maldita señorita dice que Atticus me ha estado enseñando a leer y que tiene que dejar de hacerlo...

—No te preocupes, Scout —me confortó Jem—. Nuestro maestro dice que la señorita Caroline está introduciendo una nueva manera de enseñar. La aprendió en la universidad y pronto estará en todos los grados. De ese modo no hay que aprender mucho de los libros; es como si quieres aprender sobre las vacas, vas y ordeñas una, ¿lo ves?

—Sí, Jem, pero yo no quiero estudiar vacas, yo...

—Claro que sí. Tienes que saber sobre vacas, son parte importante de la vida en el condado de Maycomb.

Me conformé preguntando a Jem si había perdido la cabeza.

—Tan solo intento hablarte de la nueva manera en que enseñarán en el primer grado, testaruda. Es el Sistema Decimal de Dewey*.

Como nunca había cuestionado las afirmaciones de Jem, no veía razón alguna para comenzar ahora. El Sistema Decimal de Dewey consistía, en parte, en que la señorita Caroline nos enseñara tarjetas en las que había escritas palabras como «el», «gato», «rata», «hombre» y «tú». Al parecer no esperaba ningún comentario por nuestra parte, y la clase recibía aquellas revelaciones impresionistas en silencio. Yo me aburría, y por eso comencé una carta a Dill. La señorita Caroline me pilló escribiendo y me pidió que le dijera a mi padre que dejara de enseñarme.

—Además —dijo—, en el primer grado no escribimos, hacemos letra de imprenta. No aprenderás a escribir hasta que estés en tercer grado.

Calpurnia era la culpable de eso. Así evitaba que yo la volviera loca los días lluviosos, supongo. Me encomendaba una tarea garabateando el alfabeto con firmeza en la parte de arriba de una tablilla, y después copiando un capítulo de la Biblia debajo. Si yo reproducía su caligrafía satisfactoriamente, me recompensaba con un bocadillo de mantequilla y azúcar. En la enseñanza de Calpurnia no había sentimentalismos: en raras ocasiones yo le agradaba, y en raras ocasiones me recompensaba.

—Los que van a casa para almorzar que levanten la mano —dijo la señorita Caroline, interrumpiendo mi nuevo resentimiento hacia Calpurnia.

---

* Jem confunde al pedagogo John Dewey con el bibliotecario Melvil Dewey, creador del Sistema Decimal de clasificación bibliográfica. (N. del E.)

Los niños de la ciudad la levantaron, y ella nos miró a todos.

—Todos los que traigan su almuerzo que lo pongan encima de su pupitre.

Aparecieron recipientes como si salieran de la nada, y el techo parecía una danza de luces metálicas. La señorita Caroline recorría las hileras mirando y hurgando en los recipientes del almuerzo, asintiendo con la cabeza si el contenido le gustaba, frunciendo el ceño un poco al ver otros. Se detuvo ante el pupitre de Walter Cunningham.

—¿Dónde está el tuyo? —preguntó.

La cara de Walter Cunningham revelaba a todo el mundo de primer grado que tenía lombrices. Su falta de zapatos nos decía cómo las había cogido. La gente cogía lombrices al salir descalza por los corrales y los revolcaderos de los cerdos. Si Walter hubiera tenido zapatos, se los habría puesto el primer día de escuela y después los habría arrinconado hasta mitad del invierno. Sí llevaba una camisa limpia y un mono muy bien remendado.

—¿Has olvidado el almuerzo esta mañana? —preguntó la señorita Caroline.

Walter miró al frente. Yo vi que resaltaba un músculo en su flaca mandíbula.

—¿Lo has olvidado? —volvió a preguntar la señorita Caroline. La mandíbula de Walter se movió otra vez.

—Sí —murmuró finalmente.

La señorita Caroline fue a su mesa y abrió su monedero.

—Aquí tienes un cuarto de dólar —le dijo a Walter—. Vete hoy a comer a la ciudad. Puedes devolvérmelo mañana.

Walter meneó la cabeza.

—No, gracias, señorita —dijo en voz baja.

Se notaba la impaciencia en la voz de la señorita Caroline.

—Vamos, Walter, acéptalo.

Walter volvió a menear la cabeza.

Cuando Walter negó con la cabeza una tercera vez, alguien susurró:

—Díselo, Scout.

Yo me volví y vi a la mayoría de los chicos de la ciudad y toda la delegación del autobús mirándome. La señorita Caroline y yo habíamos dialogado ya dos veces, y ellos me miraban con la inocente seguridad de que la familiaridad conlleva comprensión.

Yo me levanté generosamente para ayudar a Walter.

—Eh… ¿señorita Caroline?

—¿Qué, Jean Louise?

—Señorita Caroline, él es un Cunningham.

Volví a sentarme.

—¿Qué, Jean Louise?

Yo pensé que había dejado las cosas lo suficientemente claras. Estaba claro para el resto de nosotros: Walter Cunningham permanecía sentado con la cabeza gacha. No había olvidado su almuerzo, es que no tenía. No lo tenía ese día ni lo tendría al día siguiente ni al otro. Probablemente no había visto tres cuartos de dólar juntos en toda su vida.

Lo intenté otra vez.

—Walter es un Cunningham, señorita Caroline.

—¿Perdona, Jean Louise?

—No es nada, señorita, dentro de poco conocerá a todos por aquí. Los Cunningham nunca aceptan nada que no puedan devolver, ni siquiera las cestas de la iglesia, ni sellos. Nunca aceptan nada de nadie, se las arreglan con lo que tienen. No tienen mucho, pero se las arreglan con eso.

Mi conocimiento especial de la tribu Cunningham, es decir, de una de sus ramas, lo obtuve de los acontecimientos del último invierno. El padre de Walter era uno de los clientes de Atticus. Después de una aburrida conversación en el salón de nuestra casa una noche acerca de su situación, antes de marcharse, el señor Cunningham dijo:

—Señor Finch, no sé cuándo podré pagarle.

—Eso ha de ser lo último que le preocupe, Walter —dijo Atticus.

Cuando le pregunté a Jem cuál era la situación en que se encontraba, y Jem lo describió como estar con las manos atadas, le pregunté a Atticus si el señor Cunningham nos pagaría alguna vez.

—No en dinero —dijo Atticus—, pero antes de que pase el año me habrá pagado. Ya lo verás.

Lo vimos. Una mañana, Jem y yo encontramos una carga de leña para la estufa en el patio de atrás. Más adelante, apareció un saco de nueces en las escaleras traseras. Con la Navidad llegó una caja de zarzaparrilla y acebo. Aquella primavera, cuando encontramos un saco lleno de nabos, Atticus dijo que el señor Cunningham le había pagado con creces.

—¿Por qué te paga así? —pregunté.

—Porque es la única manera en que puede pagarme. No tiene dinero.

—¿Somos pobres nosotros, Atticus?

Atticus asintió con la cabeza.

—Sí que lo somos.

Jem arrugó la nariz.

—¿Somos tan pobres como los Cunningham?

—No exactamente. Los Cunningham son gente de campo, agricultores, y la crisis les afecta mucho más.

Atticus dijo que los profesionales eran pobres porque los agricultores eran pobres. Como el condado de Maycomb era un condado agrícola, era difícil que las monedas de cinco y diez centavos llegaran a los médicos, dentistas y abogados. No poder vender las tierras era solamente una parte de los males del señor Cunningham. Los acres que no estaban en esa situación estaban hipotecados hasta el tope, y el poco dinero en efectivo que conseguía tenía que dedicarlo a los intereses. Si supiera dominar su boca, el señor Cunningham podría conseguir un empleo público, pero sus tierras irían a la ruina si las abandonaba, y estaba dispuesto a pasar hambre con tal de mantener sus tierras y votar lo que él quisiera. El señor Cunningham, dijo Atticus, provenía de una casta de hombres tozudos.

Como los Cunningham no tenían dinero para pagar a un abogado, simplemente nos pagaban con lo que tenían.

—¿Sabíais que el doctor Reynolds trabaja de la misma manera? —dijo Atticus—. Les cobra a ciertas personas una cantidad de patatas por ayudar a nacer a un bebé. Scout, si me prestas atención te explicaré el concepto de saldar deudas. Las definiciones de Jem a veces son demasiado literales.

Si yo pudiera haberle explicado esas cosas a la señorita Caroline, me habría ahorrado algunas molestias y a la señorita Caroline la mortificación subsiguiente, pero no estaba en mis posibilidades explicar las cosas tan bien como Atticus, así que dije:

—Le está avergonzando, señorita Caroline. Walter no tiene un cuarto de dólar para devolvérselo, y usted no necesita leña para la estufa.

La señorita Caroline se quedó paralizada, después me agarró por el cuello del vestido y me llevó hasta su mesa.

—Jean Louise, ya es suficiente por esta mañana —dijo—. Has comenzado con mal pie en todos los aspectos, querida. Extiende la mano.

Yo pensé que me iba a escupir en la mano, que era la única razón por la que alguien en Maycomb extendía la mano: era una manera de sellar contratos orales, honrada por el tiempo. Preguntándome qué trato habíamos hecho, me giré hacia la clase en busca de una respuesta, pero la clase me miró con perplejidad. La señorita Caroline agarró su regla, me dio media docena de rápidos golpes, y después me dijo que me quedara de pie en el rincón. Se desató una tormenta de risas cuando finalmente la clase se dio cuenta de que la señorita Caroline me había golpeado.

Cuando la señorita Caroline los amenazó a todos con un destino parecido, la clase de primer grado estalló otra vez, y solo volvió la seriedad cuando la sombra de la señorita Blount cayó sobre ellos. La señorita Blount, nacida en Maycomb pero todavía no iniciada en los misterios del Sistema Decimal, apareció por la puerta con las manos en las caderas y anunció:

—Si oigo otro sonido en esta sala, prenderé fuego a todos los que están aquí. Señorita Caroline, ¡con todo este jaleo, la clase de sexto grado no puede concentrarse en las pirámides!

Mi estancia en el rincón fue breve. Salvada por la campana, la señorita Caroline observaba a la clase salir en fila para el almuerzo. Como yo fui la última en salir, la vi desplomarse en su silla y hundir la cabeza entre los brazos. Si su conducta hubiera sido más amigable conmigo, lo hubiera lamentado por ella. Era una muchacha bonita.

3

Perseguir a Walter Cunningham por el patio de la escuela me dio cierto placer, pero cuando estaba frotando su nariz en el polvo, llegó Jem y me dijo que parase.

—Eres más grande que él —dijo.

—Él es casi tan mayor como tú —dije yo—. Por su culpa he comenzado con mal pie.

—Suéltalo, Scout. ¿Por qué?

—Él no tenía almuerzo —contesté, y le expliqué cómo me había visto enredada en los problemas dietéticos de Walter.

Walter se había levantado y estaba de pie, escuchándonos en silencio a Jem y a mí. Sus puños estaban un poco levantados, como si estuviera esperando un asalto por nuestra parte. Yo di una patada al suelo para hacer que se alejara, pero Jem levantó una mano y me detuvo. Examinó a Walter con un aire de especulación.

—¿Tu padre es el señor Walter Cunningham de Old Sarum? —preguntó, y Walter asintió.

Walter parecía haber sido criado a base de pescado: sus ojos, tan azules como los de Dill Harris, estaban rodeados de un círculo rojizo y acuoso. No había color alguno en su cara, excepto en la punta de la nariz, que era de color rosado húmedo. Se tocaba constantemente los tirantes del mono, tirando con nerviosismo de las hebillas metálicas.

Jem le sonrió repentinamente.

—Ven a casa a comer con nosotros, Walter —le dijo—. Nos alegrará tenerte con nosotros.

47

La cara de Walter se iluminó, pero luego se ensombreció. Jem dijo:

—Nuestro padre es amigo del tuyo. Esta Scout está loca; ya no volverá a pelearse contigo.

—Yo no estaría tan seguro de eso —repliqué yo. Que Jem me dispensara tan fácilmente de mi obligación me irritaba, pero estaban pasando preciosos minutos del mediodía—. Sí, Walter, no volveré a meterme contigo. ¿No te gustan las alubias con manteca? Nuestra Cal es una cocinera muy buena.

Walter se quedó de pie donde estaba, mordiéndose el labio. Jem y yo abandonamos, y habíamos llegado casi a la Mansión Radley cuando Walter gritó:

—¡Eh! ¡Voy!

Cuando Walter nos alcanzó, Jem entabló una agradable conversación con él.

—Ahí vive un fantasma —dijo cordialmente, señalando la casa de los Radley—. ¿Has oído hablar alguna vez de él, Walter?

—Claro que sí —contestó Walter—. Casi me muero el primer año que vine a la escuela y me comí sus nueces; la gente dice que las envenenó y las puso en la parte de la valla que da a la escuela.

Jem parecía tener poco miedo de Boo Radley ahora que Walter y yo íbamos a su lado. Incluso se puso fanfarrón:

—Yo fui una vez hasta la casa —le dijo a Walter.

—Cualquiera que haya ido hasta allí no debería salir corriendo cada vez que pasa por delante —dije yo mirando a las nubes.

—¿Y quién corre, señorita Remilgada?

—Tú, cuando nadie va contigo.

Cuando llegamos a las escaleras de nuestra casa, Walter había olvidado que era un Cunningham. Jem fue corriendo hasta la cocina y le pidió a Calpurnia que pusiera un plato más, pues teníamos compañía. Atticus saludó a Walter y comenzó una conversación sobre cosechas que ni Jem ni yo pudimos seguir.

—La razón de no haber podido pasar el primer grado, señor Finch, es que todas las primaveras he tenido que quedarme para ayudar a papá a quitar hierbas, pero ahora hay otro en la casa que puede trabajar en el campo.

—¿Pagaron una cantidad de patatas por él? —pregunté yo, pero Atticus me reprendió moviendo la cabeza.

Mientras Walter amontonaba comida en su plato, Atticus y él dialogaban como dos hombres, dejándonos asombrados a Jem y a mí. Atticus hablaba sobre los problemas agrícolas cuando Walter interrumpió para preguntar si había más melaza. Atticus llamó a Calpurnia, que regresó con el jarro de sirope. Se quedó de pie esperando a que Walter se sirviera. Walter echó sirope sobre las verduras y la carne con generosidad. Probablemente también habría echado en su vaso de leche si yo no le hubiera preguntado qué diablos estaba haciendo.

El platillo de plata tintineó cuando él volvió a colocar el jarro, y rápidamente puso las manos en su regazo. Entonces bajó la cabeza.

Atticus volvió a reprenderme moviendo la cabeza.

—Es que ha ahogado su comida en sirope —protesté—. Lo ha echado por todas partes…

Fue entonces cuando Calpurnia requirió mi presencia en la cocina.

Estaba furiosa, y cuando eso sucedía su gramática se volvía errática. Cuando estaba tranquila, su gramática era tan buena como la de cualquiera en Maycomb. Atticus decía que Calpurnia estaba más instruida que la mayoría de las personas de color.

Cuando me miraba con sus ojos entrecerrados, las diminutas arrugas que los rodeaban se hacían más profundas.

—Hay algunas personas que no comen como nosotros —susurró con enojo—, pero no debes contradecirlas en la mesa cuando eso ocurre. Ese chico es tu invitado, y si quiere comerse también el mantel, le dejas que lo haga, ¿escuchas?

—Él no es un invitado, Cal, es solo un Cunningham…

—¡Cierra la boca! No importa quién sea, cualquiera que ponga su pie en esta casa es tu invitado. Y que no te pille haciendo comentarios sobre lo que hace, ¡como si tú fueras tan elevada y poderosa! Tu familia puede que sea mejor que la de los Cunningham, pero eso no es razón para que lo avergüences de esa manera; si no puedes comportarte en la mesa, ¡puedes venir aquí y comer en la cocina!

Calpurnia me envió de regreso por la puerta que conducía a la sala con un cachete que me dolió. Yo retiré mi plato y terminé de comer en la cocina, agradeciendo, sin embargo, que me ahorraran la humillación de volver a estar con ellos. Le dije a Calpurnia que esperara, que ya nos las veríamos: uno de esos días, cuando ella no estuviera mirando, saldría y me ahogaría en el remolino de Barker, y entonces ella lo lamentaría. Además, añadí que ella ya me había metido en problemas una vez ese día: me había enseñado a escribir, y todo eso era culpa suya.

—Calla ya —me dijo.

Jem y Walter regresaron a la escuela antes que yo: quedarme atrás para hablar a Atticus de las iniquidades de Calpurnia bien valía pasar yo sola por delante de la casa de los Radley.

—Jem le cae mejor que yo, de todos modos —concluí, y le sugerí a Atticus que la despidiera cuanto antes.

—¿Has considerado alguna vez que Jem no le causa ni la mitad de preocupaciones que tú? —La voz de Atticus era implacable—. No tengo intención alguna de deshacerme de ella, ni ahora ni nunca. No podríamos seguir adelante ni un solo día sin Cal, ¿has pensado en eso? Piensa en lo mucho que Cal hace por ti y obedécela, ¿me oyes?

Regresé a la escuela aborreciendo aún más a Calpurnia, hasta que un chillido repentino disipó mis resentimientos. Levanté la mirada y vi a la señorita Caroline de pie en medio de la clase, con una expresión de puro horror en su cara. Al parecer, se había reanimado lo suficiente como para perseverar en su profesión.

—¡Está vivo! —gritó.

La población masculina de la clase corrió en su ayuda. «Señor», pensé yo, «le da miedo un ratón». Little Chuck Little, cuya paciencia con todos los seres vivos era fenomenal, dijo:

—Señorita Caroline, ¿hacia dónde ha ido? Díganos hacia dónde, ¡rápido! D. C. —le dijo a un chico que estaba detrás—, D. C., cierra la puerta y lo atraparemos. Rápido, señorita, ¿hacia dónde ha ido?

La señorita Caroline señaló con un dedo tembloroso no al suelo ni a una mesa, sino a un individuo grande y desconocido para mí. Little Chuck hizo una mueca, y después preguntó amablemente:

—¿Se refiere a él, señorita? Sí, está vivo. ¿La ha asustado?

La señorita Caroline dijo con desesperación:

—Cuando pasaba por su lado, salió de su cabello... ha salido de su cabello...

Little Chuck mostró una amplia sonrisa.

—No hay necesidad de tener miedo a un piojo, señorita. ¿No ha visto ninguno nunca? Vamos, no tenga miedo, regrese a su mesa y enséñenos algo más.

Little Chuck Little era otro miembro de la población que no sabía de dónde provendría su siguiente comida, pero había nacido caballero. Tomó a la señorita por el codo y la acompañó hasta el frente de la clase.

—Vamos, no tenga miedo, señorita —le dijo—. No hay necesidad de tener miedo a un piojo. Le traeré un poco de agua fría.

El huésped del piojo no mostró el menor interés en el furor que había causado. Se tocó la cabeza por encima de la frente, localizó a su invitado y lo aplastó entre sus dedos pulgar e índice.

La señorita Caroline observaba el proceso con una fascinación horrorizada. Little Chuck le llevó agua en un vaso de papel y ella se lo bebió agradecida. Finalmente recobró la voz:

—¿Cómo te llamas, hijo? —preguntó con voz suave.

—¿Quién, yo? —El muchacho parpadeó. La señorita Caroline asintió—. Burris Ewell.

La señorita Caroline examinó su libro de asistencia.

—Tengo un Ewell aquí, pero no tengo el primer nombre…, ¿puedes deletrearlo?

—No sé hacerlo. En casa me llaman Burris.

—Bien, Burris —dijo la señorita Caroline—, creo que será mejor que te dejemos libre durante el resto de la tarde. Quiero que vayas a tu casa y que te laves el cabello.

Sacó un grueso libro de su mesa, hojeó las páginas y leyó un momento.

—Un buen remedio casero para… Burris, quiero que te vayas a casa y te laves el cabello con jabón de lejía. Cuando hayas hecho eso, frótate la cabeza con petróleo.

—¿Para qué, señorita?

—Para deshacerte de… de los piojos. Mira, Burris, los otros niños podrían contagiarse también, y no querrás que suceda eso, ¿verdad?

El muchacho se puso de pie. El ser humano más sucio que he visto jamás. Su cuello lucía un color gris oscuro, tenía roñosos los dorsos de las manos y sus uñas tenían un color negro profundo. En su rostro solo había un pequeño espacio limpio, del tamaño de un puño. Nadie se había fijado en él, probablemente porque la señorita Caroline y yo habíamos entretenido a la clase la mayor parte de la mañana.

—Y, Burris —dijo la señorita Caroline—, por favor, báñate antes de volver mañana.

El chico se rio con rudeza.

—Usted no es quien me envía a casa, señorita. Estaba a punto de irme; ya he cumplido por este año.

La señorita Caroline pareció perpleja.

—¿A qué te refieres con eso?

El muchacho no respondió. Tan solo soltó un resoplido de desprecio.

Uno de los miembros de más edad de la clase respondió:

—Él es un Ewell, señorita. —Yo me pregunté si esa explicación sería tan poco exitosa como mi propio intento. Pero la señorita Caroline parecía dispuesta a escuchar—. La escuela está llena de ellos. Vienen el primer día cada año y después se van. La encargada de asistencia consigue que vengan porque los amenaza con el *sheriff*, pero ya ha abandonado el intento de retenerlos. Ella cree que ha cumplido con la ley al poner sus nombres en la lista de asistencia y traerlos aquí el primer día. Después se supone que el resto del año se les pondrá falta...

—¿Y sus padres? —preguntó la señorita Caroline, con verdadero interés.

—No tienen madre —fue la respuesta—, y su padre es muy peleón.

Burris Ewell se sintió halagado por el recital.

—He venido el primer día del primer grado durante tres años —dijo—. Supongo que si soy listo este año me pasarán al segundo...

—Siéntate, por favor, Burris —dijo la señorita Caroline, y en el momento en que lo dijo, yo supe que había cometido un grave error. El desdén del muchacho se convirtió en ira.

—Intente obligarme, señorita.

Little Chuck Little se puso de pie.

—Deje que se vaya, señorita —intervino—. Es ruin, un ruin endurecido. Es capaz de cualquier cosa, y aquí hay niños pequeños.

Little Chuck estaba entre los más diminutos, pero cuando Burris Ewell se giró hacia él, metió rápidamente la mano derecha en el bolsillo.

—Cuidado, Burris —le dijo—. Podría matarte tan rápido como te miro. Ahora vete a casa.

Burris parecía temer a un niño que medía la mitad que él, y la señorita Caroline se aprovechó de su indecisión.

—Burris, vete a casa. Si no lo haces, llamaré a la directora —dijo—. Tendré que informar de esto, de todos modos.

El muchacho resopló y se dirigió lentamente hacia la puerta.

Cuando estaba fuera de su alcance, se giró y gritó:

—¡Pues informe y váyase al infierno! ¡No ha nacido aún ninguna maldita maestra que pueda obligarme a hacer nada! Usted no me obliga a ir a ninguna parte, señorita. Recuérdelo bien, ¡no me obliga a ir a ninguna parte!

Esperó hasta que estuvo seguro de que la señorita estaba llorando, y después salió del edificio.

Enseguida nos acercamos todos alrededor de su mesa, intentando de diversas maneras consolarla. «Es realmente ruin». «Un golpe bajo». «No la han llamado para enseñar a gente como esa». «En Maycomb no somos así, señorita Caroline, de veras». «No tenga miedo, señorita. Señorita Caroline, ¿por qué no nos lee una historia? Eso del gato estuvo muy bien esta mañana».

La señorita Caroline sonrió, se sonó la nariz, nos dio las gracias, nos dispersó, abrió un libro y fascinó al primer grado con un extenso relato acerca de un sapo que vivía en un salón.

Cuando pasé por delante de la Mansión Radley por cuarta vez ese día, dos veces a galope tendido, mi estado de ánimo se había vuelto como el de la casa. Si el resto del año escolar iba a estar tan lleno de dramatismo como el primer día, quizá sería bastante entretenido, pero la probabilidad de pasar nueve meses refrenándome de leer y escribir me hacía pensar en salir corriendo.

Avanzada la tarde, la mayor parte de mis planes de fuga estaban perfilados; cuando Jem y yo competimos el uno contra el otro corriendo por la acera para llegar hasta Atticus cuando regresaba a casa del trabajo, yo no hice mucho esfuerzo. Teníamos el hábito de correr para encontrarnos con él en el momento en que le veíamos girar por la esquina de la oficina de correos. Atticus parecía haber olvidado que a mediodía yo había caído en desgracia y me hizo muchas preguntas sobre la escuela. Mis respuestas eran monosílabos, y él no insistió.

Quizá Calpurnia sintió que mi día había sido un poco sombrío: me dejó que mirara mientras ella preparaba la cena.

—Cierra los ojos y abre la boca, y te daré una sorpresa —me dijo.

No hacía con frecuencia pan de maíz, decía que nunca tenía tiempo, pero al estar los dos en la escuela aquel día había sido fácil para ella. Sabía que me encantaba el pan de maíz.

—Hoy te he echado de menos —dijo—. La casa estaba tan solitaria alrededor de las dos que tuve que poner la radio.

—¿Por qué? —pregunté—. Jem y yo nunca estamos en la casa a menos que esté lloviendo.

—Lo sé —dijo ella—, pero uno de vosotros siempre está al alcance de mi voz. Me pregunto cuánto tiempo del día me paso llamándoos. Bueno —añadió, levantándose de la silla de la cocina—, ya es hora de preparar una cazuela de pan de maíz, supongo. Ahora vete y déjame poner la cena en la mesa.

Calpurnia se inclinó y me dio un beso. Yo salí corriendo, preguntándome qué le había sucedido. Había querido compensarme, eso era. Siempre había sido demasiado dura conmigo, al fin había visto el error de su comportamiento, lo lamentaba y era demasiado terca para decirlo. Yo estaba cansada de los delitos de aquel día.

Después de la cena, Atticus se sentó con el periódico y me llamó:

—Scout, ¿lista para leer?

El Señor me enviaba más de lo que podía soportar y fui al porche. Atticus me siguió.

—¿Algo va mal, Scout?

Le dije a Atticus que no me sentía muy bien y que ya no iría más a la escuela, si él estaba de acuerdo.

Atticus se sentó en la mecedora y cruzó las piernas. Llevó los dedos hasta su reloj de bolsillo; decía que esa era la única manera en que podía pensar. Esperó en amistoso silencio y yo quise reforzar mi postura.

—Tú nunca fuiste a la escuela y te fue bien, así que yo me quedaré en casa también. Tú puedes enseñarme como el abuelo te enseñó a ti y al tío Jack.

—No, no puedo —dijo Atticus—. Tengo que ganarme la vida. Además, me meterían en la cárcel si te mantuviera en casa; una dosis de magnesia esta noche, y mañana a la escuela.

—Me siento bien, de veras.

—Eso pensaba. ¿Y qué te pasa?

Poco a poco, le conté los infortunios del día.

—… y dijo que tú me enseñaste mal, y que ya no podemos volver a leer, nunca. Por favor, no me mandes allí, por favor, señor.

Atticus se puso de pie y se dirigió al extremo del porche. Cuando completó su examen de la enredadera, regresó donde yo estaba.

—Lo primero —dijo— es que si puedes aprender un sencillo truco, Scout, te llevarás mucho mejor con todo tipo de gente. Nunca llegarás a entender realmente a una persona hasta que consideres las cosas desde su punto de vista…

—¿Señor?

—… hasta que te metas en su piel y camines con ella.

Atticus dijo que yo había aprendido muchas cosas ese día, y que la señorita Caroline había aprendido varias cosas también. Había aprendido a no prestar algo a un Cunningham, por una parte, pero si Walter y yo nos hubiéramos puesto en su lugar, habríamos visto que fue un error sin mala intención. No podíamos esperar que ella conociera todas las peculiaridades de Maycomb en un solo día, y no podíamos culparla si no sabía algunas cosas.

—¿Y yo? —dije—. Yo no sabía hacer otra cosa sino leer lo que me dijo, y ella me culpó por ello; escucha, Atticus, ¡no tengo que ir a la escuela! —Se me ocurrió un pensamiento de repente—. Burris Ewell, ¿recuerdas? Él solo va a la escuela el primer día. La administradora reconoce que cumple con la ley anotando simplemente su nombre en la lista de asistencia…

—No puedes hacer eso, Scout —dijo Atticus—. A veces es mejor forzar un poco la ley en casos especiales. En tu caso, la ley sigue siendo estricta. Así que debes ir a la escuela.

—No entiendo por qué yo tengo que ir y él no.

—Entonces escucha.

Atticus dijo que los Ewell habían sido la vergüenza de Maycomb durante tres generaciones. Ninguno de ellos había trabajado nunca honestamente, según recordaba él. Dijo que alguna Navidad, cuando fuera a deshacerse del árbol, me llevaría con él y me enseñaría dónde y cómo vivían. Eran personas, pero vivían como animales.

—Ellos pueden ir a la escuela siempre que quieran, cuando muestren el más mínimo síntoma de querer recibir una educación —dijo Atticus—. Hay maneras de mantenerlos en la escuela por la fuerza, pero es una necedad obligar a personas como los Ewell a un ambiente nuevo…

—Si yo no fuera a la escuela mañana, tú me obligarías a hacerlo.

—Dejémoslo así —dijo Atticus secamente—. Tú, Scout Finch, eres una persona corriente. Debes obedecer la ley.

Dijo que los Ewell eran miembros de una sociedad exclusiva formada por los Ewell. En ciertas circunstancias, la gente corriente les permitía juiciosamente ciertos privilegios mediante el sencillo método de no querer ver algunas de sus actividades. Ellos no tenían que ir a la escuela, por ejemplo. Y otra cosa era que al señor Bob Ewell, el padre de Burris, se le permitía cazar y poner trampas fuera de la temporada.

—Atticus, eso es malo —dije yo. En el condado de Maycomb, cazar fuera de la temporada era un delito menor ante la ley, pero un delito grave ante los ojos de la población.

—Va contra la ley, de acuerdo —dijo mi padre—, y sin duda es malo, pero cuando un hombre se gasta el dinero de la beneficencia en *whisky,* sus hijos lloran de hambre. No conozco a ningún terrateniente de por aquí que envidie a esos niños cualquier presa que pueda derribar su padre.

—El señor Ewell no debería hacer eso…

—Claro que no, pero nunca cambiará. ¿Vas a descargar tu desaprobación en sus hijos?

—No señor —murmuré, e hice un último intento—. Pero si sigo yendo a la escuela, ni siquiera podremos volver a leer...

—Eso te molesta de veras, ¿no?

—Sí, señor.

Cuando Atticus bajó la mirada y me miró, vi esa expresión en su rostro que siempre me hacía esperar algo.

—¿Sabes lo que es hacer un compromiso? —preguntó.

—¿Forzar la ley?

—No, un acuerdo logrado por concesiones mutuas. Funciona de este modo —dijo—. Si tú reconoces la necesidad de ir a la escuela, seguiremos leyendo cada noche como lo hemos hecho siempre. ¿Trato hecho?

—¡Sí, señor!

—Lo consideraremos sellado sin la formalidad típica —dijo Atticus cuando me vio preparándome para escupir.

Cuando abrí la puerta de tela metálica, Atticus añadió:

—A propósito, Scout, es mejor que no digas nada en la escuela sobre nuestro acuerdo.

—¿Por qué no?

—Me temo que nuestras actividades serían recibidas con una considerable desaprobación por parte de autoridades más instruidas.

Jem y yo estábamos acostumbrados al lenguaje de nuestro padre de «última voluntad y testamento», y a veces teníamos la libertad de interrumpir a Atticus para pedir una traducción cuando no podíamos comprender lo que decía.

—¿Qué, señor?

—Yo nunca fui a la escuela —dijo—, pero tengo la sensación de que si le dices a la señorita Caroline que leemos cada noche, ella la emprenderá conmigo, y no querría que eso sucediese.

Atticus mantuvo nuestra atención aquella noche leyendo con tono solemne sobre un hombre que se sentó en un asta de bandera sin ninguna razón comprensible, lo cual fue motivo suficiente para que Jem se pasara el sábado siguiente en lo alto de la casa del árbol. Jem permaneció sentado desde después del desayuno hasta el atardecer, y habría seguido allí durante la noche si Atticus no le hubiese cortado las provisiones. Yo había pasado la mayor parte del día subiendo y bajando, haciendo recados para él, proporcionándole literatura, comida y agua, y le estaba llevando mantas para la noche cuando Atticus dijo que, si yo no le prestaba atención, Jem bajaría del árbol. Atticus tenía razón.

4

Los demás días escolares no resultaron más afortunados que el primero. Ciertamente, fueron un proyecto interminable que lentamente se convirtió en una Unidad, en la que el estado de Alabama gastó kilómetros de cartulina y lápices de colores en un esfuerzo bien intencionado pero inútil de enseñarme Dinámica de Grupo. Lo que Jem llamaba el Sistema Decimal Dewey ya estaba implantado en toda la escuela al final de mi primer año, de modo que no tuve la oportunidad de compararlo con otras técnicas de enseñanza. Solo podía mirar a mi alrededor: Atticus y mi tío, que tuvieron la escuela en casa, lo sabían todo; al menos, lo que uno no sabía lo sabía el otro. Además, yo era consciente de que mi padre había trabajado durante años en la legislatura estatal, había sido elegido cada vez sin oposición, desconociendo las normas que mis maestros creían que eran esenciales para el desarrollo de una Buena Ciudadanía. Jem, educado según una base mitad Decimal y mitad Duncecap, parecía desenvolverse bien individualmente o en grupo, pero Jem era un mal ejemplo: ningún sistema tutorial pensado por el hombre podría haber evitado que cogiera libros. En cuanto a mí, solo sabía lo que leía en la revista *Time* y en todo lo que estaba a mi alcance en casa, pero, a medida que fui avanzando lentamente por el sistema escolar del condado de Maycomb, no podía evitar tener la impresión de que me estaban engañando, o algo parecido. Aunque no sabía cómo, no creía que doce años de aburrimiento sin fin fuera exactamente lo que el estado tenía en mente para mí.

A medida que pasaba el año, al salir de la escuela treinta minutos antes que Jem, que se quedaba hasta las tres,
pasaba corriendo todo lo rápido que podía por delante de la
Mansión Radley, sin detenerme hasta que llegaba a la seguridad del porche de nuestra casa. Una tarde, mientras corría,
algo captó mi atención, y lo hizo de tal modo que respiré
profundamente, eché un buen vistazo a los alrededores y
regresé.

Había dos robles en el extremo de la finca de los Radley;
sus raíces llegaban hasta la acera y hacían que tuviera baches.
Algo en uno de los árboles atrajo mi atención.

Había una hoja de papel de estaño metida en un agujero en el tronco, justo a la altura de mis ojos, que me hacía
guiños a la luz del sol de la tarde. Me puse de puntillas, miré
rápidamente una vez más a mi alrededor, metí la mano en el
agujero y saqué dos pedazos de goma de mascar sin sus en-
voltorios.

Mi primer impulso fue metérmela en la boca lo antes posible, pero recordé dónde estaba. Me fui corriendo a casa, y en
nuestro porche examiné mi botín. La goma de mascar parecía
fresca. La olisqueé y olía bien. La chupé y esperé un poco. Al
comprobar que no me moría, me la metí en la boca: Wrigley's
Double-Mint.

Cuando Jem llegó a casa, me preguntó dónde la había
conseguido. Yo le dije que me la había encontrado.

—No te comas cosas que encuentres en la calle, Scout.

—No estaba en el suelo, estaba en un árbol.

Jem refunfuñó.

—Ahí estaba —dije yo—. Sobresalía de aquel árbol de
allí, el que está al venir de la escuela.

—¡Escúpela ahora mismo!

Yo la escupí. Ya se estaba quedando sin sabor, de todos
modos.

—La he estado mascando toda la tarde y aún no estoy
muerta, ni siquiera enferma.

Jem dio una patada al suelo.

—¡No sabes que ni siquiera debes tocar esos árboles de allí? ¡Morirás si lo haces!

—¡Tú tocaste la casa una vez!

—¡Eso fue diferente! Ve a enjuagarte la boca; ahora mismo, ¿me oyes?

—No, se me quitaría el sabor.

—¡Si no lo haces se lo diré a Calpurnia!

Para no arriesgarme a meterme en un lío con Calpurnia, hice lo que Jem me dijo. Por alguna razón, mi primer año escolar había producido un gran cambio en nuestra relación: la tiranía, la falta de equidad y el hábito de Calpurnia de meterse en mis asuntos habían quedado reducidos a ligeras quejas de desaprobación general. Por mi parte, me esforzaba mucho, a veces, para no provocarla.

El verano estaba en camino; Jem y yo lo esperábamos con impaciencia. El verano era nuestra mejor estación: era dormir en catres en el porche trasero, que estaba cerrado, o intentar dormir en la casa del árbol; el verano era muchas cosas buenas para comer; era mil colores en un paisaje reseco; pero, sobre todo, el verano era Dill.

Las autoridades nos dejaron salir más temprano el último día de escuela, y Jem y yo fuimos caminando juntos a casa.

—Creo que Dill regresará mañana —comenté.

—Probablemente pasado mañana —dijo Jem—. En Misisipi los sueltan un día más tarde.

Cuando llegamos a los robles de la Mansión Radley, levanté un dedo para señalar por enésima vez el agujero donde había visto la goma de mascar, intentando convencer a Jem de que la había encontrado allí, y me encontré señalando otra hoja de papel de estaño.

—¡Ya lo veo, Scout! Lo veo...

Jem miró alrededor, levantó la mano y, con cautela, se metió en el bolsillo un diminuto paquete brillante. Corrimos hasta casa y en el porche observamos una pequeña caja recubierta de trocitos de papel de estaño de las envolturas de goma de mascar. Era el tipo de caja donde se ponen los anillos de boda, de terciopelo púrpura con un cierre muy pequeño. Jem la abrió. En su interior había dos monedas frotadas y pulidas, una encima de la otra. Jem las examinó.

—Cabezas de indio —dijo—. Mil novecientos seis, y, Scout, una de ellas es de mil novecientos. Son verdaderamente antiguas.

—Mil novecientos —repetí—. Oye…

—Calla un momento, estoy pensando.

—Jem, ¿y si alguien tiene allí su escondite?

—No, nadie excepto nosotros pasa mucho por allí, a menos que sea de una persona mayor…

—Las personas mayores no tienen escondites. ¿Crees que debiéramos guardarlas, Jem?

—No sé lo que deberíamos hacer, Scout. ¿A quién se las íbamos a devolver? Sé bien que nadie pasa por allí… Cecil va por la calle de atrás y da un rodeo por la ciudad para llegar a casa.

Cecil Jacobs, que vivía en el extremo más alejado de nuestra calle, en la casa de al lado de la oficina de correos, caminaba más de kilómetro y medio cada día de clase para evitar la Mansión Radley y a la anciana señora Henry Lafayette Dubose. La señora Dubose vivía dos puertas más arriba de la nuestra, en la misma calle; la opinión del barrio era unánime en cuanto a que era la anciana más ruin que haya vivido jamás. Jem no pasaba por delante de su casa a menos que Atticus fuera a su lado.

—¿Qué crees que debemos hacer, Jem?

Quien encontraba algo se lo quedaba hasta que otro demostrara que era suyo. Cortar ocasionalmente una camelia, conseguir un trago de leche caliente de la vaca de la señorita Maudie Atkinson un día de verano, coger las uvas de otro formaba parte de nuestra cultura étnica, pero el dinero era diferente.

—Te diré qué haremos —dijo Jem—. Las guardaremos hasta que empiece la escuela y luego iremos preguntando a todo el mundo si son suyas. Quizá sean de algún chico que viene en autobús…, debía recogerlas al salir de la escuela y se le olvidó. Son de alguien, eso lo sé. ¿Ves que están suaves? Las han guardado.

—Sí, pero ¿por qué iba a guardar alguien goma de mascar de ese modo? Ya sabes que no dura.

—No lo sé, Scout. Pero estas monedas son importantes para alguien…

—¿Por qué, Jem…?

—Bueno, cabezas indias… Bien, vienen de los indios. Tienen una magia realmente potente, hacen que tengas buena suerte. No la suerte de comer pollo frito cuando no lo esperas, sino cosas como una vida larga y buena salud, y aprobar exámenes cada seis semanas… Estas monedas son realmente valiosas para alguien. Voy a guardarlas en mi baúl.

Antes de que Jem fuera a su cuarto, se quedó mirando un buen rato la Mansión Radley. Parecía que estaba pensando otra vez.

Dos días después, llegó Dill con un resplandor de gloria: había subido en el tren él solo desde Meridian hasta el Empalme de Maycomb (un título de cortesía, pues el Empalme de Maycomb estaba en el condado de Abbott), donde le había ido a buscar la señorita Rachel en el único taxi de Maycomb; había comido en el restaurante, había visto a dos gemelos pegados bajarse del tren en Bay St. Louis, e insistió, a pesar de nuestras amenazas, en que todo aquello era cierto. Había desechado los abominables pantalones cortos azules abotonados a la camisa y llevaba un pantalón corto de verdad con cinturón; estaba un poco más robusto, no más alto, y dijo que había visto a su padre. El padre de Dill era más alto que el nuestro, llevaba una barba negra (de punta), y era el presidente de los Ferrocarriles L. & N.

—Ayudé al maquinista un rato —dijo Dill bostezando.

—Sí, hombre, y yo me lo creo, Dill. Cállate —dijo Jem—. ¿A qué vamos a jugar hoy?

—Tom, Sam y Dick —dijo Dill—. Vayamos al patio delantero.

Dill quería jugar a los muchachos Rover porque eran tres papeles respetables. Claramente, estaba cansado de ser nuestro actor.

—Estoy cansada de ellos —dije yo. Estaba harta de representar el papel de Tom Rover, quien de repente perdía la memoria en medio de la película y era eliminado del guion hasta el final, cuando se encontraban en Alaska.

—Invéntate algo, Jem —dije.

—Estoy cansado de inventar.

Era nuestro primer día de libertad y estábamos cansados. Me preguntaba lo que traería el verano.

Habíamos ido hasta el patio delantero, donde Dill se quedó mirando la calle y el sombrío aspecto de la Mansión Radley.

—Huelo... muerte —dijo—. Lo digo de veras —añadió cuando yo le dije que se callara.

—¿Quieres decir que cuando alguien muere tú puedes olerlo?

—No, me refiero a que puedo oler a alguien y decir si va a morir. Una anciana me enseñó a hacerlo. —Dill se inclinó y me olió—. Jean... Louise... Finch, vas a morir en tres días.

—Dill, si no te callas, te doblaré las piernas de un golpe. Lo digo de veras...

—¡Silencio! —gritó Jem—. Os comportáis como si creyerais en los fuegos fatuos.

—Y tú te comportas como si no creyeras —dije yo.

—¿Qué son los fuegos fatuos? —preguntó Dill.

—¿No has ido nunca de noche por algún camino solitario o has pasado al lado de un lugar maldito? —le preguntó Jem a Dill—. Un fuego fatuo es alguien que no puede subir al cielo, se queda vagando por los caminos solitarios, y si pasas por encima, entonces cuando mueras te convertirás también en uno, y vagarás por la noche sorbiendo el aliento de la gente...

—¿Y cómo se puede evitar pasar por encima de uno?

—No se puede —dijo Jem—. A veces se estiran ocupando todo el camino, pero si pasas por encima de uno, dices: «Ángel con brillo, vida en un muerto; sal del camino, no sorbas mi aliento». Eso evita que te envuelvan...

—No creas ni una palabra de lo que dice, Dill —dije yo—. Calpurnia dice que eso son cuentos de negros.

Jem me miró frunciendo el ceño, pero dijo:

—Bueno, ¿vamos a jugar a algo o no?

—Rodemos con la rueda —sugerí.

Jem lanzó un suspiro.

—Sabes que soy demasiado grande.

—Tú puedes empujar.

Fui corriendo hasta el patio de atrás y saqué un viejo neumático de debajo de la casa. Lo llevé rodando hasta el patio delantero.

—Yo voy la primera —dije.

Dill replicó que él debía ir primero, pues acababa de llegar.

Jem saldó la discusión dándome el primer empujón a mí pero tiempo extra para Dill, y yo me hice un ovillo para meterme en el interior.

Hasta el último momento no me di cuenta de que Jem se había ofendido por haberle contradicho en lo de los fuegos fatuos, y de que esperaba pacientemente la oportunidad de devolvérmela. Lo hizo empujando el neumático por la acera con toda la fuerza de su cuerpo. Tierra, cielo y casas se convirtieron en una loca paleta, me zumbaban los oídos y me asfixiaba. No podía sacar las manos para detenerme, pues las tenía aprisionadas entre el pecho y las rodillas. Mi única esperanza era que Jem me alcanzara, o que algún bache en la acera detuviera el neumático. Le oí detrás de mí, persiguiéndome y gritando.

La rueda, saltando sobre la gravilla, se deslizó cruzando la calle, chocó contra un muro y me hizo salir despedida como si fuera un corcho contra el pavimento. Un poco mareada, me quedé tumbada en la acera sacudiendo la cabeza, golpeándome los oídos para que dejaran de zumbarme, y escuché la voz de Jem:

—Scout, sal de ahí, ¡ven!

Levanté la cabeza y vi justo delante de mí los peldaños de la Mansión Radley. Me quedé paralizada.

—Vamos, Scout, ¡no te quedes ahí! —gritaba Jem—. ¡Levántate! ¿No puedes?

Yo me puse de pie, temblando.

—¡Agarra la rueda! —gritó Jem—. ¡Tráela! ¿Es que no te enteras?

Cuando fui capaz de moverme, regresé corriendo hasta ellos con toda la rapidez que me permitían mis temblorosas rodillas.

—¿Por qué no la has traído? —gritó Jem.

—¿Por qué no vas tú a buscarla? —grité yo.

Jem se quedó en silencio.

—Vamos, no está muy lejos de la valla. Y tú una vez tocaste la casa, ¿recuerdas? —añadí.

Jem me miró con furia, pero no pudo decir que no. Fue corriendo hacia la acera, cruzó con cuidado la valla, y después entró como un rayo y agarró la rueda.

—¿Lo ves? —se burlaba triunfante Jem—. No pasa nada. Te lo juro, Scout, a veces te comportas tanto como una niña que me desesperas.

Sí pasaba algo más de lo que él sabía, pero decidí no decirle nada.

Calpurnia apareció en la puerta y gritó:

—¡Limonada! ¡Entrad todos antes de que este sol os fría vivos!

La limonada en mitad de la mañana era un ritual del verano. Calpurnia puso una jarra y tres vasos en el porche, y después siguió con sus asuntos. No tener el favor de Jem no me preocupaba especialmente. La limonada le haría recuperar su buen humor.

Jem bebió un segundo vaso y se dio unos golpes en el pecho.

—Ya sé a lo que vamos a jugar —anunció—. Algo nuevo, algo diferente.

—¿Qué? —preguntó Dill.

—Boo Radley.

La cabeza de Jem era a veces transparente: había pensado en aquello para darme a entender que no tenía ningún miedo a los Radley, para comparar su propio heroísmo temerario con mi cobardía.

—¿Boo Radley? ¿Cómo? —preguntó Dill.

—Scout —dijo Jem—, tú puedes ser la señora Radley…

—Lo haré si quiero. No creo…

—¿No quieres? —dijo Dill—. ¿Aún tienes miedo?

—Boo puede salir de noche cuando todos estamos dormidos… —dije.

Jem siseó.

—Scout, ¿cómo va a saber lo que estamos haciendo? Además, no creo que siga estando ahí. Murió hace años, y lo metieron en la chimenea.

—Jem —dijo Dill—, juguemos tú y yo y que Scout mire si tiene miedo.

Yo estaba segura de que Boo Radley estaba dentro de esa casa, pero no podía demostrarlo, y presentía que lo mejor sería mantener la boca cerrada, o sería acusada de creer en los fuegos fatuos, un fenómeno al que era inmune durante el día.

Jem repartió los papeles: yo era la señora Radley, y lo único que tenía que hacer era salir y barrer el porche. Dill era el viejo señor Radley: caminaba a un lado y a otro de la acera y tosía cuando Jem le hablaba. Jem, naturalmente, era Boo: bajaba los escalones de la casa y gritaba y aullaba de vez en cuando.

A medida que fue progresando el verano, lo hizo también nuestro juego. Lo pulimos y lo perfeccionamos, añadimos diálogo y trama hasta crear una pequeña obra en la que hacíamos cambios cada día.

Dill era el villano de villanos: podía meterse en el papel de cualquier personaje que se le asignara, y parecer alto si el papel de malvado lo requería. Era tan bueno que incluso su peor actuación era buena. Yo hacía a regañadientes el papel de algunas damas que entraban en el argumento. Nunca me pareció tan divertido como Tarzán, y aquel verano actué con mucha ansiedad a pesar de que Jem me aseguraba que Boo Radley estaba muerto y que nadie me atraparía, estando allí Calpurnia durante el día y Atticus en casa por la noche.

Jem era un héroe nato.

Era una obrita de teatro triste, realizada con fragmentos de chismes y de leyendas del barrio: la señora Radley había sido hermosa hasta que se casó con el señor Radley y perdió todo su dinero. También perdió la mayoría de sus dientes, el cabello y su dedo índice derecho (aportación de Dill. Boo se lo mordió una noche cuando no pudo encontrar ningún gato ni ardilla para comer); la mayor parte del tiempo estaba sentada en la sala y lloraba, mientras que Boo iba acabando con los muebles de la casa.

Los tres éramos los muchachos que se metían en problemas; para variar, yo era el juez de paz; Dill se llevaba a Jem y le metía debajo de las escaleras, pinchándole con la escoba. Jem reaparecía siempre que se le necesitaba, ya fuera como *sheriff*, diversos habitantes de la ciudad, o la señorita Stephanie Crawford, que tenía más que contar sobre los Radley que cualquiera en Maycomb.

Cuando era el momento de representar la gran escena de Boo, Jem entraba a hurtadillas en casa, robaba las tijeras del cajón de la máquina de coser cuando Calpurnia estaba de espaldas, y entonces se sentaba en la mecedora y recortaba periódicos. Dill pasaba por su lado, tosía delante de Jem, y Jem fingía clavarle las tijeras en el muslo. Desde donde yo estaba parecía real.

Cuando el señor Nathan Radley pasaba junto a nosotros cada día de camino a la ciudad, permanecíamos callados hasta que le perdíamos de vista, y entonces nos preguntábamos qué nos haría si sospechara algo. Deteníamos nuestras actividades cuando aparecía alguno de los vecinos, y una vez vi a la señorita Maudie Atkinson mirándonos fijamente desde el otro lado de la calle, con sus tijeras de podar detenidas a media altura.

Un día estábamos tan ocupados representando el capítulo xxv, libro ii de *La familia de un solo hombre*, que no vimos a Atticus que estaba de pie en la acera mirándonos y dándose golpecitos en la rodilla con una revista enrollada. El sol indicaba que eran las doce.

—¿Qué estáis representando? —preguntó.

—Nada —dijo Jem.

La evasiva de Jem me hizo saber que nuestro juego era un secreto, así que me mantuve callada.

—¿Qué haces entonces con esas tijeras? ¿Por qué estás recortando ese periódico? Si es el de hoy, te daré unos azotes.

—Nada.

—Nada ¿qué? —dijo Atticus.

—Nada, señor.

—Dame esas tijeras —ordenó Atticus—. No son para jugar. ¿Tiene por casualidad algo que ver con los Radley?

—No, señor —contestó Jem a la vez que se sonrojaba.

—Espero que no —dijo brevemente, y entró en casa.

—Jem…

—¡Cállate! Se ha ido a la sala, no puede oírnos desde allí.

A salvo en el patio, Dill le preguntó a Jem si podíamos seguir jugando.

—No lo sé. Atticus no ha dicho que no pudiéramos…

—Jem —dije yo—. Creo que Atticus lo sabe.

—No, no lo sabe. Si lo supiera, lo habría dicho.

Yo no estaba tan segura, pero Jem me dijo que estaba siendo una niña, que las niñas siempre se imaginaban cosas, y que por eso otras personas las aborrecían tanto, y que si yo comenzaba a comportarme como una, podía irme y buscar a alguien con quien jugar.

—Muy bien, seguid vosotros entonces —dije yo—. Ya veréis.

La llegada de Atticus fue la segunda razón por la que yo quise dejar de jugar. La primera razón se produjo el día en que llegué rodando hasta el patio delantero de los Radley. Entre todo el movimiento de cabeza, el mareo y los gritos de Jem, yo había oído otro sonido, tan bajo que no pude haberlo oído desde la acera. Alguien dentro de la casa se reía.

5

Finalmente, insistiendo pude doblegar a Jem, como yo sabía que ocurriría, y para mi alivio dejamos el juego durante un tiempo. Sin embargo, él seguía manteniendo que Atticus no había dicho que no pudiéramos jugar, y por lo tanto podíamos; y si Atticus decía alguna vez que no podíamos, Jem había pensado en una manera de evitarlo: simplemente cambiaría los nombres de los personajes y entonces no podríamos ser acusados de representar nada.

Dill estuvo de acuerdo con ese plan de acción. Dill se estaba convirtiendo en algo muy pesado, de todos modos, siguiendo a todas partes a Jem. A principios del verano me había pedido que me casara con él, pero lo olvidó pronto. Me marcó como su propiedad, dijo que yo era la única chica a la que amaría jamás, y después me abandonó. Yo le di un par de palizas, pero eso solo sirvió para acercarlo aún más a Jem. Pasaban días juntos en la casa del árbol tramando y planeando, llamándome solamente cuando necesitaban un tercer personaje. Pero yo me mantuve apartada durante un tiempo de sus planes más insensatos y, a riesgo de que me llamaran niña, me pasé la mayor parte de los atardeceres ese verano sentada con la señorita Maudie Atkinson en su porche delantero.

Jem y yo siempre habíamos disfrutado de poder correr por el patio de la señorita Maudie si nos manteníamos lejos de sus azaleas, pero nuestra relación con ella no estaba claramente definida. Hasta que Jem y Dill me excluyeron de sus planes, ella era solamente otra señora del barrio, pero una presencia relativamente benigna.

Nuestro trato tácito con la señorita Maudie era que podíamos jugar en su tierra, comernos sus uvas si no saltábamos sobre el arbusto y explorar el vasto terreno trasero, unos términos tan generosos que en raras ocasiones hablábamos con ella, teniendo mucho cuidado de preservar el delicado equilibrio de nuestra relación. Pero Jem y Dill me hicieron acercarme más a ella con su conducta.

La señorita Maudie aborrecía su casa: el tiempo pasado dentro de ella era tiempo perdido. Era viuda, una dama camaleón que cuidaba sus flores llevando su viejo sombrero de paja y un mono de hombre, pero después de su baño de las cinco, aparecía en el porche y reinaba sobre la calle con una belleza magistral.

Amaba todo lo que crece en la tierra de Dios, incluso las malas hierbas. Con una excepción. Si encontraba una brizna de juncia en su patio, era como la segunda Batalla de Marne: se inclinaba sobre ella con un tubo de hojalata y la rociaba por debajo con una sustancia venenosa que ella decía que era tan potente que nos mataría a todos si no nos apartábamos de allí.

—¿Y por qué no la arranca? —le pregunté, después de ser testigo de una prolongada campaña contra una cosa que no tenía ni tres palmos de altura.

—¿Arrancarla, niña, arrancarla? —Levantó el doblado brote y apretó con el pulgar su diminuto tallo. Salieron unos granos microscópicos—. Un vástago de juncia puede arruinar todo un patio. Cuando llega el otoño, esto se seca, ¡y el viento lo lleva por todo el condado de Maycomb! —Por la expresión de su cara, la señorita Maudie equiparaba aquella situación con una plaga del Antiguo Testamento.

Hablaba de manera muy tajante para ser una habitante del condado de Maycomb. Nos llamaba a todos por nuestros nombres, y cuando sonreía dejaba ver dos diminutas abrazaderas de oro sujetas a los colmillos. Cuando dije que esperaba algún día tenerlas también, porque las admiraba, ella me dijo:

—Mira. —Y con un movimiento de su lengua hizo salir el puente, un gesto de cordialidad que cimentó nuestra amistad.

La benevolencia de la señorita Maudie se extendía a Jem y a Dill, cada vez que ellos descansaban de sus actividades: cosechamos los beneficios de un talento que hasta entonces la señorita Maudie había mantenido oculto de nosotros. Ella hacía los mejores pasteles del barrio. Cuando le concedimos nuestra confianza, cada vez que horneaba, hacía un pastel grande y otros tres pequeños, y gritaba desde el otro lado de la calle:

—¡Jim Finch, Scout Finch, Charles Baker, venid aquí!

Nuestra rapidez era siempre recompensada.

En verano, los atardeceres son largos y tranquilos. Con frecuencia, la señorita Maudie y yo nos sentábamos en silencio en su porche, mirando el cielo pasar desde un color amarillo al rosado a medida que el sol se iba poniendo, observando bandadas de golondrinas que volaban bajo sobre el barrio y desaparecían detrás de los tejados de la escuela.

—Señorita Maudie —le dije una tarde—, ¿cree usted que Boo Radley sigue vivo?

—Se llama Arthur, y está vivo —dijo ella. Se mecía lentamente en su vieja mecedora de roble—. ¿Hueles mis mimosas? Su aroma es como el aliento de los ángeles esta tarde.

—Sí. ¿Y cómo lo sabe?

—¿Saber qué, niña?

—Que B… el señor Arthur sigue con vida.

—Qué pregunta tan morbosa. Pero supongo que es un tema morboso. Sé que está vivo, Jean Louise, porque no he visto que le sacaran aún.

—Quizá murió y le metieron en la chimenea.

—¿De dónde has sacado esa idea?

—Eso es lo que Jem cree que hicieron.

—Cada día se parece más a Jack Finch.

La señorita Maudie conocía al tío Jack Finch, el hermano de Atticus, desde que eran niños. Casi de la misma edad, se habían criado juntos en Finch's Landing. La señorita Maudie era la hija de un terrateniente vecino, el doctor Frank Buford. La profesión del doctor Buford era la medicina, y su obsesión era cualquier cosa que creciera en la tierra, de modo que se quedó pobre. El tío Jack limitó su pasión por cultivar a las macetas de su ventana en Nashville y se hizo rico. Veíamos al tío Jack todas las Navidades, y todas las Navidades él le gritaba desde el otro lado de la calle a la señorita Maudie que se casara con él. La señorita Maudie le gritaba en respuesta:

—Grita un poco más fuerte, Jack Finch, y te oirán en la oficina de correos, ¡yo no te he oído aún!

Jem y yo pensábamos que esa era una manera extraña de pedir la mano de una dama, pero en realidad el tío Jack era bastante extraño. Decía que estaba intentando sacar de sus casillas a la señorita Maudie, que lo había estado intentando sin éxito durante cuarenta años; que él era la última persona en el mundo con quien ella pensaría casarse, pero la primera en la que pensaría para burlarse, y que la mejor manera de defenderse de ella era un ataque directo, todo lo cual nosotros lo entendíamos claramente.

—Arthur Radley no sale de la casa, eso es todo —dijo la señorita Maudie—. ¿No te quedarías en tu casa si no quisieras salir?

—Sí, pero yo querría salir. ¿Por qué él no quiere?

Los ojos de la señorita Maudie se entrecerraron.

—Tú conoces esa historia tan bien como yo.

—Sin embargo, nunca he oído el motivo. Nadie me ha dicho jamás por qué.

La señorita Maudie se ajustó el puente en la boca.

—Ya sabes que el viejo señor Radley era un baptista de los «lavadores de pies».

—Usted también lo es, ¿verdad?

—Yo no soy tan estricta, niña. Tan solo soy baptista.

—¿No creen todos en lo de lavar los pies?

—Sí. En casa, en la bañera.

—Pero nosotros no podemos tomar la comunión con todos ustedes...

Al parecer, la señorita Maudie decidió que era más fácil describir la doctrina baptista primitiva que la doctrina de la comunión cerrada, y dijo:

—Los lavadores de pies creen que cualquier cosa que cause placer es un pecado. ¿Sabías que algunos de ellos vinieron de los campos un sábado, pasaron por aquí y me dijeron que mis flores y yo iríamos al infierno?

—¿Sus flores también?

—Sí, señorita. Se quemarían conmigo. Pensaban que yo pasaba demasiado tiempo al aire libre de Dios y no el suficiente dentro de la casa leyendo la Biblia.

Mi confianza en el evangelio del púlpito disminuyó ante la imagen de la señorita Maudie cociéndose para siempre en varios infiernos protestantes. Era cierto que ella tenía una lengua cáustica, y no iba por el vecindario haciendo el bien, como hacía la señorita Stephanie Crawford. Pero, mientras que nadie con un gramo de sentido común confiaba en la señorita Stephanie, Jem y yo teníamos una fe considerable en la señorita Maudie. Ella nunca nos delató, nunca jugó con nosotros al ratón y al gato, y no estaba interesada en absoluto en nuestras vidas privadas. Era nuestra amiga. Cómo una criatura tan razonable podría vivir en peligro de sufrir tormento eterno era incomprensible.

—Eso no es cierto, señorita Maudie. Es usted la mujer más buena que conozco.

La señorita Maudie sonrió.

—Gracias, muchacha. El caso es que los «lavadores de pies» creen que las mujeres son un pecado por definición. Interpretan la Biblia literalmente, ya sabes.

—¿Y por eso el señor Arthur se queda en la casa, para mantenerse alejado de las mujeres?

—No tengo ni idea.

—No lo comprendo. Digo yo que si el señor Arthur deseara irse al cielo, al menos saldría al porche. Atticus dice que Dios ama a la gente como uno se ama a sí mismo…

La señorita Maudie dejó de mecerse, y su voz se endureció.

—Eres demasiado joven para entenderlo —dijo—, pero a veces la Biblia en manos de un hombre es peor que una botella de *whisky* en manos de… oh, de tu padre.

Quedé asombrada.

—Atticus no bebe *whisky* —afirmé yo—. Nunca ha bebido una sola gota en su vida…, bueno, sí. Dijo que una vez bebió y no le gustó.

La señorita Maudie se rio.

—No hablaba de tu padre —dijo—. Lo que quería decir es que si Atticus Finch bebiese hasta estar borracho, no sería tan duro como algunos hombres cuando están sobrios. Hay un tipo de hombres que… que están tan ocupados preocupándose por el otro mundo que nunca han aprendido a vivir en este. Solo tienes que echarle un vistazo a la calle para comprobarlo.

—¿Cree que son verdad todas esas cosas que dicen sobre B… el señor Arthur?

—¿Qué cosas?

Yo se las conté.

—Las tres cuartas partes vienen de gente de color, y una cuarta parte de Stephanie Crawford —dijo la señorita Maudie con una sonrisa forzada—. Stephanie Crawford incluso llegó a decirme una vez que se despertó en mitad de la noche y se lo encontró mirándola por la ventana. Yo le pregunté: «¿Y qué hiciste, Stephanie, moverte a un lado de la cama para dejarle sitio?». Eso la hizo callar durante un rato.

Seguro que sí. La voz de la señorita Maudie bastaba para cerrar la boca a cualquiera.

—No, niña —dijo—, esa es una casa triste. Recuerdo a Arthur Radley cuando era niño. Siempre me hablaba con amabilidad, dijera lo que dijera la gente. Hablaba tan amablemente como sabía.

—¿Cree usted que está loco?

La señorita Maudie meneó la cabeza.

—Si no lo está, ya debería estarlo a estas alturas. Nunca llegamos a saber las cosas que le sucede a la gente. Lo que ocurre tras las puertas cerradas, los secretos…

—Atticus nunca nos hace nada a Jem y a mí dentro de casa que no haga también en el patio —dije yo, sintiendo que era mi obligación defender a mi padre.

—Hijita, estaba desenredando un hilo, ni siquiera pensaba en tu padre, pero ahora que lo pienso diré esto: Atticus Finch es el mismo en su casa que en la calle. ¿Qué te parece llevarte a casa un bizcocho de mantequilla recién hecho?

Me pareció muy bien.

A la mañana siguiente, cuando me desperté encontré en el patio de atrás a Jem y a Dill enzarzados en una conversación. Cuando me acerqué a ellos, como siempre, me dijeron que me marchara.

—No me iré. Este patio es tan mío como tuyo, Jem Finch. Tengo tanto derecho como tú a jugar aquí.

Dill y Jem se apartaron unos momentos para deliberar.

—Si te quedas, tienes que hacer lo que nosotros te digamos —me advirtió Dill.

—Pero… —dije yo— ¿de dónde te viene de repente tanta grandeza?

—Si no dices que harás lo que te digamos, no vamos a decirte nada —continuó Dill.

—¡Ni que hubieras crecido veinte centímetros durante la noche! Muy bien, ¿qué es?

Jem dijo tranquilamente:

—Vamos a entregar una nota a Boo Radley.

—¿Cómo?

Yo intentaba vencer mi creciente terror. Estaba bien que la señorita Maudie hablara; ella era mayor y estaba cómoda en su porche. Lo nuestro era diferente.

Jem iba a poner la nota en el extremo de una caña de pescar y hacerla pasar por la persiana. Si alguien se acercaba, Dill tocaría una campanilla.

Dill levantó la mano derecha, en la que llevaba la campanilla de plata de mi madre para anunciar la hora de la comida.

—Rodearé la casa hasta el otro lado —dijo Jem—. Ayer vimos desde la acera de enfrente que hay una persiana suelta. Tal vez pueda dejarla en el alféizar de la ventana.

—Jem…

—Tú también estás metida en esto y no puedes salir. ¡Te quedarás con nosotros, señorita Remilgada!

—Bien, bien, pero no quiero vigilar. Jem, alguien estaba…

—Sí, lo harás, vigilarás la parte de atrás de la casa. Dill vigilará la parte de delante y la calle, y si se acerca alguien tocará la campanilla. ¿Está claro?

—De acuerdo. ¿Y qué habéis escrito?

—Le pedimos muy amablemente que salga de vez en cuando y nos diga lo que hace ahí dentro —dijo Dill—. Que no le haremos ningún daño y que le compraremos un helado.

—Os habéis vuelto locos, ¡nos matará!

—Es idea mía —dijo Dill—. Supongo que si saliera y se sentara un rato con nosotros, puede que se sintiera mejor.

—¿Y cómo sabes que no se siente bien?

—Bueno, ¿cómo te sentirías tú si hubieras estado encerrada durante cien años sin otra cosa que gatos para comer? Apuesto a que tiene una barba que llega hasta aquí…

—¿Como la de tu padre?

—Él no lleva barba, lleva… —Dill se detuvo, como si intentara recordar.

—Eh, eh, te pillé —dije yo—. Cuando llegaste en el tren dijiste que tu padre tenía una barba negra…

—Si no te importa, ¡se la afeitó el pasado verano! Sí, y tengo la carta para demostrarlo…, ¡y también me envió dos dólares!

—Claro…, ¡supongo que incluso te envió un uniforme de la policía montada! Pero eso nunca llegó, ¿no? Sigue hablando, hijo…

Dill Harris podía contar las mentiras más grandes que yo había oído jamás. Entre otras cosas, había ido en un avión correo diecisiete veces, había visitado Nueva Escocia, había visto un elefante, y su abuelo era el brigadier general Joe Wheeler y le dejó su espada.

—Callaos —dijo Jem. Se escabulló tras la casa y salió con una caña de bambú amarilla—. Supongo que será bastante larga para llegar desde la acera.

—Cualquiera que sea lo bastante valiente para acercarse y tocar la casa no debería tener que usar una caña de pescar —dije yo—. ¿Por qué no derribas la puerta delantera?

—Esto… es… diferente —replicó Jem—. ¿Cuántas veces tengo que decírtelo?

Dill sacó un trozo de papel de su bolsillo y se lo entregó a Jem. Los tres caminamos con cautela hacia la vieja casa. Dill se quedó en la farola que había frente a la finca, y Jem y yo continuamos por la acera que discurría paralela al lateral de la casa. Yo iba detrás de Jem y me quedé donde pudiera ver el otro lado de la curva.

—Todo despejado —dije—. No se ve a nadie.

Jem puso la nota en el extremo de la caña de pescar, metió esta en el patio y la acercó a la ventana que había escogido. A la caña le faltaban varios centímetros para llegar, y Jem se estiró todo lo que pudo. Lo vi contorsionarse durante tanto tiempo que al final abandoné mi puesto y me acerqué hasta él.

—No puedo soltarla de la caña —musitó—. O, si la suelto, no consigo que se quede en la ventana. Vuelve a la calle, Scout.

Yo regresé y seguí vigilando la calle vacía. De vez en cuando me volvía para mirar a Jem, que pacientemente seguía intentando dejar la nota en el alféizar de la ventana. La carta revoloteaba hasta el suelo y Jem volvía a subirla. Tantas veces lo hizo que pensé que si Boo Radley la recibía alguna vez, no podría leerla. Yo estaba observando la calle cuando sonó la campanilla.

Reuniendo valor, corrí al otro lado para enfrentarme a Boo Radley y sus ensangrentados colmillos; en cambio, vi a Dill tocando la campanilla con todas sus fuerzas delante de la cara de Atticus.

Jem parecía tan trastornado que no tuve valor para decirle que ya se lo había advertido. Se retiró con movimientos lentos, arrastrando el palo detrás de él por la acera.

—Deja de tocar eso —dijo Atticus.

Dill agarró el badajo; en el silencio que siguió, me habría gustado que hubiera comenzado a tocarla otra vez. Atticus se echó para atrás el sombrero y se puso las manos en la cintura.

—Jem —dijo—, ¿qué estabas haciendo?

—Nada, señor.

—No me vengas con eso. Dímelo.

—Estaba… solo intentábamos darle algo al señor Radley.

—¿Qué intentabas darle?

—Solamente una carta.

—Déjame verla.

Jem le entregó un pedazo de papel sucio. Atticus lo miró e intentó leerlo.

—¿Por qué queréis que salga el señor Radley?

—Pensábamos que quizá le gustaría estar con nosotros… —dijo Dill, y se calló cuando Atticus le miró.

—Hijo —le dijo a Jem—, voy a decirte algo, y te lo diré solo una vez: deja de atormentar a ese hombre. Y os digo lo mismo a vosotros dos.

Lo que hiciera el señor Radley era asunto suyo. Si quería salir, lo haría. Si quería quedarse dentro de su propia casa, tenía derecho a permanecer dentro, libre de las atenciones de niños curiosos, que era un término suave para niños como nosotros. ¿Qué nos parecería si Atticus se colara sin llamar, cuando estuviéramos en nuestros cuartos por la noche? Estábamos haciendo lo mismo con el señor Radley. Lo que hacía el señor Radley a nosotros nos parecía peculiar, pero a él no. Además, ¿nunca se nos había ocurrido que la manera civilizada de comunicarnos con otro ser humano era acudiendo a la puerta de la calle y no por una ventana lateral? Por último, debíamos mantenernos alejados de esa casa hasta que fuéramos invitados a ir, no debíamos jugar a ese juego tan burdo que él había visto, ni burlarnos de nadie, ni en esa calle ni en ninguna parte de la ciudad…

—No nos estábamos burlando de él, no nos estábamos riendo de él —dijo Jem—, tan solo estábamos…

—Así que eso era lo que estabais haciendo, ¿verdad?

—¿Burlarnos de él?

—No —dijo Atticus—, representar la historia de su vida para que todo el barrio la conozca.

Jem pareció envalentonarse un poco.

—No he dicho que estuviéramos haciendo eso, ¡no lo he dicho!

Atticus sonrió fríamente.

—Acabas de decírmelo. Ahora mismo vais a acabar con esta tontería, los tres.

Jem le miró boquiabierto.

—Tú quieres ser abogado, ¿verdad?

Nuestro padre apretó sospechosamente los labios, como si quisiera controlarlos.

Jem decidió que no tenía sentido protestar y se quedó en silencio. Cuando Atticus entró en casa para recoger un documento que había olvidado llevarse al trabajo esa mañana, Jem finalmente entendió que había sido vencido por el truco más viejo de los abogados. Esperó a cierta distancia de los escalones de delante y observó a Atticus salir de la casa y caminar hacia la ciudad. Cuando Atticus ya no podía oírlo, le gritó:

—¡Creí que quería ser abogado, pero ya no estoy tan seguro!

6

—Sí —dijo nuestro padre cuando Jem le preguntó si podíamos ir con Dill y sentarnos a la orilla del estanque de peces de la señorita Rachel, ya que esa era su última noche en Maycomb.

—Dile adiós de mi parte, y que le veremos el próximo verano.

Saltamos el muro bajo que separaba el patio de la señorita Rachel de nuestro camino de entrada. Jem dio un silbido y Dill respondió en la oscuridad.

—Ni gota de aire —dijo Jem—. Mira eso.

Señaló hacia el este. Una luna gigantesca se elevaba por detrás de los árboles de la señorita Maudie.

—Por eso parece que hace más calor —dijo.

—¿Hay una cruz esta noche? —preguntó Dill sin levantar la vista. Estaba haciendo un cigarrillo con papel de periódico y cuerda.

—No, solamente la dama. No enciendas eso, Dill, o apestarás toda esta parte de la ciudad.

Había una dama en la luna en Maycomb. Se sentaba ante un tocador y se cepillaba el cabello.

—Te vamos a echar de menos, muchacho —dije yo—. ¿Crees que debemos cuidarnos del señor Avery?

El señor Avery se alojaba al otro lado de la calle, enfrente de la casa de la señora Henry Lafayette Dubose. Además de hacer cambio de monedas en el platillo de las ofrendas cada domingo, el señor Avery se sentaba en el porche cada noche hasta las nueve y estornudaba. Una noche tuvimos el privilegio de ser testigos de una representación suya que pareció haber sido la última, porque nunca volvió a hacerlo en todo el tiempo que le observamos. Esa noche en cuestión Jem y yo estábamos bajando los escalones de la casa de la señorita Rachel cuando Dill nos detuvo.

—¡Vaya! Mirad allí.

Señalaba al otro lado de la calle. Al principio no vimos nada excepto un porche delantero cubierto de hiedra, pero al observar con más detenimiento descubrimos un arco de agua que bajaba desde las hojas y caía en el círculo amarillento de la farola de la calle, a unos tres metros de distancia del suelo, nos pareció. Jem dijo que el señor Avery no sabía apuntar, Dill añadió que debía de beberse cinco litros cada día, y la subsiguiente competición para determinar distancias relativas y las destrezas de cada uno solamente hizo que me sintiera apartada una vez más, ya que yo no sabía nada a ese respecto.

Dill se estiró, bostezó y dijo con demasiada indiferencia:

—Ya sé, vamos a dar un paseo.

A mí me sonó sospechoso. Nadie en Maycomb salía solamente a dar un paseo.

—¿Adónde, Dill?

Dill ladeó la cabeza en dirección al sur.

—Bien —dijo Jem y, cuando yo protesté, añadió dulcemente—: No es necesario que vengas, hermanita.

—No tienes que ir. Recuerda…

A Jem no lo acobardaban las derrotas pasadas: parecía que lo único que había sacado en claro de la regañina de Atticus era ser más perspicaz en el arte del interrogatorio.

—Scout, no vamos a hacer nada, solo vamos a ir hasta la farola y volver.

Fuimos caminando en silencio por la acera, escuchando el rechinar de los balancines que chirriaban en los porches bajo el peso de los vecinos, los suaves murmullos nocturnos de las personas mayores en nuestra calle. De vez en cuando oíamos reír a la señorita Stephanie Crawford.

—¿Bien? —dijo Dill.

—Muy bien —contestó Jem—. ¿Por qué no te vas a casa, Scout?

—¿Qué vais a hacer?

Dill y Jem solo iban a mirar por la ventana que tenía la persiana suelta para ver si podían echar un vistazo a Boo Radley, y si yo no quería ir con ellos, podía irme directamente a casa y mantener la boca cerrada; eso era todo.

—Pero ¿por qué diantres habéis esperado hasta esta noche?

Porque nadie podía verlos en la noche, porque Atticus estaría tan enfrascado en la lectura de un libro que no se enteraría ni aunque llegara el día del Juicio Final, porque si Boo Radley los mataba, se perderían la escuela en lugar de las vacaciones, y porque era más fácil ver el interior de una casa a oscuras en las horas sin luz que de día, ¿lo entendía yo?

—Jem, por favor…

—Scout, te lo digo por última vez, cierra la boca o vete a casa; ¡sabe Dios que cada día te pareces más a una niña!

Eso no me dejó otra opción que acompañarlos. Pensábamos que era mejor ir por debajo de la valla alta de alambre que estaba en la parte trasera de la finca de los Radley, pues así tendríamos menos posibilidades de que nos vieran. La valla encerraba un jardín grande y una estrecha casita de madera.

Jem levantó la parte inferior del alambre e indicó a Dill que pasara por debajo. Yo le seguí, y ayudé a sostener el alambre para que pasara Jem. Le costó bastante.

—No hagáis ruido —susurró—. Y, sobre todo, no entréis en una hilera de coles, pues eso haría despertar a los muertos.

Con esa idea en mente, yo daba quizá un paso por minuto. Me moví más rápidamente cuando vi a Jem muy por delante, haciendo señas a la luz de la luna. Llegamos a la puerta que dividía el jardín del patio trasero. Jem la tocó. La puerta rechinó.

—Escupe en las bisagras —susurró Dill.

—Nos has metido en una trampa, Jem —musité yo—. No podremos salir de aquí tan fácilmente.

—Shhh. Escupe, Scout.

Escupimos todo lo que pudimos, y Jem abrió la puerta lentamente, hasta dejarla descansar en la valla. Estábamos en el patio trasero.

La parte de atrás de la casa de los Radley era menos acogedora que la frontal: un porche destartalado recorría toda la anchura de la casa; había dos ventanas oscuras flanqueadas por dos puertas. En lugar de una columna, un rudo soporte sostenía un extremo del tejado. Había una vieja estufa Franklin en un rincón del porche; encima habían colgado un perchero de sombreros con espejo que reflejaba la luz de la luna y resplandecía.

—Uf —dijo Jem suavemente, levantando el pie.

—¿Qué pasa?

—Gallinas —susurró.

Que nos veríamos obligados a esquivar lo que no veíamos desde todas las direcciones quedó confirmado cuando Dill, que estaba más adelante, dijo «Diii... ossss» susurrando. Seguimos hasta el costado de la casa, rodeando la ventana que tenía la persiana rota. El poyete era varios centímetros más alto que Jem.

—Te echaré una mano para subir —le susurró a Dill—. Pero espera.

Jem se agarró la muñeca izquierda y me cogió la muñeca derecha, yo me agarré la muñeca izquierda y la muñeca derecha de Jem, nos agachamos, y Dill se sentó en esa silla improvisada. Le elevamos y él se agarró al poyete de la ventana.

—Date prisa —susurró Jem—. No podemos aguantar mucho.

Dill me dio un golpe en el hombro y le bajamos hasta el suelo.

—¿Qué has visto?

—Nada. Cortinas. Hay una luz muy pequeña, pero lejos.

—Salgamos de aquí —dijo Jem—. Volvamos dando un rodeo otra vez. Shhh —me advirtió, pues yo estaba a punto de protestar.

—Probemos por la ventana trasera.

—Dill, no —dije yo.

Dill se detuvo y dejó que Jem fuera delante. Cuando Jem pisó el último escalón, este crujió. Se quedó quieto y entonces equilibró su peso gradualmente. El escalón no hizo ruido. Jem se saltó dos peldaños, puso un pie en el porche, se impulsó para subir y se tambaleó unos instantes. Recuperó el equilibrio y se arrodilló. Fue gateando hasta la ventana, levantó la cabeza y miró dentro.

Entonces yo vi la sombra. Era la sombra de un hombre que llevaba puesto un sombrero. Al principio pensé que era un árbol, pero no soplaba nada de viento, y los troncos de los árboles nunca caminan. El porche trasero estaba bañado por la luz de la luna, y la sombra, tan seca como una tostada, avanzaba por el porche hacia Jem.

Dill fue el siguiente en verla. Se tapó la cara con las manos.

Cuando la sombra atravesó a Jem, fue cuando la vio. Se puso los brazos por encima de la cabeza y se quedó rígido.

La sombra se detuvo aproximadamente a medio metro de distancia por detrás de Jem. Apartó su brazo del costado, lo dejó caer y se quedó quieto. Entonces se giró y retrocedió atravesando a Jem, recorrió el porche y se fue por el lateral de la casa, regresando al igual que había llegado.

Jem bajó de un salto del porche y corrió hacia nosotros. Abrió la puerta de par en par, nos empujó a Dill y a mí, y nos hizo avanzar entre dos filas de coles. A mitad de camino entre las coles fue cuando tropecé; y, mientras lo hacía, el rugido de un disparo sacudió a todo el barrio.

Dill y Jem se tumbaron a mi lado. La respiración de Jem era entrecortada:

—¡Tras la valla de la escuela! ¡Deprisa, Scout!

Jem sostuvo el alambre; Dill y yo rodamos por debajo, y estábamos a medio camino del refugio del roble solitario del patio de la escuela cuando nos dimos cuenta de que Jem no estaba con nosotros. Regresamos corriendo y le encontramos forcejeando en la valla de alambre, quitándose a patadas los pantalones para soltarse. Corrió hasta el roble en calzoncillos.

A salvo detrás del árbol, nos sentíamos como atontados, pero la mente de Jem iba a toda velocidad.

—Tenemos que llegar a casa, o nos echarán de menos.

Cruzamos corriendo el patio de la escuela, gateamos por debajo de la valla pasando por el prado que hay detrás de nuestra casa, trepamos por la valla trasera y nos plantamos en los escalones de atrás antes de que Jem nos permitiera ni descansar un segundo.

Cuando nuestra respiración se hubo normalizado, los tres caminamos del modo más natural que pudimos hasta el patio delantero. Miramos calle abajo y vimos a un grupo de vecinos en la puerta de los Radley.

—Será mejor que vayamos —dijo Jem—. Les parecerá raro si no lo hacemos.

El señor Nathan Radley estaba de pie al otro lado de la valla y llevaba una escopeta cruzada en el brazo. Atticus se encontraba al lado de la señorita Maudie y de la señorita Stephanie Crawford. La señorita Rachel y el señor Avery estaban cerca. Ninguno de ellos nos vio llegar.

Nos situamos al lado de la señorita Maudie, que volvió la vista.

—¿Dónde estabais, no habéis oído el alboroto?

—¿Qué ha pasado? —preguntó Jem.

—El señor Radley disparó a un negro en su huerto de coles.

—Ah. ¿Y le dio?

—No —dijo la señorita Stephanie—. Disparó al aire, aunque le dejó blanco del susto. Dice que si alguien ve a un negro blanco por los alrededores, es ese. Y que tiene el otro cañón preparado para quien haga un solo ruido en esa parte del huerto, y que la próxima vez no apuntará hacia arriba, ya sea un perro, un negro, o… ¡Jem Finch!

—¿Qué, señora?

Entonces habló Atticus.

—¿Dónde están tus pantalones, hijo?

—¿Pantalones, señor?

—Pantalones.

Era inútil. En calzoncillos delante de Dios y de todo el mundo. Yo suspiré.

—¿Señor Finch?

Al resplandor de la farola, pude ver que Dill estaba maquinando algo: abrió los ojos como platos, y su rechoncha cara de querubín se redondeó aún más.

—¿Qué pasa, Dill? —preguntó Atticus.

—Es que… yo se los he ganado —dijo vagamente.

—¿Ganarlos? ¿Cómo?

Dill se llevó la mano a la nuca, la subió por la cabeza y se frotó la frente.

—Estábamos jugando al *strip poker* al lado del estanque de peces —dijo.

Jem y yo nos relajamos. Los vecinos parecieron convencidos y todos se pusieron serios. Pero ¿qué era el *strip poker*?

No tuvimos oportunidad de descubrirlo: la señorita Rachel comenzó a gritar como si fuera la sirena de los bomberos.

—¡Jeeee… sús, Dill Harris! ¿Jugando al lado de mi estanque? ¡Te voy a dar *strip poker*, señorito!

Atticus salvó a Dill del inminente despedazamiento.

—Un momento, señorita Rachel —dijo—. Nunca había oído que hicieran algo así antes. ¿Estabais jugando a las cartas?

Jem siguió con facilidad la historia de Dill.

—No, señor, solamente con cerillas.

Sentí admiración por mi hermano. Las cerillas eran peligrosas, pero las cartas eran fatales.

—Jem, Scout —dijo Atticus—, no quiero volver a oír hablar de póquer. Vete a casa de Dill y recupera tus pantalones, Jem. Solucionad el asunto entre vosotros.

—No te preocupes, Dill —dijo Jem mientras caminábamos por la acera—, ella no te hará nada. Mi padre la convencerá. Has pensado con rapidez, chico. Escucha…, ¿lo oyes?

Nos detuvimos y oímos la voz de Atticus.

—… No es grave… Todos pasan por ello, señorita Rachel…

A Dill aquello lo reconfortó, pero a Jem y a mí no. Aún teníamos el problema de que Jem debía aparecer con unos pantalones por la mañana.

—Te daría unos míos —dijo Dill cuando llegamos a las escaleras de la señorita Rachel.

Jem respondió que no le servirían, pero que muchas gracias de todos modos. Nos despedimos, y Dill entró en la casa. Evidentemente, recordó que estaba comprometido conmigo, porque regresó corriendo y me besó rápidamente delante de Jem.

—Escribidme, ¿me oís? —nos gritó.

Aunque Jem hubiera llevado los pantalones puestos, de todos modos no habríamos dormido mucho. Cada sonido nocturno que yo escuchaba desde mi catre en el porche trasero parecía aumentado por tres; cada pisada sobre la gravilla era Boo Radley buscando venganza, cada negro que pasaba riéndose por la calle era Boo Radley persiguiéndonos; los insectos que se chocaban contra la tela metálica eran los dedos dementes de Boo Radley destrozando el alambre; los cinamomos eran entes malignos que nos acechaban. Me debatí entre el sueño y el desvelo hasta que oí murmurar a Jem:

—¿Duermes, Tres Ojitos[2]*?

—¿Estás loco?

—Shh. La luz de Atticus está apagada.

A la luz de la luna vi que Jem ponía los pies en el suelo.

—Voy por ellos —dijo.

Yo me incorporé.

—No puedes. No te lo permitiré.

—Tengo que ir —insistió mientras forcejeaba para ponerse la camisa.

—Si lo haces despertaré a Atticus.

—Si lo despiertas te mataré.

---

* Referencia al cuento de los hermanos Grimm *Un Ojito, Dos Ojitos, Tres Ojitos*. (N. del E.)

Tiré de él y le hice sentarse a mi lado en el catre. Intenté razonar con él.

—El señor Nathan los encontrará por la mañana, Jem. Sabe que los perdiste. Cuando se los enseñe a Atticus pasarás un mal rato, pero eso será todo. Vuelve otra vez a la cama.

—Ya lo sé —dijo Jem—. Por eso voy a buscarlos.

Comencé a sentir náuseas. Regresar a ese lugar él solo... Recordé lo que dijo la señorita Stephanie: el señor Nathan tenía el otro cañón preparado para cuando escuchara otro ruido, ya fuera un negro, un perro... Jem lo sabía mejor que yo. Estaba desesperada.

—Mira, no vale la pena, Jem. Una paliza duele, pero no dura. Te pegarán un tiro en la cabeza, Jem. Por favor...

Él soltó el aire lentamente, con paciencia.

—Yo... Escucha, Scout —musitó—. Que yo recuerde, Atticus nunca me ha pegado. Y quiero que siga siendo así.

Menuda idea. Ni que Atticus nos amenazara un día sí y otro no.

—Querrás decir que nunca te ha pillado.

—Quizá sea eso, pero... quiero que siga siendo así, Scout. Tenemos que zanjarlo esta noche.

Fue entonces, supongo, cuando Jem y yo comenzamos a separarnos. A veces yo no le entendía, pero mis periodos de asombro duraban poco. Aquello estaba fuera de mi alcance.

—Por favor —le rogué—, ¿no puedes pensarlo un minuto? Tú solo en ese lugar...

—¡Cállate!

—No va a dejar de hablarte ni nada parecido... Voy a despertarle, Jem, te lo juro.

Jem me agarró por el cuello del pijama y retorció la tela con fuerza.

—Entonces, voy contigo —dije casi ahogada.

—No, no vienes, harás ruido.

Fue inútil. Descorrí el cerrojo de la puerta trasera y la mantuve abierta mientras él bajaba sigilosamente las escaleras. Debían de ser las dos de la mañana. La luna se estaba escondiendo y las sombras de los enrejados se disipaban en una borrosa nada. El extremo de la camisa blanca de Jem subía y bajaba como si fuera un pequeño fantasma bailando para escapar de la mañana. Una suave brisa secaba el sudor que resbalaba por mis costados.

Jem fue por la parte trasera, cruzó el prado, atravesó el patio de la escuela y dio un rodeo hasta la valla... creo. Al menos se fue en esa dirección. Iba a tardar un poco, de modo que no era momento aún de preocuparse. Aguardé hasta que llegó ese momento y me quedé esperando escuchar el disparo de la escopeta del señor Radley. Entonces me pareció oír rechinar la valla trasera. Fue solo una ilusión.

Oí toser a Atticus y contuve la respiración. A veces, cuando hacíamos una peregrinación a medianoche hasta el baño, le encontrábamos leyendo. Decía que con frecuencia se despertaba por la noche, comprobaba cómo estábamos y seguía leyendo hasta quedarse dormido. Esperé que encendiera la luz, forzando la vista para verla iluminar el vestíbulo. Se mantuvo apagada y pude respirar otra vez.

Los maleantes nocturnos se habían retirado, pero los cinamomos maduros repicaban sobre el tejado cuando se levantaba viento, y la oscuridad era desoladora, con los ladridos de los perros en la distancia.

Entonces regresó. Su camisa blanca apareció sobre la valla trasera y lentamente se hizo más grande. Llegó hasta las escaleras de atrás, echó el cerrojo después de pasar y se sentó en su catre. Sin decir nada, sostuvo los pantalones en alto. Se tumbó, y durante un rato oí que su catre temblaba. Poco después se quedó quieto. No volví a oírle moverse.

7

Jem estuvo malhumorado y silencioso una semana entera. Como Atticus una vez me había aconsejado que hiciera, intenté ponerme en el lugar de Jem y comportarme como él: si yo hubiera ido sola hasta la Mansión Radley a las dos de la mañana, se habría celebrado mi funeral la tarde siguiente. De modo que lo dejé tranquilo e intenté no molestarle.

Comenzaron las clases. El segundo grado fue tan malo como el primero, o aún peor; seguían enseñándonos tarjetas y no se nos permitía leer ni escribir. El progreso de la señorita Caroline, en la puerta contigua, podía calcularse por la frecuencia de las risas; sin embargo, el grupo de siempre había vuelto a suspender el primer año y la ayudaba a mantener el orden. Lo único bueno del segundo grado era que yo salía a la misma hora que Jem, y normalmente regresábamos a casa juntos a las tres.

Una tarde, cuando estábamos cruzando el patio de la escuela en dirección a casa, Jem dijo de repente:

—Hay algo que no te he contado.

Como esa era la primera frase completa que decía en varios días, le alenté:

—¿Sobre qué?

—Sobre aquella noche.

—Nunca me has contado nada sobre esa noche —dije yo.

Jem espantó mis palabras como si fueran mosquitos. Se quedó en silencio durante un rato y entonces continuó:

—Cuando regresé a buscar mis pantalones... Estaban todos enredados cuando me los quité, y no podía desenredarlos.

Cuando regresé… —Jem inspiró profundamente—. Cuando regresé, estaban doblados sobre la valla… como si me estuvieran esperando.

—Sobre la…

—Y otra cosa… —siguió diciendo con voz monótona—. Te lo enseñaré cuando lleguemos a casa. Los habían cosido. No como si los hubiera cosido una mujer, sino como algo que yo hubiera intentado hacer. Todo torcido. Es casi como…

—… como si alguien supiera que ibas a regresar a buscarlos.

Jem se estremeció.

—Como si alguien me estuviera leyendo la mente…, como si alguien pudiera saber lo que yo iba a hacer. ¿Puede alguien saber lo que yo voy a hacer a menos que me conozca? ¿Puede, Scout?

La pregunta de Jem era una súplica. Yo le tranquilicé.

—Nadie puede saber lo que vas a hacer a menos que viva contigo en casa, y aun así, a veces ni siquiera yo puedo saberlo.

Pasábamos al lado de nuestro árbol. En su agujero descansaba un ovillo de cordel gris.

—No lo cojas, Jem —le dije—. Es el escondite de alguien.

—No lo creo, Scout.

—Sí, lo es. Alguien, por ejemplo Walter Cunningham, viene en el recreo y esconde sus cosas; y nosotros pasamos por aquí y se las quitamos. Escucha, vamos a dejarlo y esperemos un par de días. Si sigue estando entonces, lo cogeremos, ¿de acuerdo?

—Bien, puede que tengas razón —dijo Jem—. Debe de ser el escondite de un niño pequeño, que oculta sus cosas de los mayores. Ya sabes que solamente cuando hay clase es cuando encontramos cosas.

—Sí —dije yo—, pero nunca pasamos por aquí en verano.

Nos fuimos a casa. A la mañana siguiente, el cordel estaba donde lo habíamos dejado. Como seguía estando allí el tercer día, Jem se lo metió en el bolsillo. Desde entonces, consideramos que todo lo que encontráramos en el agujero del árbol nos pertenecía.

El segundo grado era desagradable, pero Jem me aseguró que, según fuera creciendo, la escuela mejoraría, que él había comenzado de la misma manera y que al llegar al sexto grado era cuando se aprendía algo de valor. El sexto grado pareció gustarle desde el principio: pasó por un breve periodo egipcio que me dejó perpleja… Intentaba caminar de perfil muchas veces, poniendo un brazo delante de él y otro a la espalda, y situando un pie por detrás del otro. Declaró que los egipcios caminaban de ese modo; yo le dije que, si lo hacían, no veía cómo podían hacer nada, pero Jem contestó que habían logrado más de lo que los americanos hicieron nunca, que inventaron el papel higiénico y el embalsamamiento perpetuo, y me preguntó dónde estaríamos hoy día si no lo hubieran hecho. Atticus me dijo que borrara los adjetivos y tendría los hechos.

No hay estaciones claramente definidas en el sur de Alabama; el verano pasa al otoño, y al otoño a veces no le sigue el invierno, sino que se convierte en una primavera de dos días que se funde de nuevo en el verano. Ese otoño fue largo, y apenas lo bastante fresco para llevar una chaqueta ligera. Jem y yo hacíamos nuestro recorrido habitual una suave tarde de octubre cuando el agujero de nuestro árbol nos llamó la atención y nos detuvimos. En esa ocasión había algo blanco dentro.

Jem me permitió hacer los honores: yo saqué dos figuritas esculpidas en jabón. Una era de un muchacho y la otra llevaba un burdo vestido.

Antes de recordar que no existía eso de la magia negra, grité y las tiré al suelo.

Jem las recogió.

—¿Qué te pasa? —gritó. Les quitó el polvo con el dedo—. Son buenas —me dijo—. Nunca he visto unas tan buenas.

94

Me las acercó para que yo las viera. Eran miniaturas casi perfectas de dos niños. El niño llevaba pantalones cortos, y un mechón de cabello le llegaba hasta las cejas. Miré a Jem. Una punta de cabello castaño liso le caía hacia adelante. Hasta el momento no me había dado cuenta.

Jem miró la figura de la niña y después a mí. La figura de la niña llevaba flequillo. Yo también.

—Somos nosotros —dijo.

—¿Tienes idea de quién las ha hecho?

—¿A quién conocemos por aquí que talle? —me preguntó.

—Al señor Avery.

—El señor Avery hace tonterías. Me refiero a tallar de verdad.

El señor Avery trabajaba una rama de leña a la semana; la afilaba hasta convertirla en un palillo y lo mascaba.

—También está el enamorado de la señorita Stephanie Crawford —dije.

—Él talla bien, pero vive en el campo. ¿Cuándo iba a fijarse en nosotros?

—Quizá se siente en el porche y nos observa a nosotros en lugar de mirar a la señorita Stephanie. Si yo fuera él, lo haría.

Jem me miró tanto tiempo que le pregunté qué pasaba, pero obtuve como respuesta un «Nada, Scout». Cuando llegamos a casa, metió las miniaturas en su baúl.

Menos de dos semanas después encontramos un paquete entero de goma de mascar, que disfrutamos mucho, ya que a Jem se le había olvidado que todo lo que había en la Mansión Radley era veneno.

La semana siguiente, el agujero del árbol contenía una medalla sin brillo. Jem se la enseñó a Atticus, quien dijo que era una medalla en deletreo, y que antes de que nosotros naciéramos, en el condado de Maycomb las escuelas realizaban competiciones de ortografía y concedían medallas a los ganadores. Atticus dijo que alguien debía de haberla perdido, y quiso saber si habíamos preguntado por ahí. Jem me dio una patada cuando yo intenté decir dónde la habíamos encontrado. Jem le preguntó a Atticus si él recordaba a alguien que alguna vez hubiera ganado una, y Atticus dijo que no.

Nuestro mayor premio apareció cuatro días después. Era un reloj de bolsillo que no funcionaba, con una cadena, y un cuchillo de aluminio.

—¿Crees que es oro blanco, Jem?

—No lo sé. Se lo enseñaré a Atticus.

Atticus dijo que probablemente valdría diez dólares, cuchillo, cadena y todo, si eran nuevos.

—¿Has hecho un cambio con alguien en la escuela? —le preguntó.

—¡Oh, no, señor! —Jem sacó el reloj de su abuelo que Atticus le dejaba llevar una vez por semana si tenía cuidado con él. Los días en que llevaba el reloj, Jem caminaba como pisando huevos—. Atticus, si no te importa, prefiero llevar este. Quizá pueda arreglarlo.

Cuando el nuevo sustituyó al reloj del abuelo y llevarlo se convirtió en una pesada tarea cotidiana, Jem ya no sentía la necesidad de consultar la hora cada cinco minutos.

Hizo un buen trabajo, y solo le sobró un muelle y dos piezas diminutas, pero el reloj seguía sin funcionar.

—Ahh —suspiró—, nunca funcionará. ¿Scout...?

—¿Qué?

—¿Crees que deberíamos escribir una carta a quien sea que nos esté dejando estas cosas?

—Eso estaría bien, Jem, podemos darle las gracias... ¿Qué te ocurre?

Jem se agarraba las orejas, sacudiendo la cabeza de lado a lado.

—No lo entiendo, sencillamente no lo entiendo; no sé por qué, Scout... —Miró hacia la sala—. Quiero decírselo a Atticus... no, creo que no.

—Yo se lo diré por ti.

—No, no hagas eso, Scout. ¿Scout?

—¿Qué?

Había estado a punto de decirme algo durante toda la tarde; se le iluminaba la cara y se inclinaba hacia mí, pero después cambiaba de idea. Volvía a ocurrir.

—Ah, nada.

—Vamos, escribamos una carta. —Le puse papel y lápiz delante.

—Bien. Querido señor…

—¿Cómo sabes que es un hombre? Apuesto a que es la señorita Maudie…, lo llevo pensando mucho tiempo.

—Ah, la señorita Maudie no masca goma… —Jem hizo una mueca—. Ya sabes, a veces habla con mucha corrección. Un día le ofrecí goma de mascar y me dijo que no, gracias, que se le pegaba al paladar y… que le dificultaba el habla —dijo Jem eligiendo las palabras—. ¿No te parece que habla bien?

—Sí, a veces habla muy bien. De todos modos, ella no tendría un reloj de bolsillo y una cadena.

—Querido señor —dijo Jem—. Agradecemos el… no, agradecemos todo lo que usted ha puesto en el árbol para nosotros. Sinceramente suyos, Jeremy Atticus Finch.

—No sabrá quién eres si firmas así, Jem.

Jem borró su nombre y escribió: *Jem Finch.* Yo firmé *Jean Louise Finch (Scout)* debajo y Jem metió la nota en un sobre.

A la mañana siguiente, de camino a la escuela, él salió corriendo delante de mí y se detuvo ante el árbol. Estaba de cara a mí cuando levantó la vista, y vi que se ponía completamente pálido.

—¡Scout!

Corrí hasta él.

Alguien había rellenado con cemento el agujero del árbol.

—No llores, Scout… no llores, no te preocupes… —me fue susurrando durante todo el camino a la escuela.

Cuando llegamos a casa para comer, Jem engulló su comida, corrió hasta el porche y se quedó de pie en los escalones. Yo le seguí.

—No ha pasado aún —dijo.

Al día siguiente, Jem volvió a vigilar y en esa ocasión recibió su recompensa.

—¿Qué tal está, señor Nathan? —dijo él.

—Buenos días, Jem, Scout —dijo el señor Radley mientras pasaba.

—Señor Radley —dijo Jem.

El señor Radley se giró.

—Señor Radley, ¿puso usted cemento en el agujero de ese árbol que está más allá?

—Sí —respondió—, lo rellené.

—¿Por qué lo hizo, señor?

—Ese árbol se está muriendo. A los árboles se los rellena con cemento cuando están enfermos. Deberías saber eso, Jem.

Jem no dijo nada más sobre el tema hasta ya avanzada la tarde. Cuando pasamos al lado de nuestro árbol, dio una palmada sobre el cemento con aire reflexivo, y se quedó sumido en sus pensamientos. Parecía estar cada vez de peor humor, de modo que mantuve las distancias.

Como siempre, encontramos a Atticus, que llegaba a casa del trabajo por la tarde. Cuando estábamos en nuestras escaleras, Jem dijo:

—Atticus, mira ese árbol de allí, por favor.

—¿Qué árbol, hijo?

—El que está en la esquina de la finca de los Radley, viniendo de la escuela.

—Sí.

—¿Se está muriendo ese árbol?

—Pues no, hijo, no lo creo. Mira las hojas, todas están verdes y sanas, no hay manchas marrones por ninguna parte…

—¿Ni siquiera está enfermo?

—Ese árbol está tan sano como tú, Jem. ¿Por qué?

—El señor Nathan Radley ha dicho que se está muriendo.

—Bueno, quizá sea así. Estoy seguro de que el señor Radley sabe más sobre sus árboles que nosotros.

Atticus nos dejó allí en el porche. Jem se apoyó sobre una columna, frotándose los hombros contra ella.

—¿Te pica, Jem? —le pregunté tan educadamente como pude. Él no respondió—. Entremos, Jem —le dije.

—Dentro de un rato.

Se quedó allí hasta la caída de la noche, y yo le esperé. Cuando entramos en casa vi que había estado llorando; su cara estaba sucia en los lugares clave, pero me resultó extraño no haberle oído.

8

Por motivos inescrutables para los profetas más experimentados del condado de Maycomb, el otoño se convirtió en invierno ese año. Tuvimos las dos semanas más frías desde 1885, según dijo Atticus. El señor Avery sentenció que estaba escrito en la piedra de Rosetta que cuando los niños desobedecieran a sus padres, fumaran cigarrillos o se pelearan unos con otros, las estaciones cambiarían. Jem y yo nos sentíamos culpables por haber contribuido a las aberraciones de la naturaleza, causando así infelicidad a nuestros vecinos y nuestra propia incomodidad.

La vieja señora Radley murió ese invierno, pero su muerte no causó ninguna perturbación; el barrio en raras ocasiones la veía, excepto cuando regaba sus plantas. Jem y yo decidimos que Boo al fin había acabado con ella, pero cuando Atticus regresó de la casa de los Radley, dijo que había muerto por causas naturales, para nuestra decepción.

—Pregúntale —susurró Jem.

—Pregúntale tú, que eres el mayor.

—Por eso deberías preguntarle tú.

—Atticus —dije yo—, ¿has visto al señor Arthur?

Atticus me miró fijamente asomándose por encima de su periódico.

—No.

Jem me impidió hacer más preguntas. Dijo que Atticus seguía estando susceptible en cuanto a nosotros y los Radley, y que no valdría de nada preguntarle. Tenía la impresión de que Atticus pensaba que nuestras actividades ese último verano no se habían limitado al *strip poker*. Jem no se basaba en nada para afirmarlo, dijo que solo era una corazonada.

A la mañana siguiente me desperté, miré por la ventana y casi me muero de miedo. Mis gritos sacaron a Atticus del baño a medio afeitar.

—¡El mundo se está acabando, Atticus! ¡Por favor, haz algo…! —Le arrastré hasta la ventana y señalé.

—No, no es eso —dijo él—. Está nevando.

Jem le preguntó si aquello seguiría. Mi hermano tampoco había visto nunca la nieve, pero sabía lo que era. Atticus dijo que no sabía más sobre nieve de lo que sabía Jem.

—Creo, sin embargo, que si se mantiene así de húmedo se convertirá en lluvia.

Sonó el teléfono y Atticus se levantó de la mesa del desayuno para responder.

—Era Eula May —dijo cuando regresó—. Cito sus palabras: «Como no ha nevado en el condado de Maycomb desde 1885, no habrá clases hoy».

Eula May era la principal operadora de teléfono de Maycomb. Se le confiaba hacer anuncios públicos, invitaciones de boda, hacer sonar la sirena de incendios y dar instrucciones sobre primeros auxilios cuando el doctor Reynolds estaba fuera.

Cuando Atticus finalmente nos llamó al orden y nos dijo que miráramos nuestros platos en lugar de mirar por la ventana, Jem preguntó:

—¿Cómo se hace un muñeco de nieve?

—No tengo la menor idea —dijo Atticus—. No quiero decepcionaros, pero dudo que haya suficiente nieve para hacer siquiera una bola.

Calpurnia entró y dijo que estaba cuajando. Cuando corrimos al patio trasero, estaba cubierto con una fina capa de nieve pastosa.

—No deberíamos pisarla —dijo Jem—. Mira, cada paso que das la estropea.

Yo miré atrás, hacia mis pisadas vacilantes. Jem dijo que si esperábamos hasta que nevara más, podríamos reunir nieve para formar un muñeco. Yo le saqué la lengua y cogí un copo. Quemaba.

—¡Jem, está caliente!

—No, no lo está, está tan fría que quema. No te la comas, Scout, vas a desperdiciarla. Deja que caiga.

—Pero quiero pisarla.

—Ya sé, podemos ir a pisarla al patio de la señorita Maudie.

Jem fue dando saltos por el patio delantero. Yo seguí sus pisadas. Cuando estábamos en la acera frente a la casa de la señorita Maudie, el señor Avery se acercó a nosotros. Tenía la cara sonrojada y un vientre prominente por debajo del cinturón.

—¿Veis lo que habéis hecho? —dijo—. No nevaba en Maycomb desde la Batalla de Appomattox. Los niños malos como vosotros son los que hacen que cambien las estaciones.

Yo me pregunté si el señor Avery sabría con cuánta ilusión habíamos esperado el verano pasado que repitiera su actuación, y pensé que si esa era nuestra recompensa, el pecado no era algo tan malo. No me pregunté de dónde sacaba sus estadísticas meteorológicas el señor Avery: venían directamente de la piedra de Rosetta.

—Jem Finch, ¡tú, Jem Finch!

—La señorita Maudie te está llamando, Jem.

—Quedaos todos en el centro del patio. Tengo cosas plantadas bajo la nieve cerca del porche. ¡No las piséis!

—¡Bueno! —gritó Jem—. Es bonita, ¿verdad, señorita Maudie?

—¡Sí, claro, pero si hiela esta noche, se morirán todas mis azaleas!

El viejo sombrero para el sol de la señorita Maudie resplandecía por los cristales de nieve. Estaba inclinada sobre unos pequeños arbustos, envolviéndolos con bolsas de arpillera. Jem le preguntó para qué lo hacía.

—Para mantenerlos calientes —dijo ella.

—¿Cómo pueden las flores mantenerse calientes? No tienen circulación.

—No puedo responder a esa pregunta, Jem Finch. Lo único que sé es que si esta noche hiela, estas plantas se congelarán, así que hay que cubrirlas. ¿Está claro?

—Sí. ¿Señorita Maudie?

—¿Qué, muchacho?

—¿Nos presta a Scout y a mí parte de su nieve?

—¡Cielo santo, lleváosla toda! Hay un viejo cesto para los melocotones debajo de la casa, podéis llevarla ahí. —La señorita Maudie entrecerró los ojos—. Jem Finch, ¿qué vais a hacer con mi nieve?

—Ya lo verá —dijo Jem, y llevamos toda la nieve que pudimos del patio de la señorita Maudie al nuestro, una operación un poco fangosa.

—¿Qué vamos a hacer, Jem?

—Ahora lo verás —dijo—. Coge la cesta y lleva toda la nieve que puedas del patio trasero al delantero. Pero camina sobre tus propias pisadas —me advirtió.

—¿Vamos a hacer un bebé de nieve, Jem?

—No, un muñeco de nieve de verdad. Ahora hay que trabajar en serio.

Jem corrió hasta el patio trasero, sacó la azada y comenzó a cavar rápidamente detrás del montón de leña, dejando a un lado los gusanos que encontraba. Entró en casa, regresó con el cesto de la ropa, lo llenó de tierra y lo llevó al patio delantero.

Cuando tuvimos cinco cestas de tierra y dos cestas de nieve, Jem dijo que ya estábamos preparados para comenzar.

—¿No crees que esto es un desastre? —pregunté.

—Parece desastroso ahora, pero no lo será después —dijo.

Jem reunió una brazada de tierra y le dio palmadas para formar un montículo. Luego añadió más tierra, y después, más hasta construir un torso.

—Jem, nunca había oído hablar de un muñeco de nieve negro —dije.

—No será negro por mucho tiempo —gruñó él.

Se hizo con algunas ramas del melocotonero del patio trasero, las entrelazó y las dobló para convertirlas en huesos que cubriría con tierra.

—Se parece a la señorita Stephanie Crawford con las manos en las caderas —dije yo—. Gorda en el medio y con brazos diminutos.

—Los haré más grandes.

Jem le echó agua al hombre de barro y añadió más tierra. Lo miró meditativamente un momento y después formó un gran estómago por debajo de la cintura. Jem me miró, con los ojos brillantes.

—El señor Avery tiene el tipo de un muñeco de nieve, ¿verdad?

Jem cogió nieve y comenzó a cubrirlo con ella. A mí solo me dejó cubrir la espalda, encargándose él de las partes que más se veían. Poco a poco, el señor Avery se fue volviendo blanco.

Usando trocitos de leña para los ojos, la nariz, la boca y los botones, Jem consiguió darle una expresión enfadada al señor Avery. Un palo para leña completó la figura. Jem dio un paso atrás y contempló su obra.

—Es maravilloso, Jem —le dije—. Solo le falta hablar.

—Sí, ¿verdad? —dijo tímidamente.

No podíamos esperar a que Atticus regresara a casa para comer, así que le llamamos y le dijimos que teníamos una gran sorpresa para él. Pareció sorprendido cuando vio gran parte del patio trasero en el patio delantero, pero dijo que habíamos hecho un trabajo estupendo.

—No sabía cómo ibas a hacerlo —le dijo a Jem—, pero de ahora en adelante ya no me preocuparé por lo que será de ti, hijo, pues siempre tienes buenas ideas.

Al oír el elogio de Atticus, Jem se ruborizó y bajó la vista, pero la levantó al ver que Atticus daba unos pasos atrás. Nuestro padre miró durante unos instantes el muñeco de nieve con los ojos entrecerrados. Sonrió y después se rio a carcajadas.

—Hijo, ya sé lo que vas a ser: ingeniero, abogado o pintor de retratos. Has realizado un libelo en el patio delantero. Tenemos que disfrazar a este tipo.

Atticus sugirió que Jem le rebajara un poco el abdomen, cambiara el palo por una escoba y le pusiera un delantal.

Jem le explicó que si lo hacía, el muñeco de nieve se pondría fangoso y dejaría de ser un muñeco de nieve.

—No me importa lo que hagas, mientras hagas algo —dijo Atticus—. No puedes ir por ahí haciendo caricaturas de los vecinos.

—No es una *caratertura* —dijo Jem—. Solo se parece a él.

—El señor Avery podría no pensar lo mismo.

—¡Ya sé! —dijo Jem. Cruzó corriendo la calle, desapareció en el patio trasero de la señorita Maudie, y regresó triunfante. Clavó el sombrero de sol en la cabeza del muñeco de nieve y le encajó las tijeras de podar en la cara interna del brazo. Atticus dijo que así estaba bien.

En ese momento la señorita Maudie abrió su puerta delantera y salió al porche. Nos miró desde el otro lado de la calle y sonrió.

—¡Jem Finch! —gritó—. ¡Diablillo, devuélveme mi sombrero!

Jem miró a Atticus, que meneó la cabeza.

—Es que le gusta quejarse —dijo—. En realidad está impresionada con tu… ingenio.

Atticus se acercó hasta la acera de la señorita Maudie, donde entablaron una conversación con muchas gesticulaciones, de la cual la única frase que pude captar fue:

—… ¡hecho un espantoso hermafrodita en el patio! ¡Atticus, nunca harás carrera de ellos!

Esa tarde dejó de nevar, la temperatura descendió y, cuando anocheció, las peores predicciones del señor Avery se hicieron realidad: Calpurnia mantenía encendidas todas las chimeneas en la casa, pero seguíamos teniendo frío. Cuando Atticus llegó a casa esa noche dijo que así seguiría, y le preguntó a Calpurnia si quería quedarse con nosotros a pasar la noche. Calpurnia echó una mirada a los altos techos y las enormes ventanas y dijo que pensaba que estaría más caliente en su propia casa. Atticus la llevó en el coche.

Antes de irme a dormir, Atticus puso más carbón en el fuego en mi cuarto. Dijo que el termómetro marcaba casi nueve grados bajo cero, que era la noche más fría que recordaba, y que nuestro muñeco de nieve se había solidificado por completo.

Minutos después, me pareció, me despertó alguien que me sacudía. El abrigo de Atticus estaba extendido sobre mí.

—¿Ya ha amanecido?

—Cariño, levántate.

Atticus tenía en las manos mi albornoz y mi abrigo.

—Ponte primero el albornoz.

Jem estaba de pie detrás de Atticus, atontado y con el cabello enmarañado. Con una mano se cerraba el abrigo por el cuello y la otra la tenía metida en el bolsillo. Parecía extrañamente más gordo.

—Vamos, cielo —dijo Atticus—. Aquí están tus zapatos y tus calcetines.

Me los puse aturdida y pregunté:

—¿Ya es por la mañana?

—No, es poco más de la una. Date prisa.

Por fin entendí que ocurría algo malo.

—¿Qué pasa?

Ya no tuvo que decirme nada. Al igual que las aves saben adónde ir cuando llueve, yo sabía cuándo había problemas en nuestra calle. Unos sonidos suaves, parecidos al crujir del tafetán y de los pasos rápidos y amortiguados, me llenaron de temor.

—¿Dónde es?

—En casa de la señorita Maudie, cariño —me dijo Atticus con suavidad.

En la fachada, las ventanas del salón de la señorita Maudie despedían fuego. Como si quisiera confirmar lo que estábamos viendo, la sirena de los bomberos ululó con un gemido

106

cada vez más agudo, hasta alcanzar un lamento acerado que se alargó en la noche.

—No ha quedado nada, ¿no? —gimió Jem.

—Eso creo —dijo Atticus—. Ahora, escuchadme los dos. Bajad y quedaos frente a la Mansión Radley. Manteneos apartados del camino, ¿de acuerdo? ¿Veis de qué parte sopla el viento?

—Ah —dijo Jem—. Atticus, ¿crees que deberíamos comenzar a sacar ya los muebles?

—Aún no, hijo. Haz lo que te digo. Corred. Cuida de Scout, ¿me oyes? No la pierdas de vista.

Con un empujón, Atticus nos encaminó hacia la puerta delantera de los Radley. Nos quedamos de pie observando la calle llena de hombres y de coches mientras el fuego devoraba silenciosamente la casa de la señorita Maudie.

—¿Por qué no se apresuran?, ¿por qué no se apresuran…? —musitaba Jem.

Vimos por qué. El viejo camión de los bomberos, que no funcionaba por el frío, venía desde la ciudad empujado por un grupo de hombres. Cuando empalmaron la manguera a una boca de riego, el agua salió despedida, mojando la calle.

—Ohhh, Señor, Jem…

Jem me rodeó con un brazo.

—Calla, Scout —dijo—. No es momento de preocuparse todavía. Ya te diré cuándo.

Los hombres de Maycomb, vestidos en mayor o menor medida, sacaban muebles de la casa de la señorita Maudie y los llevaban a un jardín al otro lado de la calle. Yo vi a Atticus acarreando la pesada mecedora de roble de la señorita Maudie y pensé que era muy sensato al salvar lo que ella más valoraba.

Algunas veces oíamos gritos. Entonces la cara del señor Avery apareció en una ventana del piso superior. Lanzó un colchón a la calle y empezó a arrojar muebles hasta que los hombres le gritaron:

—¡Baje de ahí, Dick! ¡Las escaleras se están derrumbando! ¡Tiene que salir de ahí, señor Avery!

El señor Avery comenzó a subirse a la ventana para saltar.

—Scout, se ha atascado... —dijo Jem—. Dios mío...

El señor Avery estaba muy apretujado. Yo enterré la cabeza bajo el brazo de Jem y no volví a mirar hasta que él gritó:

—¡Ya ha salido, Scout! ¡Está bien!

Al levantar la mirada, vi al señor Avery cruzando el porche. Pasó las piernas por encima de la barandilla y se estaba deslizando por una columna cuando resbaló. Se cayó, gritó y aterrizó en los arbustos de la señorita Maudie.

De repente, me di cuenta de que los hombres se alejaban de la casa de la señorita Maudie, avanzando por la calle hacia nosotros. Ya no llevaban muebles. El fuego había llegado hasta el segundo piso y había devorado todo lo que se encontraba a su paso hasta el tejado: los marcos de las ventanas estaban negros sobre un centro de color naranja vivo.

—Jem, parece una calabaza...

—¡Scout, mira!

El humo salía de nuestra casa y de la casa de la señorita Rachel como si fuera niebla a las riberas del río, y algunos hombres dirigían las mangueras hacia ellas. Detrás de nosotros, el camión de los bomberos de Abbottsville tomó la curva entre chirridos, y se detuvo delante de nuestra casa.

—Ese libro... —dije.

—¿Qué? —preguntó Jem.

—*Tom Swift*. No es mío, es de Dill...

—No te preocupes, Scout, no es momento de preocuparse todavía —dijo Jem. Y señaló—: Mira allí.

Entre un grupo de vecinos, Atticus estaba de pie con las manos metidas en los bolsillos del abrigo, tranquilo como si estuviera viendo un partido de fútbol americano. La señorita Maudie estaba a su lado.

—¿Ves? Todavía no está preocupado —dijo Jem.

—¿Por qué no se ha subido a una de las casas?

—Es demasiado viejo, se rompería el cuello.

—¿Crees que deberíamos decirle que sacara nuestras cosas?

—No le molestemos, él sabrá cuándo hacerlo —dijo Jem.

El camión de los bomberos de Abbottsville comenzó a echar agua sobre nuestra casa; un hombre que se había subido al tejado señalaba los lugares que más la necesitaban. Vi que nuestro hermafrodita se ponía negro y se derrumbaba; el sombrero de sol de la señorita Maudie quedó coronando el montón. No vi las tijeras de podar. Con el calor que despedía nuestra casa, la casa de la señorita Rachel y la de la señorita Maudie, hacía tiempo que los hombres se habían despojado de abrigos y batas. Trabajaban vestidos con la chaqueta del pijama o la camisa de dormir metidas en los pantalones, pero yo me di cuenta de que poco a poco me estaba congelando allí parada. Jem intentaba darme calor, pero su brazo no era suficiente. Me solté, me abracé a mí misma y comencé a bailar hasta que volví a sentir los pies.

Apareció otro camión de bomberos delante de la casa de la señorita Stephanie Crawford. No había boca de riego para otra manguera, y los hombres intentaron empapar la casa con extintores de mano.

El tejado de zinc de la señorita Maudie sofocaba las llamas. Con un rugido, la casa se derrumbó; salía fuego por todas partes, y enseguida comenzó un aleteo de mantas movidas por los hombres que estaban en los tejados de las casas adyacentes, para apagar las chispas y los trozos de madera ardiendo.

Ya había amanecido cuando los hombres comenzaron a irse, primero uno a uno y después en grupos. Llevaron otra vez empujando el camión de bomberos de Maycomb a la ciudad, el de Abbottsville se fue y se quedó el tercero. Al día siguiente nos enteramos de que había venido de Clark's Ferry, a casi cien kilómetros de distancia.

En silencio, Jem y yo cruzamos la calle. La señorita Maudie estaba mirando fijamente el humeante agujero negro que había en su patio, y Atticus meneó la cabeza para decirnos que ella no quería hablar. Nos acompañó hasta casa, agarrándonos de los hombros para cruzar la calle cubierta de hielo. Dijo que la señorita Maudie se quedaría con la señorita Stephanie de momento.

—¿Alguien quiere chocolate caliente? —preguntó. Yo sentí un escalofrío cuando Atticus encendió la estufa de la cocina.

Mientras nos bebíamos el chocolate, observé que Atticus me miraba, primero con curiosidad y después con seriedad.

—Creí haberos dicho a Jem y a ti que no os movierais —dijo.

—Y lo hicimos. Nos quedamos...

—Entonces, ¿de quién es esa manta?

—¿Manta?

—Sí, señorita, manta. No es nuestra.

Yo bajé la mirada y me encontré agarrada a una manta de lana marrón que me cubría los hombros, al estilo de las indias nativas.

—Atticus..., no lo sé, señor..., yo...

Me volví hacia Jem en busca de una respuesta, pero estaba incluso más perplejo que yo. Dijo que no sabía cómo había llegado hasta allí, que hicimos exactamente lo que Atticus nos había dicho, nos quedamos quietos al lado de la puerta del patio de los Radley, lejos de todo el mundo, y no nos movimos ni un palmo... Jem se calló.

—El señor Nathan estaba en el incendio —balbuceó—. Yo le vi, le vi, iba arrastrando ese colchón... Atticus, juro que...

—Está bien, hijo —Atticus sonrió lentamente—. Parece que todo Maycomb estaba fuera de casa anoche. Jem, creo que hay papel de envolver en la despensa. Ve a buscarlo y...

—¡Atticus, no, señor!

Jem parecía haber perdido la cabeza. Comenzó a desvelar todos nuestros secretos sin preocuparse nada por su seguridad, y menos aún por la mía, sin omitir nada, el agujero en el árbol, los pantalones, nada.

—... El señor Nathan puso cemento en ese árbol, Atticus, y lo hizo para que dejáramos de encontrar cosas... Está loco, y lo creo, como dicen, pero, Atticus, juro ante Dios que nunca nos ha hecho daño, jamás, podría haberme rebanado

110

la garganta de oreja a oreja aquella noche, pero intentó remendar mis pantalones… Nunca nos ha hecho daño, Atticus…

—Bueno, hijo —dijo Atticus, tan suavemente que me calmé. Era obvio que no había entendido ni una sola palabra de lo que había dicho Jem, porque lo único que añadió fue—: Tienes razón. Lo mejor es que esto se quede entre nosotros, y la manta también. Algún día, quizá, Scout pueda darle las gracias por haberla abrigado.

—¿Dar las gracias a quién? —pregunté yo.

—A Boo Radley. Estabas tan ensimismada mirando el fuego que no te diste cuenta cuando él te envolvió en ella.

El estomago me dio un vuelco y estuve a punto de vomitar. Jem cogió la manta y avanzó hacia mí.

—Salió a hurtadillas de la casa… dio un rodeo… se acercó sigilosamente, ¡y se fue de la misma manera!

—Que esto no te inspire nuevas proezas, Jeremy —dijo Atticus secamente.

Jem frunció el ceño.

—No voy a hacer nada. —Pero yo vi que en sus ojos brillaba la chispa de nuevas aventuras—. ¿Te das cuenta, Scout? —dijo—. Si te hubieras dado la vuelta, le habrías visto.

Calpurnia nos despertó a mediodía. Atticus había dicho que no era necesario que fuéramos a la escuela ese día, que no aprenderíamos nada sin haber dormido. Calpurnia nos pidió que intentáramos limpiar el patio delantero.

El sombrero de sol de la señorita Maudie se había quedado dentro de una fina capa de hielo, como si fuera una mosca en ámbar, y tuvimos que cavar para dar con las tijeras de podar. A ella la encontramos en su jardín trasero, mirando sus azaleas heladas y quemadas.

—Le traemos sus cosas, señorita Maudie —dijo Jem—. Lo sentimos muchísimo.

La señorita Maudie se dio la vuelta, y la sombra de su vieja sonrisa le iluminó brevemente el rostro.

—Siempre quise una casa más pequeña, Jem Finch. Así tendré un jardín más grande. ¡Y más sitio para mis azaleas!

—¿No está triste, señorita Maudie? —pregunté yo sorprendida. Atticus había dicho que su casa era casi todo lo que ella tenía.

—¿Triste, niña? Odiaba ese antiguo establo de vacas. Yo misma la habría hecho arder, pero me habrían encerrado.

—Pero…

—No te preocupes por mí, Jean Louise Finch. Hay maneras de hacer las cosas que desconoces. Vaya, me construiré una pequeña casa, aceptaré un par de huéspedes y… tendré el jardín más bonito de Alabama. ¡Esos Bellingrath parecerán unos don nadie cuando me ponga a ello!

Jem y yo nos miramos.

—¿Cómo comenzó el incendio, señorita Maudie?

—No lo sé, Jem. Probablemente en la chimenea de la cocina. Mantuve el fuego encendido por la noche para mis tiestos de plantas. He oído que tuviste compañía inesperada anoche, Jean Louise.

—¿Cómo lo sabe?

—Atticus me lo dijo cuando iba de camino a la ciudad esta mañana. Para ser sincera, me habría gustado estar con vosotros. Y haber tenido el acierto de girarme.

La señorita Maudie me desconcertaba. Aunque había perdido la mayor parte de sus cosas y su querido jardín ahora era un desastre, seguía sinceramente interesada en nuestros asuntos.

Ella debió de haber notado mi perplejidad, y dijo:

—Lo único que me preocupaba anoche era el peligro y la conmoción que causó. Todo el barrio podría haber ardido. El señor Avery tendrá que quedarse en cama una semana; tiene una fiebre horrible. Es demasiado viejo para hacer cosas como esa, y yo se lo dije. En cuanto tenga las manos limpias y la señorita Crawford no esté mirando, le haré un pastel. Esa Stephanie lleva treinta años detrás de mi receta, y si cree que se la daré solamente porque estoy viviendo con ella, se equivoca.

Yo pensé que si la señorita Maudie al final se la daba, la señorita Stephanie de todos modos no podría hacerla. La señorita Maudie me había dejado verla una vez: entre otras cosas, llevaba una taza grande de azúcar.

Era un día tranquilo. El aire era frío y había tanto silencio que incluso oíamos el chasquido y el ruido metálico del reloj del juzgado antes de dar la hora. La nariz de la señorita Maudie tenía un color que yo nunca antes había visto, y le pregunté al respecto.

—Llevo aquí fuera desde las seis —dijo ella—. Debería estar congelada a estas alturas.

Levantó las manos. Una red de diminutas líneas le cruzaba las palmas, que estaban de color marrón debido a la tierra y la sangre seca.

—Se las ha estropeado —dijo Jem—. ¿Por qué no contrata a un negro? —No pareció nada sacrificado al añadir—: O podemos ayudarla Scout y yo.

La señorita Maudie dijo:

—Gracias, pero vosotros ya tenéis trabajo. —Señaló hacia nuestro patio.

—¿Se refiere al hermafrodita? —le pregunté—. Vaya, podemos levantarlo en un abrir y cerrar de ojos.

La señorita Maudie me miró fijamente, y sus labios se movieron en silencio. De repente, se puso las manos en la cabeza y comenzó a gritar de alegría. Cuando la dejamos, seguía riendo.

Jem dijo que no sabía lo que le pasaba, que así era la señorita Maudie.

9

—¡Retira eso, chico!

Esa orden, dada por mí a Cecil Jacobs, fue el comienzo de un periodo difícil para Jem y para mí. Yo tenía los puños cerrados y estaba a punto de soltarlos. Atticus me había prometido que me daría una paliza si alguna vez se enteraba de que me peleaba; yo era demasiado mayor y demasiado grande para unas cosas tan infantiles, y cuanto antes aprendiera a contenerme, mejor sería para todos. Pronto lo olvidé.

Cecil Jacobs fue quien me hizo olvidarlo. Había proclamado el día anterior en el patio de la escuela que el padre de Scout Finch defendía a *niggers**. Yo lo negué, pero se lo dije a Jem.

—¿Qué quería decir? —le pregunté.

—Nada —contestó Jem—. Pregúntale a Atticus, él te lo dirá.

—¿Defiendes a *niggers*, Atticus? —le pregunté esa noche.

—Claro que sí. No digas *niggers*, Scout. Eso es grosero.

—Es lo que dice todo el mundo en la escuela.

—Desde hoy, serán todos menos una…

—Bueno, si no quieres que crezca hablando así, ¿por qué me mandas a la escuela?

Mi padre me miró con amabilidad, con una chispa de diversión en los ojos. A pesar de nuestro compromiso, mi

---

* Término despectivo para referirse a los negros. (N. del E.)

campaña para evitar ir a la escuela había continuado de una forma u otra desde los primeros días: el inicio de septiembre había traído consigo abatimiento, mareos y ligeros problemas gástricos. Llegué al extremo de pagar cinco centavos por el privilegio de restregarme la cabeza contra la cabeza del hijo de la cocinera de la señorita Rachel, que tenía una tiña tremenda. No me contagió.

Pero ahora me preocupaba otra cosa:

—¿Defienden todos los abogados a *nig*... negros, Atticus?

—Claro que sí, Scout.

—Entonces, ¿por qué dijo Cecil que tú defendías a *niggers*? Lo dijo como si dirigieras una destilería.

Atticus suspiró.

—Simplemente estoy defendiendo a un negro; se llama Tom Robinson. Vive en ese pequeño asentamiento que está más allá del vertedero de la ciudad. Es miembro de la iglesia de Calpurnia, y Cal conoce bien a su familia. Ella dice que son personas decentes. Scout, aún no eres lo bastante mayor para entender algunas cosas, pero en la ciudad se comenta que yo no debería esforzarme mucho por defender a ese hombre. Es un caso peculiar..., no se presentará a juicio hasta el verano. John Taylor ha tenido la gentileza de concedernos un aplazamiento...

—Si no deberías estar defendiéndolo, ¿por qué lo haces?

—Por diversas razones —dijo Atticus—. La principal es que, si no lo defendiese, no podría ir con la cabeza alta por la ciudad, no podría representar a este condado en la legislatura, y ni siquiera podría volver a deciros a Jem y a ti cómo tenéis que comportaros.

—¿Quieres decir que si no defendieras a ese hombre, Jem y yo ya no tendríamos que obedecerte?

—Sí, más o menos eso.

—¿Por qué?

—Porque nunca más podría pediros que me obedecieseis. Scout, la naturaleza del trabajo implica que cada abogado recibe al menos un caso en su vida que le afecta personalmente. Este es el mío, supongo. Tal vez comiences a oír cosas feas en la escuela, pero puedes hacer algo por mí, si quieres: mantén la cabeza alta y los puños bajos. Te digan lo que te digan, no dejes que te saquen de quicio. Intenta pelear con el cerebro para variar… Tu cerebro es bueno, aunque se resista a aprender.

—Atticus, ¿vamos a ganar el caso?

—No, cariño.

—Entonces, ¿por qué…?

—Solo porque fuéramos derrotados cien años antes de haber comenzado no es razón suficiente para no volver a intentarlo —respondió Atticus.

—Hablas como el primo Ike Finch —dije.

El primo Ike Finch era el último veterano confederado superviviente del condado de Maycomb. Llevaba la barba como la del general Hood, de la cual estaba excesivamente orgulloso. Al menos una vez al año, Atticus, Jem y yo íbamos a verle, y yo tenía que besarle. Era horrible. Jem y yo escuchábamos respetuosamente a Atticus y al primo Ike reinterpretar la guerra. «Te digo, Atticus —decía el primo Ike—, que el Compromiso de Misuri fue lo que nos derrotó, pero si yo tuviera que volver otra vez, haría exactamente lo mismo, y esta vez los derrotaríamos… Ahora bien, en 1864, cuando Stonewall Jackson pasó por allí… perdonadme, niños. El viejo Blue Light estaba en el cielo entonces, Dios lo tenga en su gloria…».

—Ven aquí, Scout —dijo Atticus. Yo me subí a su regazo y puse la cabeza debajo de su barbilla. Él me abrazó y me meció suavemente—. Esta vez es distinto —dijo—. Esta vez no estamos luchando contra los yanquis, estamos luchando contra nuestros amigos. Pero recuerda esto: por muy mal que se pongan las cosas, siguen siendo nuestros amigos, y este sigue siendo nuestro hogar.

Con eso en mente, me enfrenté a Cecil Jacobs en el patio de la escuela al día siguiente.

116

—¿Vas a retirar eso, muchacho?

—¡Primero tienes que obligarme! —gritó—. ¡Mis padres dicen que tu padre es una deshonra y que ese *nigger* debería colgar del depósito de agua!

Levanté los puños, pero al recordar lo que Atticus había dicho, los dejé caer y me alejé. «¡Scout es una cobarde!» resonaba en mis oídos. Era la primera vez que evitaba una pelea.

En cierto modo, si me peleaba con Cecil decepcionaría a Atticus. En raras ocasiones Atticus nos pedía a Jem y a mí que hiciéramos algo por él, así que podía aceptar que me llamaran cobarde por su causa. Me sentí muy noble por haberlo recordado, y seguí siendo noble durante tres semanas. Entonces llegó la Navidad, y también el desastre.

Jem y yo vivíamos la Navidad con sentimientos encontrados. El lado bueno era el árbol y el tío Jack Finch. Cada víspera de Navidad, íbamos al Empalme de Maycomb a buscar al tío Jack, que pasaba con nosotros una semana.

La otra cara de la moneda la componía el carácter inflexible de la tía Alexandra y Francis.

Supongo que debería incluir al tío Jimmy, el esposo de la tía Alexandra, pero como él nunca me dirigió ni una sola palabra en toda mi vida, excepto una vez para decirme «aléjate de la valla», nunca tuve ninguna razón para tomarle en cuenta. Tampoco la tenía la tía Alexandra. Hacía mucho tiempo, en un arrebato de cariño, la tía y el tío Jimmy tuvieron un hijo llamado Henry, que se fue de casa en cuanto le fue humanamente posible, se casó y tuvo a Francis. Henry y su esposa aparcaban a Francis en casa de sus abuelos cada Navidad, y seguían disfrutando de sus propias diversiones.

Ni con todos los suspiros del mundo podíamos convencer a Atticus de que nos permitiera pasar la Navidad en casa. Desde que tengo memoria, todas las Navidades íbamos a Finch's Landing. El hecho de que la tía era una buena cocinera nos compensaba un poco por ir obligados a pasar una fiesta religiosa con Francis Hancock. Él era un año mayor que yo, y yo le evitaba por principio. A él le gustaba todo lo que yo desaprobaba, y no le gustaban mis ingenuas diversiones.

La tía Alexandra era la hermana de Atticus, pero cuando Jem me habló de cambios y de hermanos, decidí que ella había sido cambiada al nacer, que mis abuelos quizá habían recibido a una Crawford en lugar de una Finch. Si yo alguna vez hubiera interiorizado las ideas místicas sobre las montañas que parecen obsesionar a abogados y jueces, la tía Alexandra habría sido parecida al monte Everest: durante los primeros años de mi vida, ella fue fría y distante.

Cuando el tío Jack se bajó del tren la víspera de Navidad, tuvimos que esperar a que el mozo le diera dos paquetes alargados. A Jem y a mí siempre nos sorprendía que el tío Jack besara a Atticus en la mejilla; ellos eran los dos únicos hombres a los que vimos darse un beso. El tío Jack dio un apretón de manos a Jem y a mí me subió en alto, pero no lo bastante: el tío Jack era mucho más bajo que Atticus; era el menor de la familia, más joven que la tía Alexandra. La tía y él se parecían, pero el tío Jack sacaba más partido a sus rasgos faciales: nunca desconfiamos de su afilada nariz y su barbilla.

Él era uno de los pocos hombres de ciencia que nunca me aterró, probablemente porque nunca se comportaba como un médico. Siempre que nos realizaba algún servicio menor a Jem y a mí, como quitarnos una astilla del pie, nos decía exactamente lo que iba a hacer, calculaba aproximadamente lo mucho que dolería, y nos explicaba el uso de cualquier pinza que empleaba. Una Navidad, yo me iba escondiendo por los rincones con una astilla clavada en el pie, sin permitir que nadie se acercara a mí. Cuando el tío Jack me agarró, me hizo reír al hablarme de un predicador que aborrecía tanto ir a la iglesia que cada día se situaba en la puerta en bata, fumando una pipa turca, y daba sermones de cinco minutos a cualquier persona que pasara por allí y deseara consuelo espiritual. Yo le interrumpí para pedirle que cuando la fuera a sacar me avisara, pero él me enseñó una astilla ensangrentada que tenía en unas pinzas y dijo que ya la había sacado mientras yo me reía, y que eso era lo que se conoce como relatividad.

—¿Qué hay ahí? —le pregunté, señalando los paquetes alargados que el mozo le había entregado.

—No es asunto tuyo —dijo él.

—¿Cómo está Rose Aylmer? —preguntó Jem.

Rose Aylmer era la gata del tío Jack. Era una hermosa hembra amarilla, y el tío Jack decía que era una de las pocas mujeres a las que podía soportar de modo permanente. Se metió la mano en el bolsillo del abrigo y sacó unas fotografías. Nosotros las admiramos.

—Está engordando —dije.

—Así es. Se come todos los dedos y orejas que sobran en el hospital.

—¡Es una maldita mentira! —exclamé.

—¿Perdona?

—No le hagas caso, Jack —dijo Atticus—. Solo está haciendo una prueba. Cal dice que lleva ya una semana diciendo palabrotas con toda fluidez.

El tío Jack levantó las cejas y no dijo nada. Yo actuaba según la vaga teoría, aparte del atractivo innato de tales palabras, de que si Atticus descubría que las había aprendido en la escuela no me obligaría a ir.

Pero durante la cena esa noche, cuando le pedí que me pasara el condenado jamón, por favor, el tío Jack dijo señalándome:

—Ven a verme después, señorita.

Cuando terminó la cena, el tío Jack fue al salón y se sentó. Se dio unas palmadas en los muslos para que yo me sentara en su regazo. Me gustaba su olor: una mezcla de alcohol de curar y algo agradablemente dulce. Me apartó el flequillo de la cara y me miró.

—Te pareces más a Atticus que a tu madre —dijo—. También estás creciendo y te quedan un poco pequeños los pantalones.

—Creo que me quedan bien.

—Ahora te gustan palabras como maldito e infierno, ¿verdad?

Dije que sí.

—Bueno, a mí no —continuó el tío Jack—. Excepto en casos de provocación extrema. Estaré aquí una semana, y no quiero oír ninguna de esas palabras mientras esté aquí. Scout, te meterás en problemas si vas por ahí diciendo cosas así. Tú quieres ser una dama, ¿no es verdad?

Yo dije que no especialmente.

—Claro que quieres. Ahora vayamos al árbol.

Estuvimos decorando el árbol hasta la hora de irnos a la cama, y esa noche soñé con los dos paquetes alargados para Jem y para mí. A la mañana siguiente, Jem y yo fuimos a buscarlos: eran de Atticus, que había escrito al tío Jack para que los trajera, y contenían lo que habíamos pedido.

—No apuntéis dentro de la casa —dijo Atticus, cuando Jem apuntó a un cuadro que colgaba en la pared.

—Tendrás que enseñarles a disparar —dijo el tío Jack.

—Esa es tu tarea —dijo Atticus—. Yo solamente he cedido ante lo inevitable.

Fue necesaria la voz autoritaria que Atticus empleaba en el juzgado para apartarnos del árbol. No nos permitió que nos lleváramos nuestros rifles de aire a Finch's Landing (yo ya había comenzado a pensar en disparar a Francis), y dijo que si hacíamos un movimiento en falso, nos los quitaría para siempre.

Finch's Landing consistía en trescientos sesenta y seis escalones que descendían por un acantilado y terminaban en un malecón. Más abajo del río, más allá del acantilado, quedaban vestigios de un viejo atracadero, donde los negros de los Finch habían cargado balas de algodón y otros productos, y descargado bloques de hielo, harina, azúcar, aperos para la granja y ropa femenina. Un camino de dos rodadas discurría desde la ribera del río y se desvanecía entre oscuros árboles. Al final del camino había una casa blanca de dos pisos con porches que la rodeaban en ambas plantas. En su ancianidad, nuestro antepasado Simon Finch la había construido para contentar a su consentida esposa; pero en los porches acababa cualquier parecido con las casas corrientes de la época. La distribución interior de la casa de los Finch era un reflejo de la inocencia de Simon y de la absoluta confianza que depositaba en sus hijas.

Había seis dormitorios en el piso de arriba: cuatro para las ocho hijas, uno para Welcome Finch, el único varón, y otro para los parientes que llegaran de visita. Bastante sencillo, pero a los cuartos de las hijas se accedía solamente por una de las escaleras; al cuarto de Welcome y al de invitados, únicamente por la otra. La escalera de las hijas arrancaba en el piso de abajo, en el dormitorio de sus padres, de modo que Simon siempre estaba al tanto de las idas y venidas nocturnas de sus hijas.

Había una cocina separada del resto de la casa, unida a ella por una pasarela de madera; en el patio trasero tenían una oxidada campana en el extremo de una vara, utilizada para llamar a los trabajadores del campo o como señal de alarma; había un mirador* en el tejado desde donde Simon vigilaba a su vigilante, observaba los barcos que navegaban por el río y contemplaba las vidas de los propietarios vecinos.

Como era habitual, la casa tenía una leyenda relacionada con los yanquis: una mujer Finch, recién prometida, se puso encima todo su ajuar de novia para salvarlo de los saqueadores que estaban devastando el vecindario; se quedó atascada en la puerta que llevaba a las escaleras de las hijas y tuvieron que empaparla con agua y liberarla a base de empujones. Cuando nosotros llegamos a la hacienda, la tía Alexandra besó al tío Jack, Francis besó al tío Jack, el tío Jimmy le estrechó la mano

---

* En inglés, *widow's walk*, expresión de la que se sirve la autora para realizar el juego de palabras *a widow's walk was on the roof, but no widows walked there*, «había un paseo de viudas en el tejado, pero ninguna viuda pasaba por allí». (N. del E.)

121

en silencio al tío Jack, Jem y yo le dimos nuestros regalos a Francis, quien también nos dio un regalo. Jem se sentía mayor y se unió a los adultos, dejándome a mí sola la tarea de entretener a nuestro primo. Francis tenía ocho años y llevaba el cabello hacia atrás.

—¿Qué te han regalado por Navidad? —le pregunté educadamente.

—Lo que había pedido —dijo él. Francis había pedido un par de pantalones hasta la rodilla, una cartera de cuero rojo, cinco camisas y un lazo para el cuello.

—Está bien —mentí—. A Jem y a mí nos han regalado rifles de aire, y a Jem también un juego de química...

—Uno de juguete, ¿no?

—No, uno de verdad. Él va a hacer tinta invisible, y yo voy a escribir con ella a Dill.

Francis preguntó para qué servía eso.

—Bueno, ¿imaginas la cara que pondrá cuando reciba una carta mía que esté en blanco? Se volverá loco.

Al hablar con Francis tenía la sensación de hundirme lentamente hasta el fondo del océano. Era el niño más aburrido que jamás conocí. Como vivía en Mobile, no podía hablar de mí a las autoridades escolares, pero se las arreglaba para contarle todo lo que sabía a la tía Alexandra, quien a su vez se lo soltaba a Atticus, el cual lo olvidaba o me lo hacía pasar mal, según el ánimo que tuviera. Pero la única vez que oí a Atticus hablar a alguien verdaderamente enfadado fue cuando dijo:

—¡Hermana, hago todo lo que puedo con ellos!

Era algo que tenía que ver con que yo siempre llevara monos.

La tía Alexandra estaba obsesionada con mi atuendo. Yo nunca tendría la más mínima posibilidad de ser una dama si llevaba pantalones; cuando le dije que si llevaba vestidos no podía hacer nada, contestó que no debía hacer cosas que requirieran llevar pantalones. La visión que tenía la tía Alexandra de mi conducta conllevaba jugar con cocinitas, juegos de té y llevar puesto el collar «Añade una perla» que ella me regaló cuando nací; además, debía ser un rayo de sol en la solitaria vida de mi padre. Sugerí que se podía ser un rayo de sol también con pantalones, pero la tía dijo que había que comportarse como un rayo de sol, y que yo nací buena pero que, cada año que pasaba, empeoraba. Ella hería mis sentimientos y me dejaba siempre rechinando los dientes, pero cuando le pregunté a Atticus al respecto, dijo que ya había suficientes rayos de sol en la familia, y que siguiera con mis cosas, que a él no le importaba mi modo de ser.

En la comida de Navidad, me senté a la mesa pequeña del comedor; Jem y Francis se sentaron con los adultos en la mesa grande. La tía había seguido aislándome mucho después de que Jem y Francis hubieran conseguido pasar a la mesa grande. Yo con frecuencia me preguntaba qué pensaba ella que haría yo, ¿levantarme y tirar algo? A veces pensaba en preguntarle si me permitiría sentarme a la mesa grande con ellos una vez, y así le demostraría lo civilizada que podía ser; después de todo, comía en casa cada día sin que sucediera ningún accidente grave. Cuando le rogué a Atticus que usara su influencia, me contestó que no tenía ninguna: éramos invitados y nos sentábamos donde ella nos decía. También dijo que la tía Alexandra no entendía mucho a las niñas, pues nunca había tenido una.

Pero su modo de cocinar compensaba todo lo demás: tres tipos de carne, verduras de verano de su despensa, melocotón en almíbar, dos tipos de pastel y ambrosía constituían una comida de Navidad muy digna. Después, los adultos pasaron al salón y se sentaron un poco embotados. Jem se tumbó en el suelo y yo salí al patio trasero.

—Ponte el abrigo —dijo Atticus con voz somnolienta, de modo que no le hice caso.

Francis se sentó a mi lado en los escalones.

—Esta ha sido la mejor —dije.

—La abuela es una cocinera maravillosa —dijo Francis—. Me va a enseñar a cocinar.

—Los chicos no cocinan. —Me reí al pensar en Jem con delantal.

—La abuela dice que todos los hombres deberían aprender a cocinar, que deberían ser atentos con sus esposas y atenderlas cuando no se sienten bien —dijo mi primo.

—Yo no quiero que Dill me atienda —dije yo—. Prefiero atenderle yo a él.

—¿Dill?

—Sí. No digas nada todavía, pero vamos a casarnos cuando seamos mayores. El verano pasado me lo propuso.

Francis se carcajeó.

—¿Qué pasa? —pregunté—. Dill no tiene nada de malo.

—¿Te refieres a ese enano que la abuela dice que se queda con la señorita Rachel cada verano?

—A ese me refiero exactamente.

—Lo sé todo de él —dijo Francis.

—¿Qué sabes de él?

—La abuela dice que no tiene casa…

—Tiene que tener, vive en Meridian.

—… se lo pasan de un pariente a otro, y la señorita Rachel lo cuida los veranos.

—¡Francis, eso no es cierto!

Francis me sonrió.

—A veces eres muy estúpida, Jean Louise. Pero supongo que no puedes evitarlo.

—¿A qué te refieres?

—Si el tío Atticus te deja ir por ahí con perros callejeros, eso es cosa de él, dice la abuela, así que no es culpa tuya. Y supongo que tampoco lo es que el tío Atticus sea además un «amanegros», pero te aseguro que eso sí que mortifica al resto de la familia…

—Francis, ¿a qué diablos te refieres?

—A lo que he dicho. La abuela dice que ya es bastante malo que os deje ir por ahí como salvajes, pero ahora que se ha convertido en un amante de los negros nunca podremos volver a pisar las calles de Maycomb. Está mancillando a la familia, eso es lo que hace.

Francis se levantó y salió corriendo por la pasarela hasta la vieja cocina. Cuando estaba a una distancia segura, gritó:

—¡Solo es un «amanegros»!

—¡No lo es! —rugí yo—. No sé de qué estás hablando, ¡pero será mejor que te calles ahora mismo!

Salté los escalones y eché a correr por la pasarela. Fue fácil atrapar a Francis por el cuello y le dije que lo retirara enseguida.

Francis se soltó y entró apresuradamente en la vieja cocina.

—¡«Amanegros»! —gritó.

Cuando se persigue a una presa, lo mejor es tomarse su tiempo. Te mantienes en silencio y, tarde o temprano, sentirá curiosidad y saldrá. Francis apareció en la puerta de la cocina.

—¿Aún estás enojada, Jean Louise? —preguntó.

—No hay nada de que hablar —dije yo.

Francis salió hasta la pasarela.

—¿Vas a retirarlo, Fran…?

Pero me había precipitado. Francis volvió a entrar en la cocina, así que regresé a los escalones. Podía esperar pacientemente. Llevaba allí sentada unos cinco minutos cuando oí decir a la tía Alexandra:

—¿Dónde está Francis?

—Ahí, en la cocina.

—Sabe que no debe jugar allí.

Francis salió hasta la puerta y gritó:

—¡Abuela, ella me tiene aquí dentro y no me deja salir!

—¿Qué significa todo esto, Jean Louise?

Yo levanté la vista y miré a la tía Alexandra.

—Yo no le he metido ahí, tía, y no le retengo.

—Sí que lo hace —gritó Francis—, ¡no me deja salir!

—¿Os habéis peleado?

—Jean Louise se ha enfadado conmigo, abuela —gritó Francis.

—¡Francis, sal de ahí! Jean Louise, si te oigo otra palabra, se lo diré a tu padre. ¿Te he oído decir antes «diablos»?

—No.

—Yo creo que sí. Será mejor que no vuelva a oírlo.

La tía Alexandra escuchaba a escondidas. En el momento en que desapareció de nuestra vista, Francis sacó la cabeza y sonrió.

—No intentes tomarme el pelo —dijo.

Bajó al jardín de un salto, manteniendo las distancias, y empezó a patear terruños de hierba, girándose de vez en cuando para sonreírme. Jem apareció en el porche, nos miró y se fue. Francis se subió a la mimosa, bajó, se metió las manos en los bolsillos y siguió vagando por el jardín.

—¡Ah! —exclamó.

Yo le pregunté quién pensaba que era, ¿el tío Jack? Francis replicó que creía que me habían dicho que me quedara allí sentada y le dejara tranquilo.

—No te estoy molestando —dije.

Me miró con atención, llegó a la conclusión de que había sido lo suficientemente sometida, y canturreó en voz baja:

—«Amanegros…».

Esta vez, me partí el nudillo hasta el hueso contra sus dientes. Con la izquierda inutilizada, seguí con la derecha, pero no por mucho tiempo. El tío Jack me sujetó los brazos a los costados y me dijo:

—¡Quieta!

La tía Alexandra atendió a Francis: le secó las lágrimas con su pañuelo, le acarició el pelo y le dio unas palmaditas en la mejilla. Atticus, Jem y el tío Jimmy habían salido al porche trasero al oír los gritos de Francis.

—¿Quién ha comenzado? —preguntó el tío Jack.

Francis y yo nos señalamos el uno al otro.

—Abuela —gimoteó él—, ¡me ha llamado ramera y ha saltado sobre mí!

—¿Es eso cierto, Scout? —preguntó el tío Jack.

—Imagino que sí.

Cuando el tío Jack bajó la cabeza para mirarme, lo hizo con la misma expresión que la tía Alexandra.

—Te dije que te meterías en problemas si seguías usando palabras como esa. Te lo dije, ¿verdad?

—Sí, señor, pero…

—Pues ahora tienes problemas. Quédate ahí.

Yo me debatía entre quedarme allí o salir corriendo, y tardé demasiado en tomar una decisión; me di la vuelta para huir, pero el tío Jack fue más rápido. Me encontré de repente mirando una hormiga diminuta que batallaba con una miga de pan entre la hierba.

—¡No volveré a hablarte mientras viva! ¡Te odio, te desprecio, y espero que te mueras mañana!

Una afirmación que pareció animar al tío Jack, más que cualquier otra cosa. Corrí hasta Atticus para buscar consuelo, pero él me dijo que yo me lo había buscado y que ya era hora de que nos fuéramos a casa. Subí al asiento trasero del coche sin despedirme de nadie, y en casa corrí a meterme en mi cuarto y di un portazo. Jem intentó decir algo agradable, pero no se lo permití.

Al evaluar los daños, vi solamente siete u ocho marcas rojas, y estaba reflexionando sobre la relatividad cuando alguien llamó a la puerta. Pregunté quién era, y respondió el tío Jack.

—¡Vete!

Me dijo que si hablaba de ese modo me pegaría otra vez, así que me quedé callada. Cuando entró en el cuarto, me retiré hasta un rincón y le di la espalda.

—Scout —dijo—, ¿todavía me odias?

—Vete, por favor.

—Vaya, no creí que me guardaras resentimiento —dijo—. Me has decepcionado; te lo has buscado, y lo sabes.

—No.

—Cariño, no puedes ir por ahí llamando a la gente…

—No eres justo —dije—, no eres justo.

El tío Jack arqueó las cejas.

—¿No soy justo? ¿Por qué?

—Eres muy bueno, tío Jack, y creo que te quiero incluso después de lo que has hecho, pero no entiendes mucho a los niños.

El tío Jack se llevó las manos a las caderas y me miró.

—¿Y por qué no entiendo a los niños, señorita Jean Louise? Tu conducta requería poca comprensión. Fue escandalosa, indisciplinada y abusiva…

—¿Me dejas explicártelo? No quiero ser impertinente, solo intento explicártelo.

El tío Jack se sentó en la cama. Frunció el ceño y me miró con atención.

—Adelante —me dijo.

Respiré hondo.

—Bueno, en primer lugar, nunca me has dado la oportunidad de contarte mi versión; la emprendiste contra mí sin más. Cuando Jem y yo nos peleamos, Atticus nunca escucha solamente la versión de Jem, también escucha la mía. Y en segundo lugar, me dijiste que solo usara palabras como esa en caso de provocación extrema, y Francis me provocó lo suficiente para romperle la boca…

El tío Jack se rascó la cabeza.

—¿Y cuál es tu versión, Scout?

—Francis llamó una cosa a Atticus, y yo no podía consentirlo.

—¿Qué le llamó Francis?

—«Amanegros». No estoy muy segura de lo que eso significa, pero el modo en que lo dijo… Te voy a decir una cosa, tío Jack: por Dios que no permitiré que diga nada de Atticus.

—¿Eso dijo de Atticus?

—Sí, señor, y mucho más. Dijo que Atticus mancillaría a la familia y que nos dejaba a Jem y a mí ir por ahí como salvajes…

Por la expresión del tío Jack, pensé que me esperaba una buena otra vez. Pero cuando él dijo: «Nos ocuparemos de esto», supe que sería Francis quien se la cargaría.

—Me dan ganas de ir allí esta noche.

—Por favor, déjalo estar. Por favor.

—No tengo intención de dejarlo estar —dijo él—. Alexandra debería saberlo. La idea de... Espera a que le ponga las manos encima a ese muchacho...

—Tío Jack, por favor, prométeme una cosa. Prométeme que no se lo contarás a Atticus. Él... él me dijo una vez que no permitiera que nada que oyera sobre él me enfureciera, y preferiría que pensara que nos peleábamos por otra cosa. Por favor, prométeme...

—Pero no me gusta que Francis se quede sin castigo por algo como esto...

—Ya lo ha recibido. ¿Me podrías vendar la mano? Todavía me sangra un poco.

—Claro que sí, pequeña. No me agradaría más vendar ninguna otra mano. ¿Vienes?

El tío Jack me hizo una galante reverencia para que entrara al baño. Mientras me limpiaba y vendaba los nudillos, me entretenía con un cuento sobre un divertido anciano corto de vista que tenía un gato llamado Hodge, y que contaba todas las grietas que había en la acera cuando iba a la ciudad.

—Listo —dijo—. Tendrás una cicatriz nada femenina en el dedo del anillo de boda.

—Gracias. ¿Tío Jack?

—¿Sí?

—¿Qué es una ramera?

El tío Jack se sumergió en otro largo cuento sobre un anciano primer ministro que se sentaba en la Cámara de los Comunes, soplaba plumas al aire e intentaba mantenerlas arriba mientras todos los hombres que le rodeaban perdían la cabeza. Supongo que estaba intentando responder a mi pregunta, pero no tenía ningún sentido.

Más tarde, cuando yo ya debía estar en la cama, iba por el vestíbulo en busca de un vaso de agua, cuando oí a Atticus y al tío Jack hablando en el salón:

—Nunca me casaré, Atticus.

—¿Por qué?

—Podría tener hijos.

—Tienes mucho que aprender —dijo Atticus.

—Lo sé. Tu hija me ha dado la primera lección esta tarde. Me dijo que no entendía mucho a los niños y me explicó por qué. Tenía bastante razón. Atticus, me dijo cómo debería haberla tratado... Ah, querido, lamento mucho haberme lanzado sobre ella.

Atticus se rio.

—Ella se lo buscó, no sientas tantos remordimientos.

Yo esperaba en ascuas a que el tío Jack le contara a Atticus mi versión de la historia. Pero no lo hizo. Solo murmuró:

—El uso que hace de las expresiones groseras no deja lugar a la imaginación. Pero no conoce el significado de la mitad de las cosas que dice... Me preguntó qué era una ramera...

—¿Y se lo dijiste?

—No, le hablé de Lord Melbourne.

—¡Jack! Cuando un niño te pregunte algo, responde, por amor de Dios. Pero no te inventes cosas. Los niños son niños, pero detectan las evasivas más rápido que los adultos, y las evasivas solo los confunden más. No —murmuró mi padre—, has actuado correctamente esta tarde, pero por motivos equivocados. El lenguaje soez es una etapa que todos los niños atraviesan, y muere cuando se dan cuenta de que no les sirve para llamar la atención. La terquedad no muere. Scout tiene que aprender a mantener la calma, y pronto, con todo lo que la espera los próximos meses. Sin embargo, va bien. Jem está creciendo y ella sigue un poco su ejemplo ahora. Solo necesita algo de ayuda algunas veces.

—Atticus, tú nunca le has puesto la mano encima.

—Lo admito. Hasta ahora he podido arreglármelas con amenazas. Jack, ella me obedece todo lo que puede. No lo consigue la mitad de las veces, pero lo intenta.

—Esa no es la respuesta —dijo el tío Jack.

—No, la respuesta es que ella sabe que yo sé que lo intenta. Eso es lo que marca la diferencia. Lo que me inquieta es que Jem y ella van a tener que enfrentarse a cosas desagradables bastante pronto. No me preocupa que Jem no sepa mantener la calma, pero Scout enseguida se lanza al cuello si su orgullo está en juego...

Esperé a ver si el tío Jack rompía su promesa. No lo hizo.

—Atticus, ¿el caso será muy difícil? No hemos tenido oportunidad de hablar de ello.

—No podría ser peor, Jack. Lo único que tenemos es la palabra de un hombre negro contra la de los Ewell. Las pruebas se reducen a «lo hiciste, no lo hice». Seguramente el jurado no aceptará la palabra de Tom Robinson contra la de los Ewell... ¿Conoces a los Ewell?

El tío Jack dijo que sí, que los recordaba. Se los describió a Atticus, pero Atticus contestó:

—Te has quedado una generación atrás. Pero la actual es igual.

—¿Qué vas a hacer, entonces?

—Antes de terminar, haré temblar un poco al jurado... Creo que tendré ciertas posibilidades con la apelación. En realidad, todavía no puedo decirte nada, Jack. ¿Sabes? Esperaba no tener que enfrentarme nunca a un caso de este tipo, pero John Taylor me señaló y dijo: «Usted es el hombre».

—Aparta de mí este cáliz, ¿eh?

—Así es. Pero ¿crees que si no lo hago podría volver a mirar a mis hijos? Sabes lo que va a suceder al igual que yo, Jack, y espero y rezo para conseguir que Jem y Scout pasen por esto sin amargura, y, sobre todo, sin coger la enfermedad típica de Maycomb. No pretendo entender por qué personas razonables deliran como locos cada vez que ocurre algo que implique a un negro... Solo espero que Jem y Scout acudan a mí en busca de respuestas en lugar de hacer caso a lo que se dice por ahí. Espero que tengan la suficiente confianza en mí y... ¿Jean Louise?

Me sobresalté y asomé la cabeza.

—¿Señor?

—Vete a la cama.

Me escabullí hacia mi cuarto y me metí en la cama. El tío Jack fue un verdadero caballero al no delatarme. Pero nunca supe cómo Atticus supo que estaba escuchando, y tuvieron que pasar muchos años hasta que comprendí que él quería que escuchara cada una de las palabras que dijo.

10

Atticus estaba débil: tenía casi los cincuenta. Cuando Jem y yo le preguntábamos por qué era tan viejo, decía que había empezado tarde, y eso lo veíamos reflejado en sus habilidades y su virilidad. Era mucho mayor que los padres de algunos de nuestros compañeros de escuela, y no había nada que Jem o yo pudiéramos decir sobre él cuando nuestros compañeros de clase decían: «Mi padre...».

Jem era un loco del fútbol americano. Atticus accedía a jugar siempre que no hubiera grandes encontronazos, pero cuando Jem quería hacerle placajes, decía:

—Soy demasiado viejo para esto, hijo.

Nuestro padre no hacía nada. Trabajaba en una oficina, no en una farmacia. Atticus no conducía un camión volquete para el condado, no era el *sheriff*, no era agricultor, ni trabajaba en un garaje, ni hacía nada que pudiera despertar la admiración de nadie.

Además, llevaba gafas. Estaba casi ciego del ojo izquierdo, y decía que los ojos izquierdos eran una maldición familiar de los Finch. Siempre que quería ver bien algo, volvía la cabeza y miraba con el ojo derecho.

No hacía las mismas cosas que los padres de nuestros compañeros de escuela: nunca salía de caza, no jugaba al póquer, ni pescaba, ni tampoco bebía o fumaba. Se sentaba en el salón y leía.

Con esas características, sin embargo, no pasaba tan desapercibido como nosotros deseábamos: ese año, en la escuela se hablaba constantemente de que defendía a Tom Robinson, y ningún comentario tenía un tono de elogio. Después de mi problema con Cecil Jacobs, cuando decidí adoptar una política de cobardía, se corrió la voz de que Scout Finch no volvería a pelear más, que su padre no la dejaba. Eso no era del todo exacto: yo no me pelearía en público por Atticus, pero la familia era terreno privado. Me pelearía con cualquiera, desde un primo tercero para arriba, con uñas y dientes. Francis Hancock, por ejemplo, lo sabía bien.

Cuando nos regaló nuestros rifles de aire, Atticus no nos enseñó a disparar. El tío Jack nos instruyó en los principios básicos del tiro; dijo que a Atticus no le interesaban las armas. Atticus le dijo a Jem un día:

—Prefiero que disparéis a latas vacías en el patio trasero, aunque sé que perseguiréis a los pájaros. Disparad a todos los arrendajos azules que queráis, si podéis darles, pero recordad que es un pecado matar a un ruiseñor.

Esa fue la única vez en que oí a Atticus decir que hacer algo era un pecado, y le pregunté al respecto a la señorita Maudie.

—Tu padre tiene razón —dijo ella—. Lo único que hacen los ruiseñores es música para que la disfrutemos. No se comen nada de los jardines, no hacen nidos en los graneros de maíz, lo único que hacen es cantar con todo su corazón para nosotros. Por eso es un pecado matar a un ruiseñor.

—Señorita Maudie, este es un barrio viejo, ¿verdad?

—Lleva aquí más tiempo que la ciudad.

—No, me refiero a que la gente de nuestra calle es vieja. Jem y yo somos los únicos niños por aquí. La señora Dubose tiene casi cien años, la señorita Rachel es vieja, y también lo son usted y Atticus.

—Yo no diría que los cincuenta es ser muy viejo —replicó la señorita Maudie ásperamente—. Todavía no voy en silla de ruedas, ¿verdad? Y tu padre tampoco. Pero debo decir que la Providencia tuvo a bien quemar ese antiguo mausoleo que yo tenía, porque soy demasiado vieja para levantarlo; quizá tengas razón, Jean Louise, este es un barrio de gente sedentaria. No te has relacionado mucho con gente joven, ¿no es cierto?

—Sí, en la escuela.

—Me refiero a jóvenes adultos. Tienes mucha suerte. A Jem y a ti os beneficia la edad de vuestro padre. Si tuviera treinta años, llevaríais una vida bastante diferente.

—Seguro que sí. Atticus no puede hacer nada…

—Te sorprendería —dijo la señorita Maudie—. Aún le queda mucha vida en el cuerpo.

—¿Qué puede hacer?

—Bueno, puede hacer el testamento de alguien con tanto detalle que nadie puede ponerle pegas.

—Bah…

—Bien, ¿sabías que es el mejor jugador de damas de la ciudad? En Landing, cuando éramos pequeños, Atticus Finch vencía a todo el mundo a ambas orillas del río.

—Dios mío, señorita Maudie, Jem y yo le ganamos en todas las partidas.

—Ya es hora de que descubras que es porque él se deja. ¿Sabías que sabe tocar el arpa judía?

Ese modesto logro hizo que me avergonzara todavía más de él.

—Bueno… —dijo ella.

—Bueno ¿qué, señorita Maudie?

—Bueno nada. Nada… Pero me parece que con todo eso deberías estar orgullosa de él. No todo el mundo sabe tocar el arpa judía. Ahora, aléjate de los carpinteros. Es mejor que te vayas a casa, porque estaré trabajando en mis azaleas y no podré atenderte y podría golpearte algún tablón.

Me fui al patio trasero y encontré a Jem disparando a una lata, algo estúpido con todos los arrendajos azules que había por allí. Regresé al patio delantero y me entretuve durante dos horas levantando un complicado parapeto al lado del porche, formado por un neumático, una caja de naranjas, el cesto de la ropa, las sillas del porche y una pequeña bandera de los Estados Unidos que Jem me regaló de una caja de palomitas de maíz.

Cuando Atticus regresó a casa para comer, me encontró agachada y apuntando al otro lado de la calle.

—¿A qué vas a disparar?

—Al trasero de la señorita Maudie.

Atticus se giró y vio mi generosa diana que se inclinaba sobre sus arbustos. Se echó el sombrero hacia atrás y cruzó la calle.

—Maudie —le dijo—, he venido a advertirte. Corres peligro de verdad.

La señorita Maudie se enderezó, miró hacia donde yo estaba y dijo:

—Atticus, eres un demonio del infierno.

Cuando Atticus regresó, me dijo que levantara el campamento.

—Que no te pille nunca más apuntando con esa arma a nadie —me dijo.

Yo deseaba que mi padre fuera un demonio del infierno. Le pregunté a Calpurnia sobre el tema.

—¿El señor Finch? Bueno, sabe hacer muchas cosas.

—¿Cómo qué? —le pregunté.

Calpurnia se rascó la cabeza.

—Bueno, no lo sé exactamente —dijo.

Jem reafirmó mi idea cuando le preguntó a Atticus si iba a jugar en el equipo de los metodistas y Atticus dijo que se rompería el cuello si lo hacía, que era demasiado viejo para ese tipo de cosas. Los metodistas estaban intentando amortizar la hipoteca de su iglesia, y habían desafiado a los baptistas a un partido de fútbol americano. Los padres de todos los niños de la ciudad iban a jugar, o eso parecía, excepto Atticus. Jem dijo que él ni siquiera quería ir, pero era incapaz de resistirse al fútbol americano, y se quedó con Atticus y conmigo en un lateral, malhumorado, viendo al padre de Cecil Jacobs marcar para los baptistas.

Un sábado, Jem y yo decidimos ir a explorar con nuestros rifles de aire, en busca de un conejo o una ardilla. Habíamos ido unos cuatrocientos metros más allá de la Mansión Radley cuando me di cuenta de que Jem miraba algo con los ojos entornados. Había girado la cabeza hacia un lado y estaba mirando por el rabillo del ojo.

—¿Qué estás mirando?

—Ese perro viejo de allí —dijo.

—Es el viejo Tim Johnson, ¿no?

—Sí.

Tim Johnson era el perro del señor Harry Johnson, que conducía el autobús de Mobile y vivía en el extremo sur de la ciudad. Tim era un perro de caza, del color del hígado, la mascota preferida de Maycomb.

—¿Qué está haciendo?

—No lo sé, Scout. Será mejor que nos vayamos a casa.

—Pero, Jem, estamos en febrero.

—No me importa. Se lo voy a decir a Cal.

Fuimos corriendo a casa y entramos en la cocina.

—Cal —dijo Jem—, ¿puedes salir un momento a la acera?

—¿Para qué, Jem? No puedo salir a la acera cada vez que tú quieras.

—Hay un perro viejo al que le pasa algo.

Calpurnia suspiró.

—No puedo vendarle la pata a ningún perro ahora. Hay unas gasas en el baño, ve a buscarlas y hazlo tú mismo.

Jem meneó la cabeza.

—Está enfermo, Cal. Algo le pasa.

—¿Qué hace? ¿Intenta morderse la cola?

—No, hace así.

Jem boqueó como si fuera una carpa, encogió los hombros y retorció el torso.

—Hace eso, pero no parece querer hacerlo.

—¿Me estás contando un cuento, Jem Finch? —La voz de Calpurnia se endureció.

—No, Cal, te juro que no.

—¿Iba corriendo?

—No, va sin prisa, tan lento que apenas se mueve. Viene hacia aquí.

Calpurnia se enjuagó las manos y siguió a Jem hasta el patio.

—Yo no veo ningún perro —dijo.

Nos siguió más allá de la Mansión Radley y miró hacia donde Jem señalaba. Tim Johnson todavía era un punto en la distancia, pero se iba acercando a nosotros. Caminaba de forma irregular, como si sus patas derechas fueran más cortas que las patas izquierdas. Me recordaba a un coche atascado en un arenal.

—Tiene un paso desigual —dijo Jem.

Calpurnia se quedó mirándolo, después nos agarró por los hombros y nos llevó corriendo a casa. Cerró la puerta de madera a nuestras espaldas, agarró el teléfono y gritó:

—¡Póngame con la oficina del señor Finch! ¡Señor Finch! —siguió gritando—. Soy Cal. Le juro por Dios que hay un perro rabioso calle abajo…, viene hacia aquí, sí, señor…, es… señor Finch, le aseguro que es… el viejo Tim Johnson, sí, señor… sí, señor…, sí.

Colgó el teléfono y negó con la cabeza cuando intentamos preguntarle qué había dicho Atticus. Presionó repetidamente el interruptor del teléfono y dijo:

—Señorita Eula May…, ya he terminado de hablar con el señor Finch, por favor, no vuelva a conectarme… Escuche, señorita, ¿puede por favor llamar a la señorita Rachel y a la señora Stephanie Crawford, y a quien tenga teléfono en esta calle, y decirles que se acerca un perro rabioso? ¡Por favor, señorita! —Calpurnia se quedó escuchando unos momentos—. Sé que estamos en febrero, señorita Eula May, pero reconozco a un perro rabioso cuando lo veo. ¡Por favor, señorita, dese prisa!

Calpurnia le preguntó a Jem:

—¿Tienen teléfono los Radley?

Jem miró el listín y dijo que no.

—De todos modos no saldrán, Cal.

—No me importa, voy a avisarlos.

Salió corriendo al porche delantero, y Jem y yo íbamos pisándole los talones.

—¡Vosotros quedaos en casa! —gritó.

El mensaje de Calpurnia se había recibido en el barrio. Todas las puertas de madera que alcanzábamos a ver estaban cerradas. No había ni rastro de Tim Johnson. Vimos que Calpurnia corría hacia la Mansión Radley, sujetándose la falda y el delantal por encima de las rodillas. Subió los escalones delanteros y aporreó la puerta. Nadie contestó, y gritó:

—¡Señor Nathan, señor Arthur, se acerca un perro rabioso! ¡Se acerca un perro rabioso!

—Debería ir por detrás —dije yo.

Jem meneó la cabeza.

—Ahora da igual —dijo.

Calpurnia siguió golpeando la puerta en vano. Nadie agradeció su advertencia; nadie pareció haberla escuchado.

Mientras Calpurnia regresaba corriendo al porche trasero, un Ford negro llegó al camino de entrada. Atticus y el señor Heck Tate salieron del coche.

El señor Heck Tate era el *sheriff* del condado de Maycomb. Era tan alto como Atticus, pero más delgado. Tenía la nariz larga, llevaba botas con pequeños ojales de metal, pantalones de montar y una chaqueta de leñador. En el cinturón lucía una fila de balas y empuñaba un pesado rifle. Cuando Atticus y él llegaron al porche, Jem abrió la puerta.

—Quédate dentro, hijo —dijo Atticus—. ¿Dónde está, Cal?

—Debería estar aquí ya —contestó Calpurnia, señalando la calle.

—No corre, ¿verdad? —preguntó el señor Heck.

—No, señor, está en la fase de las sacudidas, señor Heck.

—¿Deberíamos ir tras él, Heck? —preguntó Atticus.

—Será mejor que esperemos, señor Finch. Normalmente van en línea recta, pero nunca se sabe. Podría seguir la curva… Espero que no lo haga, pues entraría directamente en el patio trasero de los Radley. Esperemos un poco.

—No creo que se meta en el patio de los Radley —dijo Atticus—. La valla se lo impedirá. Probablemente seguirá la calle…

Yo creía que los perros rabiosos echaban espuma por la boca, corrían al galope, saltaban y se lanzaban a la garganta de la gente, y creía que lo hacían en agosto. Si Tim Johnson hubiera actuado así, yo no habría tenido tanto miedo.

No hay cosa peor que una calle desierta, en espera. Los árboles estaban quietos, los ruiseñores se habían quedado en silencio, los carpinteros de la casa de la señorita Maudie se habían esfumado. Oí estornudar al señor Tate, que después se sonó la nariz. Le vi ajustarse el arma en el brazo. Vi la cara de la señorita Stephanie Crawford enmarcada en la ventana de cristal de su puerta delantera. La señorita Maudie apareció y se situó a su lado. Atticus apoyó un pie en el travesaño de una silla y se frotó el muslo lentamente con la mano.

—Ahí está —dijo en voz baja.

Tim Johnson apareció tambaleándose por la curva paralela a la casa de los Radley.

—Míralo —susurró Jem—. El señor Heck dijo que caminan en línea recta. Pero este apenas se mantiene en pie.

—Parece más enfermo que otra cosa —dije yo.

—Sin embargo, si algo se le pusiera delante, se lanzaría a por ello.

El señor Tate se puso la mano en la frente y se inclinó hacia delante.

—La tiene, señor Finch. Seguro.

Tim Johnson iba avanzando a paso de caracol, pero no jugaba ni olfateaba el follaje, seguía una ruta prefijada, empujado por una fuerza invisible que lo acercaba lentamente hacia nosotros. Se sacudía como si fuera un caballo espantando moscas; su quijada se abría y se cerraba; avanzaba inclinado, pero se dirigía sin pausa hacia nosotros.

—Está buscando un lugar donde morir —dijo Jem.

El señor Tate se giró.

—Aún le queda mucho para morir, Jem, ni siquiera ha empezado lo peor.

Tim Johnson llegó a la calle que discurría delante de la Mansión Radley, y el poco juicio que le quedaba le hizo detenerse y reflexionar, según parecía, sobre qué camino tomar. Dio unos cuantos pasos vacilantes y se detuvo delante de la puerta de los Radley; entonces intentó darse la vuelta, pero le costó hacerlo.

Atticus dijo:

—Está a tiro, Heck. Es mejor que le dé ahora, antes de que vaya por la calle lateral… Sabe Dios quién estará al otro lado de la esquina. Vete dentro, Cal.

Calpurnia abrió la puerta de tela metálica, le echó el cerrojo después de pasar, luego le quitó el cerrojo y se quedó agarrada al pestillo. Intentaba bloquearnos con su cuerpo, pero Jem y yo mirábamos por debajo de sus brazos.

—Cójalo, señor Finch. —El señor Tate le entregó el rifle a Atticus; Jem y yo casi nos desmayamos.

—No pierda tiempo, Heck —dijo Atticus—. Adelante.

—Señor Finch, debe hacerse de un solo disparo.

Atticus sacudió la cabeza con vehemencia.

—¡No se quede ahí, Heck! No se va a quedar esperándolo todo el día…

—Por el amor de Dios, señor Finch, ¡mire dónde está! Si fallo, ¡le daré a la casa de los Radley! ¡No sé disparar tan bien, y usted lo sabe!

—Hace treinta años que no disparo un arma…

El señor Tate casi le lanzó el rifle a Atticus.

—Me tranquilizaría mucho si lo hiciera ahora —dijo.

Como a cámara lenta, Jem y yo vimos a nuestro padre coger el arma y caminar hasta el centro de la calle. Avanzaba rápidamente, pero a mí me parecía que se movía como un nadador bajo el agua: el tiempo parecía transcurrir con una lentitud que angustiaba.

Cuando Atticus se subió las gafas, Calpurnia murmuró:

—Dulce Jesús, ayúdalo. —Y se llevó las manos a las mejillas.

Atticus se colocó las gafas en la frente; se deslizaron hacia abajo y él las dejó caer al suelo. En el silencio, oí el ruido al caer. Atticus se frotó los ojos y la barbilla; le vimos parpadear con fuerza.

Delante de la puerta de los Radley, Tim Johnson por fin había decidido qué hacer. Se había dado media vuelta para seguir su curso original subiendo por nuestra calle. Dio dos pasos hacia adelante, después se detuvo y levantó la cabeza. Vimos que su cuerpo se ponía rígido.

Con movimientos tan rápidos que parecieron simultáneos, la mano de Atticus tiró de una palanca mientras se ponía el arma en el hombro.

El rifle chasqueó. Tim Johnson dio un salto, se desplomó y cayó en la acera formando un montón de color marrón y blanco. Ni siquiera lo vio venir.

El señor Tate saltó del porche y corrió hacia la Mansión Radley. Se detuvo delante del perro, se puso en cuclillas, se giró y con un dedo se dio unos golpecitos en la frente, por encima del ojo izquierdo.

—Se ha desviado un poco hacia la derecha, señor Finch —gritó.

—Siempre era así —respondió Atticus—. Si hubiera podido elegir, habría cogido una escopeta.

Se inclinó para recoger las gafas, redujo a polvo los cristales rotos bajo su tacón, fue hacia el señor Tate y se quedó mirando a Tim Johnson.

Una a una se fueron abriendo las puertas y el barrio lentamente cobró vida. La señorita Maudie bajó las escaleras con la señorita Stephanie Crawford.

Jem estaba paralizado. Yo le pellizqué para que se moviera, pero cuando Atticus nos vio acercarnos gritó:

—¡Quedaos donde estáis!

Cuando el señor Tate y Atticus regresaron al patio, el señor Tate iba sonriendo.

—Haré que Zeebo lo recoja —dijo—. No lo tenía tan olvidado, señor Finch. Dicen que nunca se olvida.

Atticus se mantuvo en silencio.

—¿Atticus? —dijo Jem.

—¿Sí?

—Nada.

142

—Lo he visto, ¡un típico tiro Finch!

Atticus se giró y se encontró de frente con la señorita Maudie. Se miraron el uno al otro sin decir nada y Atticus se subió al coche del *sheriff*.

—Ven aquí —le dijo a Jem—. No te acerques a ese perro, ¿entiendes? No te acerques, es tan peligroso muerto como vivo.

—Sí, señor —dijo Jem—. ¿Atticus…?

—¿Qué, hijo?

—Nada.

—¿Qué te pasa, muchacho, no sabes hablar? —le dijo el señor Tate a Jem, sonriendo—. ¿No sabías que tu padre…?

—Calle, Heck —dijo Atticus—. Regresemos a la ciudad.

Cuando se fueron, Jem y yo fuimos hasta las escaleras delanteras de la señorita Stephanie y nos sentamos a la espera de que Zeebo llegara con el camión de la basura.

Jem permanecía mudo y confuso, y la señorita Stephanie dijo:

—Eh, eh, eh, ¿quién habría imaginado que tendríamos un perro rabioso en febrero? Quizá no estaba rabioso, quizá simplemente estaba loco. No me gustaría ver la cara de Harry Johnson cuando regrese del viaje a Mobile y descubra que Atticus Finch ha disparado a su perro. Estaba lleno de pulgas que había pillado en alguna parte…

La señorita Maudie dijo que la señorita Stephanie hablaría de otra manera si Tim Johnson hubiera seguido recorriendo la calle, que pronto lo descubrirían, y que enviarían su cabeza a Montgomery.

Jem comenzó a hablar de forma imprecisa.

—¿Le has visto, Scout? ¿Le has visto allí de pie…? De repente se relajó por completo, y parecía que esa arma era parte de él… Y lo hizo con tanta rapidez, como… Yo tengo que apuntar durante diez minutos para atinar en…

La señorita Maudie sonrió con malicia.

—Y ahora, señorita Jean Louise —dijo—, ¿sigues pensando que tu padre no sabe hacer nada? ¿Sigues estando avergonzada de él?

—No —dije dócilmente.

—El otro día olvidé decirte que además de tocar el arpa judía, Atticus era el tirador más mortífero del condado de Maycomb en su época.

—Tirador mortífero... —repitió Jem.

—Eso he dicho, Jem Finch. Supongo que ahora cambiaréis la cancioncilla. ¿Sabíais que su apodo era «Un tiro» cuando era un muchacho? Pues en la finca Landing, si disparaba quince veces y acertaba a catorce palomas, se quejaba de que desperdiciaba munición.

—Nunca nos contó nada sobre eso —musitó Jem.

—Nunca os contó nada sobre eso, ¿eh?

—No, señorita.

—Me pregunto por qué no sale nunca a cazar —dije yo.

—Tal vez yo os lo pueda decir —contestó la señorita Maudie—. Antes que nada, vuestro padre es muy educado. La puntería es un regalo de Dios, un don... Oh, hay que practicar para perfeccionarla, pero disparar es distinto a tocar el piano y otras cosas parecidas. Creo que quizá él dejó su arma cuando se dio cuenta de que Dios le había dado una ventaja injusta sobre la mayoría de los seres vivos. Supongo que decidió que no volvería a disparar hasta que tuviera que hacerlo, y hoy ha tenido que hacerlo.

—Debería estar orgulloso de ello —dije yo.

—Las personas cabales nunca se enorgullecen de sus talentos —dijo la señorita Maudie.

Entonces vimos llegar a Zeebo. Sacó una horca de la parte trasera del camión de la basura y levantó con cautela a Tim Johnson. Metió al perro en el camión, y entonces derramó un líquido en el lugar donde había caído Tim y también alrededor.

—No se acerquen aquí durante un tiempo —dijo.

Cuando nos fuimos a casa, le dije a Jem que el lunes sí que tendríamos algo que contar en la escuela. Jem se giró hacia mí.

—No cuentes nada, Scout —me dijo.

—¿Qué? Claro que lo voy a contar. No todos tienen un padre que es el tirador más mortal del condado de Maycomb.

—Creo que si él hubiera querido que lo supiéramos —dijo Jem—, nos lo habría dicho. Si estuviera orgulloso de ello, nos lo habría contado.

—Tal vez se le olvidó —respondí yo.

—No, Scout, tú no lo entenderías. Atticus es viejo de verdad, pero no me importaría si no supiera hacer nada…, de verdad que no.

Jem cogió una piedra y la lanzó alegremente a la cochera. Corriendo tras ella, gritó:

—¡Atticus es un caballero, igual que yo!

11

Cuando éramos pequeños, Jem y yo limitábamos nuestras actividades al barrio sureño, pero cuando yo llevaba bien avanzado el segundo grado en la escuela y atormentar a Boo Radley era cosa del pasado, la parte comercial de Maycomb nos atraía frecuentemente calle arriba, hasta más allá de la propiedad de la señora Henry Lafayette Dubose. Era imposible ir a la ciudad sin pasar por delante de su casa, a menos que quisiéramos desviarnos y dar un rodeo de kilómetro y medio. Yo había tenido algunos enfrentamientos triviales con ella que no deseaba repetir, pero Jem decía que yo tenía que crecer alguna vez.

La señora Dubose vivía sola, aparte de una criada negra que estaba de servicio permanentemente, dos puertas más arriba de la nuestra, en una casa con empinados escalones delanteros y un pasillo interior que comunicaba el porche delantero con el jardín trasero. Era muy vieja; se pasaba la mayor parte del día en la cama, y el resto en una silla de ruedas. Se rumoreaba que ocultaba una pistola entre sus numerosos chales y capas de ropa.

Jem y yo la odiábamos. Si estaba en el porche cuando pasábamos por allí, nos miraba siempre con furia, nos sometía a un interrogatorio implacable sobre nuestra conducta y nos ofrecía una lúgubre predicción de lo que llegaríamos a ser cuando creciéramos, que siempre era lo mismo: nada. Hacía mucho tiempo que habíamos abandonado la idea de pasar junto a su casa, yendo por el otro lado de la calle; pero con eso solo conseguimos que elevara aún más la voz y que todo el barrio se enterara de lo que decía.

Nada de lo que hacíamos le agradaba. Si yo decía tan alegremente como podía: «Hola, señora Dubose», recibía como respuesta: «No me digas hola, ¡niña fea! ¡Dime buenas tardes, señora Dubose!».

Era despiadada. En una ocasión oyó a Jem referirse a nuestro padre como «Atticus», y se puso furiosa. Además de ser los críos más insolentes e irrespetuosos que había conocido nunca, nos dijo que era una lástima que nuestro padre no se hubiera vuelto a casar después de la muerte de nuestra madre. Nunca había existido una dama más encantadora que nuestra madre, dijo, y era desgarrador el modo en que Atticus Finch permitía que sus hijos vivieran como salvajes. Yo no recordaba a nuestra madre, pero Jem sí, me hablaba de ella algunas veces, y palideció cuando la señora Dubose nos espetó esas palabras.

Jem, al haber sobrevivido a Boo Radley, a un perro rabioso y a otros terrores, decidió que era una cobardía quedarse esperando en las escaleras delanteras de la señorita Rachel, y decretó que debíamos correr hasta la esquina de la oficina de correos cada tarde para encontrarnos con Atticus cuando regresaba del trabajo. Incontables tardes, Atticus encontraba a Jem furioso por algo que la señora Dubose había dicho cuando pasábamos por su casa.

—La calma lo logra todo —decía Atticus—. Ella es anciana y está enferma. Tú mantén la cabeza alta y sé un caballero. Te diga lo que te diga, no debes permitir que te haga enfurecer.

Jem decía que ella no debía de estar tan enferma, ya que gritaba tanto. Cuando los tres llegábamos ante su casa, Atticus se quitaba su sombrero, le hacía una galante reverencia y decía:

—¡Buenas tardes, señora Dubose! Parece usted un cuadro esta tarde.

Nunca oí a Atticus decir qué tipo de cuadro. Le comunicaba las noticias del juzgado y decía que esperaba sinceramente que tuviera un buen día. Volvía a ponerse el sombrero, me subía en sus hombros delante de ella, y seguíamos nuestro camino a casa a la luz del atardecer. Era en momentos como ese cuando yo pensaba que mi padre, que aborrecía las armas y nunca había participado en ninguna guerra, era el hombre más valiente que había existido.

Al día siguiente de que Jem cumpliera los doce años, no sabía qué hacer con tanto dinero en los bolsillos, de modo que nos dirigimos a la ciudad a primera hora de la tarde. Jem pensaba que tenía bastante para comprar una miniatura de una máquina de vapor para él y un bastón de malabares para mí.

Le había echado el ojo hacia tiempo a ese bastón; estaba en la tienda de V. J. Elmore, llevaba incrustadas lentejuelas y oropeles, y costaba diecisiete centavos. En aquel entonces mi mayor ambición era crecer y hacer girar el bastón en la banda del instituto del condado de Maycomb. Al desarrollar el talento de lanzar un palo al aire y casi agarrarlo cuando descendía, había hecho que Calpurnia me negara la entrada a la casa cada vez que me veía con un palo en la mano. Yo pensaba que podía solucionar ese pequeño defecto con un bastón de verdad, y me pareció muy generoso por parte de Jem que me comprase uno.

La señora Dubose estaba instalada en su porche cuando pasamos por allí.

—¿Adónde vais vosotros dos a estas horas? —gritó—. Supongo que a hacer novillos. ¡Llamaré al director y se lo diré! —Colocó las manos sobre las ruedas de su silla y ejecutó un giro perfecto.

—Es sábado, señora Dubose —contestó Jem.

—No importa si es sábado —dijo de forma críptica—. Me pregunto si vuestro padre sabe dónde estáis.

—Señora Dubose, vamos solos a la ciudad desde que teníamos esta altura. —Jem puso la palma de su mano a medio metro por encima de la acera.

—¡No me mientas! —gritó ella—. Jeremy Finch, Maudie Atkinson me ha dicho que esta mañana le has destrozado la parra. Va a decírselo a tu padre, ¡y entonces desearás no haber visto nunca la luz del día! Si no te mandan al reformatorio esta semana, ¡no me llamo Dubose!

Jem, que no se había acercado a la parra de la señorita Maudie desde el verano anterior, y que sabía que la señorita Maudie no se lo diría a Atticus aunque él lo hubiera hecho, lo negó todo.

—¡No me contradigas! —rugió la señora Dubose—. Y tú... —añadió señalándome con un dedo artrítico—, ¿qué haces con ese mono? Deberías llevar un vestido y una camisola, ¡señorita! Terminarás sirviendo mesas si nadie te enseña modales... Una Finch sirviendo mesas en el Café O.K. ¡Ja!

Yo estaba aterrada. El Café O.K. era un sombrío establecimiento situado en el lado norte de la plaza. Cogí a Jem de la mano, pero él se sacudió para soltarse.

—Vamos, Scout —susurró—. No hagas caso. Tú mantén la cabeza bien alta y sé un caballero.

Pero la señora Dubose continuó.

—No solo tendremos una Finch sirviendo mesas, ¡sino que hay otro en el juzgado defendiendo *niggers*!

Jem se tensó. El disparo de la señora Dubose había dado en el blanco, y ella lo sabía:

—Ya lo creo que sí. ¿Adónde vamos a llegar cuando un Finch reniega de su propia educación? ¡Yo os lo voy a decir! —Se llevó una mano a la boca. Cuando la retiró, colgaba de ella un largo hilo plateado de saliva—. ¡Vuestro padre no es mejor que los *niggers* y la basura para quien trabaja!

Jem estaba rojo de furia. Le tiré de la manga, y al ir avanzando por la acera, nos siguió una retahíla de improperios sobre la degeneración moral de nuestra familia, cuya premisa principal era que la mitad de los Finch estaban en el manicomio, y que si nuestra madre siguiera viva no habríamos llegado a tales extremos.

No estaba segura de qué fue lo que ofendió a Jem más, pero yo me quedé resentida por la evaluación que la señora Dubose había hecho de la salud mental de nuestra familia. Casi me había acostumbrado a escuchar insultos dirigidos a

Atticus, pero aquel era el primero que provenía de un adulto. A excepción de sus comentarios sobre Atticus, el ataque de la señora Dubose era el de costumbre. Ya se respiraba el verano; a la sombra hacía fresco, pero el sol calentaba, lo que significaba que llegaban buenos tiempos: no habría clases y estaría Dill.

Jem compró su máquina de vapor y fuimos a la tienda de Elmore a comprar mi bastón. Jem no se regodeó nada en su adquisición; se la metió en el bolsillo y caminó en silencio a mi lado hasta que llegamos a casa. De camino, casi golpeé al señor Link Deas con el bastón, porque no logré cogerlo al vuelo, y el señor Deas me dijo:

—¡Ten cuidado, Scout!

Como no lo agarraba al caer, cuando nos acercábamos a la casa de la señora Dubose, mi bastón estaba sucio por haberlo recogido tantas veces del suelo.

Ella no estaba en el porche.

En años posteriores, a veces me preguntaba qué había provocado que Jem rompiera la orden de «Sé un caballero, hijo», y la fase de esmerada rectitud en la que había entrado recientemente. Probablemente había soportado tantas tonterías como yo sobre que Atticus defendía a negros, y di por hecho que mantenía la compostura…, que era tranquilo por naturaleza y explotaba despacio. En aquel momento, sin embargo, pensé que la única explicación para lo que hizo era que, durante unos minutos, simplemente le venció la ira.

Lo que Jem hizo fue algo que yo habría hecho sin pensarlo dos veces si no hubiera sido por la prohibición de Atticus, que incluía, creía yo, no pelearme con horribles ancianas. Acabábamos de llegar a su puerta cuando Jem me arrebató el bastón y subió corriendo desmandado los escalones que daban al patio delantero de la señora Dubose, olvidando todo lo que Atticus había dicho, olvidando que ella llevaba una pistola debajo de los chales, olvidando que si la señora Dubose fallaba, probablemente su criada Jessie no lo haría.

No comenzó a calmarse hasta que hubo cortado todas las camelias que poseía la señora Dubose, hasta que el suelo quedó cubierto de capullos verdes y hojas. Dobló mi bastón en su rodilla, lo partió en dos y lo tiró al suelo.

Para entonces yo estaba gritando. Jem me tiró del pelo, dijo que no le importaba, que volvería a hacerlo si tuviera la oportunidad, y que si no me callaba me arrancaría todo el cabello. No me callé, y me dio una patada. Perdí el equilibrio y me caí de bruces. Jem me levantó toscamente, pero parecía que lo sentía. No había nada que decir.

Decidimos no ir a buscar a Atticus cuando regresara a casa esa tarde. Estuvimos deambulando por la cocina hasta que Calpurnia nos echó de allí. Por alguna extraña razón, Calpurnia parecía saber todo lo que había ocurrido. No consiguió aliviarnos nada, pero sí que le dio a Jem un panecillo caliente con mantequilla, que él partió en dos y compartió conmigo. Sabía a algodón.

Nos fuimos al salón. Yo cogí una revista de fútbol americano, vi una fotografía de Dixie Howell, se la enseñé a Jem y dije:

—Se parece a ti.

Fue lo más agradable que se me ocurrió decirle, pero no sirvió de nada. Se sentó encogido en una mecedora junto al ventanal, con el ceño fruncido, esperando. La luz del día se desvanecía.

Dos edades geológicas más adelante, oímos a Atticus subir las escaleras del porche. La puerta de tela metálica se cerró de golpe, hubo una pausa, mientras colgaba el sombrero en el perchero del vestíbulo, y le oímos llamar:

—¡Jem! —Su voz era como el viento invernal.

Encendió la luz del salón y nos encontró allí, totalmente inmóviles. Llevaba mi bastón en una mano; su sucia borla amarilla arrastraba por la alfombra. Extendió la otra mano, llena de capullos de camelias.

—Jem —dijo—, ¿eres tú el responsable de esto?

—Sí, señor.

—¿Por qué lo has hecho?

—Ella dijo que defendías a *niggers* y basura —dijo Jem en voz baja.

—¿Lo has hecho porque ella dijo todo eso?

Los labios de Jem se movieron, pero su «Sí, señor» fue inaudible.

—Hijo, me consta que tus compañeros te han molestado porque yo defienda a *niggers*, como tú dices, pero hacerle algo así a una anciana enferma es inexcusable. Te aconsejo encarecidamente que vayas y hables con la señora Dubose —dijo Atticus—. Y después regresa directamente a casa.

Jem no se movió.

—Te he dicho que vayas.

Yo seguí a Jem cuando salió del salón.

—Ven aquí —me dijo Atticus. Yo regresé.

Atticus cogió el *The Mobile Press* y se sentó en la mecedora que Jem había dejado. Juro por mi vida que no entendía cómo podía quedarse allí sentado con tanta frialdad y leyendo el periódico cuando su único hijo tenía muchas posibilidades de ser asesinado con una reliquia del ejército confederado. Desde luego, Jem a veces me provocaba tanto que yo misma podría haberle matado, pero pensándolo fríamente él era lo único que yo tenía. Atticus no parecía entender eso, o si lo entendía no le importaba.

Le odié por eso, pero cuando uno tiene problemas se cansa con facilidad; poco después yo estaba acurrucada en su regazo y él me abrazaba.

—Eres ya muy mayor para mecerte —me dijo.

—No te importa lo que le pase —dije yo—. Le envías a que reciba un disparo cuando lo único que estaba haciendo era defenderte.

Atticus apoyó la barbilla en mi cabeza.

—No hay que preocuparse todavía —dijo—. Nunca pensé que sería Jem quien perdiera la cabeza por esto..., creía que tendría más problemas contigo.

Yo dije que no veía por qué teníamos que mantener la calma, que nadie en la escuela tenía que mantener la calma por nada.

—Scout —dijo Atticus—, cuando llegue el verano, tendrás que mantener la calma por cosas mucho peores... No es justo para ti y para Jem, lo sé, pero a veces tenemos que sacar lo mejor de las cosas, y cómo nos comportemos cuando lleguen los malos momentos... Bueno, lo único que puedo decir es que cuando Jem y tú seáis adultos, quizá recordéis todo esto con cierta clemencia y con la sensación de que no os defraudé. Este caso, el caso de Tom Robinson, apela a la misma conciencia del ser humano. Scout, no podría ir a la iglesia y adorar a Dios si no intentara ayudar a ese hombre.

—Atticus, debes de estar equivocado...

—¿Cómo es eso?

—Bueno, casi todo el mundo parece pensar que tiene razón y que tú estás equivocado...

—Sin duda, tienen derecho a pensar eso, y tienen derecho a que respeten sus opiniones —dijo Atticus—. Pero para poder vivir con los demás primero tengo que vivir conmigo mismo. Lo único que la mayoría no rige es la propia conciencia.

Cuando Jem regresó, me encontraba todavía en el regazo de Atticus.

—¿Y bien, hijo? —dijo Atticus.

Me hizo ponerme de pie, y evalué a Jem discretamente. Parecía estar de una pieza, pero tenía una expresión extraña en el rostro. Quizá le habían dado una dosis de calomelanos.

—Lo he limpiado todo y le he dicho que lo sentía, pero no es así, y que trabajaría en su patio todos los sábados e intentaría que volvieran a crecer.

—No tenía sentido decir que lo lamentabas si no era así —dijo Atticus—. Jem, es vieja y está enferma. No puedes culparla por lo que dice y lo que hace. Desde luego, habría preferido que me lo hubiera dicho a mí en vez de a vosotros, pero las cosas no siempre salen como queremos.

Jem parecía fascinado por una rosa de la alfombra.

—Atticus —dijo—, quiere que vaya a leerle.

—¿Leerle?

—Sí, señor. Quiere que vaya todas las tardes después de la escuela y los sábados y le lea en voz alta durante dos horas. Atticus, ¿tengo que hacerlo?

—Claro que sí.

—Pero quiere que lo haga durante un mes.

—Entonces lo harás durante un mes.

Jem colocó la punta del pie con cuidado en el centro de la rosa y presionó. Finalmente dijo:

—Atticus, desde fuera está bien, pero dentro es… está todo oscuro y da miedo. Hay sombras y cosas en el techo…

Atticus forzó una sonrisa.

—Eso debería despertar tu imaginación. Finge que estás en casa de los Radley.

El siguiente lunes por la tarde Jem y yo subimos los empinados escalones del porche de la señora Dubose y nos dirigimos hacia el pasillo interior. Jem, armado con *Ivanhoe* y lleno de conocimientos, llamó a la segunda puerta a la izquierda.

—¿Señora Dubose?

Jessie abrió la puerta de madera y quitó el cerrojo a la puerta de tela metálica.

—¿Eres tú, Jem Finch? —dijo—. Te acompaña tu hermana. No sé si…

—Que entren los dos, Jessie —dijo la señora Dubose. Jessie nos dejó entrar y se fue a la cocina.

Un hedor sofocante nos recibió en cuanto cruzamos el umbral, un hedor que yo había encontrado muchas veces en casas grises podridas por la lluvia, donde hay lámparas de aceite, cazos bajo las goteras y sábanas sin blanquear. Era un olor que me hacía sentir temerosa, expectante, vigilante.

En la esquina de la habitación había una cama de latón, y en la cama estaba la señora Dubose. Me pregunté si las actividades de Jem habían sido las culpables de que estuviera allí, y por un momento sentí lástima por ella. Estaba cubierta por un montón de colchas y parecía casi amable.

Había un lavamanos con encimera de mármol al lado de su cama; sobre él había un vaso con una cucharita dentro, una perilla de goma roja para los oídos, una caja de algodón absorbente y un despertador de acero que se sostenía sobre tres diminutas patas.

—Así que has traído a tu sucia hermanita, ¿no? —fue su saludo.

—Mi hermana no es sucia —dijo Jem tranquilamente—, y yo no le tengo miedo a usted.

Pero yo noté que le temblaban las rodillas.

Yo esperaba un sermón, pero solo dijo:

—Puedes comenzar a leer, Jeremy.

Jem se sentó en una silla de caña y abrió *Ivanhoe*. Yo acerqué otra y me senté a su lado.

—Acercaos más —dijo la señora Dubose—. Venid junto a la cama.

Acercamos las sillas. Yo nunca había estado tan cerca de ella, y mi mayor deseo era apartarme otra vez.

Era horrible. Su cara tenía el color de una funda de almohada sucia, y en las comisuras de sus labios brillaba la saliva, que descendía lentamente como si fuera un glaciar por las profundas arrugas que le rodeaban la barbilla. Las manchas de la edad le moteaban las mejillas y sus pálidos ojos tenían penetrantes pupilas negras. Sus manos eran nudosas, y las cutículas le cubrían gran parte de las uñas. No llevaba puesta la dentadura postiza de abajo, y su labio superior sobresalía; de vez en cuando llevaba el labio inferior hasta la dentadura superior, arrastrando la barbilla en el movimiento. Eso hacía que la saliva se moviera con más rapidez.

No miré más de lo necesario. Jem abrió *Ivanhoe* y comenzó a leer. Yo intenté seguir su ritmo, pero él leía con demasiada rapidez. Cuando llegaba a una palabra que no conocía, se la saltaba, pero la señora Dubose se daba cuenta y le hacía deletrearla en voz alta. Jem leyó durante unos veinte minutos, y durante ese tiempo me entretuve mirando la repisa de la chimenea manchada de hollín, o por la ventana, a cualquier lugar menos a ella. Según Jem leía, la señora Dubose hacía menos correcciones y más espaciadas, y eso que Jem incluso había dejado una frase por terminar. No le escuchaba.

Miré hacia la cama.

Algo le pasaba. Estaba tumbada boca arriba, tapada hasta la barbilla. Solo se le veían la cabeza y los hombros. Movía la cabeza lentamente de lado a lado. De vez en cuando, abría mucho la boca, y yo veía su lengua ondulando ligeramente. Sobre los labios se le acumulaban hilos de saliva; ella se los tragaba, y después volvía a abrir la boca. Su boca parecía tener vida propia. Iba por libre, independiente del resto de su cuerpo, abriéndose y cerrándose, como si fuera el agujero de una almeja en la arena con la marea baja. A veces hacía un sonido burbujeante, como una sustancia que comienza a hervir.

Yo tiré a Jem de la manga.

Él me miró, y después a la cama. Ella inclinaba en ese momento la cabeza hacia nosotros, y Jem dijo:

—Señora Dubose, ¿está bien? —Ella no le oyó.

Sonó el despertador y nos dio un susto de muerte. Un minuto después, con los nervios aún de punta, Jem y yo íbamos por la calle en dirección a casa. No habíamos huido; nos envió Jessie: antes de que el despertador dejara de sonar, ella había aparecido en el cuarto y nos había hecho salir.

—Largo —dijo—, marchaos a casa.

Jem vaciló en la puerta.

—Es la hora de su medicina —dijo Jessie. Antes de que la puerta se cerrase tras nosotros, alcancé a ver a Jessie dirigirse rápidamente hacia la cama de la señora Dubose.

Eran solo las cuatro menos cuarto cuando llegamos a casa, de modo que Jem y yo hicimos algo de tiempo en el patio trasero hasta que llegó la hora de ir a encontrarnos con Atticus. Atticus llevaba dos lapiceros amarillos para mí y una revista de fútbol americano para Jem, lo que supongo que era una recompensa tácita por nuestra primera sesión con la señora Dubose. Jem le contó lo sucedido.

—¿Os ha asustado? —preguntó Atticus.

—No, señor —dijo Jem—, pero es muy desagradable. Tiene ataques o algo parecido. Escupe mucho.

—No puede evitarlo. Cuando las personas están enfermas, a veces no tienen buen aspecto.

—A mí sí me asustó —dije yo.

Atticus me miró por encima de las gafas.

—Ya sabes que no tienes por qué acompañar a Jem.

La tarde siguiente en casa de la señora Dubose fue igual que la primera, y lo mismo sucedió en la siguiente, hasta que poco a poco se estableció una rutina: todo comenzaba con normalidad, es decir, la señora Dubose acosaba a Jem durante un rato con sus temas favoritos, las camelias y el afecto de nuestro padre por los negros; poco a poco se quedaba callada y después terminaba olvidándose de nosotros. Sonaba el despertador, Jessie nos echaba y el resto del día era para nosotros.

—Atticus —dije una tarde—, ¿qué es exactamente un «amanegros»?

Atticus se puso serio.

—¿Alguien te ha llamado eso?

—No, señor, la señora Dubose te lo llama a ti. Cada tarde se anima diciéndolo. Francis también me lo dijo la Navidad pasada, y fue cuando lo oí por primera vez.

—¿Por eso te lanzaste contra él? —preguntó Atticus.

—Sí, señor…

—Entonces, ¿por qué me preguntas lo que significa?

Yo intenté explicarle que lo que me enfureció no fue tanto lo que Francis dijo, sino cómo lo dijo.

—Era lo mismo que si hubiera dicho nariz de mocos, o algo así.

—Scout —dijo Atticus—, «amanegros» es tan solo una de esas expresiones que no significan nada concreto, como nariz de mocos. Es difícil de explicar… Las personas ignorantes la utilizan cuando creen que alguien está favoreciendo a los negros antes que a ellos mismos. Se ha ido colando en el uso de algunas personas, como nosotros, cuando quieren emplear un término ordinario y molesto para etiquetar a alguien.

—Tú no eres realmente un «amanegros», ¿verdad?

—Desde luego que lo soy. Hago todo lo posible por amar a todo el mundo…, aunque a veces me cuesta mucho… Cariño, que te llamen lo que otra persona cree que es algo feo nunca es un insulto. Solo te demuestra lo ruin que es esa persona, no te hace daño. Así que no te enfades por lo que la señora Dubose te pueda decir. Ella ya tiene suficientes problemas.

Una tarde, un mes después, Jem estaba abriéndose camino a través de Sir Walter «Scout», como Jem le llamaba, con la señora Dubose corrigiéndole a cada momento, cuando alguien llamó a la puerta.

—¡Adelante! —gritó ella.

Atticus entró. Se acercó a la cama y le cogió la mano a la señora Dubose.

—Venía de la oficina y no he visto a los niños —dijo—. Pensé que podrían estar aquí todavía.

La señora Dubose le sonrió. Por mi vida, no comprendía cómo era posible que ella le hablara si parecía odiarle tanto.

—¿Sabe qué hora es, Atticus? —le preguntó.

—Exactamente las cinco y cuarto. Y quiero que sepa que el despertador está puesto para las cinco y media.

De repente me di cuenta de que cada día nos habíamos estado quedando un poco más en casa de la señora Dubose, el despertador sonaba unos minutos más tarde cada día, y que ella estaba sumida en uno de sus ataques cuando sonaba. Ese día había provocado a Jem durante casi dos horas sin ninguna intención de tener un ataque, y yo me sentía desesperadamente atrapada. El despertador era el que marcaba nuestra liberación; si un día no sonaba, ¿qué haríamos?

—Tengo la sensación de que los días de lectura de Jem están contados —dijo Atticus.

—Solo una semana más —dijo ella—, tan solo para asegurarme…

Jem se puso en pie.

—Pero…

Atticus levantó una mano y Jem se quedó callado. De camino a casa, Jem dijo que tenía que hacerlo solamente durante un mes, que ya había pasado el mes y eso no era justo.

—Solo una semana más, hijo —dijo Atticus.

—No —dijo Jem.

—Sí —dijo Atticus.

La semana siguiente regresamos a casa de la señora Dubose. El despertador había dejado de sonar, pero la señora Dubose nos soltaba con un «ya es suficiente», tan avanzada la tarde que Atticus estaba en casa leyendo el periódico cuando regresábamos. Aunque los ataques habían desaparecido, en todos los demás aspectos seguía siendo la de siempre: cuando Sir Walter Scott se metía en largas descripciones de fosos y castillos, la señora Dubose se aburría y se metía con nosotros:

—Jeremy Finch, te dije que lamentarías haber destrozado mis camelias. Ahora lo lamentas, ¿verdad?

Jem decía que lo lamentaba.

—Pensabas que podrías matar mi Nieve de la Montaña, ¿verdad? Bueno, Jessie dice que están creciendo de nuevo. La próxima vez sabrás cómo hacerlo bien, ¿no es cierto? Las arrancarás de raíz, ¿verdad?

Jem decía que sin duda lo haría.

—¡No me hables entre dientes, muchacho! Mantén la cabeza alta y di: «Sí, señora». Aunque no creo que tengas ganas de levantarla, con lo que es tu padre.

Jem levantaba la barbilla y se quedaba mirando a la señora Dubose sin nada de resentimiento. Con el paso de las semanas había llegado a dominar una expresión de interés educado e indiferente como respuesta a sus invenciones más escalofriantes.

Al fin llegó el día. La señora Dubose dijo «ya es suficiente» y añadió:

—Y eso es todo. Que tengáis un buen día.

159

Se había terminado. Corrimos por la acera en un arrebato de puro alivio, saltando y gritando.

Aquella fue una buena primavera: los días eran más largos y teníamos más tiempo para jugar. Jem ocupaba su mente sobre todo con las estadísticas vitales de cada uno de los jugadores de fútbol americano universitario de la nación. Cada noche, Atticus nos leía las páginas deportivas de los periódicos. Alabama podría pasar de nuevo ese año a la Rose Bowl, a juzgar por sus jóvenes promesas, ninguno de cuyos nombres podíamos pronunciar. Atticus estaba en mitad de la columna de Windy Seaton una noche cuando sonó el teléfono.

Él respondió y luego se dirigió al perchero que había en el vestíbulo.

—Voy un rato a la casa de la señora Dubose —dijo—. No tardaré.

Pero Atticus estuvo fuera hasta bien pasada la hora de irme a la cama. Cuando regresó, traía una caja de dulces. Se sentó en el salón y puso la caja en el suelo, al lado de su silla.

—¿Qué quería? —preguntó Jem.

No habíamos visto a la señora Dubose desde hacía más de un mes. Ya nunca estaba en el porche cuando pasábamos por su casa.

—Está muerta, hijo —dijo Atticus—. Murió hace unos minutos.

—Oh —dijo Jem—. Bien.

—Así me gusta, «bien» —dijo Atticus—. Ya no sufre. Llevaba mucho tiempo enferma. Hijo, ¿sabías por qué tenía esos ataques?

Jem negó con la cabeza.

—La señora Dubose era adicta a la morfina —dijo Atticus—. Estuvo tomándola durante años para calmar el dolor. El médico se la recetó. Pasó los últimos años de su vida consumiéndola y murió sin sufrir demasiado, pero ella no quería para nada eso...

—¿Señor? —dijo Jem.

160

—Poco antes de tu correría —continuó Atticus—, me llamó para redactar su testamento. El doctor Reynolds le había dicho que le quedaban solamente unos meses de vida. Sus asuntos de negocios estaban en perfecto orden, pero me dijo: «Todavía hay algo pendiente».

—¿Y qué era? —Jem estaba perplejo.

—Dijo que pretendía dejar este mundo sin estar en deuda con nada ni con nadie. Jem, cuando se está tan enfermo como ella estaba, está bien tomar cualquier cosa para que todo sea más fácil, pero a ella no le parecía bien. Dijo que tenía intención de dejarlo antes de morir, y eso fue lo que hizo.

—¿Quieres decir que a eso se debían sus ataques? —preguntó Jem.

—Sí, eran por eso. La mayor parte del tiempo que leías para ella, dudo que oyera ni una sola de tus palabras. Toda su mente y su cuerpo estaban concentrados en ese despertador. Si no hubieras caído en sus manos, yo te habría dicho que fueras a leerle de todos modos. Tal vez la distrajo un poco. Había otra razón…

—¿Y murió libre? —preguntó Jem.

—Como el aire de las montañas —dijo Atticus—. Estuvo consciente hasta el final, casi. Consciente —sonrió— y gruñona. Seguía desaprobando enérgicamente mis acciones, y dijo que probablemente me pasaría el resto de la vida sacándote de la cárcel. Hizo que Jessie te preparara esta caja…

Atticus se inclinó y recogió la caja de caramelos. Se la entregó a Jem.

Jem abrió la caja. En su interior, rodeada de bolas de algodón húmedo, había una camelia blanca y perfecta. Era una Nieve de la Montaña.

A Jem casi se le salieron los ojos de las órbitas.

—Viejo demonio del infierno, ¡viejo demonio del infierno! —gritó, arrojándola al suelo—. ¿Por qué no me deja en paz?

Al instante, Atticus se levantó y fue hacia él. Jem enterró la cara en la camisa de Atticus.

—Shh —le dijo—. Creo que era su manera de decirte: «Ahora todo está bien, Jem, todo está bien». Ya sabes que era una gran dama.

—¿Una dama? —Jem levantó la cabeza. Tenía la cara roja—. Después de todo lo que dijo de ti, ¿una dama?

—Lo era. Ella tenía sus propias opiniones sobre las cosas, muy diferentes a las mías, quizá… Hijo, te he dicho que, aunque hubieras mantenido la calma, yo mismo te habría dicho que fueras a leerle. Quería que vieras un aspecto de ella… quería que vieras lo que es la verdadera valentía, en lugar de tener la idea de que valentía es un hombre con un arma en la mano. Es cuando sabes que estás vencido antes de comenzar, pero de todos modos comienzas, y sigues adelante a pesar de todo. Casi nunca ganas, pero a veces lo haces. La señora Dubose ganó, los cincuenta kilos de su cuerpo lo hicieron. Según su punto de vista, murió sin estar en deuda con nada ni con nadie. Era la persona más valiente que he conocido jamás.

Jem recogió la caja de dulces y la lanzó al fuego. Recogió la camelia, y cuando me iba a la cama le vi toqueteando sus grandes pétalos. Atticus estaba leyendo el periódico.

162

SEGUNDA PARTE

12

Jem tenía doce años. Era difícil vivir con él, pues se mostraba vulnerable y temperamental. Apenas comía y me decía tantas veces que dejara de molestarle que consulté a Atticus:

—¿Crees que tiene la solitaria?

Atticus dijo que no, que Jem estaba creciendo, y que debía ser paciente con él y molestarle lo menos posible.

El cambio se había producido en cuestión de semanas. Ni siquiera había dado tiempo a que el cadáver de la señora Dubose se enfriara en la tumba... y Jem parecía estar muy agradecido por que lo acompañara cuando íbamos a leer para ella. Sin embargo, de la noche a la mañana, había adquirido un extraño conjunto de valores que me estaba intentando imponer: varias veces llegó al extremo de decirme lo que tenía que hacer. Después de uno de esos altercados, Jem gritó:

—¡Ya es hora de que comiences a ser una chica y te comportes debidamente!

Yo estallé en lágrimas y corrí hacia Calpurnia.

—No te preocupes demasiado por el señorito Jem... —comenzó a decir.

—¿El se-señorito Jem?

—Sí, ahora ya es casi el señorito Jem.

—No es tan mayor —dije yo—. Lo que necesita es que alguien le dé una paliza, y yo no soy lo bastante grande.

—Cariño —dijo Calpurnia—, no puedo evitar que el señorito Jem crezca. Ahora va a querer estar a solas mucho más tiempo, haciendo lo que sea que hagan los muchachos, así que ven a la cocina cuando te sientas sola. Aquí siempre tendremos muchas cosas que hacer.

El comienzo de aquel verano prometía: Jem podía hacer lo que quisiera; Calpurnia me bastaría hasta que llegara Dill. Ella parecía alegrarse de verme cuando me presentaba en la cocina, y al observarla comencé a pensar que se necesitaba cierta habilidad para ser mujer.

Pero llegó el verano y Dill no apareció. Me mandó una carta y una fotografía. La carta decía que tenía un nuevo padre cuya fotografía incluía en la carta, y que tendría que quedarse en Meridian porque tenían intención de construir una barca de pesca. Su padre era abogado como Atticus, pero mucho más joven. El nuevo padre de Dill tenía un rostro agradable, lo que me hizo alegrarme por Dill, pero me quedé desolada. Terminaba diciendo que me amaría siempre y que no me preocupara, que regresaría a buscarme y se casaría conmigo en cuanto reuniera suficiente dinero, y que por favor le escribiera.

El hecho de tener un prometido permanente no me compensaba su ausencia. Nunca lo había pensado, pero el verano era Dill junto al estanque de peces fumando esos cigarrillos de cuerda, la mirada brillante de Dill al idear un elaborado plan para hacer salir a Boo Radley; el verano era la rapidez con la que Dill se acercaba y me besaba cuando Jem no estaba mirando, los deseos que a veces sentíamos que el otro sentía. Con él, la vida era una rutina; sin él, la vida era insoportable. Fui desdichada durante dos días.

Como si esto no fuera suficiente, la asamblea legislativa estatal fue convocada a una sesión de emergencia, y Atticus tuvo que irse durante dos semanas. El gobernador estaba deseando arrancar unos cuantos percebes del barco del Estado; había huelgas en Birmingham; las filas para conseguir pan en las ciudades eran cada vez más largas, la gente del campo era cada vez más pobre. Pero aquellos acontecimientos estaban muy lejos de mi mundo y el de Jem.

Una mañana nos sorprendimos al ver una caricatura en el *Montgomery Advertiser* cuyo pie decía: «Finch de Maycomb». Mostraba a Atticus descalzo y con pantalones cortos, encadenado a un escritorio: escribía diligentemente mientras unas chicas de aspecto frívolo le gritaban: «¡Yuju!».

—Es un elogio —me explicó Jem—. Dedica su tiempo a hacer cosas que, de otra manera, nadie haría.

—¿Qué?

Además de las nuevas características que había desarrollado, Jem había adquirido un irritante aire de sabiduría.

—Ah, Scout, es como reorganizar los sistemas de impuestos de los condados y cosas así. Ese tipo de asuntos son bastante áridos para la mayoría de los hombres.

—¿Cómo lo sabes?

—Oh, vete y déjame tranquilo. Estoy leyendo el periódico.

El deseo de Jem se cumplió. Me fui a la cocina. Calpurnia, que estaba desgranando guisantes, dijo de repente:

—¿Qué voy a hacer con vosotros y la iglesia este domingo?

—Nada, creo. Atticus nos ha dejado dinero para la colecta.

Calpurnia entornó los ojos y yo adiviné lo que estaba pensando.

—Cal —le dije—, sabes que nos portaremos bien. No hemos hecho nada malo en la iglesia desde hace años.

Evidentemente, Calpurnia recordaba lo que ocurrió un lluvioso domingo que nos quedamos sin padres ni profesores. Al no tener ninguna supervisión, la clase ató a una silla a Eunice Ann Simpson y la dejó en la habitación de la caldera. Nos olvidamos de ella, subimos las escaleras hasta la iglesia, y estábamos escuchando el sermón en silencio cuando un terrible estallido salió de los tubos de la calefacción y no cesó hasta que alguien fue a investigar y trajo a Eunice Ann diciendo que no quería seguir jugando a Sadrac... Jem dijo que no se quemaría si tenía suficiente fe, pero allí abajo hacía mucho calor.

—Además, Cal, no es la primera vez que Atticus nos deja solos —protesté.

—Sí, pero siempre se asegura de que vuestra profesora esté allí. Esta vez no se lo he oído decir…, supongo que se le olvidó. —Calpurnia se rascó la cabeza y de repente sonrió—. ¿Os gustaría al señorito Jem y a ti venir a la iglesia mañana conmigo?

—¿De veras?

—¿Qué te parece? —Calpurnia sonrió.

Calpurnia me bañaba con bastante brusquedad, pero no era nada comparado con la rutina de ese sábado por la noche. Me hizo enjabonarme dos veces, poniendo agua limpia en la bañera para cada enjuague; me metió la cabeza en el lavabo y me la lavó con jabón Octagon y jabón de Castilla. Durante años, se había fiado de Jem, pero aquella noche invadió su intimidad y provocó un acceso de cólera:

—¿Es que nadie puede darse un baño en esta casa sin que toda la familia venga a mirar?

A la mañana siguiente ella comenzó antes de lo normal a «repasar nuestra ropa». Cuando Calpurnia se quedaba a pasar la noche con nosotros, dormía en un catre plegable en la cocina; esa mañana apareció cubierto con nuestra ropa de domingo. Me había almidonado tanto el vestido que cuando me sentaba se sujetaba solo como una tienda de campaña. Quiso que me pusiera enaguas y me rodeó la cintura con una faja rosa muy apretada. Frotó mis zapatos de charol con un panecillo frío hasta que se pudo mirar en ellos.

—Parece que fuéramos al Martes de Carnaval —dijo Jem—. ¿Para qué es todo esto, Cal?

—No quiero que nadie diga que no cuido de mis niños —murmuró ella—. Señorito Jem, de ninguna manera puede ponerse esa corbata con ese traje. Es verde.

—¿Y qué pasa?

—El traje es azul. ¿No lo ve?

—Ja, ja —grité yo—, Jem no distingue los colores.

Su cara se enrojeció de ira, pero Calpurnia dijo:

—Vamos, dejadlo ya. Vais a ir a la First Purchase bien solemnes.

La Iglesia metodista episcopal africana First Purchase estaba en los Quarters, los barrios fuera de los límites del sur de la ciudad, pasando los caminos del aserradero. Era un edificio antiguo de pintura desconchada, la única iglesia en Maycomb que tenía campanario y campana, llamada First Purchase, o Primera Adquisición, porque se compró con las primeras ganancias de esclavos liberados. Los negros acudían a rezar los domingos y los blancos, a jugar entre semana.

El patio de la iglesia era de arcilla dura como el ladrillo, al igual que el terreno del cementerio que había al lado. Si alguien moría durante un periodo prolongado de sequía, el cuerpo se cubría con trozos de hielo hasta que la lluvia ablandaba la tierra. Algunos sepulcros del cementerio tenían lápidas que se estaban desmoronando; los más nuevos tenían los contornos decorados con cristales de colores y botellas de Coca-Cola rotas. Los pararrayos que guardaban algunos sepulcros revelaban que los muertos no descansaban en paz; en las cabeceras de los sepulcros de los niños se veían pedazos de mechas consumidas. Era un cementerio feliz.

El cálido aroma agridulce de negro limpio nos recibió cuando entramos en el patio de la iglesia: productos de peluquería Hearts of Love mezclado con asafétida, rapé, colonia Hoyt, tabaco de mascar Brown's Mule, menta y talco de lila.

Cuando nos vieron a Jem y a mí con Calpurnia, los hombres retrocedieron unos pasos y se quitaron los sombreros; las mujeres cruzaron los brazos a la altura de la cintura, gestos habituales de respetuosa atención. Se separaron y formaron un pequeño pasillo hasta la puerta de la iglesia para que pudiéramos pasar. Calpurnia caminaba entre Jem y yo, respondiendo a los saludos de sus vecinos, vestidos con colores llamativos.

—¿Qué vas a hacer, Cal? —dijo una voz a nuestras espaldas.

Calpurnia nos puso las manos en los hombros, nos detuvimos y miramos atrás: de pie detrás de nosotros había una mujer negra muy alta. Soportaba todo su peso sobre una sola pierna; descansaba el codo izquierdo en la curva de la cadera, señalándonos con la palma de la mano hacia arriba. Tenía la cabeza en forma de bala, unos extraños ojos almendrados, la nariz recta y la boca como un arco indio. Parecía medir más de dos metros.

Sentí que la mano de Calpurnia se clavaba en mi hombro.

—¿Qué quieres, Lula? —le preguntó, con un tono que yo nunca le había oído usar. Hablaba pausadamente, con desprecio.

—Quiero saber por qué traes a niños blancos a una iglesia de negros.

—Son mis acompañantes —dijo Calpurnia. De nuevo pensé que su voz sonaba extraña: hablaba como los otros negros.

—Sí, y apuesto a que tú eres la compañía en casa de los Finch durante la semana.

Un murmullo recorrió toda la multitud.

—No te asustes —me susurró Calpurnia, pero las rosas de su sombrero temblaban de indignación.

Cuando Lula comenzó a acercarse a nosotros por el sendero, Calpurnia dijo:

—Párate, negra.

Lula se detuvo, pero dijo:

—No tienes por qué traer aquí a niños blancos… Ellos tienen su iglesia y nosotros la nuestra. Es nuestra iglesia, ¿no es así, señorita Cal?

Calpurnia dijo:

—Es el mismo Dios, ¿no es así?

—Vámonos a casa, Cal —dijo Jem—. No nos quieren aquí.

Yo estaba de acuerdo: no nos querían allí. Más que verlo, percibía que nos estaban acorralando. Parecían estar cada vez más cerca de nosotros, pero cuando levanté la vista hacia Calpurnia, los ojos le brillaban de diversión. Cuando volví a mirar al sendero, Lula ya no estaba. En su lugar había un sólido grupo de gente de color.

Uno de ellos salió de entre esa multitud. Era Zeebo, el que recogía la basura.

—Señorito Jem —dijo—, estamos muy contentos de tenerlos a todos ustedes aquí. No hagan ningún caso a Lula, está peleona porque el reverendo Sykes amenazó con meterla en vereda. Hace ya tiempo que crea problemas, tiene ideas extravagantes y es altanera... Estamos muy contentos de tenerlos a ustedes aquí.

Dicho eso, Calpurnia nos dirigió hasta la puerta de la iglesia, donde nos dio la bienvenida el reverendo Sykes, que nos llevó hasta la primera fila.

First Purchase no tenía techo y tampoco estaba pintada. A lo largo de sus paredes había lámparas de queroseno apagadas que colgaban sobre soportes de bronce; los asientos eran bancos de pino. Detrás del tosco púlpito de roble, un cartel de seda rosada descolorida proclamaba *Dios es Amor*, la única decoración de la iglesia a excepción de un huecograbado de *La luz del mundo*, de Hunt. No había ni rastro de piano, órgano, himnarios, programas de la iglesia..., el equipamiento eclesiástico que veíamos cada domingo. El interior era un poco sombrío, se notaba un frescor húmedo que la congregación fue disipando lentamente. En cada asiento había un abanico de cartón barato con una llamativa representación del Jardín de Getsemaní, cortesía de Ferretería Tyndal Co. («Pida lo que quiera y se lo vendemos»).

Calpurnia nos indicó a Jem y a mí que pasáramos hasta el extremo del banco y ella se puso entre los dos. Hurgó en el bolso, sacó su pañuelo y lo desató para liberar el montón de monedas. Me dio una moneda de diez centavos a mí y otra a Jem.

—Nosotros tenemos —susurró él.

—Guardáoslas —dijo Calpurnia—. Sois mis invitados.

El rostro de Jem reflejó por unos instantes sus dudas sobre si era correcto quedarse con su propio dinero, pero su cortesía innata venció, y se guardó la moneda en el bolsillo. Yo hice lo mismo sin sentir ningún recelo.

—Cal —susurré—, ¿dónde están los himnarios?

—No tenemos —dijo ella.

—¿Y entonces cómo...?

—Shh —respondió.

El reverendo Sykes estaba de pie detrás del púlpito mirando fijamente a la congregación para imponer silencio. Era un hombre bajito y robusto que llevaba un traje negro, corbata negra, camisa blanca y una cadena de reloj de oro que brillaba con la luz que se filtraba por las ventanas esmeriladas. Dijo:

—Hermanos y hermanas, nos alegra especialmente tener nueva compañía esta mañana. El señorito y la señorita Finch. Todos conocéis a su padre. Antes de comenzar, leeré algunos anuncios. —El reverendo Sykes rebuscó entre unos papeles, escogió uno y lo sostuvo con el brazo extendido—. La Sociedad Misionera se reúne en la casa de la hermana Annette Reeves el próximo martes. Traed vuestra costura. Todos conocéis el problema del hermano Tom Robinson —leyó de otro papel—. Ha sido un buen feligrés de First Purchase desde que era un muchacho. La colecta que recojamos hoy y los siguientes tres domingos será para Helen, su esposa, para ayudarla en esta complicada situación.

—Ese es el Tom al que Atticus está de... —Le di un codazo a Jem.

—¡Shhh!

Me giré hacia Calpurnia, pero me hizo callar antes de poder abrir la boca. Inquieta, fijé mi atención en el reverendo Sykes, que parecía estar esperando a que yo me calmara.

—El maestro de música nos guiará en el primer himno —dijo.

Zeebo se levantó de su banco y recorrió el pasillo central, deteniéndose delante de nosotros y de cara a la congregación. Llevaba un desgastado himnario. Lo abrió y dijo:

—Cantaremos el número doscientos setenta y tres.

Aquello era demasiado para mí.

—¿Cómo vamos a cantarlo si no tenemos himnario?

—Calla, niña —sonrió Calpurnia—. Enseguida lo verás.

Zeebo se aclaró la garganta y leyó con una voz que era como el retumbar de artillería distante:

—Hay una tierra más allá del río.

Milagrosamente entonadas, una centena de voces cantaron las palabras de Zeebo. La última sílaba, sostenida en un ronco tarareo, fue seguida por las palabras de Zeebo:

—Que llamamos la dicha eterna.

De nuevo nos envolvió la música; la última nota quedó en el aire y Zeebo la unió con la siguiente línea.

—Y solo llegamos a esa orilla por el decreto de la fe.

La congregación vaciló, Zeebo repitió la línea con cuidado y la cantaron. En el estribillo, Zeebo cerró el libro, que era la señal para que la congregación siguiera adelante sin su ayuda.

Después de las últimas notas de «Jubileo», Zeebo dijo:

—En esa lejana dicha eterna, más allá del brillante río.

Línea a línea, las voces siguieron en sencilla armonía hasta que el himno terminó con un murmullo de melancolía.

Yo miré a Jem, que estaba mirando a Zeebo con el rabillo del ojo. Yo tampoco lo creía, pero los dos lo habíamos oído.

El reverendo Sykes rogó entonces al Señor que bendijera a los enfermos y a los que sufrían, un acto que no era diferente al que practicaba nuestra iglesia, excepto que el reverendo Sykes dirigía la atención de la deidad a varios casos específicos.

Su sermón fue una clara denuncia del pecado, una austera declaración del lema que había en la pared situada a su espalda: advirtió a su rebaño contra los males del alcohol, el juego y las mujeres ajenas. Los contrabandistas causaban muchos problemas en los Quarters, pero las mujeres eran peores. Como me había ocurrido a menudo en mi propia iglesia, volví a oír la doctrina de la Impureza de las Mujeres que parecía preocupar a todos los clérigos.

Jem y yo habíamos oído ese mismo sermón domingo tras domingo, con una sola excepción. El reverendo Sykes usaba su púlpito con más libertad para ofrecer sus puntos de vista sobre determinadas personas que se habían alejado de la gracia: Jim Hardy llevaba cinco domingos sin aparecer por la iglesia y no estaba enfermo; Constance Jackson debía vigilar su conducta…, estaba en grave peligro por pelearse con sus vecinas, pues estaba alimentando el rencor en la vecindad.

El reverendo Sykes concluyó su sermón. Se quedó de pie junto a una mesa delante del púlpito y pidió la ofrenda de la mañana, un proceder que nos resultaba extraño a Jem y a mí. Uno a uno, los fieles se acercaron y echaron monedas de cinco y diez centavos en una lata de café esmaltada. Jem y yo hicimos lo mismo, y recibimos un suave «Gracias, gracias» cuando nuestras monedas tintinearon al caer.

Para nuestra sorpresa, el reverendo Sykes vació la lata sobre la mesa y cogió las monedas. Se enderezó y dijo:

—No es suficiente, debemos reunir diez dólares. —Hubo un revuelo entre la congregación—. Todos sabéis para lo que es... Helen no puede dejar solos a esos niños para ir a trabajar mientras Tom está en la cárcel. Si todos dais otra moneda de diez centavos, lo conseguiremos. —El reverendo Sykes hizo una señal con la mano para llamar a alguien que estaba en la parte de atrás de la iglesia—. Alec, cierra las puertas. No va a salir nadie hasta que reunamos diez dólares.

Calpurnia rebuscó en su bolso y sacó un desgastado monedero de cuero.

—No, Cal —susurró Jem cuando ella le entregó un brillante cuarto de dólar—, podemos poner nuestras monedas. Dame la tuya, Scout.

El ambiente de la iglesia se estaba cargando, y se me ocurrió que el reverendo Sykes tenía intención de conseguir esa cantidad a base de sudor. Los abanicos crujían, los pies restregaban el suelo con nerviosismo, los que mascaban tabaco se desesperaban.

El reverendo Sykes me sorprendió al decir severamente:

—Carlow Richardson, aún no te he visto recorrer este pasillo.

Un hombre delgado que llevaba pantalones de color caqui salió al pasillo y depositó una moneda. La congregación murmuró su aprobación. Entonces el reverendo Sykes dijo:

—Quiero que todos los que no tengáis hijos hagáis un esfuerzo y deis cada uno diez centavos más. Así lo conseguiremos.

Lenta y dolorosamente, recaudaron los diez dólares. Se abrió la puerta y la ráfaga de aire cálido nos reanimó. Zeebo leyó *En las turbulentas orillas del Jordán,* y concluyó el servicio.

Yo quería quedarme para explorar, pero Calpurnia me empujó por el pasillo delante de ella. En la puerta de la iglesia, mientras ella se detenía para hablar con Zeebo y su familia, Jem y yo charlamos con el reverendo Sykes. Yo tenía muchas preguntas, pero decidí que esperaría a que Calpurnia me las contestase.

—Nos ha alegrado muchísimo teneros hoy aquí —dijo el reverendo Sykes—. Esta iglesia no tiene mejor amigo que vuestro padre.

Me venció la curiosidad:

—¿Por qué hacían esa colecta para la esposa de Tom Robinson?

—¿No has escuchado el motivo? —preguntó el reverendo Sykes—. Helen tiene tres niños pequeños y no puede salir a trabajar...

—¿Por qué no puede llevárselos con ella, reverendo? —pregunté. Era costumbre entre los negros que trabajaban en el campo y tenían niños pequeños dejarlos en alguna sombra mientras ellos trabajaban... Normalmente los niños se quedaban sentados a la sombra entre dos hileras de algodón. A los que aún no se mantenían sentados los ataban al estilo indio a la espalda de su madre, o los tenían en sacos de algodón.

El reverendo Sykes vaciló.

—Para decirte la verdad, señorita Jean Louise, le está resultando difícil a Helen conseguir trabajo estos días... Cuando llegue la época de la recolección, creo que el señor Link Deas la aceptará.

—¿Por qué le resulta difícil, reverendo?

Antes de que me pudiera responder, sentí la mano de Calpurnia presionarme el hombro y dije:

—Le damos las gracias por permitirnos venir.

Jem repitió mis palabras y emprendimos el camino hasta nuestra casa.

—Cal, sé que Tom Robinson está en la cárcel y que ha hecho algo horrible, pero ¿por qué no quieren contratar a Helen? —pregunté.

Calpurnia, con su vestido de gasa azul marino y su sombrero de tubo, caminaba entre Jem y yo.

—Es por lo que la gente dice que Tom ha hecho —dijo ella—. No quieren... no quieren tener nada que ver con nadie de su familia.

—¿Y qué ha hecho, Cal?

Calpurnia suspiró.

—El viejo señor Ewell le acusó de violar a su hija e hizo que le arrestaran y le metieran en la cárcel...

—¿El señor Ewell? —Mi memoria se despertó—. ¿Tiene algo que ver con esos Ewell que vienen el primer día a la escuela y después se marchan a casa? Vaya, Atticus dijo que eran una basura... Nunca le había oído hablar de nadie como lo hizo de los Ewell. Dijo que...

—Sí, son esos.

—Bueno, si todos en Maycomb saben qué clase de personas son los Ewell, no deberían tener problemas en contratar a Helen... ¿Qué es violar, Cal?

—Eso tendrás que preguntárselo al señor Finch —dijo ella—. Él te lo explicará mejor que yo. ¿Tenéis hambre? El reverendo se ha extendido mucho esta mañana, normalmente no es tan aburrido.

—Es como nuestro predicador —dijo Jem—. Pero ¿por qué cantáis todos los himnos de ese modo?

—¿Por versos? —preguntó ella.

—¿Así se dice?

—Sí, se dice por versos. Que yo recuerde, siempre se ha hecho así.

Jem dijo que podrían ahorrar el dinero de las colectas durante un año y comprar algunos himnarios.

Calpurnia se rio.

—No serviría de nada —dijo ella—. No saben leer.

—¿No saben leer? —pregunté yo—. ¿Ninguno sabe?

—Así es —asintió Calpurnia—. Hay cuatro personas en First Purchase que saben leer... y yo soy una de ellas.

—¿Dónde fuiste a la escuela, Cal? —preguntó Jem.

—En ninguna parte. Veamos..., ¿quién me enseñó a leer? Fue la tía de la señorita Maudie Atkinson, la anciana señorita Buford.

—¿Eres tan vieja?

—Soy mucho más vieja que el señor Finch, incluso. —Sonrió—. Aunque no estoy segura de cuánto. Una vez nos pusimos a recordar, intentando adivinar cuál era mi edad... Yo puedo recordar unos años más atrás que él, así que no soy mucho más vieja, teniendo en cuenta que los hombres no recuerdan tanto como las mujeres.

—¿Cuándo es tu cumpleaños, Cal?

—Lo celebro en Navidad, es más fácil recordarlo así... No tengo un verdadero cumpleaños.

—Pero, Cal —protestó Jem—, pareces incluso más joven que Atticus.

—La gente de color no muestra los signos de la edad con tanta rapidez —dijo ella.

—Quizá sea porque no saben leer. Cal, ¿enseñaste tú a Zeebo?

—Sí, señorito Jem. Ni siquiera había escuela cuando era un muchacho. De todos modos, hice que aprendiera.

Zeebo era el hijo mayor de Calpurnia. Si alguna vez lo hubiera pensado, me habría dado cuenta de que Calpurnia estaba en sus años maduros; los hijos de Zeebo ya eran casi adultos, pero es que nunca lo había pensado.

—¿Le enseñaste con una cartilla, como a nosotros? —pregunté.

—No, le hacía aprender una página de la Biblia cada día, y había un libro con el que me enseñó la señorita Buford; apuesto a que no sabéis de dónde lo saqué —dijo ella.

No lo sabíamos.

—Vuestro abuelo Finch me lo regaló —dijo Calpurnia.

—¿Eras del Landing? —preguntó Jem—. Nunca nos lo dijiste.

—Claro que lo soy, señorito Jem. Me crie allí abajo, entre la casa de los Buford y Finch's Landing. Durante toda mi vida he estado trabajando para los Finch o los Buford, y me mudé a Maycomb cuando vuestros padres se casaron.

—¿Qué libro era, Cal? —le pregunté.

—*Comentarios*, de Blackstone.

Jem se quedó atónito.

—¿Quieres decir que enseñaste a leer a Zeebo con ese libro?

—Pues sí, señorito Jem. —Calpurnia se llevó con timidez los dedos a la boca—. Eran los únicos libros que tenía. Vuestro abuelo decía que el señor Blackstone escribía muy buen inglés…

—Por eso no hablas como el resto de ellos —dijo Jem.

—¿El resto de quiénes?

—El resto de la gente de color. Cal, pero en la iglesia hablaste como ellos…

Yo nunca me había dado cuenta de que Calpurnia llevara una modesta doble vida. La idea de que tuviera una existencia aparte fuera de nuestra casa era nueva, por no hablar de que dominara dos idiomas.

—Cal —le pregunté—, ¿por qué hablas lenguaje de negros con… con tu gente cuando sabes que no está bien?

—Bueno, en primer lugar, yo soy negra…

—Eso no significa que tengas que hablar de ese modo cuando sabes hacerlo mejor —dijo Jem.

Calpurnia se ladeó el sombrero para rascarse la cabeza, y después se lo caló con cuidado tapándose las orejas.

—Es difícil de explicar —dijo—. Supongamos que Scout y tú hablarais lenguaje de negros en casa…, estaría fuera de lugar, ¿no es cierto? ¿Y si yo hablara lenguaje de blancos en la iglesia y con mis vecinos? Pensarían que soy una engreída.

—Pero Cal, tú sabes que eso no es cierto —dije yo.

—No es necesario decir todo lo que uno sabe. No es propio de damas…, y en segundo lugar, a la gente no le gusta tener a nadie a su lado que sepa más que ellos. Les molesta. No se les puede cambiar hablando bien, tienen que querer aprender ellos, y cuando no quieren aprender, lo único que se puede hacer es mantener la boca cerrada y hablar como ellos.

—Cal, ¿puedo ir a verte alguna vez?

Ella me miró.

—¿Ir a verme, cariño? Me ves cada día.

—Digo en tu casa —dije yo—. ¿Alguna vez después del trabajo? Atticus podría ir a buscarme.

—Cuando tú quieras —contestó—. Nos alegrará que vengas.

Estábamos en la acera al lado de la Mansión Radley.

—Mira el porche —dijo Jem.

Yo miré hacia la Mansión Radley, esperando ver a su fantasma tomando el sol en el balancín. Pero el balancín estaba vacío.

—Me refiero a nuestro porche —dijo Jem.

Yo miré calle abajo. Pagada de sí misma, bien erguida y con su habitual aire autoritario, la tía Alexandra estaba sentada en una mecedora, como si hubiera estado allí todos los días de su vida.

13

—Pon mi maleta en el dormitorio delantero, Calpurnia —fue lo primero que dijo la tía Alexandra. Y lo segundo que dijo fue—: Jean Louise, deja de rascarte la cabeza.

Calpurnia agarró la pesada maleta y abrió la puerta.

—Yo la llevaré —dijo Jem, y eso hizo. Oí la maleta caer al suelo con un golpe seco. Un sonido de una apagada permanencia.

—¿Ha venido de visita, tía? —le pregunté. Las visitas de la tía Alexandra desde la hacienda Landing eran pocas, y viajaba con toda suntuosidad. Tenía un Buick de color verde brillante y un chófer negro, ambos en un estado lamentable, pero ese día no estaban por ninguna parte.

—¿No os lo ha dicho vuestro padre? —preguntó.

Jem y yo movimos la cabeza negativamente.

—Probablemente se le ha olvidado. No ha llegado aún, ¿verdad?

—No, normalmente no regresa hasta bien entrada la tarde —dijo Jem.

—Bueno, vuestro padre y yo hemos decidido que ya era hora de que viniera a quedarme con vosotros una temporada.

«Una temporada» en Maycomb significaba cualquier cosa, desde tres días hasta treinta años. Jem y yo nos miramos.

—Jem ya se está haciendo mayor, y tú también —me dijo—. Hemos pensado que os vendría bien contar con una influencia femenina. No pasarán muchos más años, Jean Louise, sin que te intereses por la ropa y los muchachos...

Yo podría haberle respondido varias cosas: Cal es una mujer, pasarían muchos años antes de que me interesaran los muchachos, nunca me interesaría la ropa…, pero me mantuve callada.

—¿Y el tío Jimmy? —preguntó Jem—. ¿Va a venir él también?

—Ah, no, se queda en Landing. Para que la hacienda siga adelante.

En cuanto dije: «¿Y no le va a echar usted de menos?», me di cuenta de que no era una pregunta con tacto. Que el tío Jimmy estuviera presente o ausente venía a ser lo mismo, pues él nunca decía nada. La tía Alexandra ignoró mi pregunta.

No se me ocurría nada más que decirle. De hecho, nunca se me ocurría nada que decirle, y me quedé allí sentada pensando en penosas conversaciones que habíamos mantenido en el pasado: «¿Cómo estás, Jean Louise?». «Bien, gracias, señora, ¿y usted?». «Muy bien, gracias; ¿qué has hecho últimamente?». «Nada». «¿No haces nada?». «No». «Sin duda, tendrás amigos, ¿no?». «Sí». «Bien, ¿y qué hacéis todos vosotros?». «Nada».

Estaba claro que la tía me consideraba una gran necia, porque una vez oí que le decía a Atticus que yo era un tanto retardada.

Había una historia detrás de todo eso, pero yo no tenía ningún deseo de que ella la explicara en aquel momento: ese día era domingo, y la tía Alexandra se mostraba de lo más irritable el Día del Señor. Supongo que era por el corsé que llevaba los domingos. No era gorda, sino fuerte, y escogía ropa interior que le elevaba el busto hasta alturas insospechadas, le reducía la cintura, le realzaba el trasero y lograba sugerir que la tía Alexandra tuvo en su momento una esbelta figura. Desde cualquier punto de vista, era impresionante.

El resto de la tarde transcurrió envuelta en la suave melancolía que desciende cuando aparecen los parientes, pero se dispersó cuando escuchamos que un coche llegaba al camino de entrada. Era Atticus, que regresaba a casa desde Montgomery. Jem, olvidando su dignidad, corrió conmigo para encontrarnos con él. Jem cogió su cartera y su maleta, yo me lancé a sus brazos, recibí un suave beso y dije:

—¿Me has traído un libro? ¿Sabes que la tía Alexandra está aquí?

Atticus respondió a ambas preguntas afirmativamente.

—¿Qué os parecería que viniera a vivir con nosotros?

Yo dije que me gustaría mucho, lo cual era mentira, pero una tiene que mentir en ciertas circunstancias, y siempre que no puedan cambiar las circunstancias.

—Creemos que ya empezáis a necesitar… Bueno, así es, Scout —dijo Atticus—. Vuestra tía me está haciendo un favor a mí, y a vosotros también. Yo no puedo quedarme aquí con vosotros todo el día, y el verano va a ser muy duro.

—Sí, señor —dije yo, sin entender ni una sola palabra. Yo tenía la impresión, sin embargo, de que la aparición de la tía Alexandra en escena no había sido tanto idea de Atticus como de ella misma. A la tía le encantaba decretar «lo que es mejor para la familia», y supongo que el hecho de que viniera a vivir con nosotros encajaba en esa categoría.

Maycomb le dio la bienvenida. La señorita Maudie At-kinson hizo un pastel tan cargado de licor que me puso a tono; la señorita Stephanie Crawford hacía largas visitas a la tía Alexandra, que consistían principalmente en que la señorita Stephanie movía la cabeza y decía: «Ah, ah, ah». La señori-ta Rachel, de la puerta de al lado, invitaba a tomar café a la tía por las tardes, y el señor Nathan Radley llegó hasta el extremo de subir al porche y decir que se alegraba de verla.

Cuando terminó de acomodarse y la vida recuperó su rit-mo diario, la tía Alexandra parecía haber vivido siempre con nosotros. Los refrigerios que ofrecía a la Sociedad Misionera se añadían a su reputación de buena anfitriona (no permitía que Calpurnia preparara las exquisiteces requeridas para que la So-ciedad aguantara los largos informes sobre los «cristianos de arroz», que era como llamaban a los que se convertían por be-neficios materiales); se unió al Club Amanuense de Maycomb y llegó a ser la secretaria. De entre todas las personas activas en la vida social del condado, la tía Alexandra era única en su especie: tenía modales de barco de recreo y de internado de señoritas; cuando surgía algún tema de moral, ella lo defendía; había nacido en caso acusativo; era una chismosa incurable. Cuando la tía Alexandra iba a la escuela, «dudar de sí mismo» no se encontraba en ningún libro de texto, de modo que no conocía su significado. Nunca se aburría y, en cuanto se presentaba la mínima oportunidad de ejercer su prerrogativa real, lo hacía: organizaba, aconsejaba, advertía y prevenía.

Tampoco dejaba escapar la oportunidad de señalar los defectos de otras familias para mayor gloria de la nuestra, un hábito que divertía a Jem en lugar de molestarle:

—La tía debería tener más cuidado con lo que dice… Critica a casi todo el mundo de Maycomb y resulta que son parientes nuestros.

La tía Alexandra, al subrayar el aspecto moral del suicidio del joven Sam Merriweather, dijo que estaba causado por una tendencia morbosa en la familia. Si una muchacha de dieciséis años se reía en el coro, la tía decía:

—Eso os demuestra que todas las mujeres Penfield son unas veleidosas.

Todo el mundo en Maycomb parecía tener una tendencia: tendencia a la bebida, tendencia al juego, tendencia a la ruindad, tendencia a la insolencia.

Una vez, cuando la tía nos aseguró que la tendencia de la señorita Stephanie Crawford a meterse en los asuntos de otras personas era hereditaria, Atticus dijo:

—Hermana, si te paras a pensarlo, nuestra generación es la primera en la familia Finch en que los primos no se casan entre sí. ¿Dirías que los Finch tenemos tendencia al incesto?

La tía dijo que no, y que de ahí venía que tuviéramos las manos y los pies pequeños.

Nunca entendí su preocupación por la herencia. En algún momento, yo había asimilado la idea de que las personas excelentes eran las que hacían lo mejor que podían con el juicio que poseían, pero la tía Alexandra tenía la convicción de que cuanto más tiempo hubiera estado una familia ocupando una tierra, más excelente era.

—Entonces los Ewell son personas excelentes —dijo Jem.

Burris Ewell y los suyos habían vivido en el mismo pedazo de tierra detrás del vertedero de Maycomb durante tres generaciones, aprovechándose del dinero de la beneficencia del condado.

Sin embargo, la teoría de la tía Alexandra tenía cierto respaldo. Maycomb era una ciudad antigua. Estaba a unos treinta kilómetros al este de la hacienda Landing, extrañamente hacia el interior para ser una ciudad tan antigua. Pero Maycomb habría estado más cerca del río si no hubiera sido por la sagacidad de un Sinkfield, que en los albores de la historia regentaba una posada, la única taberna del territorio, en un lugar donde convergían dos caminos. Sinkfield, que no era ningún patriota, suministraba munición a indios y colonos por igual, sin saber ni preocuparse si pertenecían al territorio de Alabama o de la nación creek, mientras el negocio funcionara. El negocio era excelente cuando el gobernador William Wyatt Bibb, con la intención de fomentar la tranquilidad en el condado recién creado, envió a un equipo de expertos para localizar su centro exacto y establecer allí la sede de gobierno. Los expertos, que se alojaron en la posada de Sinkfield, le dijeron a este que se encontraba en los límites territoriales del condado de Maycomb, y le mostraron la ubicación donde probablemente se levantaría la sede del condado. Si Sinkfield no hubiera llevado a cabo una acción tan osada para preservar su propiedad, Maycomb habría estado situado en medio de Winston Swamp, un lugar totalmente desprovisto de interés. En cambio, Maycomb creció y se extendió desde su núcleo, la taberna de Sinkfield, porque este emborrachó a sus huéspedes una noche, los indujo a sacar sus mapas y planos, a dibujar una curva aquí, a añadir un poquito allá y a mover el centro del condado para que se ajustara a sus necesidades. Al día siguiente los envió de vuelta con sus planos y cinco litros de licor en sus alforjas: dos para cada uno y otro para el gobernador.

Como la razón principal de su existencia fue ser sede del gobierno, Maycomb nunca tuvo la apariencia descuidada que distinguía a la mayoría de ciudades de Alabama de su mismo tamaño. Al principio, sus edificios eran sólidos, su sede del juzgado resultaba imponente y sus calles eran generosamente anchas. En Maycomb se concentraban muchos profesionales: uno iba allí para que le sacaran una muela, para que le arreglaran la carreta, para que le auscultaran el corazón, para depositar el dinero, para salvar su alma, para que el veterinario atendiera sus mulas. Pero el éxito final de la maniobra de Sinkfield quedó en entredicho. Situó la nueva ciudad demasiado lejos del único medio de transporte público que había en aquella época, las embarcaciones fluviales, de manera que cualquiera que viajaba desde el extremo norte del condado hasta Maycomb para comprar provisiones, perdía dos días en el camino. Como resultado, la ciudad siguió teniendo el mismo tamaño durante cien años, una isla en un marco cuadriculado de campos de algodón y arboledas.

Aunque Maycomb fue ignorada durante la Guerra de Secesión, la ley de la Reconstrucción y la ruina económica la obligaron a crecer. Creció hacia dentro. Casi nunca se establecía allí gente nueva, las mismas familias se casaban con las mismas familias hasta que los miembros de la comunidad se parecían todos entre sí. Muy de vez en cuando, alguien regresaba de Montgomery ō Mobile con una pareja de fuera, pero el resultado solamente causaba una ondulación en la tranquila corriente del parecido familiar. Las cosas seguían siendo más o menos así durante mis primeros años de vida.

Era cierto que había un sistema de castas en Maycomb; pero a mi entender funcionaba de este modo: los ciudadanos más ancianos, la generación actual de personas que habían vivido codo con codo durante años y años, eran completamente predecibles los unos para los otros: daban por sentadas actitudes, rasgos de carácter, incluso gestos, al haber sido repetidos en cada generación y refinados por el tiempo. Así, las frases «Los Crawford meten las narices donde no los llaman»,

«De cada tres Merriweather uno es enfermizo», «No hay nada de verdad en los Delafield», «Todos los Buford caminan así», eran, sencillamente, pautas para la vida cotidiana: nunca aceptar un cheque de un Delafield sin una discreta llamada al banco; el hombre de la señorita Maudie Atkinson estaba caído porque era una Buford; que la señora Grace Merriweather diera unos tragos de las botellas de la ginebra Lydia E. Pinkham no era nada inusual, pues su madre hacía lo mismo.

La tía Alexandra encajaba en el mundo de Maycomb como la mano en el guante, pero nunca en el mundo de Jem y mío. Me preguntaba tantas veces cómo podía ser hermana de Atticus y del tío Jack que recuperé en la memoria cuentos medio olvidados de trueques y raíces de mandrágora que Jem había inventado hacía mucho tiempo.

Eran solo especulaciones abstractas durante el primer mes de su estancia, pues tenía poco que decirnos a Jem o a mí, y la veíamos únicamente a las horas de las comidas y por la noche antes de irnos a la cama. Era verano y pasábamos mucho tiempo al aire libre. Desde luego, algunas tardes, cuando yo corría a casa para beber un poco de agua, me encontraba el salón lleno de damas de Maycomb, que bebían, susurraban y se abanicaban, y a mí me decían:

—Jean Louise, ven a hablar con estas damas.

Cuando yo aparecía por la puerta, la tía me miraba como si lamentara habérmelo pedido; normalmente yo llegaba manchada de barro o cubierta de arena.

—Ven a hablar con tu prima Lily —me dijo una tarde, tras atraparme en el vestíbulo.

—¿Quién? —dije yo.

—Tu prima Lily Brooke —dijo la tía Alexandra.

—¿Es prima nuestra? No lo sabía.

La tía Alexandra se las arregló para sonreír de una manera que disculpaba a la prima Lily y a mí me desaprobaba. Cuando la prima Lily Brooke se fue, ya sabía lo que me esperaba.

Era muy triste que mi padre hubiera descuidado hablarme sobre la familia Finch, o inculcar cierto orgullo en sus hijos. Llamó a Jem, que se sentó con recelo en el sofá a mi lado. Ella salió de la habitación y regresó con un libro de pasta de color púrpura que tenía impreso en color oro: *Meditaciones de Joshua S. St. Clair*.

—Vuestro primo escribió esto —dijo la tía Alexandra—. Era un hombre estupendo.

Jem examinó el pequeño volumen.

—¿Es este el primo Joshua que estuvo encerrado tanto tiempo?

—¿Cómo sabes eso? —preguntó la tía Alexandra.

—Bueno, Atticus dijo que se volvió loco en la universidad. Que intentó disparar al rector. Que el primo Joshua decía que no era más que un inspector de cloacas e intentó dispararle con una vieja pistola de chispa, pero le estalló en la mano. Atticus dijo que le costó a la familia quinientos dólares librarle de aquello...

La tía Alexandra estaba tan tiesa como una cigüeña.

—Ya basta —dijo—. Ya hablaremos de esto.

Antes de irme a la cama, yo estaba en el cuarto de Jem intentando que me prestara un libro, cuando Atticus llamó a la puerta y entró. Se sentó al lado de la cama de Jem, nos miró con seriedad y sonrió.

—Humm... bueno... —dijo. Comenzaba diciendo algunas cosas con un sonido gutural, y yo pensaba que debía de estar haciéndose viejo, pero que parecía el de siempre.

—No sé cómo decir esto —empezó.

—Bueno, tú dilo —dijo Jem—. ¿Hemos hecho algo?

Atticus estaba realmente inquieto.

—No, solo quiero explicaros que... la tía Alexandra me ha pedido... hijo, tú sabes que eres un Finch, ¿verdad?

—Eso es lo que me han dicho. —Jem miraba con el rabillo del ojo. Elevó la voz sin poder controlarla—. Atticus, ¿qué sucede?

Atticus se cruzó de piernas y brazos.

—Estoy intentando hablarte de los hechos de la vida.

El disgusto de Jem aumentó.

—Ya me sé todo eso —dijo.

Atticus se puso serio de repente. Con su voz de abogado, en un tono totalmente plano, dijo:

—La tía me ha pedido que intente inculcaros que no descendéis de gente vulgar, que sois el fruto de la buena educación de varias generaciones...

Atticus se interrumpió para ver cómo yo cogía una chinche roja que corría por mi pierna.

—Buena educación... —continuó, cuando la hube encontrado y aplastado— y que deberíais estar a la altura de vuestro apellido... —Atticus perseveró a pesar de nosotros— y me ha pedido que os diga que debéis intentar comportaros como la pequeña dama y el pequeño caballero que sois. Quiere hablar con vosotros sobre la familia y lo que ha significado para el condado de Maycomb a lo largo de los años, así os formaréis una idea de quiénes sois, y quizá eso os lleve a comportaros en consecuencia —concluyó.

Asombrados, Jem y yo nos miramos el uno al otro, después a Atticus, a quien parecía molestarle el cuello de la camisa. No le dijimos nada.

Entonces yo cogí un peine de la cómoda de Jem y comencé a frotar las púas por el borde.

—Deja de hacer ese ruido —dijo Atticus.

Su brusquedad me hirió. El peine iba por la mitad de su recorrido y lo dejé con un golpe sobre la cómoda. Sin motivo, sentí que comenzaba a llorar, pero no podía detenerme. Mi padre no era así. Mi padre nunca tenía esos pensamientos. Mi padre nunca hablaba así. La tía Alexandra de algún modo le había impulsado a hacerlo. A través de las lágrimas vi a Jem en un estado parecido de soledad, con la cabeza inclinada a un lado.

No había ningún lugar a donde ir, pero me giré para marcharme y me encontré con el chaleco de Atticus. Hundí la cabeza en él y escuché los leves sonidos internos que se producían tras la delgada tela de color azul: el tictac de su reloj, el ligero crepitar de su camisa almidonada, el suave sonido de su respiración.

—Te suena el estómago —dije.

—Lo sé —dijo él.

—Será mejor que tomes soda.

—Lo haré —respondió.

—Atticus, todo esto de comportarnos, ¿va a hacer que las cosas sean diferentes? Quiero decir, ¿vas a...?

Sentí su mano en la nuca.

—No te preocupes por nada —me dijo—. No es momento de preocuparse.

Cuando escuché eso, supe que él había regresado. Comenzó de nuevo a circular la sangre por mis piernas, y levanté la cabeza.

—¿De verdad quieres que hagamos todo eso? No recuerdo todo lo que se supone que hacen los Finch...

—No quiero que lo recuerdes. Olvídalo.

Se dirigió a la puerta y salió del cuarto, cerrando a sus espaldas. Casi dio un portazo, pero se contuvo en el último momento y cerró con cuidado. Mientras Jem y yo seguíamos mirando, la puerta se abrió otra vez y Atticus asomó la cabeza. Tenía las cejas enarcadas, y las gafas se le habían bajado por la nariz.

—Cada día me parezco más al primo Joshua, ¿verdad? ¿Creéis que terminaré costándole a la familia quinientos dólares?

Ahora sé lo que intentaba hacer, pero Atticus era solamente un hombre. Se necesita una mujer para hacer ese tipo de trabajo.

14

Aunque no volvimos a oír a la tía Alexandra hablar más de la familia Finch, sí que oímos de sobra lo que se decía en la ciudad. Los sábados, armados con nuestras monedas de diez centavos, cuando Jem me permitía que le acompañara (ahora era claramente alérgico a mi presencia cuando estábamos en público), nos abríamos camino entre las multitudes sudorosas por la acera y a veces oíamos: «Ahí están sus hijos», o: «Ahí van unos Finch». Al girar la cabeza para hacer frente a nuestros acusadores, solo veíamos a un par de granjeros estudiando las bolsas para enemas en el escaparate de la droguería Mayco; o a dos campesinas rechonchas con sombreros de paja sentadas en un carro Hoover.

—Parece que para los que gobiernan este condado tanto da si van por ahí sueltos y violan al campo entero —fue la oscura observación con que nos topamos cuando nos cruzamos con un delgado caballero. Lo que me recordó que tenía una pregunta que hacerle a Atticus.

—¿Qué es violar? —le pregunté aquella noche.

Atticus me miró desde detrás de su periódico. Estaba sentado en su butaca al lado de la ventana. Cuando nos fuimos haciendo mayores, Jem y yo pensamos que era generoso concederle treinta minutos después de la cena.

Él suspiró y dijo que violar era el conocimiento carnal de una mujer por la fuerza y sin su consentimiento.

—Bueno, si solo es eso, ¿por qué Calpurnia me cortó en seco cuando le pregunté lo que era?

Atticus parecía pensativo.

—Dímelo otra vez.

—Bueno, le pregunté a Calpurnia al regresar de la iglesia aquel día qué era violar, y ella me dijo que te preguntara a ti, pero me olvidé, y ahora te lo pregunto.

El periódico estaba ahora en su regazo.

—Repítelo, por favor —me pidió.

Yo le hablé con todo detalle de nuestra salida a la iglesia con Calpurnia. A Atticus pareció gustarle, pero la tía Alexandra, que estaba sentada en un rincón cosiendo en silencio, dejó a un lado su labor y nos miró.

—¿Todos regresabais de la iglesia de Calpurnia aquel domingo?

—Sí, ella nos llevó —dijo Jem.

Entonces yo recordé algo.

—Sí, y ella me prometió que podría ir a su casa alguna tarde. Atticus, iré el próximo domingo si te parece bien, ¿puedo? Calpurnia dijo que vendría a buscarme si tú te habías llevado el coche.

—No puedes ir.

Fue la tía Alexandra quien lo dijo. Yo me giré, asombrada, y después me volví hacia Atticus a tiempo para pillarle lanzándole una rápida mirada, pero era demasiado tarde.

—¡No te lo he preguntado a ti! —dije.

Para ser un hombre grande, Atticus podía levantarse y sentarse en una silla más rápidamente que cualquiera a quien yo conociera. Ahora estaba de pie.

—Discúlpate con tu tía —me dijo.

—No se lo había preguntado a ella, sino a ti…

Atticus giró la cabeza y me dejó clavada a la pared con su mirada. Habló con una voz mortífera:

—Primero, discúlpate con tu tía.

—Lo siento, tía —murmuré.

—Muy bien —dijo—. Dejemos una cosa clara: harás lo que Calpurnia te diga, harás lo que yo te diga, y mientras tu tía esté en esta casa, también harás lo que ella te diga. ¿Lo entiendes?

Yo lo entendí, pensé durante un rato y llegué a la conclusión de que la única manera en que podía retirarme con algo de dignidad era yendo al cuarto de baño, donde me quedé el tiempo suficiente para que pensaran que lo había hecho por necesidad. Cuando regresaba, me detuve en el vestíbulo al escuchar una feroz discusión que provenía del salón. Por la puerta entreabierta pude ver a Jem en el sofá con una revista de fútbol americano delante de la cara, y su cabeza se movía como si las páginas contuvieran un partido de tenis en vivo.

—Tienes que hacer algo con ella —estaba diciendo mi tía—. Has permitido que esto se alargase demasiado, Atticus, demasiado.

—No veo nada malo en dejarla ir. Cal cuidará de ella allí al igual que lo hace aquí.

¿Quién era la «ella» de la que hablaban? Se me encogió el corazón: yo. Sentí las almidonadas paredes de una cárcel en forma de vestido rosa que se cerraban sobre mí, y por segunda vez en mi vida pensé en huir. De inmediato.

—Atticus, está bien ser un poco tierno, tú eres un hombre sencillo, pero tienes una hija en la que pensar. Una hija que está creciendo.

—En eso estoy pensando.

—Y no intentes evitarlo. Tendrás que afrontarlo tarde o temprano, y bien podría ser esta noche. Ya no la necesitamos.

Atticus habló con calma:

—Alexandra, Calpurnia no se irá de esta casa hasta que ella quiera. Puede que tú pienses otra cosa, pero no podría habérmelas arreglado sin ella todos estos años. Es un miembro fiel de esta familia, y tendrás que aceptar las cosas tal como son. Además, hermana, no quiero que te vuelvas loca por nosotros…, no tienes motivos para hacer eso. Seguimos necesitando a Cal tanto como siempre.

—Pero Atticus…

—Además, no creo que los niños hayan sufrido nada porque ella los haya criado. De hecho, ha sido más dura con ellos en ciertos aspectos de lo que habría sido una madre... Nunca les ha permitido salirse con la suya en nada, ni nunca les ha consentido como hace la mayoría de las niñeras de color. Ha intentado criarlos según su buen juicio, y el buen juicio de Cal es excelente... Y otra cosa: los niños la adoran.

Volví a respirar. No era yo, solamente estaban hablando de Calpurnia. Aliviada, entré en el salón. Atticus estaba leyendo de nuevo el periódico y la tía Alexandra seguía con su labor. Punk, punk, punk, la aguja atravesaba el tenso círculo. Se detuvo y estiró aún más la tela: punk, punk, punk. Estaba furiosa.

Jem se levantó y atravesó la alfombra. Me hizo señas para que le siguiera. Me llevó a su cuarto y cerró la puerta. Tenía una expresión seria.

—Se han estado peleando, Scout.

Jem y yo nos peleábamos mucho aquellos días, pero yo nunca había oído ni había visto a nadie pelearse con Atticus. No era un espectáculo agradable.

—Scout, intenta no contradecir a la tía, ¿de acuerdo?

Los comentarios de Atticus todavía me dolían, así que no capté el ruego en las palabras de Jem. Me puse en guardia.

—¿Estás intentando decirme lo que tengo que hacer?

—No, es que... él tiene muchas cosas en la cabeza ahora, sin que nosotros le demos preocupaciones.

—¿Como qué? —Atticus no parecía tener nada especial en la cabeza.

—El caso de Tom Robinson le está preocupando mucho...

Yo dije que Atticus no se preocupaba por nada. Además, el caso solo nos causaba molestias una vez por semana más o menos, e incluso entonces no duraba mucho.

—Eso es porque no puedes retener nada en tu mente, salvo un rato —dijo Jem—. Es distinto con las personas mayores, nosotros...

Aquellos días estaba insoportable con esa irritante superioridad. Solo quería leer y estar a solas. Aun así, me pasaba

193

todo lo que leía, pero ahora era diferente: antes lo hacía porque pensaba que me gustaría; ahora, para mi educación y aprendizaje.

—¡Por Dios bendito, Jem! ¿Quién te crees que eres?

—Ahora lo digo de veras, Scout, si contradices a la tía, yo… yo te daré unos azotes.

Aquello no lo pude soportar.

—Maldito hermafrodita, ¡te voy a matar!

Estaba sentado en la cama, y fue fácil agarrarle del pelo y darle un puñetazo en la boca. Él me dio una bofetada, y yo intenté otro golpe con la izquierda, pero de un puñetazo en el estómago me quedé tirada en el suelo. Casi me dejó sin respiración, pero no me importaba, porque yo sabía que él estaba peleando, que respondía a mi ataque. Seguíamos siendo iguales.

—¡Ahora no eres tan alto y poderoso, ¿eh?! —grité, levantándome.

Él seguía sobre la cama y yo no conseguía estabilizarme en el suelo, así que me lancé hacia él con toda la fuerza que pude, golpeando, empujando, pellizcando, arañando. Lo que había comenzado como una pelea con los puños terminó en una riña. Todavía estábamos luchando cuando Atticus nos separó.

—Se acabó —dijo—. A la cama los dos ahora mismo.

—¡Ja! —le dije a Jem. Le mandaban a la cama a la misma hora que a mí.

—¿Quién ha comenzado? —preguntó Atticus con resignación.

—Ha sido Jem. Intentaba decirme lo que tengo que hacer. Yo no tengo que obedecerle a él, ¿verdad?

Atticus sonrió.

—Vamos a dejarlo así: obedecerás a Jem siempre que él pueda obligarte. ¿Te parece justo?

La tía Alexandra estaba presente pero en silencio, y cuando bajó al vestíbulo con Atticus la oímos decir:

—… Precisamente una de las cosas de las que te he estado hablando. —Una frase que volvió a unirnos.

Nuestros cuartos se comunicaban; cuando yo cerré la puerta que los separaba, Jem dijo:

—Buenas noches, Scout.

—Buenas noches —murmuré, y crucé el cuarto para encender la luz. Cuando pasé al lado de la cama, me tropecé con algo cálido, elástico y bastante blando. No se parecía a la goma dura, y tuve la sensación de que estaba vivo. También lo oí moverse.

Encendí la luz y miré al suelo, junto a la cama. Fuera lo que fuera lo que había pisado ya no estaba. Llamé a la puerta de Jem.

—¿Qué?

—¿Qué sensación se tiene al tocar una serpiente?

—Áspera, fría. Polvorienta. ¿Por qué?

—Creo que hay una debajo de mi cama. ¿Puedes venir a ver?

—¿Estás de broma? —Jem abrió la puerta. Llevaba solo el pantalón del pijama. Yo observé, con satisfacción, que todavía tenía la marca de mis nudillos en la boca. Cuando se dio cuenta de que yo hablaba en serio, dijo:

—Ni loco voy a poner la cara en el suelo al alcance de una serpiente. Espera un momento.

Fue a la cocina y volvió con la escoba.

—Será mejor que te subas a la cama —me dijo.

—¿Crees que es una de verdad? —pregunté.

Aquello era todo un acontecimiento. Nuestras casas no tenían sótanos; estaban construidas sobre bloques de piedra que las elevaban algo del suelo, y la entrada de reptiles no era algo desconocido, pero tampoco frecuente. La excusa de la señorita Rachel Haverford para tomarse un vaso de *whisky* cada mañana era que nunca había conseguido reponerse del susto de haber encontrado una serpiente de cascabel enrollada en el armario de su dormitorio, después de lavarse, cuando fue a colgar su *négligé*.

Jem hizo un primer barrido bajo la cama para tantear. Yo me asomé por encima de los pies de la cama para ver si salía una serpiente. No salió ninguna. Jem barrió más adentro.

—¿Las serpientes gruñen?

—No es una serpiente —dijo Jem—. Es alguien.

De repente, un bulto marrón y sucio salió de debajo de la cama. Jem levantó la escoba y faltaron unos centímetros para que le diera a Dill en la cabeza.

—Dios todopoderoso —dijo Jem en tono reverente.

Vimos salir a Dill poco a poco. Estaba encogido. Se puso de pie y relajó los hombros, hizo girar los pies, cubiertos por unos calcetines que le llegaban al tobillo, y se frotó la nuca. Restaurada la circulación, dijo:

—Hola.

Jem hizo otra invocación a Dios. Yo estaba sin palabras.

—Estoy a punto de morir —dijo Dill—. ¿Tenéis algo de comer?

Todavía aturdida, fui a la cocina. Le llevé leche y media cacerola de pan de maíz que había quedado de la cena. Dill lo devoró, masticándolo con sus dientes de delante, como era su costumbre.

Finalmente recuperé la voz.

—¿Cómo has llegado hasta aquí?

Con mucha dificultad. Reanimado por la comida, Dill comenzó su relato. Su nuevo padre, que le odiaba, lo había atado con cadenas y abandonado en el sótano (en Meridian había sótanos) para que muriera, pero había conseguido mantenerse con vida en secreto gracias a los guisantes crudos que le daba un granjero que pasaba por allí y oyó sus gritos pidiendo ayuda (el buen hombre metió una fanega entera, vaina por vaina, por el respiradero), y finalmente se liberó arrancando las cadenas de la pared. Aún con esposas en las muñecas, vagó durante unos tres kilómetros más allá de Meridian, donde descubrió un pequeño circo de animales y lo contrataron para lavar al camello. Viajó con el circo por todo Misisipi hasta que su infalible sentido de la orientación le dijo que estaba en el condado de Abbott, Alabama, y que Maycomb se encontraba al otro lado del río. El resto del camino lo hizo a pie.

—¿Cómo has llegado aquí? —preguntó Jem.

Le había cogido a su madre trece dólares del bolso, se había subido al tren de las nueve en punto en Meridian y se había bajado en el Empalme de Maycomb. Había recorrido a pie quince o diecisiete de los veintiséis kilómetros que había hasta Maycomb, por fuera de la carretera, entre los matorrales, por si las autoridades le estaban buscando, y había hecho el resto del camino enganchado a la parte trasera de un vagón de algodón. Había estado debajo de la cama dos horas, creía; nos había oído en el comedor, y el tintineo de los cubiertos sobre los platos casi le había vuelto loco. Creyó que Jem y yo no nos iríamos a la cama nunca; había pensado en salir y ayudarme a pelear con Jem, pues Jem era ya mucho más alto, pero sabía que el señor Finch intervendría pronto, de modo que pensó que sería mejor quedarse donde estaba. Estaba agotado, sucio hasta más no poder, y en casa.

—No deben saber que estas aquí —dijo Jem—. Si te estuvieran buscando, lo sabríamos.

—Creo que aún están buscando en todos los cines de Meridian. —Dill sonrió.

—Deberías decirle a tu madre dónde estás —dijo Jem—. Deberías avisarla de que estás aquí…

Dill miró a Jem parpadeando, y Jem bajó la mirada al suelo. Entonces se incorporó y quebrantó el único código que quedaba de nuestra niñez. Salió del cuarto y bajó al vestíbulo.

—Atticus —su voz sonaba distante—, ¿puedes venir aquí un momento, señor?

Debajo de la suciedad marcada por el sudor, Dill palideció. Yo sentí náuseas. Atticus estaba en el umbral. Entró hasta el centro de la habitación y se quedó de pie con las manos en los bolsillos, mirando a Dill.

Finalmente recuperé la voz.

—Está bien, Dill. Cuando quiere que sepas algo, te lo dice.

Dill me miró.

—Quiero decir que todo va bien —dije yo—. Ya sabes que él nunca te fastidiaría, no debes tener miedo de Atticus.

—No tengo miedo —musitó Dill.

—Solo hambre, supongo. —Atticus habló con su monotonía habitual, un tono que resultaba agradable—. Scout, podemos darle algo mejor que una cacerola de pan de maíz frío, ¿verdad? Dad de comer a este muchacho, y cuando yo regrese veremos qué podemos hacer.

—Señor Finch, no se lo diga a la tía Rachel, no me haga volver, ¡por favor, señor! Me escaparé otra vez...

—Vaya, hijo —dijo Atticus—. Nadie va a obligarte a ir a ninguna parte, sino a la cama bastante pronto. Solo voy a decirle a la señorita Rachel que estás aquí, y preguntarle si puedes pasar la noche con nosotros... Eso te gustaría, ¿verdad? Y por amor de Dios, vuelve a darle al condado la tierra que le pertenece, la erosión del suelo ya es lo bastante mala tal y como está.

Dill se quedó mirando a mi padre mientras este se marchaba.

—Está intentando ser gracioso —dije yo—. Quiere decir que te bañes. ¿Lo ves? Ya te dije que no te fastidiaría.

Jem estaba de pie en un rincón de la habitación con aspecto de traidor, porque lo era.

—Dill, tenía que decírselo —dijo—, no puedes huir a casi quinientos kilómetros sin que tu madre lo sepa.

Nos marchamos sin decirle nada.

Dill comió, y comió, y comió. No había comido desde la noche anterior. Había gastado todo el dinero en el billete, se había subido al tren como había hecho muchas veces, había hablado tranquilamente con el conductor, que ya lo conocía de vista, pero no tuvo valor para recurrir a la norma de los niños que viajan solos: si has perdido el dinero, el conductor te dejará algo para que puedas comer y tu padre se lo devolverá al final del viaje.

Dill ya se había comido todas las sobras y estaba a punto de coger una lata de carne de cerdo con alubias de la despensa cuando el «¡Duuulce Jesúúús!» de la señorita Rachel resonó en el vestíbulo. Él se puso a temblar como un conejo.

Soportó con fortaleza su «Ya verás cuando estemos en casa, tus padres están locos de preocupación». Se mantuvo bastante calmado durante el «Esa es la parte de los Harris que hay en ti»; sonrió cuando ella dijo «Imagino que puedes quedarte una noche», y devolvió el abrazo que le dieron al final del sermón.

Atticus se subió las gafas y se frotó la cara.

—Vuestro padre está cansado —dijo la tía Alexandra, sus primeras palabras en horas, o eso me pareció. Ella había estado allí, pero supongo que boquiabierta la mayor parte del tiempo—. Ahora, marchaos a la cama.

Cuando los dejamos en el comedor, Atticus seguía frotándose la cara.

—Primero la violación, luego la pelea y ahora una fuga —le oímos decir riendo—. Me pregunto qué ocurrirá las próximas dos horas.

Ya que las cosas parecían haber ido bastante bien, Dill y yo decidimos portarnos bien con Jem. Además, Dill tenía que dormir con él, así que quizá hasta pudiéramos hablarle.

Me puse el pijama, leí durante un rato y de repente me sentí incapaz de mantener los ojos abiertos. Dill y Jem estaban en silencio; cuando apagué la luz de lectura no vi ninguna rendija de luz bajo la puerta del cuarto de Jem.

Debí de dormir mucho tiempo, porque, cuando me despertaron con unos golpecitos, la habitación estaba tenuemente iluminada por la luna que se ponía.

—Muévete, Scout.

—Creyó que tenía que hacerlo —musité—. No te enfades con él.

Dill se metió en la cama a mi lado.

—No estoy enfadado —dijo—. Solo quería dormir contigo. ¿Estás despierta?

En ese momento lo estaba, aunque perezosamente.

—¿Por qué lo has hecho?

No hubo respuesta.

—¿Por qué has huido? ¿Tu padre de verdad era tan odioso?

—No…

—¿No ibais a construir esa barca tal y como me escribiste?

—Él me dijo que lo haríamos, pero nunca lo hicimos.

Me incorporé apoyada en el codo, mirando la silueta de Dill.

—Esa no es razón para huir, ellos no hacen lo que dicen que van a hacer.

—No ha sido eso, él… A ellos no les intereso.

Ese era el motivo más extraño para huir que yo había escuchado jamás.

—¿Cómo?

—Bueno, siempre estaban fuera, y cuando estaban en casa se metían ellos solos en otra habitación.

—¿Y qué hacían allí?

—Nada, solo se sentaban a leer…, pero no querían que estuviera con ellos.

Empujé la almohada hasta el cabecero y me senté.

—¿Sabes qué? Yo estaba planeando huir esta noche porque todos estaban aquí. Uno no los quiere alrededor todo el tiempo, Dill… —Dill soltó el aire con paciencia, como si fuera un suspiro—. Atticus está fuera todo el día y a veces parte de la noche, se va a la legislatura, y no sé a qué sitios más. Uno no los quiere alrededor todo el tiempo, Dill, no podrías hacer nada si estuvieran.

—No es eso.

Según Dill lo explicaba, me encontré preguntándome cómo sería la vida si Jem fuera diferente, incluso de como era ahora; lo que yo haría si Atticus no sintiera la necesidad de mi presencia, ayuda y consejo. Vaya, no podía pasarse ni un solo día sin mí. Incluso Calpurnia no podría seguir adelante a menos que yo estuviera ahí. Me necesitaban.

—Dill, seguro que no es así…, tu familia no podría pasar sin ti. Solo son mezquinos contigo. Te diré lo que debes hacer respecto a eso…

Dill continuó hablando en la oscuridad.

—La cuestión es… lo que intento decir es… ellos se lo pasan mejor sin mí, yo no puedo ayudarlos en nada. No son mezquinos. Me compran todo lo que quiero, pero es como si me dijeran: «Ahora que lo tienes, vete a jugar con ello. Tienes toda una habitación llena de cosas. Te he comprado ese libro, así que ve a leerlo». —Dill puso una voz más grave—. No eres un muchacho. Los muchachos salen y juegan al béisbol con otros muchachos, no se quedan en casa molestando a sus padres. —La voz de Dill volvió a ser la de siempre—. Ah, no son mezquinos. Te besan y abrazan cuando te dan los buenos días y las buenas noches y cuando te dicen adiós, y te dicen que te quieren… Scout, consigamos un bebé.

—¿Dónde?

Dill había oído hablar de un hombre que tenía una barca con la que iba remando hasta una isla llena de niebla donde estaban todos esos bebés; se podía pedir uno…

—Eso es mentira. La tía me dijo que Dios los hace bajar por la chimenea. Al menos creo que eso fue lo que dijo. —Por una vez, la pronunciación de la tía no había sido demasiado clara.

—Bueno, no es así. Los bebés se sacan de otras personas. También está ese hombre… Él tiene todos esos bebés esperando a que los despierten, él les insufla vida…

Dill estaba emocionado otra vez. En su viva imaginación siempre flotaban cosas hermosas. Podía leer dos libros en el tiempo en que yo leía uno, pero prefería la magia de sus propias invenciones. Sumaba y restaba con más rapidez que el rayo, pero prefería esa otra dimensión, un mundo donde los bebés dormían, esperando a que los recogieran por la mañana como si fueran lirios. Hablaba lentamente arrullándose a sí mismo y arrastrándome también a mí al sueño, pero en la

201

quietud de su isla brumosa se erigía la borrosa imagen de una casa gris con tristes puertas marrones.

—¿Dill?

—¿Mmm?

—¿Por qué crees que Boo Radley no ha huido nunca?

Dill suspiró pesadamente y se puso de espaldas a mí.

—Quizá no tenga ningún lugar a donde huir…

15

Después de muchas llamadas telefónicas, de muchos ruegos en nombre del acusado y una larga carta de perdón de su madre, se decidió que Dill podía quedarse. Disfrutamos de una semana de paz. Después de eso, tuvimos bastante poca. Una pesadilla se cernía sobre nosotros.

Comenzó una noche después de la cena. Dill había terminado; la tía Alexandra estaba en su sillón en el rincón, Atticus estaba en el suyo; Jem y yo estábamos en el suelo leyendo. Había sido una semana tranquila: yo había obedecido a la tía; Jem había crecido demasiado para la casa del árbol, pero nos ayudó a Dill y a mí a construir una nueva escalera de cuerda para subir; Dill había pensado en un plan infalible para hacer salir a Boo Radley sin que a nosotros nos costase nada (hacer un camino de trocitos de limón desde la puerta trasera hasta el patio delantero, y él lo seguiría como si fuera una hormiga). Llamaron a la puerta, Jem abrió y dijo que era el señor Heck Tate.

—Bueno, hazle pasar —dijo Atticus.

—Ya lo he hecho. Hay algunos hombres en el patio y quieren que salgas.

En Maycomb, los hombres se quedaban en el patio delantero solamente por dos motivos: muerte y política. Me pregunté quién habría muerto. Jem y yo salimos a la puerta, pero Atticus nos dijo:

—Volved a entrar.

Jem apagó las luces del salón y aplastó la nariz contra la mosquitera de una ventana. La tía Alexandra protestó.

—Solo un segundo, tía, veamos quién es —dijo.

Dill y yo nos situamos en otra ventana. Había un grupo de hombres rodeando a Atticus. Todos parecían hablar a la vez.

—… trasladarlo mañana a la cárcel del condado —estaba diciendo el señor Tate—. Yo no busco problemas, pero no puedo garantizar que no habrá ninguno…

—No seas tonto, Heck —dijo Atticus—. Esto es Maycomb.

—… solo he dicho que estaba intranquilo.

—Heck, hemos conseguido un aplazamiento del caso para asegurarnos de que no haya nada por lo que inquietarse. Hoy es sábado —dijo Atticus—, y el juicio probablemente será el lunes. Puedes tenerlo allí una noche, ¿no? No creo que nadie en Maycomb me reproche que tenga un cliente, con lo difíciles que están los tiempos.

Hubo un murmullo de resignación que se apagó de repente cuando el señor Link Deas dijo:

—Nadie por aquí está tramando nada, lo que me preocupa es esa turba de Old Sarum… ¿No puedes conseguir un…? ¿Cómo se dice, Heck?

—Un cambio de sede —dijo el señor Tate—. No tiene mucho sentido ahora, ¿verdad?

Atticus dijo algo inaudible. Me volví hacia Jem, que me hizo guardar silencio agitando la mano.

—… además —estaba diciendo Atticus—, no le tenéis miedo a esa gente, ¿verdad?

—… sabéis cómo son cuando están como una cuba.

—No suelen beber el domingo, pasan en la iglesia la mayor parte del día —dijo Atticus.

—Pero esta es una ocasión especial… —dijo alguien.

Siguieron murmurando y farfullando hasta que la tía dijo que si Jem no encendía las luces del salón, deshonraría a la familia. Jem no le hizo caso.

—… no sé por qué te tuviste que meter en esto —decía el señor Link Deas—. Con este asunto lo vas a perder todo, Atticus, y quiero decir todo.

—¿De verdad lo crees?

Esa era la pregunta más peligrosa de Atticus. «¿De verdad quieres mover ahí, Scout?». Bam, bam, bam, y todas mis piezas desaparecían del tablero. «¿De verdad piensas eso, hijo? Entonces lee esto». Y Jem bregaba el resto de la tarde con los discursos de Henry W. Grady.

—Link, puede que ese muchacho vaya a la silla eléctrica, pero no irá hasta que se cuente la verdad —dijo Atticus pausadamente—. Y tú sabes cuál es la verdad.

Hubo un murmullo entre el grupo de hombres, que se hizo más ominoso cuando Atticus bajó hasta el último escalón del porche y los hombres se acercaron más a él.

De repente, Jem gritó:

—¡Atticus, está sonando el teléfono!

Los hombres se sobresaltaron y se dispersaron; era gente que veíamos cada día: comerciantes, granjeros de la ciudad; el doctor Reynolds estaba allí, y también el señor Avery.

—Bueno, contesta, hijo —gritó Atticus.

Todos estallaron en carcajadas. Cuando Atticus encendió la luz del techo del salón, encontró a Jem en la ventana, pálido, excepto por la marca que la mosquitera le había dejado en la nariz.

—¿Por qué estáis a oscuras? —preguntó.

Jem le observó ir hasta su sillón y coger el periódico de la tarde. A veces pienso que Atticus sometía cada crisis de su vida a una tranquila evaluación detrás de *The Mobile Register*, *The Birmingham News* y *The Montgomery Advertiser*.

—Venían a buscarte, ¿verdad? —le dijo Jem acercándose—. Querían acorralarte, ¿no es cierto?

Atticus bajó el periódico y miró a Jem.

—¿Qué has estado leyendo? —le preguntó. Entonces dijo suavemente—: No, hijo, esos eran amigos nuestros.

—¿No era una… banda? —Jem miraba por el rabillo del ojo.

Atticus intentó sofocar una sonrisa, pero no lo logró.

—No, no tenemos turbas y esas tonterías en Maycomb. Nunca he oído hablar de ninguna banda en Maycomb.

—El Ku Klux Klan persiguió a algunos católicos, una vez.

—Tampoco he oído que haya católicos en Maycomb —dijo Atticus—, estás confundiendo eso con otra cosa. Hace tiempo, en 1920 había un Klan, pero era una organización política más que otra cosa. Además, no encontraban a nadie a quien asustar. Una noche desfilaron por delante de la casa del señor Sam Levy, pero Sam se quedó en su porche y les dijo que las cosas se les habían complicado, que él les había vendido las sábanas que usaban para cubrirse. Sam los avergonzó tanto que se fueron.

La familia Levy cumplía con todos los criterios para ser personas de abolengo: hacían lo mejor que podían con el juicio que tenían y habían estado viviendo en el mismo terreno en Maycomb durante cinco generaciones.

—El Ku Klux Klan ya no está —dijo Atticus—. Nunca regresará.

Yo acompañé a Dill a su casa y, cuando regresé, Atticus le estaba diciendo a la tía:

—… a favor de las mujeres del Sur tanto como cualquiera, pero no para mantener una fantasía política a expensas de la vida humana. —Una declaración que me hizo sospechar que habían vuelto a discutir.

Fui a buscar a Jem y lo encontré en su cuarto, sobre la cama, sumido en sus pensamientos.

—¿Han vuelto a lo mismo? —pregunté.

—Más o menos. No le deja tranquilo con lo de Tom Robinson. Casi dijo que Atticus estaba deshonrando a la familia. Scout…, tengo miedo.

—¿Por qué?

—Por Atticus. Alguien podría hacerle daño. —Jem prefirió seguir siendo misterioso; lo único que decía ante mis preguntas era que me fuera y le dejara tranquilo.

Al día siguiente era domingo. En el intervalo que había entre la escuela dominical y el servicio de la iglesia, cuando la congregación salía a estirar las piernas, vi a Atticus en el patio con otro grupo de hombres. El señor Heck Tate estaba presente, y me pregunté si habría visto la luz, pues nunca iba a la iglesia. Incluso el señor Underwood estaba allí. Al señor Underwood no le interesaba ninguna organización excepto *The Maycomb Tribune*, del cual era el único dueño, editor e impresor. Pasaba los días en su linotipia, donde de vez en cuando se refrescaba con una jarra de licor de cereza que siempre tenía allí. Raras veces recopilaba él mismo las noticias; los demás se las llevaban. Se decía que él solo preparaba e ideaba cada edición de *The Maycomb Tribune* y las escribía en la linotipia. Era creíble. Algo debía de haber ocurrido para hacer salir al señor Underwood.

Alcancé a Atticus cuando entraba por la puerta, y él dijo que habían trasladado a Tom Robinson a la cárcel de Maycomb. También dijo, más para sí mismo que para mí, que si lo hubieran tenido aquí desde el principio no habría habido tanta conmoción. Le observé tomar asiento en la tercera fila detrás de nosotros y le oí cantar «Cerca, más cerca, oh Dios, de ti», detrás de nosotros. Nunca se sentaba con la tía, Jem y yo. Le gustaba estar solo en la iglesia.

La falsa paz que prevalecía los domingos se hacía todavía más irritante con la presencia de la tía Alexandra. Atticus se metía en su despacho directamente después de comer, donde si algunas veces íbamos a verle, le encontrábamos reclinado en su sillón giratorio, leyendo. La tía Alexandra dormía una siesta de dos horas y nos desafiaba a que no hiciéramos ningún ruido en el patio, pues el barrio estaba descansando. Jem, ya hecho un anciano, se metía en su cuarto con un montón de revistas de fútbol americano. Así que Dill y yo pasábamos los domingos merodeando por el prado.

Como estaba prohibido disparar los domingos, Dill y yo dábamos patadas al balón de fútbol de Jem durante un rato, pero no era muy divertido. Dill me preguntó si me gustaría echar un vistazo a Boo Radley. Le dije que no creía que fuera agradable molestarle, y pasé el resto de la tarde informándole de los acontecimientos del último invierno. Se quedó bastante impresionado.

Nos separamos a la hora de cenar y, después, Jem y yo estábamos pasando la velada de manera habitual, cuando Atticus hizo algo que nos llamó la atención: entró en el salón con un largo cable eléctrico. Había una bombilla en el extremo.

—Voy a salir un rato —dijo—. Estaréis en la cama cuando regrese, de modo que os doy las buenas noches ahora.

Dicho eso, se puso el sombrero y salió por la puerta trasera.

—Se va en el coche —dijo Jem.

Nuestro padre tenía algunas peculiaridades: una era que nunca comía postre, otra que le gustaba caminar. Hasta donde yo podía recordar, siempre había un Chevrolet en excelentes condiciones en la cochera, y Atticus hizo muchos kilómetros en él en viajes de negocios, pero en Maycomb iba y regresaba de su oficina caminando cuatro veces al día, cubriendo aproximadamente una distancia de tres kilómetros. Decía que el único ejercicio que hacía era caminar. En Maycomb, si alguien salía a dar un paseo sin tener un propósito definido en mente, era acertado pensar que la mente de esa persona era incapaz de tener un propósito definido.

Poco después, les di las buenas noches a mi tía y a mi hermano, y estaba enfrascada en la lectura de un libro cuando oí a Jem hacer ruidos en su cuarto. Los sonidos que él hacía al irse a la cama eran tan familiares que llamé a su puerta:

—¿Por qué no te vas a la cama?

—Voy un rato a la ciudad. —Se estaba cambiando de pantalones.

—¿Por qué? Son casi las diez, Jem.

Él lo sabía, pero de todos modos se iba.

—Entonces, voy contigo. Si dices «tú no», iré de todos modos, ¿me oyes?

Jem se dio cuenta de que tendría que pelearse conmigo para que me quedara en casa, y supongo que pensó que eso molestaría a la tía, de modo que cedió, aunque de mala gana.

Me vestí rápidamente. Esperamos hasta que se apagó la luz de nuestra tía, y bajamos en silencio los escalones traseros. No había luna esa noche.

—Dill querrá venir —susurré.

—Sí que querrá —dijo Jem con pesimismo.

Saltamos el muro del camino de entrada, cruzamos el patio lateral de la señorita Rachel y llegamos hasta la ventana de Dill. Jem imitó el sonido de la codorniz. La cara de Dill apareció en la mosquitera, desapareció, y cinco minutos después quitó el cerrojo de la puerta de tela metálica y salió. Viejo combatiente, no habló hasta que estábamos en la acera.

—¿Qué pasa?

—Jem quiere echar un vistazo. —Era una enfermedad que Calpurnia decía que afectaba a los muchachos de su edad.

—He tenido ese impulso —dijo Jem—, solo ha sido un impulso.

Pasamos por delante de la casa de la señora Dubose, que estaba vacía y cerrada, con sus camelias crecidas entre malas hierbas. Había otras ocho casas más hasta llegar a la esquina de la oficina de correos.

El lado sur de la plaza estaba desierto. En cada esquina crecían enormes arbustos de araucaria y, entre ellos, una barra de hierro para atar a los animales brillaba bajo las farolas. Había una luz encendida en el aseo del juzgado del condado y el resto del edificio estaba a oscuras. Una amplia zona de comercios rodeaba la plaza del juzgado; en su interior se veían brillar tenues luces.

La oficina de Atticus estaba situada en el edificio del juzgado cuando comenzó a ejercer, pero unos años después se trasladó a un lugar más tranquilo, en el edificio del Banco de Maycomb. Cuando doblamos la esquina de la plaza, vimos el coche aparcado delante del banco.

—Está ahí dentro —dijo Jem.

Pero no estaba. A su oficina se llegaba mediante un largo pasillo. Al mirar desde el pasillo, deberíamos haber visto *Atticus Finch, Abogado*, escrito con pequeñas y serias letras a contraluz en su puerta. Estaba oscuro.

Jem echó una mirada a la puerta del banco para asegurarse. Hizo girar la manija de la puerta. Estaba cerrada.

—Vayamos calle arriba. Quizá esté visitando al señor Underwood.

El señor Underwood no solo dirigía la oficina de *The Maycomb Tribune*, sino que también vivía en ella; es decir, encima de ella. Recogía las noticias del juzgado y de la cárcel simplemente mirando por su ventana. El edificio de la oficina estaba en la esquina noroeste de la plaza, y para llegar a ella había que pasar por delante de la cárcel.

La cárcel de Maycomb era el edificio más venerable y horroroso del condado. Atticus decía que era algo que podría haber sido diseñado por el primo Joshua St. Clair. Sin duda, parecía haber salido de la imaginación de alguien. Claramente fuera de lugar en una ciudad de tiendas con fachadas cuadradas y casas con tejados inclinados, la cárcel de Maycomb era una broma gótica en miniatura que medía una celda de ancho y dos de alto, completada por diminutos sótanos y contrafuertes salientes. El aire fantástico se veía resaltado por la fachada de ladrillo rojo y los gruesos barrotes de hierro en sus ventanas monacales. No se erigía sobre ninguna colina solitaria, sino que estaba situada entre la ferretería de Tyndal y la oficina de *The Maycomb Tribune*. La cárcel era el único tema de conversación de Maycomb: sus detractores decían que parecía una letrina victoriana; sus defensores, que le daba a la ciudad un buen aspecto, sólido y respetable, y que ningún forastero sospecharía nunca que estaba llena de negros.

A medida que nos acercábamos por la acera, vimos una luz solitaria encendida en la distancia.

—Es curioso —dijo Jem—, la cárcel no tiene luz exterior.

—Parece que estuviera encima de la puerta —dijo Dill.

Había un largo cable eléctrico que comenzaba en los barrotes de una ventana del segundo piso y recorría el costado del edificio. A la luz de su bombilla, Atticus estaba sentado y reclinado contra la puerta delantera. Se encontraba sentado en una de las sillas de su oficina, y estaba leyendo, ajeno a los insectos que bailoteaban por encima de su cabeza.

Yo quise echar a correr, pero Jem me sujetó.

—No vayas —me dijo—, puede que no le guste. Él está bien, vámonos a casa. Tan solo quería ver dónde estaba.

Estábamos cogiendo un atajo que cruzaba la plaza cuando cuatro coches polvorientos llegaron desde la carretera de Meridian, avanzando lentamente, en fila. Dieron la vuelta a la plaza, pasaron por delante del edificio del banco y se detuvieron frente a la cárcel.

No se bajó nadie. Vimos a Atticus mirar por encima de su periódico. Lo cerró, lo dobló con lentitud, lo dejó en su regazo y se echó el sombrero hacia atrás. Parecía que los estaba esperando.

—Vamos —susurró Jem. Cruzamos otra vez la plaza, después la calle, hasta llegar al amparo de la puerta de Jitney Jungle. Jem miró acera arriba—. Podemos acercarnos más —dijo. Corrimos hasta la puerta de la ferretería de Tyndal, que estaba lo bastante cerca y, al mismo tiempo, a una distancia prudencial.

Uno a uno o en parejas, los hombres salieron de los coches. Las sombras se convirtieron en materia a medida que la luz revelaba las formas de los cuerpos que se acercaban a la puerta de la cárcel. Atticus se quedó donde estaba. Los hombres le ocultaban de nuestra vista.

—¿Está ahí, señor Finch? —dijo un hombre.

—Está —oímos responder a Atticus—, y está dormido. No le despierten.

Obedeciendo a mi padre, se dio lo que más adelante comprendí que era un aspecto tristemente cómico de una situación nada divertida: los hombres hablaban casi en susurros.

—Usted sabe lo que queremos —dijo otro hombre—. Apártese de la puerta, señor Finch.

—Pueden darse la vuelta y regresar a su casa, Walter —dijo Atticus tranquilamente—. Heck Tate está por aquí.

—Diablos si lo está —dijo otro de los hombres—. El grupo de Heck se ha internado tanto en los bosques que no saldrá hasta mañana.

—¿De veras? ¿Y por qué?

—Los llamaron para cazar agachadizas —fue la sucinta respuesta—. ¿No había pensado en eso, señor Finch?

—Lo había pensado, pero no lo creía. Muy bien, entonces —la voz de mi padre seguía teniendo el mismo tono—, eso cambia las cosas, ¿no es cierto?

—Eso es —dijo otra voz profunda. Su dueño era solo una sombra.

—¿De veras lo cree?

Era la segunda vez que oía a Atticus hacer esa pregunta en dos días, y eso significaba que alguien perdería una ficha. Aquello era demasiado bueno como para no presenciarlo. Escapé de Jem y salí corriendo todo lo rápido que pude hacia Atticus.

Jem dio un grito e intentó sujetarme, pero yo les llevaba ventaja a Dill y a él. Me abrí paso entre oscuros cuerpos malolientes y entré en el círculo de luz.

—¡Ho… la, Atticus!

Pensaba que le daría una agradable sorpresa, pero su cara mató mi alegría. Un destello de puro miedo desapareció de sus ojos, pero regresó cuando Dill y Jem se situaron también en la luz.

Allí olía a *whisky* y a pocilga, y, cuando miré a mi alrededor, descubrí que aquellos hombres eran forasteros. No eran las personas que yo había visto la noche anterior. El calor de la vergüenza me invadió: había saltado triunfante en medio de un corro de personas a las que no había visto nunca.

Atticus se levantó de su silla, pero se movía con lentitud, como un anciano. Dejó el periódico con cuidado, alisando los pliegues con los dedos. Le temblaban un poco.

—Jem, vete a casa —dijo—. Llévate a Scout y a Dill a casa.

Estábamos acostumbrados a obedecer enseguida, aunque no fuese siempre alegremente, las instrucciones de Atticus, pero, a juzgar por su postura, Jem no pensaba obedecer.

—He dicho que te vayas a casa.

Jem negó con la cabeza. Cuando Atticus se puso los puños en la cintura, lo mismo hizo Jem, y mientras se enfrentaban el uno al otro vi que se parecían muy poco: el suave cabello castaño de Jem y sus ojos, también castaños, su cara ovalada y sus orejas, bien pegadas a la cabeza, eran de nuestra madre, contrastaban extrañamente con el cabello canoso de Atticus y sus rasgos angulosos, pero en cierto modo se parecían. El desafío mutuo hacía que se parecieran.

—Hijo, he dicho que te vayas a casa.

Jem volvió a negar con la cabeza.

—Yo lo enviaré a casa —dijo un hombre fornido, y agarró a Jem tan rudamente por el cuello de la camisa que casi lo levantó del suelo.

—¡No le toque! —Y rápidamente le di una patada al hombre. Iba descalza y me sorprendió verle retroceder con mucho dolor. Había querido darle en la espinilla, pero apunté demasiado arriba.

—Basta, Scout. —Atticus me puso una mano en el hombro—. No des patadas a la gente. No... —añadió, mientras yo trataba de justificarme.

—Nadie va a tratar a Jem de ese modo —dije.

—Muy bien, señor Finch, sáquelos de aquí —gruñó alguien—. Tiene quince segundos para sacarlos de aquí.

En medio de aquella extraña asamblea, Atticus seguía intentando que Jem le obedeciera.

—No me voy —era su firme respuesta a las amenazas y peticiones de Atticus, y a sus palabras finales cuando le dijo:

—Por favor, Jem, llévalos a casa.

Yo me estaba cansando un poco de todo aquello, pero sentía que Jem tenía sus razones para hacerlo, a la vista de lo que le esperaba cuando Atticus consiguiera que estuviera en casa. Observé al grupo de hombres. Era una noche de verano, pero iban vestidos, la mayoría de ellos, con monos y camisas vaqueras abotonadas hasta el cuello. Pensé que serían frioleros, pues llevaban las mangas bajadas y abotonadas en los puños. Algunos llevaban sombreros, calados hasta las orejas. Tenían un aspecto huraño y la mirada somnolienta de quien no está acostumbrado a permanecer levantado hasta tan tarde. Bus-

qué una vez más algún rostro familiar, y en el centro del se-
micírculo encontré uno.

—Hola, señor Cunningham.

Pareció que el hombre no me oyó.

—Hola, señor Cunningham. ¿Cómo va su amortización?

Yo conocía bien los asuntos legales del señor Walter Cunningham; Atticus me los había descrito en una ocasión con
todo detalle. El hombretón parpadeó y colgó los pulgares de los
tirantes de su mono. Parecía incómodo; se aclaró la garganta y
desvió la mirada. Mi amistoso saludo quedó sin respuesta.

El señor Cunningham no llevaba sombrero, y la parte
superior de su frente estaba blanca en contraste con su cara
quemada por el sol, lo que me hizo pensar que la mayoría de
los días llevaba sombrero. Movió con nerviosismo los pies,
embutidos en pesados zapatos de trabajo.

—¿No me recuerda, señor Cunningham? Soy Jean Louise
Finch. Usted nos regaló nueces una vez, ¿recuerda? —Comencé
a sentir la frustración que uno experimenta cuando un conocido
no quiere reconocerte—. Voy a la escuela con Walter —lo intenté de nuevo—. Es su hijo, ¿verdad? ¿No es cierto, señor?

Al fin el señor Cunningham asintió ligeramente con la
cabeza. Sí me conocía, después de todo.

—Está en mi clase —dije—, y le va bastante bien. Es un
buen muchacho —añadí—, muy bueno. Una vez le invitamos
a comer. Quizá le habló sobre mí; le pegué una vez, pero fue
muy amable al respecto. Salúdelo de mi parte, ¿lo hará?

Atticus decía que era de buena educación hablarles a los
demás de lo que les interesaba, no de lo que le interesaba a
uno. El señor Cunningham no mostró interés alguno en su
hijo, de modo que probé con lo de las vinculaciones una vez
más, en un último intento de hacer que se sintiera cómodo.

—Las deudas de amortización son malas —le estaba ad-
virtiendo, cuando empecé a darme cuenta de que me estaba
dirigiendo a todo el grupo.

Los hombres me miraban, y algunos tenían la boca entreabierta. Atticus había dejado de azuzar a Jem; ambos estaban

de pie al lado de Dill. Su atención se convirtió en fascinación. Incluso la boca de Atticus estaba entreabierta, una actitud que en una ocasión él había descrito como ordinaria. Nuestras miradas se encontraron y él cerró la boca.

—Bueno, Atticus, le estaba diciendo al señor Cunningham que las deudas de amortización son malas y todo eso, pero tú dijiste que no hay que preocuparse, que a veces llevan mucho tiempo..., que entre los dos lo resolveríais... —Me estaba quedando sin recursos, preguntándome qué idiotez había cometido. Las deudas de amortización parecían ser un tema bueno solamente para las conversaciones de salón.

Comencé a sentir el sudor en la frente; podía soportar cualquier cosa salvo a un grupo de personas que me miraran fijamente. Todos estaban muy quietos.

—¿Qué pasa? —pregunté.

Atticus no dijo nada. Miré a mi alrededor y al señor Cunningham, cuyo rostro estaba igualmente impasible. Entonces hizo algo peculiar. Se agachó y me agarró por los hombros.

—Le diré que le has saludado, pequeña dama —dijo.

Entonces se levantó y agitó su enorme mano.

—¡Vámonos! —gritó—. En marcha, muchachos.

Tal y como habían llegado, de uno en uno y en parejas, los hombres regresaron a sus destartalados coches. Las puertas se cerraron, los motores rugieron y se marcharon.

Yo me giré hacia Atticus, pero Atticus había ido hasta la cárcel y apoyaba la cara en la pared. Me acerqué a él y le tiré de la manga.

—¿Podemos irnos a casa ahora? —Él asintió con la cabeza, sacó su pañuelo, se lo pasó por la cara y se sonó la nariz con fuerza.

—¿Señor Finch? —Una voz ronca y suave surgió en la oscuridad desde arriba—. ¿Se han ido?

Atticus retrocedió unos pasos y levantó la mirada.

—Se han ido —dijo—. Duerme un poco, Tom. No volverán a molestarte.

Desde una dirección diferente, se oyó otra voz en medio de la noche.

—Desde luego que no lo harán. Te he tenido cubierto todo el tiempo, Atticus.

El señor Underwood y una escopeta de doble cañón asomaban por la ventana ubicada encima de la oficina de *The Maycomb Tribune*.

La hora de acostarme había pasado hacía ya mucho tiempo, y estaba bastante cansada; parecía que Atticus y el señor Underwood seguirían hablando el resto de la noche, el señor Underwood en la ventana y Atticus con la vista levantada hacia él. Por fin Atticus regresó, apagó la luz de encima de la puerta de la cárcel y recogió su silla.

—¿Puedo llevársela, señor Finch? —preguntó Dill. No había dicho ni una sola palabra en todo ese tiempo.

—Bueno, gracias, hijo.

Caminando hacia la oficina, Dill y yo íbamos detrás de Atticus y Jem. Dill iba cargado con la silla, y su ritmo era más lento. Atticus y Jem iban bastante por delante de nosotros y supuse que Atticus le estaba regañando por no haberse ido a casa, pero estaba equivocada. Cuando pasaron junto a una farola, Atticus levantó la mano y le acarició a Jem el pelo, el único gesto de cariño que solía hacer.

16

Jem me oyó. Asomó la cabeza por la puerta que comunicaba nuestros cuartos. Mientras se acercaba a mi cama, se encendió la luz de Atticus. Nos quedamos donde estábamos hasta que se apagó; le oímos darse la vuelta y esperamos hasta que se quedó quieto otra vez.

Jem me llevó a su cuarto y me puso en la cama a su lado.

—Intenta dormir —dijo—. Es posible que todo termine pasado mañana.

Habíamos entrado sin hacer ruido, para no despertar a la tía. Atticus apagó el motor en el camino de entrada y había seguido con la inercia del coche hasta la cochera; entramos por la puerta trasera y nos fuimos a nuestros cuartos sin decir palabra. Yo estaba muy cansada, y me estaba quedando dormida cuando el recuerdo de Atticus doblando tranquilamente el periódico y echándose el sombrero hacia atrás se convirtió en Atticus de pie en medio de una calle vacía, subiéndose las gafas. De repente comprendí el significado de los acontecimientos de la noche y comencé a llorar. Jem fue bueno conmigo: por una vez, no me recordó que las personas de casi nueve años no hacían cosas así.

Ninguno tenía mucho apetito aquella mañana, excepto Jem, que se comió tres huevos. Atticus observaba con franca admiración; la tía Alexandra daba sorbos a su café e irradiaba oleadas de desaprobación. Los niños que salían a escondidas por la noche eran una deshonra para la familia. Atticus dijo que se alegraba de que sus deshonras hubieran aparecido, pero la tía dijo:

—Tonterías, el señor Underwood estuvo allí todo el rato.

—Mira, eso es lo extraño de Braxton —dijo Atticus—. Desprecia a los negros, no quiere que ninguno se le acerque.

Según la opinión generalizada, el señor Underwood era un hombre vehemente y vulgar, cuyo padre, en un arrebato de humor, le puso el nombre de Braxton Bragg, y el señor Underwood había hecho todo lo posible por superar la vergüenza de ese nombre. Atticus decía que poner a las personas nombres de generales confederados las convertía al final en bebedores empedernidos.

Calpurnia estaba sirviendo más café a la tía Alexandra, y meneó la cabeza ante lo que yo pensé que era una mirada suplicante y seductora.

—Todavía eres demasiado pequeña —me dijo—. Ya te avisaré cuando no lo seas.

Yo contesté que podría hacerle bien a mi estómago.

—Muy bien —dijo ella, y sacó otra taza del armario. Echó en ella una cucharada de café y la llenó hasta el borde de leche. Yo le di las gracias sacándole la lengua cuando me sirvió, y al levantar la mirada vi el ceño fruncido de la tía. Pero le dirigía ese gesto a Atticus.

Esperó hasta que Calpurnia estuviera en la cocina y entonces dijo:

—No hables así delante de ellos.

—¿Hablar cómo y delante de quién? —preguntó él.

—De ese modo delante de Calpurnia. Has dicho que Braxton Underwood desprecia a los negros delante de ella.

—Bien, estoy seguro de que Cal lo sabe. Todo el mundo en Maycomb lo sabe.

Yo comenzaba a notar un cambio sutil en mi padre esos días, que se producía cuando hablaba con la tía Alexandra. Era un tono levemente hostigador, nunca una irritación manifiesta. Su voz sonó un tanto inflexible cuando dijo:

—Cualquier cosa que se pueda decir en esta mesa puede decirse delante de Calpurnia. Ella sabe lo que significa para esta familia.

—No creo que sea una buena costumbre, Atticus. Los alienta. Ya sabes cómo hablan entre ellos. Todo lo que sucede en esta ciudad llega a los Quarters antes de que se ponga el sol.

Mi padre dejó el cuchillo.

—No conozco ninguna ley que diga que no pueden hablar. Quizá si no les diéramos tanto de qué hablar, se quedarían callados. ¿Por qué no te bebes tu café, Scout?

Yo estaba jugueteando con la cucharilla.

—Creía que el señor Cunningham era nuestro amigo. Hace mucho tiempo me dijiste que lo era.

—Y lo sigue siendo.

—Pero anoche quería hacerte daño.

Atticus puso su tenedor al lado del cuchillo y apartó el plato.

—El señor Cunningham es un buen hombre —dijo—, tan solo tiene sus puntos débiles, como todos nosotros.

—No llames a eso un punto débil —dijo Jem—. Podría haberte matado anoche cuando llegó allí.

—Podría haberme hecho una pequeña herida —convino Atticus—, pero hijo, entenderás a la gente un poco mejor cuando seas algo mayor. Una turba siempre está formada por personas, a pesar de todo. El señor Cunningham formaba parte de una turba anoche, pero seguía siendo un hombre. Toda turba de cualquier pequeña ciudad sureña está siempre formada por personas a las que uno conoce; eso no dice mucho a su favor, ¿verdad?

—Pues no —dijo Jem.

—Y por eso tuvo que ser una niña de ocho años quien les hiciera recuperar la cordura, ¿no es así? —dijo Atticus—. Eso demuestra una cosa: que es posible detener a una panda de salvajes simplemente porque siguen siendo humanos. Humm… Quizá necesitemos un cuerpo de policía formado por niños… Anoche conseguisteis que Walter Cunningham se pusiera en mi lugar durante un minuto. Eso fue suficiente.

Bueno, yo esperaba que Jem entendiera un poco mejor a las personas cuando fuera mayor, porque yo no las entendería nunca.

—El primer día que Walter vuelva a la escuela será también el último —afirmé.

—No le tocarás —dijo Atticus rotundamente—. No quiero que ninguno guardéis rencor a nadie por esto, pase lo que pase.

—Ya ves —dijo la tía Alexandra— lo que sale de estas cosas. No digas que no te lo advertí.

Atticus dijo que él nunca diría eso, apartó su silla y se levantó.

—Hay un día de trabajo por delante, así que disculpadme. Jem, no quiero que Scout y tú vayáis a la ciudad hoy, por favor.

En cuanto Atticus se hubo marchado, Dill llegó dando saltos por el vestíbulo hasta el comedor.

—Ya se sabe por toda la ciudad —anunció—, todos hablan de cómo hicimos huir a un centenar de personas con nuestras propias manos...

La tía Alexandra le impuso silencio con la mirada.

—No era un centenar de personas —dijo—, y nadie hizo huir a nadie. Era solamente un grupo de esos Cunningham, borrachos y alborotados.

—Ah, tía, así es como habla Dill —dijo Jem. Nos hizo una señal para que le siguiéramos.

—Hoy quedaos en el patio —dijo ella, mientras emprendíamos camino hacia el porche delantero.

Era como un sábado. La gente del extremo sur del condado pasaba por delante de nuestra casa como una corriente tranquila pero continua.

El señor Dolphus Raymond pasó dando bandazos sobre su caballo pura sangre.

—¿Veis cómo va en la silla? —murmuró Jem—. ¿Cómo es posible emborracharse antes de las ocho de la mañana?

Una carreta llena de mujeres pasó traqueteando por delante. Llevaban bonetes de algodón y vestidos de manga larga. Un hombre con barba y sombrero de lana conducía la carreta.

—Ahí van unos menonitas —le dijo Jem a Dill—. No usan botones.

Vivían en el interior de los bosques, realizaban casi toda su actividad comercial al otro lado del río y en raras ocasiones venían a Maycomb. Dill sentía interés.

—Todos tienen los ojos azules —explicó Jem—, y los hombres no pueden afeitarse después de casarse. A sus esposas les gusta que les hagan cosquillas con la barba.

El señor X Billups pasó montado en una mula y nos saludó con la mano.

—Es un hombre curioso —dijo Jem—. X es su nombre, no su inicial. Una vez estuvo en el juzgado y le preguntaron cómo se llamaba. Él dijo que era X Billups. El secretario le pidió que lo deletreara, y él dijo otra vez X. Le preguntaron de nuevo y volvió a decir X. Siguieron así hasta que escribió *X* en una hoja de papel y la levantó para que todo el mundo lo viera. Le preguntaron de dónde había sacado ese nombre y él dijo que así le habían inscrito sus padres cuando nació.

A medida que todo el condado pasaba por delante de nosotros, Jem le contaba a Dill las historias y las características generales de las figuras más destacadas: el señor Tensaw Jones votaba al partido prohibicionista; la señorita Emily Davis tomaba rapé en privado; el señor Byron Waller sabía tocar el violín; al señor Jake Slade le estaba saliendo su tercera remesa de dientes.

Apareció una carreta llena de ciudadanos inusualmente serios. Cuando señalaron hacia el patio de la señorita Maudie Atkinson, que rebosaba de flores de verano, la misma señorita Maudie salió al porche. Había algo curioso respecto a la señorita Maudie: cuando se sentaba en el porche, estaba demasiado lejos para que pudiéramos ver sus rasgos con claridad, pero siempre sabíamos de qué ánimo estaba a juzgar por su postura. Ahora estaba de pie con los brazos en jarras, los hombros un poco caídos, la cabeza inclinada hacia un lado y sus gafas centelleaban a la luz del sol. Sabíamos que estaba sonriendo con la maldad más absoluta.

El conductor de la carreta aminoró el paso de las mulas y una mujer gritó con voz estridente:

—¡Aquel que vino en vanidad partió en tinieblas!

—¡El corazón alegre hermosea el rostro! —respondió la señorita Maudie.

Supuse que los «lavapiés» pensaban que el diablo estaba citando las Escrituras para sus propios fines, porque el conductor arreó a sus mulas. El motivo por el que se oponían al jardín de la señorita Maudie era un misterio, y a mí me parecía aún más insondable porque, para ser alguien que se pasaba todo el día fuera de casa, el conocimiento que tenía la señorita Maudie de las Escrituras era formidable.

—¿Va a ir al juzgado esta mañana? —preguntó Jem. Nos habíamos acercado a su casa.

—No voy a ir —dijo ella—. No tengo nada que hacer en el juzgado esta mañana.

—¿No va a ir para mirar? —preguntó Dill.

—No. Es morboso ir a ver a un pobre diablo que tiene la vida en juego. Mirad a todas esas personas, es como un carnaval romano.

—Tienen que juzgarle públicamente, señorita Maudie —dije yo—. No sería justo si no lo hicieran.

—Soy bien consciente de eso —dijo ella—. Solo porque sea público, no tengo la obligación de ir, ¿verdad?

La señorita Stephanie Crawford pasó por allí. Llevaba un sombrero y guantes.

—Vaya, vaya, vaya… —dijo—. Mirad a toda esa gente; ni que fuera a hablar William Jennings Bryan.

—¿Y tú adónde vas, Stephanie? —inquirió la señorita Maudie.

—A la tienda Jitney Jungle.

La señorita Maudie dijo que nunca había visto a la señorita Stephanie ir a Jitney Jungle con sombrero en toda su vida.

—Bueno —dijo la señorita Stephanie—, y también he pensado echar un vistazo en el juzgado, para ver qué se propone Atticus.

—Ten cuidado, no vaya a ser que te cite para comparecer.

222

Le pedimos a la señorita Maudie que nos explicara lo que había dicho: dijo que la señorita Stephanie parecía saber tanto sobre el caso que bien podrían llamarla a declarar.

Así estuvimos hasta el mediodía, cuando Atticus regresó a casa a comer y dijo que se habían pasado toda la mañana escogiendo al jurado. Después de la comida, pasamos por casa de Dill y fuimos a la ciudad.

Era una ocasión de gala. En la barra de amarres ya no cabía ningún animal más, y las mulas y las carretas se apiñaban debajo de todos los árboles disponibles. La plaza del edificio del juzgado estaba llena de gente sentada sobre periódicos, comiendo bollos con sirope acompañados de leche caliente que habían llevado en tarros de cristal. Algunos mordisqueaban tajadas de pollo frío y costillas fritas de cerdo. Los más pudientes acompañaban la comida con Coca-Cola comprada en la tienda, y la bebían en vasos abombados. Unos niños con la cara sucia correteaban entre la multitud y algunas mujeres amamantaban a sus bebés.

En un rincón alejado de la plaza, los negros estaban sentados en silencio bajo el sol, comiendo sardinas y galletas saladas, entre los aromas, más intensos, de Nehi-Cola. El señor Dolphus Raymond estaba sentado con ellos.

—Jem —dijo Dill—, está bebiendo de una bolsa.

Efectivamente, el señor Dolphus Raymond parecía estar haciendo eso: dos pajitas amarillas iban desde su boca hasta las profundidades de una bolsa de papel marrón.

—Nunca había visto a nadie hacer eso —murmuró Dill—. ¿Cómo no se le cae lo que hay dentro?

—Dentro tiene una botella de Coca-Cola llena de *whisky* —se rio Jem—. Lo hace para no alarmar a las señoras. Le verás dando sorbos toda la tarde, se irá durante un rato y volverá a llenarla.

—¿Por qué está sentado con la gente de color?

—Siempre lo hace. Le caen mejor que nosotros, creo. Vive solo cerca de los límites del condado. Tiene una mujer de color y muchos hijos mestizos. Te enseñaré a alguno de ellos si los vemos.

—Él no parece gentuza —dijo Dill.

—No lo es. Es dueño de toda una ribera del río, y proviene de una familia muy antigua.

—Entonces, ¿por qué hace eso?

—Así es él —dijo Jem—. Dicen que nunca se recuperó de su boda. Iba a casarse con una de las señoritas de los... los Spender, creo. Iban a celebrar una gran boda, pero no lo hicieron... Después del ensayo, la novia subió a su cuarto y se voló la cabeza. Con una escopeta. Apretó el gatillo con los dedos del pie.

—¿Y llegaron a saber por qué?

—No —dijo Jem—, nadie llegó a saber el motivo salvo el señor Dolphus. Dicen que fue porque ella descubrió que tenía una mujer de color, y él pensaba que podría seguir con ella y también casarse. Desde entonces ha estado medio borracho. Sin embargo, es muy bueno con esos niños...

—Jem —le pregunté—, ¿qué es un niño mestizo?

—Mitad blanco y mitad de color. Tú los has visto, Scout. Ya conoces a ese de pelo rojizo y rizado que reparte para la droguería. Es mitad blanco. Son realmente tristes.

—¿Tristes? ¿Y eso?

—No pertenecen a ninguna parte. La gente de color no los quiere porque son medio blancos; la gente blanca no los quiere porque son de color, de modo que no son ni una cosa ni la otra y no pertenecen a ninguna parte.

Dicen que el señor Dolphus envió a dos al norte, porque allí no les importa. Un niño pequeño, cogido de la mano de una mujer negra, caminaba hacia nosotros. A mí me parecía totalmente negro: era de un intenso color chocolate, tenía la nariz ancha y hermosos dientes. A veces daba saltos alegremente, y la mujer negra tiraba de su mano para que se estuviera quieto.

Jem esperó hasta que hubieron pasado.

—Ese es uno de esos pequeños —dijo.

—¿Cómo puedes saberlo? —preguntó Dill—. A mí me parece negro.

—A veces no se puede saber, no a menos que sepas quiénes son. Pero él es mitad Raymond, seguro.

—Pero ¿cómo puedes saberlo? —insistí.

—Ya te lo he dicho, Scout, tienes que saber quiénes son.

—¿Y cómo sabes que nosotros no somos negros?

—El tío Jack Finch dice que en realidad no lo sabemos. Dice que hasta donde ha podido rastrear a los Finch, no lo somos, pero, que por lo que él sabe, bien podríamos provenir directamente de Etiopía en tiempos del Antiguo Testamento.

—Bueno, si provenimos del Antiguo Testamento, ha pasado ya mucho tiempo y no importa.

—Eso pensé yo —dijo Jem—, pero por aquí, cuando tienes una gota de sangre negra, eso te hace completamente negro. Eh, mirad…

Alguna señal invisible había hecho que quienes almorzaban en la plaza se levantaran y dejaran desparramados trozos de periódicos, celofán y papel de envolver. Los niños acudían a sus madres, los bebés eran transportados sobre las caderas mientras los hombres, con sombreros manchados de sudor, reunían a sus familias y atravesaban las puertas del juzgado. En la esquina más alejada de la plaza, los negros y el señor Dolphus Raymond se pusieron de pie y se sacudieron los pantalones. Había pocas mujeres y niños entre ellos, lo cual parecía disipar el ánimo festivo. Esperaron pacientemente en la puerta, detrás de las familias blancas.

—Vamos a entrar —dijo Dill.

—No, mejor esperemos hasta que todos entren, puede que a Atticus no le guste vernos —dijo Jem.

El edificio del juzgado del condado de Maycomb recordaba un poco al de Arlington en un aspecto: las columnas de cemento que soportaban el tejado de la parte sur eran demasiado pesadas para una carga tan ligera. Las columnas eran lo único que quedó en pie cuando el edificio original se quemó en 1856. Alrededor de ellas se construyó otro juzgado. O, mejor dicho, se construyó a pesar de ellas. A excepción del porche de la parte sur, el edificio del juzgado del condado de

Maycomb era de estilo victoriano temprano, y su perspectiva norte era muy poco amenazadora. Desde el otro lado, sin embargo, sus columnas de estilo griego contrastaban con la gran torre del reloj del siglo XIX, que albergaba un instrumento oxidado y poco confiable; una característica que apuntaba a que la gente estaba decidida a conservar todo resto físico del pasado.

Para llegar a la sala de juicios, que estaba en el segundo piso, había que pasar por varios cuchitriles privados de sol: el del asesor fiscal, el del recaudador de impuestos, el del secretario del condado, el del fiscal del distrito; el juez de sucesiones vivía en unos sombríos y húmedos habitáculos que olían a libros de registros en descomposición, a cemento mojado y a orina rancia. Era necesario encender las luces aunque fuera de día; siempre había una capa de polvo en la tosca tarima. Los habitantes de esas oficinas eran criaturas adaptadas a su ambiente: pequeños hombres de cara gris que parecían no haber sido tocados por el viento ni por el sol.

Sabíamos que habría mucha gente, pero no habíamos pensado que habría multitudes en el pasillo del primer piso. Me separaron de Jem y de Dill, pero me abrí camino hacia la pared próxima a la escalera, sabiendo que tarde o temprano Jem iría a buscarme. Me encontré en medio del Club de los Ociosos e intenté pasar lo más inadvertida posible. Era un grupo de ancianos con camisas blancas, pantalones de color caqui y tirantes, que habían pasado toda su vida sin hacer nada y habían llegado al crepúsculo de sus días haciendo lo mismo sobre bancos de pino bajo los robles de la plaza. Siempre críticos y atentos a lo que sucedía en el juzgado, Atticus decía que, gracias a tantos años de observación, sabían tanto como el presidente de la corte suprema. Normalmente, eran los únicos espectadores de los juicios, y hoy parecían resentidos por ver alterada su cómoda rutina. Cuando hablaron, sus voces me parecieron solemnes. La conversación giraba en torno a mi padre.

—... se cree que sabe lo que hace —dijo uno de ellos.

—Oh…, bueno…, yo no diría eso —dijo otro—. Atticus Finch es un hombre que lee a fondo, muy bien documentado.

—Sí, lee mucho, y es lo único que hace. —El Club soltó una risita.

—Deja que te diga algo, Billy —dijo un tercero—. Sabes que el tribunal lo nombró para defender a ese negro.

—Sí, pero Atticus pretende defenderlo de verdad. Eso es lo que no me gusta.

Eso era información nueva que arrojaba una luz diferente sobre el asunto: Atticus tenía que hacerlo, quisiera o no. Me resultaba extraño que no nos hubiera dicho nada al respecto, pues podríamos haberlo utilizado muchas veces para defenderle, a él y a nosotros mismos. Tenía que hacerlo, y por eso lo estaba haciendo, y eso habría significado menos peleas y menos alborotos. Pero ¿explicaba eso la actitud que tenía la ciudad? El tribunal había nombrado a Atticus para defenderlo. Atticus se proponía defenderlo. Por eso a ellos no les gustaba. Era confuso.

Los negros, después de haber esperado a que los blancos subieran las escaleras, comenzaron a entrar.

—Eh, un momento —dijo un miembro del Club, levantando su bastón—. No empiecen a subir las escaleras, esperen un poco.

El Club comenzó su ascenso amontonados y se toparon con Dill y Jem, que bajaban las escaleras buscándome. Pasaron apretujados entre ellos y Jem gritó:

—¡Scout, vamos, no queda ningún asiento! Tendremos que estar de pie. ¡Vaya, mira! —dijo irritado, al ver que los negros subían en tropel. Los ancianos que iban delante de ellos ocuparían la mayor parte de la sala, quedándose de pie. No lo conseguimos, y todo era culpa mía, me informó Jem. Nos quedamos malhumorados al lado de la pared.

—¿No podéis entrar?

El reverendo Sykes nos estaba mirando, con su sombrero negro en la mano.

—Hola, reverendo —dijo Jem—. No, Scout lo ha estropeado todo.

227

—Bueno, veamos qué podemos hacer.

El reverendo Sykes se abrió camino escaleras arriba. Unos momentos después estaba de regreso.

—No queda ningún asiento abajo. ¿Os parecería bien venir conmigo a la galería?

—Claro que sí —dijo Jem.

Contentos, nos dirigimos hacia la planta del juzgado delante del reverendo Sykes. Allí, subimos por una escalera cubierta y esperamos en la puerta. El reverendo Sykes llegó resoplando detrás de nosotros y nos guio con amabilidad entre las personas de color que había en la galería. Cuatro negros se levantaron y nos cedieron sus asientos en primera fila.

La galería de la gente de color ocupaba tres paredes de la sala del juzgado, como si fuera un barandal del segundo piso, y desde allí podíamos verlo todo.

El jurado estaba sentado a la izquierda, bajo unos grandes ventanales. Desgarbados y quemados por el sol, todos parecían ser granjeros, pero eso era normal: la gente de la ciudad en raras ocasiones actuaba de jurado, pues eran recusados o se excusaban. Uno o dos se parecían vagamente a algún Cunningham bien vestido. En esa fase del juicio, se sentaban muy erguidos y atentos.

El fiscal del distrito, otro hombre, Atticus y Tom Robinson estaban sentados en mesas dándonos la espalda. Había un libro marrón y unas tablillas amarillas sobre la mesa del fiscal; la de Atticus estaba vacía.

En el interior de la baranda que separaba a los espectadores del tribunal, los testigos ocupaban sillas con asientos de cuero. También nos daban la espalda.

El juez Taylor estaba en el estrado y tenía el aspecto de un viejo tiburón somnoliento, mientras su pez piloto escribía rápidamente más abajo, delante de él. El juez Taylor se parecía a la mayoría de jueces que he conocido: afable, con cabello blanco y la cara ligeramente rojiza, era un hombre que dirigía su tribunal con una informalidad alarmante; a veces ponía los pies encima de la mesa, con frecuencia se limpiaba las uñas con la navaja del bolsillo. Durante las vistas muy largas, sobre todo después de comer, daba la impresión de dormitar, una impresión que se disipó para siempre cuando, en una ocasión, un abogado deliberadamente empujó un montón de libros haciéndolos caer al suelo en un esfuerzo desesperado por despertarle. Sin abrir los ojos, el juez Taylor murmuró:

—Señor Whitley, si vuelve a hacer eso le costará cien dólares.

Era un hombre docto en leyes y, aunque parecía tomarse su trabajo con indiferencia, mantenía un rígido control de cualquier caso que se presentara ante él. Solamente una vez se vio al juez Taylor en un punto muerto en un juicio público, y fue por causa de los Cunningham. Old Sarum, que era su terreno, estaba poblado por dos familias separadas y distintas al principio, pero que por desgracia llevaban el mismo apellido. Los Cunningham se casaron con los Coningham con tanta frecuencia que el deletreo de los apellidos pasó a ser algo teórico; teórico hasta que un Cunningham tuvo una disputa con un Coningham por los títulos de propiedad de unos terrenos y lo llevó ante un tribunal. Durante una controversia sobre la cuestión, Jeems Cunningham testificó que su madre lo deletreaba Cunningham en documentos y cosas así, pero que ella realmente era una Coningham; escribía mal, leía en contadas ocasiones y tenía la costumbre de mirar a lo lejos cuando se sentaba en la galería por las tardes. Después de nueve horas escuchando las excentricidades de los habitantes de Old Sarum, el juez Taylor desestimó el caso. Cuando le preguntaron con qué fundamento, dijo: «Connivencia entre las dos partes», y declaró que pedía a Dios que los litigantes quedaran satisfechos con haber dicho cada uno lo que tenía que decir. Y así fue. Eso era lo único que querían desde un principio.

El juez Taylor tenía una costumbre interesante. Permitía fumar en su sala pero él mismo no lo hacía: a veces, con un poco de suerte, uno tenía el privilegio de verle ponerse un largo cigarro apagado en la boca e ir masticándolo. Poco a poco, el cigarro iba desapareciendo, para reaparecer horas después como una bola plana y aceitosa, cuyo sabor había desaparecido, mezclada con los jugos gástricos del juez. Una vez le pregunté a Atticus cómo soportaba la señora Taylor besarle, pero Atticus dijo que ellos no se besaban mucho.

El estrado se encontraba a la derecha del juez Taylor, y cuando llegamos a nuestros asientos, el señor Heck Tate ya estaba en él.

17

—Jem —le dije—, ¿son los Ewell esos que están sentados allí abajo?

—Calla —dijo Jem—. El señor Heck Tate está declarando.

El señor Tate se había vestido para la ocasión. Llevaba un traje corriente, que le hacía en cierto modo parecerse a todos los demás. Ya no llevaba sus botas altas, su chaqueta de cuero y su cinturón lleno de balas. Desde ese momento dejó de aterrarme. Estaba sentado e inclinado hacia adelante en la silla de los testigos, con las manos entrelazadas entre las rodillas, escuchando atentamente al fiscal del distrito.

Al fiscal, un tal señor Gilmer, no le conocíamos bien. Era de Abbottsville; le veíamos solamente cuando se convocaba el tribunal, y no en todas las ocasiones, ya que a Jem y a mí los tribunales no nos interesaban demasiado. Era calvo y barbilampiño y podría haber estado en cualquier edad entre los cuarenta y los sesenta. Aunque nos daba la espalda, sabíamos que era un poco bizco de un ojo, defecto del que se aprovechaba: parecía estar mirando a alguien cuando en realidad no era así, y de esa forma torturaba al jurado y a los testigos. El jurado, pensando que estaba sometido a un estrecho escrutinio, prestaba atención; lo mismo hacían los testigos, pues eso mismo creían.

—… con sus propias palabras, señor Tate —estaba diciendo el señor Gilmer.

—Bien —dijo el señor Tate, jugueteando con sus gafas y hablando con la cabeza gacha—, me llamaron…

—¿Podría decírselo al jurado, señor Tate? Gracias. ¿Quién le llamó?

—Bob vino a buscarme —dijo el señor Tate—, el señor Bob Ewell, que está allí, una noche...

—¿Qué noche, señor?

—Era la noche del veintiuno de noviembre —dijo el señor Tate—. Yo estaba saliendo de la oficina para irme a casa cuando B... el señor Ewell entró, muy nervioso, y dijo que fuera a su casa rápidamente, que un negro había violado a su hija.

—¿Y fue usted?

—Claro que sí. Me subí al coche y fui tan rápidamente como pude.

—¿Y qué encontró?

—La encontré tumbada en el suelo en medio del cuarto del frente, el que hay entrando a la derecha. Estaba bastante apaleada, pero la ayudé a ponerse de pie y ella se lavó la cara en un cubo que había en un rincón y dijo que estaba bien. Le pregunté quién le había hecho daño, y ella dijo que Tom Robinson...

El juez Taylor, que había estado concentrado en sus uñas, levantó la vista como si esperara una objeción, pero Atticus siguió callado.

—... le pregunté si le había hecho esas magulladuras y ella dijo que sí. Le pregunté si se había aprovechado de ella y dijo que sí lo había hecho. Así que fui a la casa de los Robinson y lo llevé hasta allí. Ella lo identificó como el culpable, así que lo detuve. Eso fue todo.

—Gracias —dijo el señor Gilmer.

—¿Alguna pregunta, Atticus? —dijo el juez Taylor.

—Sí —dijo mi padre. Estaba sentado detrás de su mesa; tenía la silla desviada hacia un lado, las piernas cruzadas y uno de sus brazos descansaba sobre el respaldo de la silla.

—¿Llamó usted a un médico, *sheriff*? ¿Llamó alguien a un médico? —preguntó Atticus.

—No, señor —dijo el señor Tate.

—¿No llamaron a un médico?

—No, señor —repitió el señor Tate.

—¿Por qué no? —Había cierto tono cortante en la voz de Atticus.

—Bueno, no puedo decirle por qué. No era necesario, señor Finch. Ella había recibido una paliza. Algo debía de haber pasado, era obvio.

—Pero ¿no llamó usted a un médico? Mientras estaban allí, ¿no hubo nadie que llamara a un médico, que fuera a buscar uno, o que llevara a la muchacha a ver a uno?

—No, señor...

El juez Taylor intervino.

—Ha respondido a la pregunta tres veces, Atticus. No llamó a un médico.

Atticus dijo:

—Solo quería asegurarme, juez. —Y el juez sonrió.

La mano de Jem, que estaba descansando sobre el barandal de la galería, se crispó. Contuvo la respiración de repente. Al mirar abajo, no vi ninguna reacción parecida, y me pregunté si Jem estaba intentando ser dramático. Dill observaba tranquilamente, y también el reverendo Sykes, que estaba a su lado.

—¿Qué pasa? —susurré, y recibí un tenso:

—¡Shh!

—*Sheriff* —estaba diciendo Atticus—, dice que ella recibió una paliza. ¿Cómo la golpearon?

—Bueno...

—Describa sus heridas, Heck.

—Bueno, tenía golpes por toda la cabeza. Ya le estaban saliendo moretones en los brazos, y eso sucedió unos treinta minutos antes...

—¿Cómo lo sabe?

—Lo siento —sonrió el señor Tate—, fue lo que ellos dijeron. De todos modos, cuando yo llegué ella ya estaba bastante magullada, y se le estaba poniendo un ojo morado.

—¿Qué ojo?

El señor Tate pestañeó y se pasó la mano por el cabello.

—Veamos —dijo suavemente, y después miró a Atticus como si considerara que esa pregunta era infantil.

—¿No puede recordarlo? —preguntó Atticus.

El señor Tate señaló a una persona invisible a pocos centímetros delante de él y dijo:

—El izquierdo.

—Un momento, *sheriff*—dijo Atticus—. ¿Era el izquierdo mirándolo a usted o el izquierdo mirando desde donde usted estaba?

—Ah, sí —dijo el señor Tate—, entonces sería su ojo derecho. Era su ojo derecho, señor Finch. Ahora lo recuerdo, tenía ese lado de la cara hinchado…

El señor Tate parpadeó de nuevo, como si de repente hubiera entendido algo con claridad. Entonces giró la cabeza y miró a Tom Robinson. Como por instinto, Tom Robinson levantó la cabeza.

Atticus también había visto algo con claridad, y se puso de pie.

—*Sheriff*, por favor, repita lo que ha dicho.

—He dicho que era su ojo derecho.

—No… —Atticus se acercó hasta la mesa del secretario del juzgado y se inclinó sobre la mano que escribía con rapidez. Esta se detuvo, volvió la hoja del cuaderno y el secretario leyó:

—«Señor Finch. Ahora lo recuerdo, tenía ese lado de la cara hinchado».

Atticus miró al señor Tate.

—¿Qué lado, otra vez, Heck?

—El lado derecho, señor Finch, pero tenía más heridas… ¿Quiere que hable de ellas?

Atticus parecía a punto de hacer otra pregunta, pero lo pensó mejor y dijo:

—Sí, ¿cuáles eran sus otras heridas?

Mientras el señor Tate respondía, Atticus se giró y miró a Tom Robinson como si quisiera decirle que eso era algo que no habían contemplado.

—... tenía moretones en los brazos y me enseñó el cuello. Tenía marcas de dedos muy definidas en la garganta...

—¿Alrededor de toda la garganta? ¿También en la nuca?

—Yo diría que alrededor de toda la garganta, señor Finch.

—¿Eso diría?

—Sí, señor, tenía un cuello pequeño, y cualquiera podría haberlo rodeado con...

—Tan solo responda a la pregunta sí o no, por favor, *sheriff*—dijo Atticus con sequedad, y el señor Tate se quedó en silencio.

Atticus se sentó y asintió con la cabeza en dirección al fiscal del distrito, que movió la suya negativamente mirando al juez, el cual asintió en dirección al señor Tate, que se levantó muy tieso y se bajó del estrado de los testigos.

Debajo de nosotros, hubo mucho movimiento de cabezas, ruido de pies restregándose por el suelo, las madres cambiaban a los bebés de posición, subiéndolos a los hombros, y unos cuantos niños salieron correteando de la sala. Los negros que estaban detrás de nosotros susurraban en voz baja entre ellos; Dill le estaba preguntando al reverendo Sykes por qué ocurría todo aquello, pero el reverendo Sykes dijo que no lo sabía. Hasta ahí, las cosas habían sido bastante aburridas: nadie había vociferado, no había habido discusiones entre el fiscal y el abogado, no había habido dramatismo; una gran decepción para todos los presentes, o eso parecía. Atticus procedía afablemente, como si estuviera involucrado en una disputa por una propiedad. Con su infinita habilidad para calmar aguas turbulentas, podía hacer que un caso de violación fuera tan árido como un sermón. De mi mente había huido el terror al olor a *whisky* rancio, a los hombres ariscos de ojos somnolientos, a una voz ronca que decía en medio de la noche: «Señor Finch, ¿se han ido?». Nuestra pesadilla se había alejado con la luz del día, y todo saldría bien.

Todo el público estaba tan relajado como el juez Taylor, salvo Jem. Esbozaba una media sonrisa cargada de intención, sus ojos estaban alegres y cuando dijo algo sobre corroborar las pruebas, supe con seguridad que estaba presumiendo.

—... ¡Robert E. Lee Ewell!

En respuesta a la sonora voz del secretario, un hombre bajito con aire petulante como el de un gallo se levantó y caminó pavoneándose hasta el estrado; la nuca se le puso roja cuando escuchó su nombre y, cuando se dio la vuelta para hacer el juramento, vimos que tenía la cara tan roja como el cuello. También vimos que no se parecía en nada a su tocayo[*]. Un mechón de cabello ralo recién lavado se erguía en punta desde su frente; tenía la nariz estrecha, puntiaguda y brillante; no se podía decir que tuviera barbilla, pues parecía ser parte de su arrugado cuello.

—... con la ayuda de Dios —cacareó.

Toda ciudad del tamaño de Maycomb tenía familias como los Ewell. Ninguna fluctuación económica cambiaba su nivel de vida, pues personas como los Ewell vivían como huéspedes del condado en tiempos de prosperidad lo mismo que en las profundidades de una depresión. Ningún agente del orden podía mantener a su numerosa descendencia en la escuela; ningún funcionario de la salud podía liberarlos de defectos congénitos, distintos parásitos y las enfermedades propias de los ambientes sucios.

Los Ewell de Maycomb vivían detrás del vertedero de la ciudad, en lo que en otro tiempo fue una cabaña de negros. A las paredes de tablas les habían añadido planchas de chapa ondulada, y el tejado estaba cubierto con botes de hojalata aplanados a martillazos, de modo que solo su forma sugería su diseño original: cuadrada, con cuatro diminutas habitaciones que daban a un vestíbulo, la cabaña descansaba de modo inestable sobre cuatro elevaciones irregulares de piedra caliza. Las

---

[*] Se refiere a Robert E. Lee (1807-1870), general estadounidense que encabezó los ejércitos de los Estados Confederados de América en la Guerra de Secesión. (N. del E.)

ventanas eran simples espacios abiertos en las paredes, que en el verano cubrían con trozos grasientos de estopilla para mantener alejadas a las alimañas que se alimentaban de los desechos de Maycomb.

Las alimañas no comían mucho, porque los Ewell daban al vertedero un buen repaso cada día, y los frutos de su trabajo (los que no eran comestibles) hacían que el terreno que rodeaba la cabaña pareciera el parque de juegos de un niño demente: lo que pasaba por valla eran trozos de ramas de árboles, palos de escoba y mangos de herramientas, coronados todos ellos con oxidadas cabezas de martillo y de rastrillos mellados, con palas, hachas y azadas, sujeto todo con trozos de alambre de espinos. Encerrado por esa barricada había un patio que contenía los restos de un Ford Modelo-T (despiezado), un sillón de dentista desechado, una nevera antigua, además de objetos menores: zapatos viejos, radios de mesa destrozadas, marcos de fotografías y frascos de cristal, bajo los que algunas gallinas escuálidas de color naranja picoteaban con optimismo.

Sin embargo, había un rincón del patio que asombraba a todo Maycomb. Apoyados contra la valla, en fila, había seis orinales con el esmalte desconchado que contenían brillantes geranios rojos, cuidados con la misma ternura que si hubieran pertenecido a la señorita Maudie Atkinson, si la señorita Maudie se hubiera dignado admitir un geranio en su propiedad. La gente decía que eran de Mayella Ewell.

Nadie estaba seguro de cuántos niños había en ese lugar. Algunas personas decían que seis, otras que nueve; siempre había varias caras sucias pegadas a las ventanas cuando alguien acertaba a pasar por allí. Aunque nadie tenía ocasión de pasar por allí excepto en Navidad, cuando las iglesias entregaban cestas de comida y cuando el alcalde de Maycomb nos pedía que por favor ayudáramos al encargado de recoger la basura dejando allí nuestros propios árboles y la basura de nuestra casa.

Atticus nos llevó con él la Navidad anterior, cuando cumplía con la petición del alcalde. Un camino de tierra discurría desde la carretera hacia el vertedero, llegando hasta un pequeño asentamiento negro que estaba a unos quinientos metros más allá del de los Ewell. Era necesario retroceder hasta la carretera o recorrer todo el trecho y dar la vuelta; la mayoría de la gente daba la vuelta en los patios delanteros de los negros. En el frío atardecer de diciembre, sus cabañas parecían limpias y acogedoras, con columnas de humo de color azul pálido que ascendía desde las chimeneas y los umbrales de ámbar brillante por el fuego que ardía en el interior. Había por allí aromas deliciosos: pollo, tiras de tocino friéndose, frescas como el aire del atardecer. Jem y yo detectamos que estaban cocinando ardilla, pero solo un viejo hombre de campo como Atticus pudo identificar las comadrejas y los conejos, aromas que se desvanecían cuando pasábamos por delante de la residencia de los Ewell.

Lo único que tenía el hombrecillo que estaba en el estrado que pudiera hacerle mejor que sus vecinos más cercanos era que, si le restregaban con jabón de sosa dentro de agua muy caliente, aparecería su piel blanca.

—¿Señor Robert Ewell? —preguntó el señor Gilmer.

—Ese es mi nombre, capitán —dijo el testigo.

El señor Gilmer tensó un poco la espalda, y yo sentí lástima por él. Quizá sería mejor que explicara algo ahora. He oído que los hijos de los abogados, al ver a sus padres en la sala en el fragor de una discusión, se forman una idea equivocada: piensan que el abogado de la parte contraria es el enemigo personal de sus padres, sufren y se sorprenden al verlos con frecuencia saliendo del brazo de su atormentador durante el primer receso. Eso no se podía aplicar a nuestro caso. Ni Jem ni yo adquirimos ningún trauma al ver a nuestro padre ganar o perder. Siento no poder proporcionar ningún dramatismo a este respecto; si lo hiciera, no sería cierto. Podíamos decir, sin embargo, cuándo el debate se volvía más mordaz que profesional, pero eso se debía a haber observado a otros abogados aparte de a nuestro padre. Yo nunca oí a Atticus levantar la voz en toda mi vida, excepto ante un testigo que era sordo. El señor Gilmer estaba haciendo su trabajo y Atticus hacía el suyo. Además, el señor Ewell era el testigo del señor Gilmer, así que este no tenía que mostrarse grosero, y menos con él.

—¿Es usted el padre de Mayella Ewell? —fue la siguiente pregunta.

—Bueno, si no lo soy no puedo hacer nada ya, su madre está muerta —fue la respuesta.

El juez Taylor se removió en su asiento. Se volvió lentamente en su sillón giratorio y miró al testigo con benevolencia.

—¿Es usted el padre de Mayella Ewell? —preguntó, de una manera que hizo que las risas que se oían abajo cesasen de repente.

—Sí, señor —dijo el señor Ewell.

El juez Taylor continuó con el mismo tono indulgente.

—¿Es esta la primera vez que está ante un tribunal? No recuerdo haberle visto nunca por aquí. —Ante el asentimiento del testigo, continuó—: Bien, dejemos algo claro. No habrá ninguna especulación obscena más sobre ningún tema por parte de nadie en esta sala mientras yo esté sentado aquí. ¿Lo entiende?

El señor Ewell asintió, pero no creo que lo entendiera. El juez Taylor suspiró y dijo:

—Bien. ¿Señor Gilmer?

—Gracias, señor. Señor Ewell, ¿querría decirnos con sus propias palabras lo que sucedió la tarde del día veintiuno de noviembre, por favor?

Jem sonrió y se echó para atrás el cabello. «Con sus propias palabras» era la marca personal del señor Gilmer. Con frecuencia nos preguntábamos de quién temía el señor Gilmer que fueran las palabras que su testigo podría emplear.

—Bueno, la noche del veintiuno de noviembre yo llegaba del bosque con una carga de leña y justo cuando llegué a la valla oí gritar a Mayella dentro de la casa como un cerdo…

Aquí el juez Taylor miró rápidamente al testigo, y debió de haber decidido que la comparación no tenía mala intención, porque continuó amodorrado.

—¿Qué hora era, señor Ewell?

—Justo antes de la puesta de sol. Bien, estaba diciendo que Mayella gritaba como si Jesús fuera a... —Otra mirada desde el estrado del juez silenció al señor Ewell.

—¿Sí? ¿Estaba gritando? —dijo el señor Gilmer.

El señor Ewell miró confuso al juez.

—Bien, Mayella estaba armando ese maldito jaleo, así que dejé caer la leña y corrí todo lo rápido que pude, pero me enganché en la valla, y cuando logré desengancharme corrí hasta la ventana y vi... —el señor Ewell se puso escarlata. Se levantó y señaló con un dedo a Tom Robinson—, ¡vi a ese negro de ahí trajinándose a mi Mayella!

La sala del juez Taylor era tan tranquila que apenas tenía que usar el mazo, pero en esa ocasión estuvo dando golpes durante cinco minutos. Atticus se acercó al estrado para decirle algo y el señor Heck Tate, como primer oficial del condado, se situó en el pasillo central para apaciguar a la sala llena de gente. A nuestras espaldas, hubo un contenido murmullo de enfado por parte de la gente de color.

El reverendo Sykes se inclinó por delante de Dill y de mí para agarrar a Jem del brazo.

—Señorito Jem —dijo—, será mejor que se lleve a casa a la señorita Jean Louise. Señorito Jem, ¿me oye?

Jem giró la cabeza.

—Scout, vete a casa. Dill, marchaos los dos a casa.

—Antes tendrás que obligarme —repliqué, recordando la bendita frase de Atticus.

Jem me miró frunciendo el ceño y le dijo al reverendo Sykes:

—Creo que no importa, reverendo, ella no lo entiende. Yo me sentí mortalmente ofendida.

—Claro que sí, puedo entender lo mismo que tú.

—Ah, calla. No lo entiende, reverendo; aún no tiene nueve años.

En los ojos negros del reverendo Sykes se reflejaba su inquietud.

240

—¿Sabe el señor Finch que estáis aquí? Esto no es adecuado para la señorita Jean Louise, ni tampoco para vosotros, muchachos.

Jem negó con la cabeza.

—No puede vernos desde tan lejos. No pasa nada, reverendo.

Estaba segura de que Jem se saldría con la suya, porque sabía que nada podría hacer que se marchara ahora. Dill y yo estábamos seguros, al menos, durante un rato: Atticus podría vernos desde donde estaba si miraba hacia nosotros.

Mientras el juez Taylor golpeaba con su mazo, el señor Ewell estaba sentado con aire engreído en el asiento del testigo, observando su obra. Con una sola frase había convertido a personas contentas en una multitud malhumorada, tensa y murmuradora, que se fue apaciguando lentamente, como hipnotizada por los golpes de mazo que iban disminuyendo en intensidad, hasta que el último sonido que hubo en la sala fue un débil pinc-pinc-pinc: el juez bien podría haber estado golpeando la mesa con un lapicero.

Con la sala en orden una vez más, el juez Taylor se recostó en su sillón. De repente parecía cansado; su edad se manifestaba, y yo pensé en lo que Atticus había dicho, que la señora Taylor y él no se besaban mucho; debía de estar cerca de los setenta años.

—Ha habido una petición —dijo el juez Taylor— de que se despeje la sala de público, o al menos de mujeres y niños, una petición que será denegada por ahora. La gente, por lo general, ve lo que quiere ver y oye lo que quiere oír, y tiene derecho a someter a ello a sus hijos si así lo desean. Pero les aseguro una cosa: recibirán lo que vean y oigan en silencio, o de lo contrario despejarán esta sala, pero lo harán acusados de desacato. Señor Ewell, usted mantendrá su declaración dentro de los límites cristianos del idioma, si es posible. Continúe, señor Gilmer.

El señor Ewell me recordaba a un sordomudo. Estaba segura de que él nunca había oído las palabras que el juez

Taylor le dirigió (su boca las formaba trabajosamente en silencio), pero su trascendencia se reflejó en su cara. Desapareció el engreimiento, sustituido por una formalidad que no engañó en absoluto al juez Taylor: mientras el señor Ewell estuvo en el estrado, el juez no le quitó los ojos de encima, como si le estuviera desafiando a hacer un movimiento en falso.

El señor Gilmer y Atticus se miraron. Atticus estaba otra vez sentado, con la mejilla apoyada en su puño; no podíamos verle la cara. El señor Gilmer parecía bastante desesperado, pero una pregunta del juez Taylor hizo que se relajara:

—Señor Ewell, ¿vio usted al acusado manteniendo relaciones sexuales con su hija?

—Sí, lo vi.

El público permaneció en silencio, pero el acusado dijo algo. Atticus le susurró unas palabras y Tom Robinson se quedó en silencio.

—¿Dijo usted que estaba en la ventana? —preguntó el señor Gilmer.

—Sí, señor.

—¿A qué distancia está del suelo?

—A un metro.

—¿Tenía una visión clara de la habitación?

—Sí, señor.

—¿Cómo se veía la habitación?

—Bueno, estaba todo tirado, como si hubiera habido una pelea.

—¿Qué hizo usted cuando vio al acusado?

—Pues rodeé la casa corriendo para poder entrar, pero él consiguió salir antes. Vi muy bien quién era, pero estaba demasiado preocupado por Mayella para salir corriendo detrás. Entré en la casa y la vi en el suelo llorando...

—Entonces, ¿qué hizo?

—Salí corriendo a buscar a Tate tan rápidamente como pude. Sabía muy bien quién era, que vivía más allá, en ese nido de negros, pasaba por delante de la casa todos los días. Juez, llevo quince años pidiéndole al condado que limpie ese nido de negros, que es peligroso vivir cerca de ellos y devalúan mi propiedad…

—Gracias, señor Ewell —dijo rápidamente el señor Gilmer.

El testigo se bajó enseguida del estrado y se chocó con Atticus, que se había levantado para interrogarlo. El juez Taylor permitió que la sala se riera.

—Solo un minuto, señor —dijo Atticus afablemente—. ¿Podría hacerle una o dos preguntas?

El señor Ewell volvió a la silla de los testigos, se acomodó y miró a Atticus con arrogancia y recelo, una actitud corriente entre los testigos del condado de Maycomb cuando se enfrentaban al abogado de la parte contraria.

—Señor Ewell —comenzó Atticus—, hubo muchas carreras aquella noche. Veamos, usted dice que corrió hasta la casa, corrió hasta la ventana, corrió hacia el interior, corrió hasta Mayella, corrió a buscar al señor Tate. Durante todas esas carreras, ¿corrió a buscar a un médico?

—No era necesario. Vi lo que pasó.

—Pero hay algo que no entiendo —dijo Atticus—. ¿No le preocupaba el estado de Mayella?

—Claro que sí —dijo el señor Ewell—. Vi quién lo hizo.

—No, me refiero a su estado físico. ¿No pensó que la naturaleza de sus heridas requería atención médica inmediata?

—¿Qué?

—¿No pensó que debía verla un médico inmediatamente?

El testigo dijo que nunca pensó en eso, que nunca había llamado a un médico para nadie de su familia, y que le habría costado cinco dólares.

—¿Eso es todo? —preguntó.

—Aún no —dijo Atticus con naturalidad—. Señor Ewell, ha oído la declaración del *sheriff*, ¿verdad?

—¿Qué dice?

—Usted se encontraba en la sala cuando el señor Heck Tate estaba en el estrado, ¿no es así? Oyó todo lo que él dijo, ¿verdad?

El señor Ewell pensó en ello detenidamente, y pareció decidir que la pregunta era segura.

—Sí —contestó.

—¿Está de acuerdo con su descripción de las heridas de Mayella?

—¿Qué quiere decir?

Atticus miró al señor Gilmer y sonrió. El señor Ewell parecía decidido a no darle ni la hora a la defensa.

—El señor Tate ha declarado que tenía el ojo derecho morado, que tenía moretones por todo el…

—Ah, sí —dijo el testigo—, estoy de acuerdo con todo lo que ha dicho Tate.

—¿Seguro? —preguntó Atticus con amabilidad—. Solo quiero asegurarme.

Se acercó al secretario, le dijo algo y el secretario nos entretuvo unos minutos leyendo la declaración del señor Tate como si fueran citas del mercado de valores.

—… «qué ojo, el izquierdo, ah sí, entonces sería su ojo derecho. Era su ojo derecho, señor Finch. Ahora lo recuerdo, tenía ese lado de la cara hinchado». —Giró la página—. *«She-riff*, por favor repita lo que ha dicho. He dicho que era su ojo derecho…»

—Gracias, Bert —dijo Atticus—. Lo ha oído de nuevo, señor Ewell. ¿Tiene algo que añadir? ¿Está de acuerdo con el *sheriff*?

—Estoy de acuerdo con Tate. Tenía el ojo morado y estaba magullada.

El hombrecillo parecía haber olvidado su humillación previa. Era obvio que pensaba que Atticus era un rival fácil. El color rojizo le volvió a la cara; hinchó el pecho y volvió a parecer un gallo de pelea. Pensé que le estallaría la camisa ante la siguiente pregunta de Atticus:

—Señor Ewell, ¿sabe usted leer y escribir?

—Protesto —interrumpió el señor Gilmer—. La alfabetización del testigo no tiene nada que ver con el caso; es irrelevante.

El juez Taylor estaba a punto de responder, pero Atticus dijo:

—Juez, si me permite formular la pregunta, y la siguiente, pronto lo verá.

—Muy bien, veamos —dijo el juez Taylor—, pero asegúrese de que lo veamos, Atticus. Denegada.

El señor Gilmer parecía sentir tanta curiosidad como el resto de nosotros por descubrir qué tenía que ver con el caso la educación del señor Ewell.

—Repetiré la pregunta —dijo Atticus—. ¿Sabe usted leer y escribir?

—Sí que sé.

—¿Querría escribir su nombre y mostrarlo a la sala?

—Claro que sí. ¿Cómo cree que firmo los cheques de la beneficencia?

El señor Ewell quería congraciarse con sus conciudadanos. Los susurros y las risitas que oímos debajo de nosotros probablemente tenían que ver con lo sinvergüenza que era.

Me estaba poniendo nerviosa. Atticus parecía saber lo que hacía, pero a mí me daba la impresión de que había ido a pescar ranas sin llevar una luz. Nunca, nunca, nunca en un interrogatorio se debe hacer una pregunta a un testigo cuya respuesta no conozcas ya; era un principio que yo había ingerido junto con mis primeras papillas. Si la haces, obtendrás con frecuencia respuestas que no quieres, respuestas que te pueden arruinar el caso.

Atticus metió la mano en el bolsillo interior de su chaqueta y sacó un sobre, y después sacó su pluma del bolsillo del chaleco. Se movía con soltura, y se había girado para que el jurado le viera bien. Desenroscó la tapa de la pluma y la puso suavemente sobre su mesa. Sacudió un poco la pluma, y después se la entregó junto con el sobre al testigo.

—¿Quiere escribir su nombre? —preguntó—. Con claridad, para que el jurado pueda ver cómo lo hace.

El señor Ewell escribió en la parte de atrás del sobre y cuando levantó la vista con complacencia se encontró con que el juez Taylor lo miraba fijamente, como si fuera una fragante gardenia en floración sobre el estrado de los testigos, y con que el señor Gilmer se había incorporado hasta quedar mitad sentado, mitad de pie en su mesa. El jurado le observaba y un hombre incluso se inclinaba hacia adelante, apoyando las manos sobre el barandal.

—¿Qué es tan interesante? —preguntó él.

—Usted es zurdo, señor Ewell —dijo el juez Taylor.

El señor Ewell se giró airadamente hacia el juez y dijo que no sabía qué tenía que ver que él fuera zurdo, que era un hombre temeroso de Cristo y que Atticus Finch se estaba aprovechando de él. Los abogados tramposos como Atticus Finch se aprovechaban de él todo el tiempo con sus trampas legales. Él les había contado lo que sucedió, lo diría una y otra vez... y así lo hizo. Nada de lo que Atticus le preguntó después le hizo cambiar su declaración: que había mirado por la ventana, después el negro salió corriendo y entonces él corrió a buscar al *sheriff*. Atticus finalmente lo despidió.

El señor Gilmer le hizo una pregunta más.

—En cuanto a escribir con su mano izquierda, ¿es usted ambidextro, señor Ewell?

—Claro que no lo soy, sé usar una mano tan bien como la otra. Una mano tan bien como la otra —añadió, mirando con furia a la mesa de la defensa.

Jem parecía estar luchando en silencio. Golpeaba con suavidad la barandilla de la galería, y en un determinado momento susurró:

—Lo tenemos.

Yo no pensaba eso: Atticus intentaba demostrar, me parecía, que el señor Ewell podría haber golpeado a Mayella. Era lo que yo entendía. Si ella tenía el ojo derecho morado y los golpes estaban principalmente en la parte derecha de su cara, eso demostraría que lo hizo una persona zurda. Sherlock Holmes y Jem Finch estarían de acuerdo. Pero Tom Robinson también podría ser zurdo. Al igual que había hecho el señor Heck Tate, me imaginé que tenía a una persona delante, realicé una rápida pantomima mental y llegué a la conclusión de que él podría haberla agarrado con la mano derecha y golpeado con la izquierda. Bajé la vista hacia Tom. Estaba de espaldas a nosotros, pero podía ver sus anchos hombros y su cuello de toro. Él podría haberlo hecho fácilmente. Pensé que Jem estaba cantando victoria antes de tiempo.

18

Llamaron a alguien más.

—¡Mayella Violet Ewell...!

Una muchacha joven se dirigió hasta el estrado de los testigos. Cuando levantó la mano y juró que diría la verdad, toda la verdad y nada más que la verdad, con la ayuda de Dios, tenía un aspecto en cierto modo frágil, pero cuando se sentó de cara a nosotros en la silla de los testigos se convirtió en lo que era: una muchacha robusta acostumbrada al trabajo duro.

En el condado de Maycomb era fácil saber cuándo alguien se bañaba regularmente, y quién se lavaba una vez al año: el señor Ewell tenía un aspecto escaldado, como si un lavado urgente le hubiera privado de capas protectoras de suciedad, dejándole la piel sensible a los elementos. Mayella, por el contrario, intentaba mantenerse limpia siempre, y eso me recordó la fila de geranios rojos que había en el patio de los Ewell.

El señor Gilmer le pidió a Mayella que le contara al jurado con sus propias palabras lo que sucedió la tarde del día veintiuno de noviembre del año anterior, con sus propias palabras, por favor.

Mayella estaba sentada en silencio.

—¿Dónde estaba usted al atardecer aquel día? —comenzó el señor Gilmer pacientemente.

—En el porche.

—¿En qué porche?

—Solo hay uno, el porche frontal.

—¿Qué hacía usted en el porche?

—Nada.

—Simplemente, cuéntenos que sucedió —dijo el juez Taylor—. Puede hacerlo, ¿verdad?

Mayella le miró fijamente y estalló en llanto. Se cubrió la boca con las manos y sollozó. El juez Taylor la dejó llorar un rato y entonces dijo:

—Ya es suficiente. No tenga miedo de nadie aquí, con tal que diga la verdad. Todo esto le resulta extraño, ya lo sé, pero no tiene nada de lo que avergonzarse y nada que temer. ¿Qué le da miedo?

Mayella dijo algo detrás de las manos.

—¿De qué tiene miedo?

—Él —dijo ella sollozando y señalando a Atticus.

—¿El señor Finch?

Ella asintió con la cabeza vigorosamente.

—No quiero que me haga lo que le ha hecho a papá, intentando que pareciera zurdo…

El juez Taylor se rascó su espeso cabello canoso. Estaba claro que nunca se había enfrentado a un problema similar.

—¿Cuántos años tiene usted? —preguntó.

—Diecinueve y medio —dijo Mayella.

El juez Taylor se aclaró la garganta e intentó sin éxito hablar en tono suave.

—El señor Finch no tiene intención alguna de asustarla —dijo—, y si la tuviera, yo estoy aquí para evitarlo. Esa es una de las cosas por las que estoy aquí sentado. Ahora bien, usted ya es una muchacha mayor, así que siéntese derecha y cuénteme…, cuéntenos lo que le sucedió. Puede hacerlo, ¿verdad?

—¿Crees que tiene sentido común? —le susurré a Jem.

Jem miraba al estrado de los testigos entrecerrando los ojos.

—Todavía no lo sé —dijo—. Tiene suficiente como para hacer que el juez sienta lástima de ella, pero puede que solo esté… ah, no lo sé.

Aplacada, Mayella dirigió a Atticus una última mirada de terror y le dijo al señor Gilmer:

—Bueno, señor, yo estaba en el porche y… él pasó por allí y, mire, en el patio había un armario viejo que papá había traído para cortarlo para leña… Papá me dijo que lo hiciera mientras él estaba en el bosque, pero yo no me sentía lo bastante fuerte, y entonces él pasó por allí…

—¿Quién es «él»?

Mayella señaló a Tom Robinson.

—Tengo que pedirle que sea más concreta, por favor —dijo el señor Gilmer—. El secretario no puede anotar muy bien los gestos.

—Ese de ahí —dijo ella—. Robinson.

—Entonces, ¿qué sucedió?

—Yo le dije: «Ven aquí, negro, y córtame este armario chifonier, te daré cinco centavos». Él podría haberlo hecho fácilmente, ya lo creo. Así que entró en el patio y yo me fui a la casa a buscar el dinero, entonces me di la vuelta y antes de darme cuenta le tenía encima. Salió corriendo detrás de mí, eso hizo. Me agarró por el cuello, maldiciéndome y diciéndome palabras sucias… Yo luché y grité, pero me tenía agarrada por el cuello. Me golpeó una y otra vez…

El señor Gilmer esperó a que Mayella se recuperase; había retorcido su pañuelo hasta convertirlo en una soga sudorosa; cuando lo abrió para limpiarse la cara, era una masa de arrugas producida por sus manos calientes. Esperó a que el señor Gilmer le hiciera otra pregunta, pero, al no hacérsela, dijo:

—… me tiró al suelo, me asfixiaba y se aprovechó de mí.

—¿Gritó usted? —preguntó el señor Gilmer—. ¿Gritó y se defendió?

—Claro que lo hice, grité con todas mis fuerzas, le di patadas y grité tan fuerte como pude.

—¿Qué sucedió entonces?

—No estoy muy segura, lo siguiente que recuerdo fue que papá estaba en la habitación, de pie a mi lado, gritando y preguntando quién lo había hecho. Entonces creo que me desmayé, y lo siguiente que vi fue que el señor Tate me levantaba del suelo y me llevaba hasta el cubo del agua.

Parecía que el recital de Mayella le había dado confianza, aunque no era como la descarada confianza de su padre; había algo sigiloso en la de ella, como un gato con la mirada fija y la cola enroscada.

—¿Usted dice que peleó con todas sus fuerzas? ¿Peleó con uñas y dientes? —preguntó el señor Gilmer.

—Claro que lo hice —repitió Mayella, como su padre.

—¿Está segura de que él se aprovechó de usted totalmente?

La cara de Mayella se contrajo y yo temí que se pusiera a llorar otra vez. En cambio, dijo:

—Hizo lo que se había propuesto hacer.

El señor Gilmer corroboró el calor que hacía ese día secándose la cabeza con la mano.

—Eso es todo por el momento —dijo amablemente—, pero quédese aquí. Imagino que el malvado señor Finch tendrá algunas preguntas que hacerle.

—El Estado no debe predisponer al testigo contra el abogado de la defensa —murmuró el juez Taylor—, al menos, no en este momento.

Atticus se puso de pie sonriendo, pero, en lugar de acercarse al estrado, se abrió la chaqueta y enganchó los pulgares en el chaleco; entonces atravesó lentamente la sala en dirección a las ventanas. Miró al exterior, pero no pareció especialmente interesado en lo que veía, y entonces se giró y regresó al estrado de los testigos. Debido a largos años de experiencia, yo sabía que él intentaba tomar una decisión.

—Señorita Mayella —dijo sonriendo—, no intentaré asustarla durante un rato, aún no. Vamos solamente a conocernos. ¿Cuántos años tiene?

—Dije que diecinueve, se lo dije al juez. —Mayella hizo un gesto con la cabeza hacia el estrado.

—Sí lo hizo, lo hizo, señorita. Tendrá usted que soportarme, señorita Mayella, pues me voy haciendo viejo y no puedo recordar tan bien como solía hacerlo. A lo mejor le pregunto cosas que usted ya ha dicho antes, pero aun así me dará una respuesta, ¿no es cierto? Bien.

No vi nada en la expresión de Mayella que justificara la suposición de Atticus de que cooperaría plenamente con él. Ella le miraba con furia.

—No le responderé ni una sola palabra mientras siga burlándose de mí —dijo.

—¿Señorita? —preguntó Atticus, asombrado.

—No si se sigue riendo de mí.

—El señor Finch no se está riendo de usted —dijo el juez Taylor—. ¿Qué le pasa?

Mayella miró a Atticus con los ojos entrecerrados, pero le dijo al juez:

—Se burla de mí llamándome señorita y diciendo «señorita Mayella». No tengo que soportar su descaro, no he venido para soportarlo.

Atticus retomó su camino hacia las ventanas y dejó que el juez Taylor se ocupara del asunto. El juez no era el tipo de persona que inspirara lástima, pero sentí un poco de pena por él mientras intentaba explicar:

—Es el estilo del señor Finch —le dijo a Mayella—. Llevamos muchos años trabajando juntos en esta sala, y el señor Finch siempre es cortés con todo el mundo. No intenta burlarse de usted, está intentando ser educado. Esa es su manera de hacer las cosas. —El juez se recostó en su sillón—. Atticus, sigamos con el procedimiento, y que conste en el informe que el testigo no ha sido tratado con descaro, aunque ella piense lo contrario.

Yo me preguntaba si alguien la había llamado alguna vez «señorita» o «señorita Mayella»; probablemente no, ya que se ofendía ante esos términos tan corrientes de cortesía. ¿Cómo diablos era su vida? Pronto lo descubrí.

—Dice usted que tiene diecinueve años —prosiguió Atticus—. ¿Cuántas hermanas y hermanos tiene? —Regresó desde las ventanas al estrado.

—Siete —dijo ella, y yo me pregunté si todos ellos eran parecidos al ejemplar que yo había visto el primer día de escuela.

—¿Es usted la mayor? ¿La de más edad?

—Sí.

—¿Cuánto tiempo hace que murió su madre?

—No lo sé…, hace mucho tiempo.

—¿Fue usted alguna vez a la escuela?

—Leo y escribo tan bien como papá.

Mayella se parecía al personaje del señor Jingle* de un libro que yo había estado leyendo.

—¿Cuánto tiempo fue usted a la escuela?

—Dos años…, tres años…, no sé.

De manera lenta pero con claridad comencé a ver el objetivo que perseguía el interrogatorio de Atticus: con preguntas que el señor Gilmer no consideraba suficientemente irrelevantes para protestar, Atticus fue recreando con calma para el jurado la vida familiar de los Ewell. El jurado se enteró de las siguientes cosas: el cheque de la beneficencia no bastaba para alimentar a la familia, y había una fuerte sospecha de que, de todos modos, papá se gastaba el dinero en bebida; a veces se adentraba en el pantano durante días y regresaba enfermo; casi nunca hacía tanto frío como para llevar zapatos, pero cuando lo hacía, se podían hacer unos zapatos geniales con pedazos de neumáticos viejos; la familia iba a por agua con cubos a un manantial que nacía en un extremo del vertedero (mantenían la zona circundante libre de basura), y cada uno se ocupaba de sí mismo con respecto a la limpieza: si uno quería lavarse, iba a buscar su propia agua; los niños más pequeños tenían resfriados perpetuos y sufrían sarpullidos crónicos; había una señora que pasaba de vez en cuando por allí y que le preguntaba a Mayella por qué

---

* Se refiere a Alfred Jingle, personaje de *Los papeles póstumos del Club Pickwick*, primera novela publicada por Charles Dickens. (N. del E.)

no asistía la escuela, y se iba con la respuesta bien anotada: con dos miembros de la familia que supieran leer y escribir, no era necesario que los demás aprendieran, pues papá los necesitaba en casa.

—Señorita Mayella —dijo Atticus, muy a su pesar—, una muchacha de diecinueve años como usted debe de tener amigos. ¿Quiénes son sus amigos?

La testigo frunció el ceño, perpleja.

—¿Amigos?

—Sí, ¿no conoce a nadie que tenga su misma edad o sea un poco mayor o un poco más joven que usted? ¿Muchachos y muchachas? ¿Amigos comunes y corrientes?

La hostilidad de Mayella, que se había apaciguado hasta convertirse de mala gana en neutralidad, volvió a despertar.

—¿Se está burlando otra vez de mí, señor Finch?

Atticus dejó que su pregunta respondiera a la suya.

—¿Quiere usted a su padre, señorita Mayella? —fue la siguiente pregunta.

—¿Quererlo? ¿A qué se refiere?

—Quiero decir, ¿es bueno con usted? ¿Es fácil llevarse bien con él?

—Es tolerable, excepto cuando...

—¿Excepto cuando qué?

Mayella miró a su padre, que estaba sentado con la silla apoyada contra el barandal. Ewell se enderezó y esperó su respuesta.

—Excepto cuando nada —dijo Mayella—. He dicho que es tolerable.

El señor Ewell volvió a reclinarse en la silla.

—¿Excepto cuando bebe? —preguntó Atticus tan amablemente que Mayella asintió con la cabeza.

—¿La maltrata alguna vez?

—¿Qué quiere decir?

—Cuando está... furioso, ¿la ha golpeado alguna vez?

Mayella miró alrededor, bajó la vista al secretario de la sala, y después la levantó hacia el juez.

—Responda a la pregunta, señorita Mayella —dijo el juez Taylor.

—Mi padre nunca me ha tocado ni un pelo de la cabeza —declaró con firmeza—. Nunca me ha tocado.

A Atticus se le habían bajado un poco las gafas, y se las subió al puente de la nariz.

—Ya nos hemos conocido un poco, señorita Mayella, y ahora supongo que deberíamos ceñirnos al caso. Dice que le pidió a Tom Robinson que se acercara para partir un... ¿qué era?

—Un armario chifonier, un viejo armario con un costado lleno de cajones.

—¿Conocía usted bien a Tom Robinson?

—¿Qué quiere decir?

—Quiero decir que si sabía quién era, dónde vivía.

Mayella asintió con la cabeza.

—Sabía quién era, pasaba por delante de casa cada día.

—¿Era la primera vez que le pedía que pasara al otro lado de la valla?

Mayella se sobresaltó ligeramente al oír la pregunta. Atticus había retomado su lento peregrinaje hacia las ventanas, como había hecho antes: formulaba una pregunta, después miraba por la ventana mientras esperaba una respuesta. No vio su sobresalto involuntario, pero a mí me pareció que sabía que se había movido. Se dio la vuelta y enarcó las cejas.

—¿Era...? —comenzó de nuevo.

—Sí, lo era.

—¿Nunca antes le pidió que entrara?

Ella ya estaba preparada.

—No se lo pedí, no, seguro que no.

—Un no es suficiente —dijo Atticus con serenidad—. ¿Usted nunca antes le pidió que hiciera algún trabajo para usted?

—Puede que sí —concedió Mayella—. Había varios negros por allí.

—¿Puede recordar alguna otra ocasión?

—No.

—Muy bien, ahora vamos a lo que sucedió. Nos ha contado que Tom Robinson estaba detrás de usted en la habitación cuando se dio la vuelta, ¿no es cierto?

—Sí.

—Dijo que él la agarró por el cuello maldiciendo y diciéndole palabras sucias…, ¿es correcto?

—Es correcto.

La memoria de Atticus se había vuelto muy fiable de repente.

—Dijo: «me tiró al suelo, me asfixiaba y se aprovechó de mí», ¿es eso cierto?

—Eso es lo que dije.

—¿Recuerda que él la golpeara en la cara?

La testigo vaciló.

—Parece bastante segura de que él la asfixiaba. Y usted no dejaba de defenderse, ¿recuerda? Le dio patadas y gritó con todas sus fuerzas. ¿Recuerda que él la golpeara en la cara?

Mayella se quedó callada. Parecía estar intentando aclarar algo para sí misma. Yo pensé por un momento que estaba haciendo lo mismo que el señor Heck y yo al imaginar que había una persona delante de nosotros. Miró al señor Gilmer.

—Es una pregunta fácil, señorita Mayella, de modo que lo intentaré otra vez. ¿Recuerda que él la golpeara en la cara? —La voz de Atticus había perdido su tono agradable; ahora hablaba con su árida voz profesional.

—¿Recuerda que él la golpeara en la cara?

—No, no recuerdo si me golpeó. Quiero decir que sí, él me golpeó.

—¿Es la última frase su respuesta?

—¿Qué? Sí, él me pegó… Es que no recuerdo, no recuerdo…, todo sucedió muy rápido.

El juez Taylor miró a Mayella con severidad.

—No llore, joven —comenzó, pero Atticus dijo:

—Deje que llore si quiere, juez. Tenemos todo el tiempo del mundo.

Mayella sorbió airadamente y miró a Atticus.

—Responderé cualquier pregunta que me haga…, póngame aquí y búrlese de mí, ¿quiere? Responderé cualquier pregunta que me haga…

—Está bien —dijo Atticus—. Solo algunas más. Señorita Mayella, para no ser tedioso, usted ha declarado que el acusado la golpeó, la agarró por el cuello, la asfixió y se aprovechó de usted. Quiero estar seguro de que tenemos al hombre correcto. ¿Quiere identificar al hombre que la violó?

—Lo haré, es el que está ahí.

Atticus miró al acusado.

—Tom, póngase de pie. Deje que la señorita Mayella le miré detenidamente. ¿Es este el hombre, señorita Mayella?

Los anchos hombros de Tom Robinson se perfilaban bajo su fina camisa. Se puso de pie, dejando la mano derecha apoyada en el respaldo de la silla. Parecía un tanto desequilibrado, pero no era por la postura. El brazo izquierdo era unos treinta centímetros más corto que el derecho, y le colgaba muerto al costado. Terminaba en un muñón, y aun desde la distancia, me di cuenta de que lo tenía inutilizado.

—Scout —susurró Jem—. ¡Scout, mira! ¡Reverendo, es manco!

El reverendo Sykes se inclinó por delante de mí y le susurró a Jem:

—Se la pilló con una desmotadora de algodón, en la del señor Dolphus Raymond, cuando era un muchacho… Parecía que se iba a desangrar…, se le desgarraron todos los músculos y se le separaron de los huesos…

—¿Es este el hombre que la violó?

—Sin duda alguna que lo es.

La siguiente pregunta de Atticus tenía solamente una palabra.

—¿Cómo?

Mayella estaba furiosa.

—No sé cómo lo hizo, pero lo hizo… He dicho que todo sucedió tan rápido que yo…

—Vamos a considerar esto con calma —comenzó Atticus, pero el señor Gilmer interrumpió con una protesta: no era irrelevante, pero Atticus estaba intimidando a la testigo.

El juez Taylor se rio.

—Ah, siéntese. Horace, él no hace nada de eso. En todo caso, es la testigo quien está intimidando a Atticus.

El juez Taylor fue la única persona en la sala que se rio. Incluso los bebés estaban callados, y de repente me pregunté si se habrían asfixiado, apretados contra los pechos de sus madres.

—Bien —dijo Atticus—, señorita Mayella, usted ha declarado que el acusado la asfixió y la golpeó... No dijo que él se ocultó a sus espaldas y la golpeó dejándola inconsciente, sino que usted se dio la vuelta y allí estaba él... —Atticus volvía a estar detrás de su mesa, y hacía hincapié en sus palabras golpeando sobre ella con los nudillos—. ¿Desea reconsiderar alguna parte de su declaración?

—¿Quiere que le cuente algo que no pasó?

—No, señorita, quiero que cuente algo que sí pasó. Díganos una vez más, por favor, ¿qué sucedió?

—Ya he dicho lo que sucedió.

—Usted declaró que se dio la vuelta y allí estaba él. ¿Fue entonces cuando la agarró por el cuello?

—Sí.

—¿Después le soltó el cuello y la golpeó?

—He dicho que sí.

—¿Él puso su ojo morado con el puño derecho?

—Yo me agaché y... rebotó en mi cara, eso es. Yo me agaché y rebotó. —Mayella finalmente había visto la luz.

—De repente está siendo usted muy clara en este punto. Hace un rato no podía recordar con claridad, ¿no era así?

—Dije que él me pegó.

—Bien. Él la asfixió, la golpeó y después la violó, ¿es correcto?

—Ciertamente lo es.

—Usted es una muchacha fuerte, ¿qué hacía todo el tiempo, se limitó a quedarse allí?

—Ya he dicho que grité, di patadas y peleé…

Atticus levantó el brazo y se quitó las gafas, volvió su ojo derecho, el bueno, hacia la testigo, y la inundó de preguntas. El juez Taylor dijo:

—Una pregunta tras otra, Atticus. Dé a la testigo una oportunidad de responder.

—Muy bien. ¿Por qué no salió corriendo?

—Yo intenté…

—¿Lo intentó? ¿Qué se lo impidió?

—Yo… él me derribó. Eso fue lo que hizo, me derribó y se puso encima de mí.

—¿Y usted estaba gritando todo el tiempo?

—Claro que sí.

—Entonces, ¿por qué no la oyeron los otros niños? ¿Dónde estaban? ¿En el vertedero?

No hubo respuesta.

—¿Dónde estaban? ¿Por qué sus gritos no les hicieron regresar corriendo? El vertedero está más cerca que el bosque, ¿no es así?

Ninguna respuesta.

—¿O no gritó hasta que vio a su padre en la ventana? Usted no pensó en gritar hasta entonces, ¿verdad?

Ninguna respuesta.

—¿Gritó usted primero a su padre en lugar de a Tom Robinson? ¿Fue así?

Sin respuesta.

—¿Quién la golpeó? ¿Tom Robinson o su padre?

No hubo respuesta.

—¿Qué vio su padre por la ventana, un delito de violación o su mejor defensa? ¿Por qué no dice usted la verdad, muchacha? ¿No fue Bob Ewell quien le dio la paliza?

Cuando Atticus se alejó de Mayella, parecía que le doliera el estómago, pero la cara de Mayella era una mezcla de terror y de furia. Atticus se sentó con aire cansado y limpió las gafas con su pañuelo.

De repente, Mayella recuperó el habla.

—Tengo algo que decir —dijo.

Atticus levantó la cabeza.

—¿Quiere decirnos lo que sucedió?

Pero ella no escuchó el tono de compasión que había en su pregunta.

—Tengo algo que decir, y después no voy a decir nada más. Ese negro de ahí se aprovechó de mí, y si ustedes, distinguidos caballeros, no quieren hacer nada al respecto, entonces son unos apestosos cobardes, apestosos cobardes, todos ustedes. Sus aires de elegancia no son nada…, su «señorita» y «señorita Mayella» no significan nada, señor Finch…

Entonces estalló en lágrimas de verdad. Sus hombros se agitaban con los sollozos provocados por la rabia. Y cumplió su palabra. No respondió ninguna pregunta más, ni siquiera cuando el señor Gilmer intentó llevarla de nuevo a su terreno. Supongo que si no hubiera sido tan pobre e ignorante, el juez Taylor la habría metido en la cárcel por el desprecio con el que había hablado a todo el mundo en la sala. Atticus le había hecho daño de una manera que yo no acababa de comprender, pero no le causó ningún placer hacerlo. Él se sentó con la cabeza gacha, y yo nunca vi a nadie mirar con tanto odio a alguien como lo hizo Mayella cuando dejó el estrado y pasó junto a la mesa de Atticus.

Cuando el señor Gilmer le dijo al juez Taylor que el fiscal del estado se tomaba un descanso, el juez Taylor dijo:

—Es hora de que todos lo hagamos. Nos tomaremos diez minutos.

Atticus y el señor Gilmer se encontraron delante del estrado y hablaron durante unos momentos en susurros, y después salieron de la sala por una puerta que había detrás del estrado de los testigos, una señal que nos dio carta blanca para estirarnos. Me di cuenta de que había estado sentada en el borde del largo banco, y estaba entumecida. Jem se levantó y bostezó, Dill hizo lo mismo, y el reverendo Sykes se secó la cara con el sombrero. La temperatura superaba fácilmente los treinta grados, según dijo.

El señor Braxton Underwood, que había estado sentado muy callado en una silla reservada para la prensa, empapándose de la declaración como si su cerebro fuera una esponja, recorrió con su mirada penetrante la galería de la gente de color, y me vio. Resopló y después apartó la mirada.

—Jem —dije yo—, el señor Underwood nos ha visto.

—No importa. No se lo dirá a Atticus, se limitará a ponerlo en la sección de sociedad del *Tribune*.

Jem se giró hacia Dill, para explicarle, supongo, los puntos clave del juicio, y yo me pregunté cuáles eran. Atticus y el señor Gilmer no habían mantenido largos debates sobre ningún punto; el señor Gilmer parecía estar llevando el caso a regañadientes; había guiado a los testigos como podía haber guiado a los asnos por el hocico, con pocas objeciones. Pero Atticus nos había dicho una vez que, en la corte del juez Taylor, cualquier abogado que se limitara a construir el caso basándose exclusivamente en las declaraciones, por lo general terminaba recibiendo duras recriminaciones desde el estrado. Me explicó que eso significaba que el juez Taylor podría parecer perezoso y estar dormitando, pero raras veces iba desencaminado, y esa era prueba de que hacía bien su trabajo. Atticus decía que era un buen juez.

Momentos después el juez Taylor regresó y se sentó en su sillón giratorio. Sacó un cigarro del bolsillo de su chaleco y lo examinó detalladamente. Yo di un codazo a Dill. Tras haber pasado la inspección del juez, el cigarro sufrió un mordisqueo feroz.

—A veces venimos a observarle —le expliqué—. Le va a llevar el resto de la tarde. Ya lo verás.

Ajeno al escrutinio del que estaba siendo objeto desde arriba, el juez Taylor cortó el extremo del cigarro con sus labios y dientes. Lo escupió con tanta puntería que pudimos oír la salpicadura del agua en la escupidera.

—Apuesto a que era imbatible escupiendo bolitas —murmuró Dill.

Por lo general, un receso significaba un éxodo general, pero ese día la gente no se movió. Incluso los Ociosos, que no habían conseguido que hombres más jóvenes les cedieran sus asientos, se habían quedado de pie pegados a las paredes. Supongo que el señor Heck Tate había reservado el cuarto de baño para los funcionarios del juzgado.

Atticus y el señor Gilmer regresaron, y el juez Taylor miró su reloj.

—Van a ser las cuatro —dijo, y eso me intrigó, ya que el reloj de la torre tendría que haber dado la hora al menos dos veces. Yo no lo había oído ni había sentido sus vibraciones.

—¿Conseguiremos dejarlo terminado esta tarde? —preguntó el juez Taylor—. ¿Qué piensa, Atticus?

—Creo que podremos —dijo Atticus.

—¿Cuántos testigos tiene?

—Uno.

—Bien, llámelo.

19

Thomas Robinson se llevó la mano derecha al brazo izquierdo y lo levantó. Guio el brazo hasta la Biblia y su mano izquierda, que era como goma, buscó contacto con la encuadernación negra. Cuando levantó la mano derecha, la que tenía inútil se resbaló de la Biblia y golpeó la mesa del secretario. Lo estaba intentando otra vez cuando el juez Taylor gruñó:

—Con eso basta, Tom.

Tom hizo el juramento y se situó en la silla de los testigos. Atticus, con rápidas preguntas, lo guio para que se presentara: tenía veinticinco años; estaba casado y tenía tres hijos; había tenido problemas con la ley anteriormente: en una ocasión le condenaron a treinta días por conducta desordenada.

—Ya debió ser desordenada —dijo Atticus—. ¿En qué consistió?

—Me peleé con otro hombre, y él intentó acuchillarme.

—¿Lo consiguió?

—Sí, señor, un poco, no lo bastante para hacerme daño. Como ve, yo... —Tom movió el hombro izquierdo.

—Sí —dijo Atticus—. ¿Los condenaron a ambos?

—Sí, señor. Yo tuve que cumplir la condena porque no pude pagar la multa. El otro hombre pagó la suya.

Dill se inclinó por delante de mí y le preguntó a Jem qué estaba haciendo Atticus. Jem dijo que estaba demostrando al jurado que Tom no tenía nada que ocultar.

—¿Conocía usted a Mayella Violet Ewell? —preguntó Atticus.

—Sí, señor, tenía que pasar por su casa cada día para ir al campo y regresar.

—¿Qué campo?

—Recojo algodón para el señor Link Deas.

—¿Estaba recogiendo algodón en noviembre?

—No, señor, trabajo en su patio en otoño y en invierno. Trabajo para él durante todo el año, tiene muchos nogales y otras cosas.

—Dice que tenía que pasar por la casa de los Ewell para ir al trabajo y regresar. ¿Hay algún otro camino por donde se pueda ir?

—No, señor, ninguno que yo conozca.

—Tom, ¿le hablaba ella alguna vez?

—Pues sí, señor, yo inclinaba mi sombrero cuando pasaba, y un día ella me pidió que entrara y le partiera un armario chifonier.

—¿Cuándo le pidió ella que partiera el… armario chifonier?

—La primavera pasada, señor Finch. Lo recuerdo porque era época de partir leña y yo llevaba mi azada. Le dije que no tenía otra cosa sino esa azada, pero ella me dijo que tenía un hacha. Me la dio y yo partí el armario. Ella me dijo: «Creo que tendré que darle una moneda de cinco centavos, ¿verdad?». Yo le dije: «No, señorita, no tiene que pagar nada». Entonces me fui a mi casa. Señor Finch, eso fue la pasada primavera, hace más de un año.

—¿Volvió a entrar otra vez a ese lugar?

—Sí, señor.

—¿Cuándo?

—Bueno, fui muchas veces.

El juez Taylor instintivamente alargó la mano hacia el mazo, pero la dejó caer. El murmullo que había debajo de nosotros se disipó sin que hubiera que hacer nada.

—¿Bajo qué circunstancias?

—¿Cómo dice, señor?

—¿Por qué entró muchas veces?

La frente de Tom Robinson se relajó.

—Ella me lo pedía, señor. Parecía que cada vez que yo pasaba por allí tenía algún pequeño trabajo para mí: partir leña, traerle agua. Ella regaba sus flores rojas todos los días…

—¿Recibía algún pago por sus servicios?

—No, señor, no después de que ella me ofreciera la primera vez una moneda. Yo lo hacía con gusto, pues parecía que el señor Ewell no la ayudaba nada, ni tampoco los niños, y yo sabía que no le sobraban las monedas.

—¿Dónde estaban los otros niños?

—Siempre estaban alrededor, por todo el lugar. Me observaban trabajar, algunos de ellos, y otros se ponían en la ventana.

—¿Hablaba con usted la señorita Mayella?

—Sí, señor, ella hablaba conmigo.

A medida que Tom Robinson declaraba, se me ocurrió que Mayella Ewell debía de ser la persona más solitaria del mundo. Estaba más sola incluso que Boo Radley, que no había salido de su casa en veinticinco años. Cuando Atticus le preguntó si tenía amigos, pareció no saber a qué se refería y pensó que se estaba burlando de ella. Yo pensé que era alguien tan triste como lo que Jem llamaba un niño mestizo: los blancos no querían tener nada que ver con ella porque vivía entre cerdos; los negros no querían tener nada que ver con ella porque era blanca. No podía vivir como el señor Dolphus Raymond, quien prefería la compañía de negros, porque ella no poseía ninguna ribera de un río, y no provenía de una familia antigua y distinguida. Nadie decía sobre los Ewell: «Así son ellos». Maycomb les regalaba cestas en Navidad, les daba dinero de la beneficencia… y también les daba la espalda. Tom Robinson era probablemente la única persona que la había tratado con respeto. Pero ella dijo que se aprovechó, y cuando se levantó le miró como si fuera barro bajo sus zapatos.

—¿En algún momento —Atticus interrumpió mis reflexiones— entró usted en la propiedad de los Ewell… puso alguna vez los pies en la propiedad de los Ewell sin que ninguno de ellos lo hubiera invitado?

—No, señor Finch, nunca lo he hecho. Yo no haría eso, señor.

Atticus a veces decía que una manera de saber si un testigo estaba mintiendo o decía la verdad era escuchar en lugar de observar: yo hice la prueba. Tom lo negó tres veces seguidas, pero tranquilamente, sin ninguna nota chirriante en su voz, y me encontré creyendo en él a pesar de su exceso de negaciones. Parecía ser un negro respetable, y un negro respetable nunca entraría en el patio de otra persona por voluntad propia.

—Tom, ¿qué le sucedió la tarde del día veintiuno de noviembre del año pasado?

Debajo de nosotros, el público contuvo la respiración y se inclinó hacia adelante. A nuestras espaldas, los negros hicieron lo mismo.

Tom tenía el color del terciopelo negro, aunque no brillante, sino del terciopelo negro suave. El blanco de sus ojos resplandecía en su cara, y cuando hablaba veíamos destellos de sus dientes. Si hubiera estado totalmente sano, habría sido un magnífico ejemplar de hombre.

—Señor Finch —dijo—, yo regresaba a casa como siempre aquella tarde y, cuando pasé por la casa de los Ewell, la señorita Mayella estaba en el porche, como ella dijo. Parecía estar todo muy tranquilo, no sé por qué. Estaba pensando en el motivo mientras pasaba por delante, cuando ella me dijo que entrara y la ayudara un momento. Bien, crucé la valla y miré alrededor buscando algo de leña que partir, pero no había, y ella me dijo: «No, tengo trabajo para ti dentro de la casa. La vieja puerta está desencajada y el otoño está a punto de llegar». Yo le dije: «¿Tiene un destornillador, señorita Mayella?». Ella me dijo que tenía uno. Bueno, subí los escalones y ella me indicó que entrara, yo entré a la habitación del frente y miré la puerta. Le dije a la señorita Mayella que esa puerta parecía estar bien. La abrí y la cerré, y los goznes estaban bien. Entonces ella cerró la puerta ante mis narices. Señor Finch, yo me preguntaba por qué estaba todo tan callado, y me di cuenta de que no había ningún niño por allí, ni uno solo, y le pregunté a la señorita Mayella: «¿Dónde están los niños?».

La piel de terciopelo negro de Tom había comenzado a brillar, y él se pasó la mano por la cara.

—Dije: «¿Dónde están los niños?» —continuó—, y ella me dijo, riéndose, según me pareció, me dijo que todos habían ido a la ciudad a comprar helados. Me dijo: «He estado un año ahorrando monedas para ellos, pero lo he conseguido. Todos han ido a la ciudad».

La incomodidad de Tom no se debía al sudor.

—¿Qué dijo usted entonces, Tom? —preguntó Atticus.

—Dije algo como: «Vaya, señorita Mayella, lo ha hecho muy bien». Y ella dijo: «¿Lo cree usted?». No creo que entendiera lo que yo estaba pensando…, me refería a que hizo muy bien ahorrando de ese modo para invitar a los niños.

—Le entiendo, Tom. Prosiga —dijo Atticus.

—Bien, le dije que sería mejor que me fuera, pues no podía hacer nada por ella, y ella me dijo que sí podía, y yo le pregunté qué podía hacer, y ella me dijo que me subiera a esa silla de allá y le bajara esa caja que estaba encima del armario chifonier.

—¿No era el mismo armario que usted partió? —dijo Atticus.

—No, señor —sonrió el testigo—, era otro. Casi tan alto como la habitación. Entonces hice lo que ella me pidió, y me estaba estirando para alcanzar la caja cuando de repente ella… ella me agarró por las piernas, me agarró por las piernas, señor Finch. Me asustó tanto que di un salto de la silla y la volqué… Eso fue lo único, el único mueble, que no estaba en su sitio en esa habitación, señor Finch, cuando me fui. Lo juro ante Dios.

—¿Qué sucedió cuando usted volcó la silla?

Tom Robinson había llegado a un punto muerto. Miró a Atticus, después al jurado y luego al señor Underwood, que estaba sentado al otro lado de la sala.

—Tom, ha jurado decir toda la verdad. ¿Quiere decirla?

Tom se pasó con nerviosismo la mano por la boca.

—¿Qué sucedió después de aquello?

—Responda la pregunta —dijo el juez Taylor. Una tercera parte de su cigarro había desaparecido.

—Señor Finch, me bajé de esa silla y me di la vuelta, y ella se me echó encima.

—¿Se le echó encima? ¿De forma violenta?

—No, señor, ella… ella me abrazó. Me abrazó por la cintura.

En esa ocasión, el mazo del juez Taylor descendió con un golpe seco, al mismo tiempo que se encendían las luces de la sala. Aún no estaba oscuro, pero el sol de la tarde ya no se filtraba por las ventanas. El juez Taylor rápidamente restauró el orden.

—Entonces, ¿qué hizo ella?

El testigo tragó saliva.

—Ella se puso de puntillas y me besó en un lado de la cara. Me dijo que nunca había besado a un hombre adulto, y que bien podría darle un beso a un negro. Me dijo que lo que su padre le hacía no contaba. Me dijo: «Bésame, negro». Yo le dije: «Señorita Mayella, déjeme salir de aquí», e intenté huir, pero ella se puso de espaldas a la puerta, y tuve que empujarla. Yo no quería hacerle ningún daño, señor Finch, y le dije que me dejara pasar, pero justamente cuando lo dije, el señor Ewell comenzó a gritar por la ventana.

—¿Qué dijo él?

Tom Robinson volvió a tragar saliva y abrió mucho los ojos.

—Algo que no es adecuado decir…, no es adecuado que los hijos de esta gente lo oigan.

—¿Qué dijo él, Tom? Usted debe decirle al jurado lo que él dijo.

Tom cerró sus ojos con fuerza.

—Él dijo: «Maldita puta, te mataré».

—Entonces, ¿qué ocurrió?

—Señor Finch, salí corriendo tan rápido que no sé lo que sucedió.

—Tom, ¿violó usted a Mayella Ewell?

—No lo hice, señor.

—¿Le hizo daño de alguna manera?

—No, señor.

—¿Se resistió a sus peticiones?

—Señor Finch, lo intenté. Lo intenté sin portarme mal con ella. No quería portarme mal, no quería empujarla ni hacerle daño.

Se me ocurrió que, a su manera, Tom Robinson tenía tan buenos modales como Atticus. Hasta que mi padre me lo explicó más tarde, yo no entendí lo delicado de la situación en que se encontraba Tom: no se habría atrevido a golpear a una mujer blanca bajo ninguna circunstancia y esperar vivir mucho tiempo, de modo que aprovechó la primera oportunidad que tuvo de salir corriendo, una clara señal de culpabilidad.

—Tom, regresemos una vez más al señor Ewell —dijo Atticus—. ¿Le dijo algo a usted?

—No, nada, señor. Podría haber dicho algo, pero yo no estaba allí...

—Eso basta —le cortó Atticus—. ¿Qué oyó usted? ¿Con quién estaba hablando él?

—Señor Finch, él estaba hablando y mirando a la señorita Mayella.

—Entonces, ¿usted salió corriendo?

—Eso hice, señor.

—¿Por qué salió usted corriendo?

—Estaba asustado, señor.

—¿Por qué estaba asustado?

—Señor Finch, si usted fuera negro como yo, también estaría asustado.

Atticus se sentó. El señor Gilmer comenzó a acercarse al estrado de los testigos, pero, antes de que llegara, el señor Link Deas se levantó entre la audiencia y anunció:

—Solo quiero decirles una cosa a todos. Ese muchacho ha trabajado para mí ocho años y no he tenido problemas con él ni una sola vez. Ni siquiera uno.

—¡Cierre la boca, señor! —rugió el juez Taylor, completamente despierto y con la cara roja. Milagrosamente, el cigarro no le impedía hablar en absoluto—. Link Deas —gritó—, si tiene algo que decir, puede decirlo bajo juramento y en el momento adecuado, pero hasta entonces salga de esta sala, ¿me oye? Salga de esta sala, señor, ¿me oye? ¡Que me condenen si tengo que volver a ocuparme de un caso como este!

El juez Taylor fulminó a Atticus con la mirada, como si le retara a hablar, pero Atticus había agachado la cabeza y se estaba riendo mirándose el regazo. Yo me acordé de algo que él había dicho acerca de que los comentarios excátedra del juez Taylor a veces excedían los límites del deber, pero que pocos abogados hacían algo al respecto. Yo miré a Jem, pero mi hermano sacudió la cabeza.

—No es el mismo caso que si alguien del jurado se hubiera levantado y comenzado a hablar —dijo—. Creo que eso sería distinto. El señor Link tan solo estaba alterando el orden, o algo así.

El juez Taylor le dijo al secretario que borrara cualquier cosa que hubiera escrito después de: «Señor Finch, si usted fuera negro como yo, también estaría asustado», y le pidió al jurado que no tuviera en cuenta la interrupción. Miró con recelo al pasillo central y esperó, supongo, a que el señor Link Deas saliera. Entonces dijo:

—Prosiga, señor Gilmer.

—¿Le impusieron treinta días por desorden público, Robinson? —preguntó el señor Gilmer.

—Sí, señor.

—¿Cómo quedó el negro cuando usted hubo terminado con él?

—Él me pegó, señor Gilmer.

—Sí, pero usted fue condenado, ¿verdad?

Atticus levantó la cabeza.

—Fue un delito menor y está en el informe, juez. —Me pareció que su voz sonaba cansada.

—Sin embargo, el testigo responderá —dijo el juez Taylor con el mismo cansancio.

—Sí, señor, me impusieron treinta días.

Yo sabía que el señor Gilmer quería decirle al jurado que cualquier persona que hubiera sido condenada por desorden público, podría haber tenido la intención de aprovecharse de Mayella Ewell, que era el único argumento que le interesaba. Argumentos de ese tipo siempre ayudaban.

—Robinson, a usted se le da bastante bien partir armarios y leña con una sola mano, ¿verdad?

—Sí, señor, eso creo.

—¿Es lo bastante fuerte como para estrangular a una mujer y arrojarla al suelo?

—Nunca he hecho eso, señor.

—Pero ¿es lo bastante fuerte para hacerlo?

—Creo que sí, señor.

—Hacía ya mucho tiempo que le había echado el ojo, ¿no es cierto, muchacho?

—No, señor, nunca la miré así.

—Entonces fue usted muy amable al hacer todos esos trabajos de partir leña y llevar pesos, ¿no es así?

—Solo intentaba ayudarla, señor.

—Era muy generoso por su parte, pues tenía tareas que hacer en su casa después del trabajo, ¿verdad?

—Sí, señor.

—¿Por qué no las hacía, en lugar de hacer las de la señorita Ewell?

—Hacía las dos, señor.

—Debía de estar usted muy ocupado. ¿Por qué?

—¿A qué se refiere con por qué?

—¿Por qué estaba tan dispuesto a hacer las tareas de esa mujer?

Tom Robinson vaciló, buscando una respuesta.

271

—Parecía que no tenía a nadie que la ayudara, como ya he dicho...

—¿Estando el señor Ewell y siete hijos por ahí, muchacho?

—Bueno, he dicho que parecía que nadie la ayudara...

—¿Le partía la leña y hacía todo ese trabajo por pura bondad, muchacho?

—Intentaba ayudarla, ya lo he dicho.

El señor Gilmer lanzó una sonrisa forzada al jurado.

—Parece que es usted un hombre muy bueno... ¿Hacía todo eso sin cobrar ni un solo penique?

—Sí, señor. Sentía lástima por ella, parecía esforzarse más que los demás...

—¿*Usted* sentía lástima por ella, sentía *lástima* por ella? —incidió el señor Gilmer entre incrédulo y escandalizado.

El testigo se dio cuenta de su error y se removió incómodo en la silla. Pero el daño ya estaba hecho. Abajo, a nadie le gustó la respuesta de Tom Robinson. El señor Gilmer hizo una larga pausa para dejar que aquello calara a fondo.

—Entonces, usted pasó por delante de la casa como siempre, el día veintiuno de noviembre —dijo—, ¿y ella le pidió que entrara y partiera un armario chifonier?

—No, señor.

—¿Niega usted haber pasado por delante de la casa?

—No, señor... Ella dijo que tenía un trabajo para mí dentro de la casa...

—Ella dice que le pidió que le partiera un armario chifonier, ¿no es correcto?

—No, señor, no lo es.

—Entonces, ¿usted dice que ella miente, muchacho?

Atticus estaba de pie, pero Tom Robinson no le necesitaba.

—No digo que mienta, señor Gilmer, digo que está confundida.

A las siguientes diez preguntas, a medida que el señor Gilmer repasaba la versión que había dado Mayella, la firme respuesta del testigo fue que ella estaba confundida.

—¿No le hizo salir huyendo de la casa el señor Ewell, muchacho?

—No, señor, no lo creo.

—No lo creo, ¿qué quiere decir?

—Quiero decir que no me quedé el tiempo suficiente para que él me hiciera salir huyendo.

—Es usted muy franco sobre eso, ¿por qué salió huyendo tan deprisa?

—He dicho que estaba asustado, señor.

—Si tenía limpia su conciencia, ¿por qué estaba asustado?

—Como he dicho antes, no es seguro para ningún negro estar en un apuro como ese.

—Pero usted no estaba en ningún apuro…, ha declarado que se resistió a la señorita Ewell. ¿Estaba tan asustado de que ella le hiciera daño que salió corriendo, un hombre tan robusto como usted?

—No, señor, estaba asustado de poder estar en el juzgado, como estoy ahora.

—¿Asustado de que le arrestaran, asustado de tener que hacer frente a lo que hizo?

—No, señor, asustado de tener que hacer frente a lo que no hice.

—¿Está usted siendo insolente conmigo, muchacho?

—No, señor, no pretendo serlo.

Eso fue todo lo que escuché del interrogatorio del señor Gilmer, porque Jem me hizo sacar a Dill. Por algún motivo, Dill había comenzado a llorar y no podía parar; silenciosamente al principio, pero después varias personas en la galería oyeron sus sollozos. Jem dijo que si no salía con Dill, él me obligaría, y el reverendo Sykes dijo que era mejor que lo hiciera, así que salí. Dill parecía haber estado bien todo el día, no le pasaba nada, pero yo supuse que no se había recuperado por completo de su huida.

—¿No te sientes bien? —le pregunté cuando llegamos a las escaleras.

273

Dill intentó dominarse mientras bajábamos corriendo. El señor Link Deas era la única persona que había al pie de las escaleras.

—¿Sucede algo, Scout? —preguntó cuando pasamos por su lado.

—No, señor —respondí por encima del hombro—. Es que Dill está enfermo. —Y añadí dirigiéndome a Dill—: Vamos bajo los árboles. El calor te ha afectado, supongo.

Escogimos el roble más grande y nos sentamos bajo su sombra.

—Es que ya no podía soportar a ese tipo —dijo Dill.

—¿A quién, a Tom?

—A ese viejo señor Gilmer tratándole de esa manera, hablándole tan odiosamente…

—Dill, es su trabajo. Si no tuviéramos fiscales…, bueno, no podríamos tener abogados defensores, supongo.

Dill exhaló pacientemente.

—Todo eso lo sé, Scout. Lo que me ha puesto enfermo ha sido su manera de hablar, me ha hecho sentir náuseas.

—Tiene que actuar de esa manera, Dill, estaba interro…

—No se portó así cuando…

—Dill, esos eran sus propios testigos.

—Bueno, el señor Finch no actuó de esa manera con Mayella y el viejo Ewell cuando los interrogó. El modo en que ese hombre le llamaba «muchacho» todo el tiempo y se burlaba de él y miraba al jurado cada vez que respondía…

—Bueno, Dill, después de todo es solamente un negro.

—No me importa en absoluto. No está bien, no está bien tratarlos de esa manera. Nadie debería hablar de ese modo…, me hace sentir náuseas.

—Es la forma de ser del señor Gilmer, Dill, a todos los trata así. Todavía no le has visto ensañarse con nadie. Y cuando… bueno, creo que hoy el señor Gilmer ni siquiera se ha empleado a fondo. Todos lo hacen así, me refiero a la mayoría de los abogados.

—El señor Finch no lo hace.

—Su ejemplo no vale, Dill, él es… —Intenté recordar una frase ingeniosa de las que decía la señorita Maudie Atkinson. La encontré—: Atticus es igual en la sala del juzgado que en la calle.

—No quiero decir eso —dijo Dill.

—Sé lo que quieres decir, muchacho —dijo una voz a nuestras espaldas. Creímos que provenía del tronco del árbol, pero pertenecía al señor Dolphus Raymond. Nos miró desde detrás del tronco—. No es que seas demasiado sensible, tan solo te da náuseas, ¿verdad?

20

—Da la vuelta y ven, hijo, tengo algo que te asentará el estómago.

Como el señor Dolphus Raymond era un hombre malvado, acepté su invitación a regañadientes, pero seguí a Dill. De alguna manera, sabía que a Atticus no le gustaría que fuéramos amigos del señor Raymond, y sabía que la tía Alexandra no lo aprobaría.

—Toma —dijo él, ofreciéndole a Dill su bolsa de papel con pajitas dentro—. Da un buen sorbo y te calmará.

Dill sorbió con las pajitas, sonrió, y sorbió un buen rato.

—Oye, oye —dijo el señor Raymond, visiblemente complacido de corromper a un niño.

—Dill, ten cuidado —le advertí.

Dill soltó las pajitas y sonrió.

—Scout, solo es Coca-Cola.

El señor Raymond se apoyó contra el tronco del árbol. Había estado tumbado en la hierba.

—No me delataréis, chicos, ¿verdad? Arruinaríais mi reputación.

—¿Quiere decir que lo único que bebe en esa bolsa es Coca-Cola? ¿Solo Coca-Cola?

—Sí, señorita —asintió el señor Raymond. Me gustaba su olor: olía a cuero, caballos y a semillas de algodón. Llevaba las únicas botas de montar inglesas que yo había visto jamás—. Eso es lo que bebo la mayor parte del tiempo.

—Entonces, ¿usted finge que está medio…? Discúlpeme, señor —me di cuenta de lo que había dicho—, no era mi intención ser…

El señor Raymond se rio, sin sentirse en absoluto ofendido, y yo intenté plantear una pregunta discreta:

—¿Por qué hace lo que hace?

—Ah…, sí, ¿quieres decir por qué finjo? Bueno, es muy sencillo —dijo él—. A algunas personas no… no les gusta cómo vivo. Ahora bien, yo podría mandarlas al diablo, no me importa si no les gusta. Digo que no me importa si no les gusta, pero no las mando al diablo, ¿comprendéis?

—No, señor —dijimos Dill y yo.

—Intento darles un motivo. Para la gente todo es más fácil si tienen un motivo al que agarrarse. Cuando vengo a la ciudad, que es pocas veces, si me tambaleo un poco y bebo de esta bolsa, pueden decir que Dolphus Raymond no puede vivir sin el *whisky*… y por eso no cambia su modo de actuar. No puede evitarlo, por eso vive de ese modo.

—Eso no está bien, señor Raymond, fingir ser más malo de lo que ya es…

—No está bien, pero es útil. Entre nosotros, señorita Finch, no soy un gran bebedor, pero ya ve que ellos nunca, nunca podrían entender que vivo como vivo porque es así como quiero vivir.

Yo tenía la sensación de que no debería estar allí escuchando a ese pecador que tenía hijos mestizos y no le importaba quién lo supiera, pero me resultaba fascinante. Nunca me había encontrado con un ser humano que deliberadamente perpetrara un fraude contra sí mismo. Pero ¿por qué nos había confiado aquel gran secreto? Se lo pregunté.

—Porque sois niños y podéis entenderlo —dijo—, y porque le oí a él. —Señaló a Dill con la cabeza—. Su esencia todavía no se ha pervertido. Cuando sea un poco mayor no sentirá náuseas ni llorará. Quizá le parecerá que las cosas no son… correctas, digamos, pero no llorará, no cuando tenga unos cuantos años más.

—¿Llorar por qué, señor Raymond? —La masculinidad de Dill empezaba a despertarse..

—Llorar por el infierno que las personas hacen vivir a otras personas… sin pensarlo siquiera. Llorar por el infierno que los blancos hacen vivir a los de color, sin pensar que también son personas.

—Atticus dice que engañar a un hombre de color es diez veces peor que engañar a un hombre blanco —musité—. Dice que es lo peor que se puede hacer.

—No creo que… —dijo el señor Raymond—. Señorita Jean Louise, aún no sabes que tu padre no es un hombre corriente, te faltan unos años para entenderlo…, todavía no has visto bastante mundo. Ni siquiera has visto esta ciudad, pero lo único que tienes que hacer es regresar al juzgado.

Eso me recordó que nos estábamos perdiendo casi todo el interrogatorio del señor Gilmer. Miré el sol, que iba cayendo rápidamente por detrás de los tejados de los almacenes del lado oeste de la plaza. Me encontraba entre dos fuegos, y no sabía por cuál decidirme: el señor Raymond o el Tribunal del Quinto Distrito Judicial.

—Vamos, Dill —le dije—, ¿te sientes mejor ahora?

—Sí. Me alegro de haberle conocido, señor Raymond, y gracias por la bebida, me ha sentado muy bien.

Regresamos enseguida al juzgado, subimos los escalones frontales, dos tramos de escaleras, y nos abrimos camino a lo largo de la galería. El reverendo Sykes nos había guardado los asientos.

La sala estaba en silencio, y de nuevo me pregunté dónde estarían los bebés. El cigarro del juez Taylor se había reducido a una mancha marrón en el centro de su boca; el señor Gilmer estaba escribiendo en uno de los cuadernos amarillos que había sobre su mesa, intentando superar al secretario de la sala, cuya mano se movía con mucha rapidez.

—Vaya —musité yo—, nos lo hemos perdido.

Atticus estaba en pleno discurso. Del maletín que había junto a su silla, había sacado unos papeles, y Tom Robinson jugueteaba con ellos sobre la mesa.

—… la ausencia de pruebas que lo corroboren, este hombre ha sido acusado de un delito capital y ahora su vida depende de este juicio.

Le di un codazo a Jem.

—¿Cuánto tiempo lleva hablando?

—Ha repasado las pruebas —susurró Jem—, y vamos a ganar, Scout. No puede ser de otra manera. Lleva unos cinco minutos hablando. Ha hecho que todo sea tan claro y fácil de comprender... Bueno, como si yo te lo hubiera explicado a ti. Incluso tú podrías haberlo entendido.

—¿Y el señor Gilmer...?

—Shh. Nada nuevo, solo lo de siempre. Calla.

Miramos hacia abajo. Atticus hablaba con soltura, con la misma neutralidad que utilizaba cuando dictaba una carta. Caminaba lentamente de un lado a otro delante del jurado, y este parecía estar atento: tenían las cabezas levantadas y seguían los paseos de Atticus con lo que parecían expresiones de aprecio. Supongo que se debía a que Atticus no hablaba a gritos.

Atticus se interrumpió e hizo algo que no solía hacer. Se desabrochó la cadena del reloj de bolsillo y lo puso sobre la mesa, diciendo:

—Con el permiso del tribunal...

El juez Taylor asintió con la cabeza, y entonces Atticus hizo algo que yo nunca le había visto hacer antes ni le vi hacer después, ni en público ni en privado: se desabrochó el chaleco, se desabotonó el cuello de la camisa, se aflojó la corbata y se quitó la chaqueta. Nunca se aflojaba ninguna prenda hasta que se desvestía para ir a la cama y, para Jem y para mí, aquello era como si se hubiera quedado totalmente desnudo. Nos intercambiamos miradas de horror.

Atticus se metió las manos en los bolsillos, y cuando regresaba hacia el jurado, pude ver el botón de oro del cuello de su camisa y las puntas de su pluma y su lapicero brillar con la luz.

—Caballeros —dijo. Jem y yo volvimos a mirarnos; Atticus podría haber dicho: «Scout». Ya no hablaba con sequedad e indiferencia, sino que se dirigía al jurado como si fueran amigos en la esquina de correos—. Caballeros —repitió—, seré breve, pero me gustaría utilizar el tiempo que me queda para recordarles que este caso no es difícil, no requiere un examen minucioso de hechos complicados, pero sí que estén seguros, más allá de toda duda razonable, de la culpabilidad del acusado. Para comenzar, este caso nunca debería haber llegado a un tribunal. Este caso es tan sencillo como lo negro y lo blanco.

»La acusación no ha presentado ninguna prueba médica que corrobore que el delito del que se acusa a Tom Robinson haya tenido lugar. En cambio, ha confiado en la declaración de dos testigos cuyo testimonio no solo ha quedado en entredicho durante el interrogatorio, sino que ha sido claramente desmentido por el acusado. El acusado no es culpable, pero alguien en esta sala sí lo es.

»No siento sino lástima por el testigo principal de la acusación, pero esa lástima no es suficiente para permitir que ponga en juego la vida de un hombre, que es lo que ha hecho en un intento por librarse de su propia culpa.

»Digo culpa, caballeros, porque fue la culpa lo que la motivó. Ella no ha cometido ningún delito, tan solo ha quebrantado un rígido código de nuestra sociedad consolidado por el tiempo, un código tan severo que consideramos que cualquiera que lo quebranta no es apto para vivir entre nosotros. Es víctima de una pobreza cruel y de la ignorancia, pero no puedo compadecerla: es blanca. Conocía muy bien la enormidad de su delito, pero como sus deseos eran más fuertes que el código que estaba quebrantando, persistió en quebrantarlo. Persistió, y su reacción posterior fue hacer algo que todos hemos hecho en algún momento de nuestra vida. Hizo lo que todos los niños hacen: intentó apartar de sí misma la prueba de su delito. Pero en este caso no se trata de un niño que oculta alguna fruslería robada; quiso hacer daño a su víctima; sintió la necesidad de apartarlo de ella, debía eliminarlo de su presencia, de este mundo. Debía destruir la prueba de su delito.

»¿Cuál era la prueba de su delito? Tom Robinson, un ser humano. Debía alejar a Tom Robinson de ella. Tom Robinson le recordaba todos los días lo que ella había hecho. ¿Y qué había hecho? Tentar a un negro.

»Ella era blanca, y tentó a un negro. Hizo algo que en nuestra sociedad se considera infame: besó a un hombre negro. No a un anciano, sino a un joven hombre negro. No le importaba ningún código antes de quebrantarlo, pero depués cayó sobre ella con todo su peso.

»Su padre lo vio, y el acusado ha declarado cuáles fueron sus comentarios. ¿Qué hizo su padre? No lo sabemos, pero hay pruebas circunstanciales que indican que Mayella Ewell fue golpeada salvajemente por alguien que utilizó casi exclusivamente la mano izquierda. Sabemos en parte lo que hizo el señor Ewell: hizo lo que cualquier hombre blanco respetable, perseverante y temeroso de Dios habría hecho en esas circunstancias: presentó una denuncia, sin duda firmándola con la mano izquierda, y Tom Robinson está sentado ahora delante de ustedes, habiendo hecho el juramento con la única mano buena que posee: su mano derecha.

»Y por lo tanto, un hombre negro tranquilo, respetable y humilde que tuvo la gran temeridad de "sentir lástima" de una mujer blanca, ha tenido que poner su palabra contra la de dos personas blancas. No tengo que recordarles cómo se han presentado y comportado en el estrado, pues lo han visto por sí mismos. Los testigos de la acusación, con la excepción del *sheriff* del condado de Maycomb, se han presentado ante ustedes, caballeros, en este tribunal, con la cínica confianza de que su declaración no sería puesta en duda, seguros de que ustedes estarían de acuerdo con ellos en la suposición, la malvada suposición, de que *todos* los negros mienten, de que *todos* los negros son seres inmorales por naturaleza, de que no podemos fiarnos de *ningún* negro que ande cerca de nuestras mujeres, una suposición que solo cabe en mentes tan sucias como las suyas.

»Y eso, caballeros, sabemos que es una mentira tan negra como la piel de Tom Robinson, una mentira que no es necesario remarcar. Ustedes saben la verdad, y la verdad es esta: algunos negros mienten, algunos negros son inmorales, algunos negros no merecen confianza cuando están cerca de las mujeres, ya sean negras o blancas. Es una verdad que se aplica al ser humano y no a ninguna raza en particular. No hay ni una sola persona en esta sala que no haya mentido nunca, que nunca haya hecho algo inmoral, y no hay ningún hombre vivo que nunca haya mirado a una mujer con deseo.

Atticus hizo una pausa y sacó su pañuelo. Se quitó las gafas y las limpió, y entonces vimos otra cosa nueva: nunca le habíamos visto sudar; era uno de esos hombres cuya cara nunca transpiraba, pero ahora estaba brillante.

—Una cosa más, caballeros, antes de terminar. Thomas Jefferson dijo en una ocasión que todos los hombres son creados iguales, una frase que a los yanquis y al sector femenino del poder ejecutivo de Washington les gusta lanzarnos. En este año de gracia de 1935, ciertas personas tienden a utilizar esta frase fuera de contexto, para aplicarla a todas las situaciones. El ejemplo más ridículo que se me ocurre es que las personas que dirigen la educación pública apoyan de la misma manera a los estúpidos y a los vagos que a los trabajadores; como todos los hombres son creados iguales, nos dirán solemnemente, los niños que se quedan atrás sufren terribles complejos de inferioridad. Sabemos que todos los hombres no son creados iguales en el sentido que ciertas personas quieren hacernos creer: algunas personas son más inteligentes que otras, algunas personas tienen más oportunidades porque nacieron con ellas, algunos hombres ganan más dinero que otros, algunas mujeres hacen mejores pasteles que otras; algunas personas nacen con talentos que sobrepasan a los que posee la mayoría.

»Pero hay algo en este país ante lo que todos los hombres son creados iguales, una institución humana que hace que un pobre sea igual que un Rockefeller, que el estúpido sea igual que un Einstein y el ignorante igual que cualquier director universitario. Esa institución, caballeros, es un tribunal. Puede ser el Tribunal Supremo de los Estados Unidos o el tribunal más humilde que haya en la tierra, o este honorable tribunal del que hoy forman parte. Nuestros tribunales tienen sus fallos, como los tiene cualquier institución humana, pero en este país nuestros tribunales son los más grandes niveladores, y en nuestros tribunales todos los hombres son creados iguales.

»No soy ningún idealista al creer firmemente en la integridad de nuestros tribunales y en el sistema del jurado; no es un ideal, es una realidad práctica. Caballeros, un tribunal no es mejor que cada uno de ustedes, que se sienta delante de mí en este jurado. La integridad de un tribunal es la de su jurado, y la integridad de un jurado es la de los hombres que lo componen. Confío en que ustedes, caballeros, repasarán con imparcialidad las declaraciones que han oído, tomarán una decisión y devolverán al acusado a su familia. En el nombre de Dios, cumplan con su obligación.

Atticus había bajado la voz, y cuando se dio la vuelta alejándose del jurado dijo algo que no pude escuchar. Lo dijo más para sí mismo que para el tribunal. Yo le di un codazo a Jem.

—¿Qué ha dicho?

—«En el nombre de Dios, créanle», creo que es lo que ha dicho.

De repente, Dill se estiró por encima de mí y tiró de Jem.

—¡Mirad ahí!

Seguimos la dirección de su dedo y se nos encogió el corazón. Calpurnia avanzaba por el pasillo central, directa hacia Atticus.

21

Se detuvo tímidamente ante la balaustrada y esperó hasta captar la atención del juez Taylor. Llevaba un delantal limpio y un sobre en la mano.

El juez Taylor la vio y dijo:

—Eres Calpurnia, ¿verdad?

—Sí, señor —dijo ella—. ¿Podría darle esta nota al señor Finch, por favor, señor? No tiene nada que ver con... con el juicio.

El juez Taylor asintió y Atticus tomó el sobre que Calpurnia le tendía. Lo abrió, leyó su contenido y dijo:

—Juez, yo... esta nota es de mi hermana. Dice que mis hijos han desaparecido, no se les ha visto desde el mediodía... yo... ¿podría usted...?

—Yo sé dónde están, Atticus —intervino el señor Underwood—. Están arriba, en la galería de la gente de color..., llevan allí precisamente desde la una y dieciocho de la tarde.

Nuestro padre se dio la vuelta y levantó la vista.

—Jem, baja de ahí —ordenó. Entonces dijo algo al juez que nosotros no escuchamos. Pasamos por encima del reverendo Sykes y nos dirigimos hacia la escalera.

Atticus y Calpurnia se reunieron con nosotros abajo. Calpurnia parecía molesta, y Atticus parecía agotado.

Jem daba saltos de emoción.

—Hemos ganado, ¿no es cierto?

—No tengo ni idea —dijo Atticus brevemente—. ¿Habéis estado aquí toda la tarde? Marchaos a casa con Calpurnia a cenar... y quedaos allí.

—Ah, Atticus, déjanos regresar —le rogó Jem—. Por favor, déjanos escuchar el veredicto, por favor, señor.

—El jurado podría salir y regresar en un minuto, no lo sabemos… —Pero Atticus estaba cediendo—. Bueno, ya lo habéis escuchado todo, así que bien podéis escuchar el resto. Os diré lo que vais a hacer: podéis regresar cuando hayáis cenado; comed despacio, no os perderéis nada importante, y, si el jurado sigue deliberando, podréis esperar con nosotros. Pero creo que habrá terminado antes de que regreséis.

—¿Crees que le absolverán tan rápido? —preguntó Jem.

Atticus abrió la boca para responder, pero la cerró y nos dejó.

Yo comencé a rezar para que el reverendo Sykes nos guardara los asientos, pero dejé de hacerlo cuando recordé que la gente se levantaba y salía en tropel cuando el jurado estaba deliberando; esa noche llenarían las tiendas, el café O.K. y el hotel; a menos que también se hubieran traído la cena.

Calpurnia nos llevó directos a casa.

—… os despellejaré vivos a los tres, ¡y pensar que unos niños hayan escuchado todo eso! Señorito Jem, ¿no se le ocurre nada mejor que llevar a su hermana pequeña a ese juicio? ¡A la señorita Alexandra le dará un ataque cuando se entere! Los niños no deben oír…

Las farolas estaban encendidas y observamos el perfil indignado de Calpurnia cuando pasábamos junto a ellas.

—Señorito Jem, pensaba que estaba comenzando a tener la cabeza sobre los hombros; ¡qué idea, es su hermana pequeña! ¡Qué idea, señor! Debería sentirse totalmente avergonzado, ¿es que no tiene juicio?

Yo estaba entusiasmada. Habían sucedido muchas cosas y con mucha rapidez, y sentía que necesitaría años para asimilarlas, y además ahora Calpurnia regañaba a su precioso Jem; ¿qué nuevas maravillas traería la tarde?

Jem se iba riendo.

—¿No quieres que te lo contemos, Cal?

—¡Cierre la boca, señorito! En lugar de agachar la cabeza avergonzado, se va riendo… —Calpurnia sacó a la luz una serie de oxidadas amenazas que causaron cierto remordimiento a Jem, y subió los escalones con su clásica frase—: Si el señor Finch no le da una paliza, lo haré yo… ¡Entre en casa, señorito!

Jem entró sonriendo y Calpurnia asintió con la cabeza para indicar que Dill podía quedarse a cenar.

—Ahora mismo vais todos a casa de la señorita Rachel y tú le dices dónde has estado —le dijo—. Se está volviendo loca buscándote… Tendrás suerte si mañana por la mañana no te envía de regreso a Meridian.

La tía Alexandra se reunió con nosotros y casi se desmaya cuando Calpurnia le contó dónde estábamos. Supongo que le dolió cuando le dijimos que Atticus había dicho que podíamos regresar, porque no dijo ni una palabra durante la cena. Se limitaba a remover la comida en su plato, mirándola tristemente mientras Calpurnia nos servía a Jem, a Dill y a mí con saña. Nos sirvió leche, ensalada de patatas y jamón mientras musitaba con diversos grados de intensidad: «Deberíais avergonzaros». Su mandato final fue: «Ahora, comed despacio».

El reverendo Sykes nos había guardado los asientos. Nos sorprendió descubrir que habíamos estado fuera casi una hora, y también nos sorprendió encontrar la sala exactamente igual a como la habíamos dejado, con pequeños cambios: el estrado del jurado estaba vacío, el acusado no estaba; el juez Taylor había salido, pero volvió a aparecer cuando nos estábamos sentando.

—No se ha movido casi nadie —dijo Jem.

—Solo algunos cuando el jurado salió —dijo el reverendo Sykes—. Los hombres de abajo les han traído la cena a las mujeres, y ellas han alimentado a sus bebés.

—¿Cuánto tiempo han estado fuera? —preguntó Jem.

—Unos treinta minutos. El señor Finch y el señor Gilmer hablaron un poco más, y el juez Taylor ha dirigido la palabra al jurado.

—¿Cómo ha estado el juez? —preguntó Jem.

—¿Qué ha dicho? Ah, lo ha hecho muy bien. No me quejo en absoluto, fue bastante ecuánime. Más o menos dijo: «Si creen esto, entonces tendrán que dar un veredicto, pero si creen esto, tendrán que dar otro». Me pareció que se inclinaba un poco a nuestro favor —dijo el reverendo Sykes.

Jem sonrió.

—No debería inclinarse hacia ninguna parte, reverendo, pero no tema, hemos ganado —dijo como si lo supiera—. Es imposible que ningún jurado lo condene después de lo que han oído...

—No esté tan seguro, señorito Jem, nunca he visto que un jurado falle a favor de un hombre de color y contra un hombre blanco...

Pero Jem rebatió al reverendo Sykes, y nos sometió a un largo repaso de las pruebas mientras nos hablaba de la ley con respecto a la violación: no era violación si ella lo permitía, pero tenía que tener dieciocho años (es decir, en Alabama), y Mayella tenía diecinueve. Parece ser que una tenía que dar patadas y gritar, tenía que ser derribada y golpeada, y mejor aún si perdía el sentido a causa de un golpe. Si una tenía menos de dieciocho, no había que pasar por todo eso.

—Señorito Jem —objetó el reverendo Sykes—, no es de buena educación que las señoritas jóvenes escuchen...

—Ah, ella no sabe de lo que estamos hablando —dijo Jem—. Scout, esto es muy de mayores para ti, ¿verdad?

—La verdad es que no lo es, entiendo cada palabra que dices. —Quizá fui muy convincente, porque Jem se calló y no volvió a hablar del tema.

—¿Qué hora es, reverendo? —preguntó.

—Casi las ocho.

Yo miré hacia abajo y vi a Atticus paseándose con las manos en los bolsillos; fue hacia las ventanas, después caminó a lo largo de la balaustrada hasta el estrado del jurado. Lo miró, inspeccionó al juez Taylor en su trono y regresó donde había comenzado. Yo capté su mirada y le saludé con la mano. Él me devolvió el saludo con un movimiento de cabeza y siguió caminando.

El señor Gilmer estaba de pie junto a las ventanas hablando con el señor Underwood. Bert, el secretario de la sala, fumaba un cigarrillo detrás de otro, sentado en la silla con los pies sobre la mesa.

Los oficiales del tribunal, los presentes, es decir, Atticus, el señor Gilmer, el juez Taylor, profundamente dormido, y Bert, eran los únicos cuya conducta parecía normal. Yo nunca había visto una sala tan abarrotada y con tanto silencio. A veces, un bebé lloraba con fuerza y un niño correteaba, pero los adultos se comportaban como si estuvieran en la iglesia. En la galería, los negros permanecían sentados o de pie a nuestro alrededor con una paciencia bíblica.

Escuchamos los chasquidos preliminares del viejo reloj del juzgado y enseguida este dio la hora, ocho ensordecedoras campanadas que sacudieron nuestros huesos. Cuando dio once campanadas, yo ya no las sentía: cansada de resistirme al sueño, me permití echarme una cabezadita apoyada en la comodidad del brazo y el hombro del reverendo Sykes. Me desperté sobresaltada e hice un gran esfuerzo para permanecer despierta, mirando hacia abajo y concentrándome en las cabezas que veía: había dieciséis calvas, catorce hombres que podían pasar por pelirrojos, cuarenta cabezas que variaban entre el color marrón y el negro, y… recordé algo que Jem me había explicado una vez, cuando atravesaba un breve periodo de investigación psíquica: me dijo que si un número de personas suficiente, un estadio lleno, quizá, se concentraba en una cosa, como por ejemplo hacer arder un árbol en el bosque, el árbol se encendería espontáneamente. Yo barajé la posibilidad de pedirles a todos los que estaban abajo que se concentraran en que dejaran libre a Tom Robinson, pero pensé que, si estaban tan cansados como yo, no funcionaría.

Dill estaba profundamente dormido, con su cabeza sobre el hombro de Jem, y este estaba quieto.

—¿No ha pasado mucho tiempo? —le pregunté.

—Sí, Scout —dijo alegremente.

—Bueno, por cómo hablabas antes, solo iban a tardar cinco minutos.

Jem enarcó las cejas.

—Hay cosas que tú no entiendes —dijo, y yo estaba demasiado cansada para discutir.

Pero debí de estar razonablemente despierta, o no habría tenido la sensación que me invadió. Era como la que tuve el último invierno, y sentí un escalofrío aunque la noche era cálida. La sensación fue aumentando hasta que la atmósfera en la sala llegó a ser la misma que una fría mañana de febrero, cuando los ruiseñores estaban en silencio, los carpinteros habían dejado de dar martillazos en la nueva casa de la señorita Maudie y todas las puertas de madera del barrio estaban tan cerradas como las puertas de la Mansión Radley. La calle se encontraba desierta, vacía y en espera, y la sala del tribunal, atestada de personas. Una noche cálida de verano no era diferente a una mañana de invierno. El señor Heck Tate, que había entrado en la sala y estaba hablando con Atticus, podría haber llevado sus botas altas y su chaqueta de cuero. Atticus había detenido su tranquilo paseo y había colocado un pie en el travesaño más bajo de una silla; mientras escuchaba lo que le estaba diciendo el señor Tate, se pasaba la mano lentamente arriba y abajo por el muslo. Yo esperaba que el señor Tate dijera en cualquier momento: «Cójalo, señor Finch...».

Pero el señor Tate dijo:

—Se constituye de nuevo este tribunal. —Su voz denotaba autoridad, y las cabezas de la parte de abajo se levantaron de una sacudida.

El señor Tate salió de la sala y regresó con Tom Robinson. Dirigió a Tom hasta su lugar al lado de Atticus, y se quedó allí. El juez Taylor ahora estaba despierto y alerta, y se sentaba derecho, mirando al estrado vacío del jurado.

Lo que sucedió después fue parecido a un sueño: como en un sueño, vi regresar al jurado, moviéndose como nadadores debajo del agua, y la voz del juez Taylor procedía desde muy lejos, y era muy baja. Vi algo que solamente el hijo de un abogado podría esperarse que viera, podría esperarse que observara, y fue como ver a Atticus salir a la calle, ponerse un rifle al hombro y apretar el gatillo, pero sabiendo todo el tiempo que el arma no estaba cargada.

Un jurado nunca mira a un acusado al que ha condenado, y cuando entró el jurado, ninguno de sus miembros miró a Tom Robinson. El presidente entregó un trozo de papel al señor Tate, quien lo entregó al secretario, el cual lo pasó al juez...

Cerré los ojos. El juez Taylor estaba leyendo los votos del jurado: «Culpable... culpable... culpable... culpable...». Eché una mirada a Jem; tenía las manos blancas por agarrar con tanta fuerza el barandal de la galería, y sus hombros se sacudían como si cada «culpable» fuera una puñalada que le daban.

El juez Taylor estaba diciendo algo. Tenía el mazo en la mano, pero no lo utilizaba. Como envuelto en brumas, vi a Atticus recoger papeles de la mesa y meterlos en su maletín. Lo cerró de un golpe, se dirigió al secretario de la sala y dijo algo, se despidió del señor Gilmer, y entonces se acercó a Tom Robinson y le susurró algo. Le puso la mano en el hombro mientras susurraba. Recogió la chaqueta del respaldo de la silla y se la echó al hombro. Entonces salió de la sala, pero no por su salida habitual. Quizá quería regresar a casa por el camino más corto, porque caminaba rápidamente por el pasillo hacia la salida del sur. Yo seguí el movimiento de su cabeza mientras se acercaba a la puerta. No levantó la mirada.

Alguien me dio un ligero golpe, pero yo me resistía a apartar los ojos de las personas que había abajo, y de la imagen del solitario paseo de Atticus por el pasillo.

—¿Señorita Jean Louise?

Miré alrededor. Todos estaban de pie. Alrededor de nosotros y en la galería en la pared contraria, los negros también se habían levantado. La voz del reverendo Sykes me pareció tan distante como la del juez Taylor cuando dijo:

—Señorita Jean Louise, póngase de pie. Su padre está pasando.

22

Ahora le tocaba llorar a Jem. Lágrimas de rabia le surcaban la cara mientras nos abríamos camino entre la alegre multitud.

—No es justo —iba musitando durante todo el camino hasta la esquina de la plaza, donde encontramos a Atticus esperando. Atticus estaba bajo la farola como si nada hubiera sucedido: tenía el chaleco abotonado, el cuello de la camisa y la corbata estaban en su lugar, la cadena de su reloj de bolsillo resplandecía, y volvía a ser la persona impasible de siempre.

—No es justo, Atticus —dijo Jem.

—No, hijo, no es justo.

Fuimos caminando a casa.

La tía Alexandra nos esperaba despierta. Llevaba puesta su bata y yo podría haber jurado que debajo llevaba el corsé.

—Lo siento, hermano —murmuró.

Al no haberla oído antes llamar a Atticus «hermano», dirigí una mirada furtiva a Jem, pero él no estaba escuchando. Levantó la mirada a Atticus, después miró al suelo, y yo me pregunté si pensaba que Atticus en cierto modo era responsable de la condena de Tom Robinson.

—¿Se encuentra bien? —preguntó la tía, señalando a Jem.

—Lo estará —dijo Atticus—. Ha sido un poco fuerte para él. —Nuestro padre suspiró—. Me voy a la cama —dijo—. Si no me levanto por la mañana, no me llaméis.

—Desde el principio no creí que fuera prudente permitirles…

—Este es su país, hermana —dijo Atticus—. Lo hemos hecho de este modo por ellos, y mejor que aprendan a aceptar las cosas como son.

—Pero no tienen por qué ir a la sala del tribunal y escuchar eso...

—Eso es tan parte del condado de Maycomb como los tés misionales.

—Atticus... —La tía Alexandra lo miró con ansiedad—. Tú eres la última persona que pensaba que se amargaría por esto.

—No estoy amargado, solamente cansado. Me voy a la cama.

—Atticus —dijo Jem con tono desolado.

Atticus se giró cuando estaba en el umbral de la puerta.

—¿Qué, hijo?

—¿Cómo han podido hacerlo, cómo han podido?

—No lo sé, pero lo han hecho. Lo hicieron antes, lo han hecho esta noche y volverán a hacerlo; y cuando lo hacen... parece que solamente lloran los niños. Buenas noches.

Pero las cosas siempre se ven mejor por la mañana. Atticus se levantó a su intempestiva hora habitual y estaba en el salón detrás de *The Mobile Register* cuando nosotros entramos. La cara de Jem planteaba la pregunta que sus somnolientos labios no terminaban de expresar.

—Aún no es momento de preocuparse —le aseguró Atticus, mientras íbamos al comedor—. No hemos terminado todavía. Habrá una apelación, puedes estar seguro. Vaya, Cal, ¿qué es todo esto? —dijo mirando fijamente su plato del desayuno.

—El padre de Tom Robinson le ha enviado un pollo esta mañana. Lo he cocinado —dijo Calpurnia.

—Dígale que estoy orgulloso de recibirlo... Apuesto a que no comen pollo para desayunar en la Casa Blanca. ¿Qué es esto?

—Panecillos —dijo Calpurnia—. Estelle, del hotel, los ha enviado.

Atticus la miró, perplejo, y ella dijo:

—Será mejor que venga usted y vea lo que hay en la cocina, señor Finch.

Le seguimos. En la mesa de la cocina había tanta comida que se podría enterrar en ella a la familia: pedazos de tocino salado, tomates, alubias, incluso racimos de uvas. Atticus sonrió al ver un frasco de manos de cerdo en vinagre.

—¿Creéis que la tía me dejará comerme esto en el comedor?

—Todo esto estaba en los escalones traseros cuando llegué esta mañana —dijo Calpurnia—. Ellos... ellos agradecen lo que usted ha hecho, señor Finch. Ellos... ellos no se están sobrepasando, ¿verdad?

Los ojos de Atticus se llenaron de lágrimas, y no dijo nada durante un momento.

—Diles que estoy muy agradecido —dijo—. Diles... diles que no deben volver a hacerlo. Corren tiempos difíciles...

Salió de la cocina, entró en el comedor, se excusó con la tía Alexandra, se puso el sombrero y se fue a la ciudad.

Escuchamos los pasos de Dill en el vestíbulo, de modo que Calpurnia dejó el desayuno intacto de Atticus en la mesa. Entre sus típicos mordiscos de conejo, Dill nos contó cuál había sido la reacción de la señorita Rachel la noche anterior, y había dicho: «Si un hombre como Atticus Finch quiere golpearse la cabeza contra una pared de piedra, es su cabeza».

—Yo se lo habría explicado —gruñó Dill mientras mordisqueaba un muslo de pollo—, pero no parecía que esta mañana quisiera muchas explicaciones. Dijo que había estado levantada la mitad de la noche preguntándose dónde estaba yo, y que habría enviado al *sheriff* a buscarme, pero que él estaba en el juicio.

—Dill, tienes que dejar de irte sin decírselo —dijo Jem—. Eso la saca de quicio.

Dill suspiró con paciencia.

—Le dije hasta la saciedad adónde iba..., pero es que ella ve demasiadas serpientes en el armario. Esa mujer se bebe una pinta para desayunar cada mañana; sé que bebe dos vasos llenos. La he visto.

—No hables así, Dill —dijo la tía Alexandra—. No es adecuado para un niño. Es... cínico.

—No es cínico, señorita Alexandra. Decir la verdad no es cínico, ¿no?

—El modo en que la dices lo es.

Jem la miró con enfado, pero le dijo a Dill:

—Vámonos. Puedes llevarte ese muslo de pollo.

Cuando fuimos al porche delantero, la señorita Stephanie Crawford estaba contándoselo a la señorita Maudie Atkinson y al señor Avery. Nos miraron y siguieron hablando. Jem gruñó de manera salvaje. Yo deseé tener un arma.

—Odio que las personas adultas me miren —dijo Dill—. Me hacen sentir como si hubiera hecho algo.

La señorita Maudie gritó a Jem Finch que se acercara.

Jem se quejó y se levantó del balancín.

—Iremos contigo —dijo Dill.

La nariz de la señorita Stephanie se movía de curiosidad. Quería saber quién nos había dado permiso para ir al juicio; ella no nos vio, pero todos en la ciudad comentaban esa mañana que estábamos en la galería para la gente de color. ¿Nos puso allí Atticus como una especie de...? ¿No nos sentíamos como encerrados allí con todos aquellos...? ¿Entendía Scout todo el...? ¿No nos enfureció ver perder a nuestro padre?

—Calla, Stephanie —dijo la señorita Maudie con severidad—. No me puedo pasar toda la mañana en el porche... Jem Finch, te he llamado para ver si podéis venir a comer pastel. Me he levantado a las cinco para hacerlo, así que es mejor que digáis que sí. Discúlpanos, Stephanie. Buenos días, señor Avery.

Había un pastel grande y dos pequeños en la mesa de la cocina de la señorita Maudie. Debería haber habido tres pequeños. No era propio que la señorita Maudie se olvidara de Dill, y sin duda eso era lo que nuestras expresiones decían, pero lo entendimos cuando cortó una rebanada del pastel grande y se la dio a Jem.

Mientras comíamos, comprendimos que esa era la forma que tenía la señorita Maudie de decir que, en lo que a ella se refería, nada había cambiado. Estaba sentada tranquilamente en una silla de la cocina, observándonos. De repente habló:

—No te inquietes, Jem. Las cosas nunca son tan malas como parecen.

Dentro de casa, cuando la señorita Maudie quería hablar largo y tendido sobre algo, extendía los dedos sobre las rodillas y se ajustaba la dentadura postiza. Eso hizo, y nosotros esperamos.

—Solo quiero deciros que en este mundo hay algunos hombres que han nacido para hacer las tareas desagradables y ahorrárnoslas a los demás. Vuestro padre es uno de ellos.

—Ah —dijo Jem—. Bien.

—No me digas «ah, bien», señorito —replicó la señorita Maudie, que reconocía los tonos fatalistas de Jem—. No eres lo bastante mayor para apreciar lo que he dicho.

Jem miraba fijamente su trozo de pastel a medio comer.

—Es como ser una oruga en un capullo, eso es —dijo él—. Como algo dormido que está envuelto en un lugar cálido. Siempre pensé que la gente de Maycomb eran las mejores personas del mundo, al menos eso parecía.

—Somos las personas más fiables del mundo —dijo la señorita Maudie—. Raras veces respondemos a la llamada de ser cristianos, pero, cuando lo hacemos, tenemos hombres como Atticus que dan la cara por nosotros.

Jem sonrió tristemente.

—Me gustaría que el resto del condado pensara eso.

—Te sorprendería saber cuántos pensamos así.

—¿Quiénes? —La voz de Jem se elevó—. ¿Quién en esta ciudad ha hecho una sola cosa para ayudar a Tom Robinson, quién?

—Sus amigos de color, por una parte, y personas como nosotros. Personas como el juez Taylor; personas como el señor

Heck Tate. Deja de comer y ponte a pensar, Jem. ¿No se te ha ocurrido pensar que no fue casualidad que el juez Taylor designara a Atticus para defender a ese muchacho? ¿Que el juez Taylor tendría sus razones para haberlo hecho?

Aquello era una revelación. Las defensas que el juzgado asignaba normalmente se las daban a Maxwell Green, la última incorporación a Maycomb, que necesitaba experiencia. Maxwell Green debería haber llevado el caso de Tom Robinson.

—Piénsalo —dijo la señorita Maudie—. No fue ninguna casualidad. Anoche estaba sentada en el porche, esperando. Esperé y esperé hasta veros a todos venir por la acera, y mientras esperaba pensé: «Atticus Finch no ganará, no puede ganar, pero es el único hombre de por aquí que puede mantener a un jurado deliberando tanto tiempo en un caso como este». Y pensé: «Bueno, estamos dando un paso hacia adelante... es un paso muy pequeño, pero es un paso».

—Está bien hablar así..., pero ningún juez ni abogado cristiano puede compensar lo que hacen los jurados paganos —musitó Jem—. Cuando yo sea mayor...

—Eso tendrás que decírselo a tu padre —dijo la señorita Maudie.

Bajamos los escalones nuevos de la señorita Maudie y salimos al sol, y vimos que el señor Avery y la señorita Stephanie Crawford seguían allí. Se habían movido un poco y ahora estaban delante de la casa de la señorita Stephanie. La señorita Rachel iba caminando hacia ellos.

—Creo que cuando sea mayor seré payaso —dijo Dill.

Jem y yo nos paramos en seco.

—Sí, señor, payaso —repitió—. No hay nada en este mundo que yo pueda hacer respecto a la gente salvo reírme, de modo que voy a unirme al circo y a reírme hasta más no poder.

—Lo entiendes al revés, Dill —dijo Jem—. Los payasos son tristes, es la gente la que se ríe de ellos.

—Bueno, yo seré un nuevo tipo de payaso. Me quedaré en medio de la pista y me reiré de la gente. Mirad eso. —Señaló—.

Cada una debería estar montada en una escoba. La tía Rachel ya lo hace.

La señorita Stephanie y la señorita Rachel nos hacían señas agitando el brazo con fuerza, de una manera que no desmentía la observación de Dill.

—Ah, vaya —susurró Jem—. Creo que seríamos groseros si fingimos no verlas.

Algo no iba bien. El señor Avery tenía la cara enrojecida por los estornudos y casi nos hizo volar de la acera con un resoplido cuando nos acercamos. La señorita Stephanie temblaba de emoción y la señorita Rachel agarró por el hombro a Dill.

—Vete al patio trasero y quédate ahí —dijo ella—. Se acerca el peligro.

—¿Qué pasa? —pregunté.

—¿No lo habéis oído todavía? Se comenta por toda la ciudad…

En ese momento, la tía Alexandra salió a la puerta y nos llamó, pero era demasiado tarde. A la señorita Stephanie le causó mucho placer explicarlo: esa mañana, el señor Bob Ewell había parado a Atticus en la esquina de la oficina de correos, le había escupido en la cara y le había dicho que saldaría cuentas con él aunque eso le llevara el resto de su vida.

23

—Me gustaría que Bob Ewell no mascara tabaco —fue lo único que Atticus dijo al respecto. Según la señorita Stephanie Crawford, sin embargo, Atticus estaba saliendo de la oficina de correos cuando el señor Ewell se acercó a él, le maldijo, le escupió y amenazó con matarlo. La señorita Stephanie (quien, después de haberlo contado dos veces, resultó que estaba allí y lo había visto todo, pues iba pasando por delante de Jitney Jungle) dijo que Atticus ni siquiera parpadeó, tan solo sacó su pañuelo, se limpió la cara y se quedó allí, permitiendo que el señor Ewell le dijera insultos que ni los caballos salvajes podrían hacerle repetir. El señor Ewell era un veterano de alguna oscura guerra; eso, además de la reacción pacífica de Atticus, probablemente le impulsó a preguntar: «¿Eres demasiado orgulloso para pelear, bastardo 'amanegros'?». La señorita Stephanie dijo que Atticus respondió: «No, demasiado viejo». Y que se metió las manos en los bolsillos y siguió caminando. La señorita Stephanie dijo que había que reconocerle a Atticus Finch que podía resultar bastante seco algunas veces.

A Jem y a mí no nos resultaba entretenido.

—Sin embargo —dije yo—, hace tiempo fue el tirador más mortífero del condado. Podría…

—Ya sabes que él nunca llevaría un arma, Scout. Ni siquiera tiene una —dijo Jem—. Ni siquiera tenía una en la cárcel aquella noche. Me dijo que llevar un arma es una invitación a que alguien te dispare.

—Esto es diferente —dije yo—. Podemos pedirle que pida prestada una.

Lo hicimos, y él respondió:

—Tonterías.

Dill opinaba que a lo mejor podíamos apelar a la buena disposición de Atticus; después de todo, nos moriríamos de hambre si el señor Ewell lo mataba, además de ser criados exclusivamente por la tía Alexandra, y todos sabíamos que lo primero que haría ella antes siquiera de que Atticus estuviera bajo tierra sería despedir a Calpurnia. Jem dijo que podría dar resultado si yo lloraba y hacía una pataleta, ya que era una niña y tenía pocos años. Eso tampoco funcionó.

Pero cuando observó que íbamos arrastrándonos por el barrio, sin comer y mostrando poco interés en nuestras actividades habituales, se dio cuenta de lo asustados que estábamos. Una noche, tentó a Jem con una nueva revista de fútbol americano; cuando vio que se limitaba a hojearla y la dejaba a un lado, dijo:

—¿Qué te preocupa, hijo?

Jem fue al grano.

—El señor Ewell.

—¿Qué ha pasado?

—No ha pasado nada. Estamos asustados por ti y creemos que deberías hacer algo respecto a él.

Atticus sonrió irónicamente.

—¿Hacer qué? ¿Hacer que firme un compromiso de buena conducta?

—Cuando un hombre dice que va a matar a otro, parece que lo dice de veras.

—Lo dijo con esa intención cuando lo dijo —respondió Atticus—. Jem, intenta ponerte en el lugar de Bob Ewell un momento. Yo destruí su último atisbo de credibilidad en ese juicio, si es que alguna vez hubo alguno. Ese hombre tenía que resarcirse, ese tipo de personas siempre lo hace de alguna manera. Por lo tanto, si escupirme a la cara y amenazarme le ha ahorrado una paliza a Mayella Ewell, lo aceptaré de buen grado. Tenía que emprenderla con alguien, y prefiero que haya sido conmigo que con esos niños que tiene en su casa. ¿Lo entiendes?

Jem asintió con la cabeza.

La tía Alexandra entró en la habitación cuando Atticus estaba diciendo:

—No tenemos nada que temer de Bob Ewell, ya se desahogó esta mañana.

—Yo no estaría tan segura, Atticus —dijo ella—. Ese tipo de personas haría cualquier cosa por rencor. Ya sabes cómo son.

—¿Y qué demonios podría hacerme Ewell, hermana?

—Algo a escondidas —dijo la tía Alexandra—. Puedes estar seguro.

—Nadie tiene muchas oportunidades de hacer nada a escondidas en Maycomb —respondió Atticus.

Después de eso, no tuvimos miedo. El verano iba llegando a su fin y lo aprovechamos al máximo. Atticus nos aseguró que no le sucedería nada a Tom Robinson hasta que un tribunal superior revisara su caso, y que Tom tenía bastantes probabilidades de ser absuelto, o al menos de tener un nuevo juicio. Estaba en la Granja Prisión de Enfield, a más de cien kilómetros de distancia, en el condado de Chester. Le pregunté a Atticus si la esposa y los hijos de Tom podían visitarle y dijo que no.

—Si pierde la apelación —pregunté una tarde—, ¿qué le sucederá?

—Irá a la silla eléctrica —dijo Atticus—, a menos que el gobernador conmute su sentencia. No es momento de preocuparse todavía, Scout. Tenemos posibilidades.

Jem estaba tumbado en el sillón leyendo *Popular Mechanics*. Levantó la vista.

—No es justo. Él no ha matado a nadie, incluso aunque fuera culpable. No le ha quitado la vida a nadie.

—Ya sabes que la violación es un delito capital en Alabama —dijo Atticus.

—Sí, señor, pero el jurado no tenía que condenarlo a muerte… Si hubieran querido, podrían haberle dado veinte años.

—Impuesto —corrigió Atticus—. Tom Robinson es un hombre de color, Jem. Ningún jurado en esta parte del mundo va a decir: «Creemos que es usted culpable, pero no mucho», con una acusación como esa. O lo absolvían totalmente o nada.

Jem meneaba la cabeza negativamente.

—Sé que no es justo, pero no termino de comprender qué es lo que está mal... Quizá la violación no debería ser un delito capital...

Atticus dejó caer el periódico al lado de su silla. Dijo que no discrepaba de las leyes sobre la violación, de ninguna en absoluto, pero sí tenía profundos recelos cuando el fiscal solicitaba la pena de muerte y el jurado la imponía basándose en pruebas puramente circunstanciales. Me miró, vio que le estaba escuchando y lo explicó con palabras más sencillas.

—Quiero decir que antes de que un hombre sea sentenciado a muerte por asesinato, digamos, debería haber uno o dos testigos presenciales. Alguien debería poder decir: «Sí, yo estaba allí y le vi apretar el gatillo».

—Pero han colgado... ahorcado a muchas personas, basándose en pruebas circunstanciales —dijo Jem.

—Lo sé, y muchas de ellas probablemente se lo merecían... Pero ante la falta de testigos presenciales, siempre cabe una duda, a veces solamente una sombra de duda. La ley dice «duda razonable», pero creo que un acusado tiene derecho a la sombra de duda. Siempre existe la posibilidad, a pesar de lo improbable que parezca, de que el acusado sea inocente.

—Entonces, el problema está en el jurado. Deberíamos deshacernos de los jurados. —Jem era inflexible.

Atticus hizo lo posible por no sonreír, pero no pudo evitarlo.

—Eres muy duro, hijo. Tal vez haya una solución mejor: cambiar la ley. Cambiarla de modo que solamente los jueces tengan la capacidad de imponer el castigo en los delitos capitales.

—Entonces, ve a Montgomery y cambia la ley.

—Te sorprendería saber lo difícil que sería eso. Yo no viviré para ver cambios en la ley, y si tú vives para verlo, serás ya un anciano.

A Jem no le pareció suficiente.

—No, señor, deberían suprimir los jurados. Él no era culpable y ellos dijeron que lo era.

—Si tú hubieras formado parte de ese jurado, hijo, y otros once muchachos como tú, Tom sería un hombre libre —dijo Atticus—. Hasta ahora, no ha habido nada en tu vida que haya interferido en tu proceso de razonamiento. El jurado estaba compuesto por doce hombres razonables en su vida cotidiana, pero, como viste, algo se interpuso entre ellos y la razón. Y también lo viste aquella noche delante de la cárcel. Cuando ese grupo de hombres se fue, no lo hicieron como hombres razonables, se fueron porque nosotros estábamos allí. Hay algo en nuestro mundo que hace que los hombres pierdan la cabeza…, y no podrían ser justos aunque lo intentaran. En nuestros tribunales, cuando solo está la palabra de un hombre blanco contra la de un hombre negro, el hombre blanco siempre gana. Son feos, pero así son los hechos de la vida.

—Eso no hace que sean justos —dijo Jem impasible, golpeándose suavemente la rodilla con el puño—. No se puede condenar a un hombre basándose en pruebas como esas…, no se puede.

—No se puede, pero ellos pudieron y lo hicieron. Según te vayas haciendo mayor, lo verás más veces. El único lugar donde un hombre debería recibir un trato justo es en un tribunal, tenga el color que tenga, pero la gente tiende a trasladar sus resentimientos hasta el estrado del jurado. A medida que vayas creciendo, verás a hombres blancos engañar a hombres negros cada día de tu vida, pero deja que te diga algo, y no lo olvides: siempre que un hombre blanco le hace eso a un hombre negro, sin importar quién sea, cuánto dinero tenga o lo distinguida que sea la familia de la que proceda, ese blanco es una basura.

Atticus estaba hablando con tanta tranquilidad que su última palabra estalló en nuestros oídos. Yo levanté la mirada y vi que tenía una expresión vehemente.

—No hay nada que me parezca más repugnante que un hombre blanco de baja calaña que se aproveche de la ignorancia de un negro. No os engañéis, pues todo se va sumando y uno de estos días tendremos que pagar la factura. Espero que no sea mientras viváis.

Jem se rascaba la cabeza. De repente, sus ojos se abrieron como platos.

—Atticus —dijo—, ¿por qué personas como nosotros y la señorita Maudie nunca forman parte de los jurados? Nunca se ve a nadie de Maycomb en un jurado; todos vienen de los bosques.

Atticus se recostó en su mecedora. Por alguna razón, parecía satisfecho de lo que había dicho Jem.

—Me preguntaba cuándo se te ocurriría eso —dijo—. Hay muchas razones. Por una parte, la señorita Maudie no puede formar parte de un jurado porque es una mujer...

—¿Quieres decir que las mujeres en Alabama no pueden...? —Yo estaba indignada.

—Así es. Supongo que es para proteger a nuestras frágiles damas de casos sórdidos como el de Tom. Además —sonrió Atticus—, dudo que alguna vez se llegara a juzgar por completo un caso... Las damas estarían interrumpiendo para hacer preguntas.

Jem y yo nos reímos. La señorita Maudie en un jurado sería impresionante. Pensé en la anciana señora Dubose en su silla de ruedas: «Deje de dar golpes, John Taylor, quiero preguntarle algo a este hombre». Quizá nuestros antepasados fueron sabios.

Atticus estaba diciendo:

—Con personas como nosotros... esta es la parte que nos corresponde pagar. En general tenemos los jurados que nos merecemos. A los ciudadanos de Maycomb no les interesa, en primer lugar. En segundo lugar, tienen miedo. Además, son...

—¿Miedo? ¿Por qué? —preguntó Jem.

—Bueno, ¿y si...? Digamos que el señor Link Deas tuviera que decidir el importe de los daños que otorgarle, por ejemplo, a la señorita Maudie cuando la señorita Rachel la atropelló con un coche. Link no querría que ninguna de las dos dejara de comprar en su tienda, ¿verdad? Así que le dice al juez Taylor que no puede formar parte del jurado porque no tiene a nadie que se ocupe de la tienda mientras él no está. Por lo tanto, el juez Taylor le excusa. A veces le excusa con rabia.

—¿Y por qué iba a pensar que cualquiera de ellas dejaría de comprar en su tienda? —pregunté yo.

—La señorita Rachel lo haría —dijo Jem—, la señorita Maudie no. Pero el voto de un jurado es secreto, Atticus.

Nuestro padre se rio entre dientes.

—Todavía tienes mucho que aprender, hijo. El voto del jurado se supone que ha de ser secreto. Formar parte del jurado obliga a un hombre a tomar una decisión y a pronunciarse sobre algo. A los hombres no les gusta hacer eso. A veces es desagradable.

—El jurado de Tom se pronunció con mucha rapidez —musitó Jem.

Atticus metió los dedos en el bolsillo del reloj.

—No, no fue así —dijo más para sí que para nosotros—. Eso fue lo que me hizo pensar, bueno…, que quizá esto pueda ser la sombra de un comienzo. El jurado tardó varias horas. Un veredicto inevitable, quizá, pero por lo general solo tardan unos minutos. Esta vez… —Se interrumpió y nos miró—. Quizá os gustaría saber que hubo una persona a la que les costó mucho convencer…, al principio estaba a favor de una absolución clara.

—¿Quién? —Jem estaba sorprendido.

Atticus parpadeó.

—No me corresponde a mí contarlo. Pero sí os diré que era uno de vuestros viejos amigos de Old Sarum…

—¿Un Cunningham? —gritó Jem—. Uno de… Yo no reconocí a ninguno… Estás bromeando. —Miró a Atticus con el rabillo del ojo.

—Un pariente suyo. Por una corazonada no lo recusé. Solo por una corazonada. Podría haberlo hecho, pero no lo hice.

—¡Cielos! —dijo Jem con reverencia—. Primero tratan de matarlo y al minuto intentan dejarlo libre... Nunca entenderé a esa gente.

Atticus dijo que tan solo había que conocerlos. Dijo que los Cunningham no le habían quitado nada a nadie ni habían aceptado nada de nadie desde que inmigraron al Nuevo Mundo. Y que otra cosa respecto a ellos era que, cuando uno se ganaba su respeto, te defendían con uñas y dientes. Dijo que tenía la sensación, nada más que una sospecha, de que se marcharon de la cárcel aquella noche sintiendo un considerable respeto por los Finch. Por otra parte, se necesitaba que un rayo le cayera en la cabeza, además de otro Cunningham, para que uno de ellos cambiara de opinión.

—Si hubiéramos tenido a dos de ese clan, habríamos conseguido un jurado sin acuerdo.

Jem habló lentamente.

—¿Quieres decir que pusiste en el jurado a un hombre que quiso matarte la noche antes? ¿Cómo pudiste correr un riesgo tan grande, Atticus, cómo pudiste?

—Cuando se analiza, había poco riesgo. No hay ninguna diferencia entre un hombre que va a condenar y otro hombre que va a hacer lo mismo, ¿no es cierto? Pero hay una ligera diferencia entre un hombre que va a condenar y otro que tiene una ligera duda, ¿verdad? Era la única incógnita de toda la lista.

—¿Qué parentesco tenía ese hombre con el señor Walter Cunningham? —pregunté.

Atticus se levantó, se estiró y bostezó. Ni siquiera era la hora de irnos a la cama, pero sabíamos que él quería disfrutar de unos momentos para leer su periódico. Lo cogió, lo dobló y me dio con él un golpecito en la cabeza.

—Veamos... —dijo con un ronroneo, como si hablara para sí mismo—. Lo tengo. Primo hermano doble.

—¿Cómo puede ser eso?

—Dos hermanas se casaron con dos hermanos. Y ya no os voy a decir nada más. El resto tenéis que descubrirlo vosotros.

Yo me puse a pensar y llegué a la conclusión de que si me casara con Jem, y Dill tuviera una hermana con la que él se casara, nuestros hijos serían primos hermanos dobles.

—Vaya, Jem —dije yo cuando Atticus se hubo ido—, son personas curiosas. ¿Has oído eso, tía?

La tía Alexandra estaba remendando una alfombra y no nos miraba, pero estaba escuchando. Estaba sentada en su sillón con su cesta de costura al lado y la alfombra extendida en su regazo. El motivo de que las damas remendaran alfombras de lana en noches agitadas nunca llegué a entenderlo.

—Lo he oído —dijo ella.

Recordé aquella desastrosa ocasión en la que me apresuré a defender a Walter Cunningham. Ahora me alegraba de haberlo hecho.

—En cuanto empiece la escuela, voy a invitar a comer en casa a Walter —dije, habiendo olvidado mi decisión de darle una paliza la siguiente vez que lo viera—. También podrá quedarse algunas veces después de la escuela. Atticus podría llevarle a su casa a Old Sarum. Quizá podría pasar la noche con nosotros en alguna ocasión, ¿de acuerdo, Jem?

—Ya veremos —dijo la tía Alexandra, una declaración que, en su boca, era siempre una amenaza y nunca una promesa. Sorprendida, me giré hacia ella.

—¿Por qué no, tía? Son buena gente.

Ella me miró por encima de sus gafas de coser.

—Jean Louise, no tengo ninguna duda de que son buena gente. Pero no son el tipo de gente que somos nosotros.

—Quiere decir que son unos palurdos, Scout —dijo Jem.

—¿Qué es un palurdo?

—Ah, gentuza. Les gusta la juerga y esas cosas.

—Bueno, a mí también…

—No seas necia, Jean Louise —dijo la tía Alexandra—. El caso es que puedes frotar a Walter Cunningham hasta que brille, puedes ponerle zapatos y ropa nueva, pero nunca será como Jem. Además, hay una enorme tendencia a la bebida en esa familia. Las mujeres Finch no se interesan en ese tipo de gente.

—Tía —dijo Jem—, todavía no tiene nueve años.

—Bien puede aprender eso desde ahora.

La tía Alexandra había hablado. Me acordé con todo detalle de la última vez que ella había dejado clara su postura. Nunca supe por qué. Fue cuando quería a toda costa visitar la casa de Calpurnia; sentía curiosidad, interés; quería ser su «invitada», ver cómo vivía, quiénes eran sus amigos. Bien podría haber querido ver la cara oculta de la luna. Esta vez las tácticas eran diferentes, pero el objetivo de la tía Alexandra era el mismo. Quizá por eso había venido a vivir con nosotros: para ayudarnos a escoger nuestras amistades. Pues yo me resistiría todo lo que pudiera.

—Si son buena gente, ¿por qué no puedo ser amable con Walter?

—No he dicho que no seas amable con él. Debes ser amigable y educada con él, debes ser amable con todo el mundo, querida. Pero no tienes por qué invitarle a casa.

—¿Y si fuera pariente nuestro, tía?

—El hecho es que no es pariente nuestro, pero si lo fuera, mi respuesta sería la misma.

—Tía —dijo Jem—, Atticus dice que uno puede escoger sus amistades, pero no puede escoger a su familia, y que siguen siendo tus parientes sin importar que lo reconozcas o no, y, si no lo reconoces, te hace parecer un necio.

—Otra de las ideas de vuestro padre —dijo la tía Alexandra—. Y sigo diciendo que Jean Louise no invitará a Walter Cunningham a esta casa. Si fuera su primo hermano doble, seguiría sin ser recibido en esta casa a menos que viniera para ver a Atticus por negocios. Y punto final.

Ya había dictado sentencia, pero en esa ocasión yo quería saber los motivos.

—Pero yo quiero jugar con Walter, tía, ¿por qué no puedo hacerlo?

Ella se quitó las gafas y me miró fijamente.

—Te diré por qué —me dijo—. Porque... él... es... basura, por eso no puedes jugar con él. No permitiré que andes cerca de él, para que aprendas sus hábitos y Dios sabe qué otras cosas. Ya le das suficientes problemas a tu padre tal como eres.

Si Jem no me hubiera detenido, no sé qué habría hecho. Me agarró por los hombros, me rodeó con un brazo y me acompañó hasta su dormitorio mientras yo sollozaba con furia. Atticus nos oyó y asomó su cabeza por la puerta.

—Todo va bien, señor —dijo Jem bruscamente—, no es nada.

Atticus se alejó.

—Masca un poco, Scout. —Jem metió la mano en su bolsillo y sacó un Tootsie Roll. Tardé unos minutos en convertir el dulce en una cómoda almohadilla pegada al paladar.

Jem estaba organizando otra vez los objetos que había en su cómoda. Tenía el cabello levantado por detrás y caído por delante, y yo me preguntaba si alguna vez lo llevaría como el de un hombre. Quizá si se afeitaba la cabeza, le crecería ordenadamente. Sus cejas se estaban haciendo más espesas, y observé una nueva esbeltez en su cuerpo. Tenía más estatura.

Cuando levantó la mirada, debió de pensar que yo volvería a llorar, porque dijo:

—Te enseñaré algo si no se lo dices a nadie.

Yo le pregunté qué era. Se desabrochó la camisa, sonriendo tímidamente.

—¿Qué?

—¿No lo ves?

—No.

—Es pelo.

—¿Dónde?

—Aquí. Justo aquí.

Él me había consolado, así que dije que era estupendo, pero no pude ver nada.

—Te queda muy bien, Jem.

—También tengo debajo de los brazos —dijo—. El año próximo comenzaré en el equipo de fútbol americano. Scout, no permitas que la tía te irrite.

Parecía que era ayer cuando me decía que no irritara yo a la tía.

—Ya sabes que no está acostumbrada a tratar con muchachas —dijo Jem—, y mucho menos con muchachas como tú. Quiere convertirte en una dama. ¿No podrías hacer costura o algo así?

—Demonios, no. No le caigo bien, eso es todo, y no me importa. Lo que me puso furiosa fue que llamara basura a Walter Cunningham, Jem, no que dijera que yo era un problema para Atticus. Eso ya lo he hablado con él; le pregunté si era un problema, y él me dijo que no mucho, cuanto más, era un problema que él siempre podría solucionar, y que no me preocupara ni un segundo pensando si le molestaba. No, fue Walter..., ese muchacho no es basura, Jem. Él no es como los Ewell.

Jem se quitó los zapatos de un par de patadas y subió los pies a la cama. Se recostó sobre una almohada y encendió la luz para leer.

—¿Sabes una cosa, Scout? Ya lo tengo todo resuelto. He pensado mucho en ello últimamente y ya lo he resuelto. Hay cuatro tipos de personas en el mundo: las personas corrientes como nosotros y los vecinos, las personas como los Cunningham, que viven en los bosques, las personas como los Ewell, del vertedero, y los negros.

—¿Y qué hay de los chinos, y los cajunes de más allá, en el condado de Baldwin?

—Me refiero al condado de Maycomb. El caso es que a las personas como nosotros no les gustan los Cunningham, a los Cunningham no les gustan los Ewell y los Ewell odian y desprecian a la gente de color.

Le dije a Jem que, si era así, por qué el jurado de Tom, formado por personas como los Cunningham, no absolvió a Tom para molestar a los Ewell.

Jem descartó mi pregunta considerándola infantil.

—Mira —me dijo—, he visto a Atticus golpear el suelo con el pie siguiendo el ritmo de la música en la radio, y le gusta un buen *whisky* como a cualquiera…

—Entonces, eso nos hace parecidos a los Cunningham —dije—. No entiendo por qué la tía…

—No, déjame terminar… Así es, pero seguimos siendo diferentes. Atticus dijo una vez que el motivo de que la tía esté tan obsesionada por la familia se debe a que lo único que tenemos es nuestro abolengo y ni una sola moneda a nuestro nombre.

—Bueno, Jem, no sé… Atticus me dijo una vez que la mayoría de todo eso sobre la familia antigua es una tontería, porque la familia de todo el mundo es tan antigua como la de los demás. Le pregunté si eso incluía a la gente de color y a los ingleses y él me dijo que sí.

—El abolengo no significa familia antigua —dijo Jem—. Creo que se trata del tiempo que hace que la familia de uno sabe leer y escribir. Scout, he pensado mucho en esto y es la única razón que se me ocurre. En algún lugar, cuando los Finch estaban en Egipto, alguno de ellos debió de aprender uno o dos jeroglíficos y se los enseñó a su hijo. —Jem se rio—. Imagínate a la tía presumiendo de que su bisabuelo sabía leer y escribir; las damas se sienten orgullosas de cosas extrañas.

—Bueno, me alegro de que supiera, pues, de lo contrario, ¿quién habría enseñado a Atticus y a los otros? Y si Atticus no supiera leer, tú y yo estaríamos en una mala situación. No creo que eso sea el abolengo, Jem.

—Bueno, entonces, ¿cómo explicas que los Cunningham sean diferentes? El señor Walter apenas sabe firmar con su nombre, yo lo he visto. Nosotros sabemos leer y escribir desde hace mucho más tiempo que ellos.

—No, todo el mundo tiene que aprender, nadie nace sabiendo. Walter es tan inteligente como los demás, tan solo va retrasado algunas veces porque tiene que quedarse en casa y ayudar a su padre. No le pasa nada. No, Jem, creo que hay solamente un tipo de personas: personas.

Jem se dio la vuelta y le dio un puñetazo a la almohada. Cuando se calmó, tenía una expresión tormentosa. Se estaba sumiendo en una de sus depresiones, y yo me puse en guardia. Sus cejas se juntaron y su boca se convirtió en una fina línea. Se quedó en silencio durante un rato.

—Eso es lo que yo pensaba también —dijo al fin— cuando tenía tu edad. Si hay solamente un tipo de personas, ¿por qué no pueden llevarse bien entre ellas? Si son todas parecidas, ¿cómo es posible que algunos se desprecien tanto? Scout, creo que estoy comenzando a entender algo. Creo que estoy comenzando a entender por qué Boo Radley se ha quedado encerrado en casa todo este tiempo... Es porque quiere quedarse dentro.

24

Calpurnia lucía su delantal más almidonado. Llevaba una bandeja de charlota de frutas. Se puso de espaldas a la puerta y empujó con suavidad. Yo admiraba la fluidez y la gracia con que manejaba pesadas cargas de cosas delicadas. Y la tía Alexandra también, supongo, porque había dejado que Calpurnia sirviera ese día.

Agosto estaba a punto de dar paso a septiembre. Dill estaba con Jem en el río, en Barker's Eddy, y se marchaba al día siguiente. Jem había descubierto, entre sorprendido y enfadado, que nadie se había molestado en enseñar a nadar a Dill, una habilidad que consideraba tan necesaria como caminar. Se habían pasado ya dos tardes en el arroyo y dijeron que iban a nadar desnudos y que yo no podía ir, de modo que dividí las horas solitarias entre Calpurnia y la señorita Maudie.

Hoy, la tía Alexandra y su círculo misionero estaban librando la batalla del bien por toda la casa. Desde la cocina, yo oía a la señora Grace Merriweather dar un informe en el salón sobre la miserable vida de los mrunas, o eso me pareció que decía. Encerraban a las mujeres en cabañas cuando les llegaba la hora, fuere lo que fuere eso; no tenían sentido alguno de familia (yo sabía que eso molestaría a la tía), sometían a los niños a terribles pruebas cuando cumplían los trece años; tenían enfermedades tropicales; mascaban y escupían la corteza de un árbol a un recipiente común y luego se emborrachaban con eso.

Inmediatamente después, las damas hicieron una pausa para tomar unos refrigerios.

Yo no sabía si entrar en el comedor o quedarme fuera. La tía Alexandra me dijo que merendara con ellas; no era necesario que estuviera presente en la parte teórica de la reunión, pues decía que me aburriría. Yo llevaba mi vestido rosa de los domingos, zapatos y unas enaguas, y pensé que, si me manchaba, Calpurnia tendría que volver a lavar mi vestido para el día siguiente. Había estado muy ocupada aquel día, así que decidí quedarme fuera.

—¿Puedo ayudarte, Cal? —le pregunté, deseando ser de utilidad.

Calpurnia se detuvo en el umbral de la puerta.

—Si te quedas tan quieta como un ratón en ese rincón —me dijo—, puedes ayudarme a llenar las bandejas cuando vuelva.

El suave murmullo de las voces de las damas cobró intensidad cuando la puerta se abrió:

—Vaya, Alexandra, nunca había visto una charlota como esta… está deliciosa… a mí la cobertura nunca me queda así, no puedo… ¿a quién se le ha ocurrido lo de las tartaletas de zarzamora…? ¿Calpurnia…? Quién habría pensado… cualquiera que te diga que la esposa del predicador… nooo, bueno, sí lo está, y el otro todavía no camina…

Se quedaron calladas, y entonces supe que les había servido a todas. Calpurnia volvió y puso la pesada jarra de plata de mi madre sobre una bandeja.

—Esta jarra de café es una reliquia —murmuró—, ya no las hacen así.

—¿Puedo llevarla?

—Si tienes cuidado y no la dejas caer. Ponla en el extremo de la mesa, al lado de la señorita Alexandra. Junto a las tazas y las otras cosas. Ella va a servir.

Yo intenté empujar la puerta con la espalda como lo había hecho Calpurnia, pero la puerta no se movió. Sonriendo, ella la abrió.

—Ten cuidado, que pesa. Si no la miras, no se te caerá.

Mi viaje tuvo éxito; la tía Alexandra me dedicó una sonrisa luminosa.

—Quédate con nosotras, Jean Louise —dijo. Aquello formaba parte de su campaña para enseñarme a ser una dama.

Era costumbre que toda anfitriona invitara a merendar a sus vecinas, fuesen baptistas o presbiterianas, lo que justificaba la presencia de la señorita Rachel (tan seria como un juez), la señorita Maudie y la señorita Stephanie Crawford. Bastante nerviosa, me senté al lado de la señorita Maudie y me pregunté por qué las damas se ponían los sombreros para cruzar la calle. Los grupos de damas siempre me producían una ligera aprensión y un firme deseo de estar en cualquier otra parte, pero ese sentimiento era lo que la tía Alexandra llamaba ser «malcriada».

Estaban muy elegantes con vestidos estampados en colores pastel; la mayoría llevaba una buena capa de polvos faciales, pero nada de lápiz de labios; el único pintalabios que había en el salón era Tangee Natural. Sus uñas brillaban con Cutex Natural, pero algunas de las damas más jóvenes usaban Rose. Su aroma era celestial. Yo estaba sentada sin moverme, había conseguido dominar las manos agarrándome con fuerza a los brazos del sillón, y esperaba a que alguien me hablara.

El puente de oro de la señorita Maudie resplandeció.

—Vas muy bien vestida, señorita Jean Louise —dijo—, ¿dónde están tus pantalones hoy?

—Debajo del vestido.

No tenía intención de ser graciosa, pero las damas se rieron. Me ardieron las mejillas cuando me di cuenta de mi error, pero la señorita Maudie me miró con seriedad. Ella nunca se reía de mí a menos que yo quisiera ser graciosa.

En el repentino silencio que siguió, la señorita Stephanie Crawford me dijo desde el otro lado de la habitación:

—¿Qué vas a ser cuando seas mayor, Jean Louise? ¿Abogado?

—No, no había pensado en eso… —respondí, agradecida de que la señorita Stephanie hubiera cambiado de tema, y apresuradamente comencé a escoger mi vocación. ¿Enfermera? ¿Aviadora?—. Bueno…

—Ah, creía que querías ser abogado, como ya has comenzado a acudir al tribunal...

Las damas volvieron a reírse.

—Esta Stephanie no se calla —dijo alguien.

La señorita Stephanie se vio alentada a seguir con el tema.

—¿No quieres ser mayor para ser abogado?

La señorita Maudie me tocó la mano y yo respondí con bastante suavidad:

—No, solamente una dama.

La señorita Stephanie me miró con recelo, decidió que no había querido ser impertinente y se contentó diciendo:

—Pues no llegarás muy lejos hasta que empieces a ponerte vestidos más a menudo.

La señorita Maudie me había agarrado la mano con fuerza y yo no dije nada. El calor de su mano fue suficiente.

La señora Grace Merriweather estaba sentada a mi izquierda y me pareció que sería educado hablar con ella. El señor Merriweather, fiel metodista, parecía no ver nada personal al cantar: «Sublime Gracia, cuán dulce el son que salvó a un pecador como yo...». Sin embargo, la opinión general de Maycomb era que la señora Merriweather había metido en vereda a su esposo y que le había convertido en un ciudadano razonablemente útil. Con seguridad, la señora Merriweather era la dama más devota de Maycomb. Busqué un tema que le resultara interesante.

—¿Qué han estudiado ustedes esta tarde? —le pregunté.

—Oh, niña, a esos pobres mrunas —dijo ella, y siguió hablando. Pocas preguntas más serían necesarias.

Los grandes ojos marrones de la señora Merriweather siempre se llenaban de lágrimas cuando pensaba en los oprimidos.

—¡Vivir en esa jungla solo con J. Grimes Everett! —dijo—. Ningún blanco se acerca a ellos excepto ese santo de J. Grimes Everett.

La señora Merriweather manejaba su voz como si fuera un órgano; cada palabra que decía tenía el compás necesario:

—La pobreza… la oscuridad… la inmoralidad… Solo J. Grimes Everett la conoce. Mira, cuando la iglesia me concedió ese viaje al campamento, J. Grimes Everett me dijo…

—¿Estaba él allí, señora? Pensé que…

—Estaba en casa de descanso. J. Grimes Everett me dijo: «Señora Merriweather, no tiene usted idea , ni la menor idea, de lo que estamos batallando allí». Eso fue lo que me dijo.

—Sí, señora.

—Yo le dije: «Señor Everett, las damas de la Iglesia Metodista Episcopal de Maycomb, Alabama, le apoyan al cien por cien». Eso fue lo que le dije. Y mira, precisamente allí mismo hice una promesa en mi corazón. Me dije: «Cuando vaya a casa voy a impartir un curso sobre los mrunas y a llevar el mensaje de J. Grimes Everett a Maycomb», y eso es precisamente lo que estoy haciendo.

—Sí, señora.

Cuando la señora Merriweather meneaba la cabeza, sus rizos negros se bamboleaban.

—Jean Louise —dijo ella—, eres una muchacha afortunada. Vives en un hogar cristiano con personas cristianas en una ciudad cristiana. Allí, en la tierra de J. Grimes Everett, solo hay pecado y miseria.

—Sí, señora.

—Pecado y miseria… ¿Cómo dices, Gertrude? —La señora Merriweather metió baza en la conversación de la dama que estaba sentada a su lado—. Ah, eso. Bien, yo siempre digo perdona y olvida, perdona y olvida. Y lo que esa iglesia debería hacer es ayudarla a darles una vida cristiana a todos esos niños de ahora en adelante. Algunos hombres deberían ir allí y decirle a ese predicador que le dé ánimos.

—Perdón, señora Merriweather —la interrumpí—, ¿están hablando de Mayella Ewell?

—¿May…? No, niña. La esposa de ese negro. De la esposa de Tom, Tom…

—Robinson, señora.

La señora Merriweather se giró hacia su vecina.

—Hay una cosa de la que estoy convencida, Gertrude —continuó—, pero algunas personas no lo ven como yo. Si les decimos que los perdonamos, que lo hemos olvidado, entonces todo este asunto se desvanecería.

—Ah… señora Merriweather —interrumpí yo otra vez—, ¿qué se desvanecería?

De nuevo, se dirigió a mí. La señora Merriweather era uno de esos adultos sin hijos que pensaba que era necesario hablar con un tono de voz distinto cuando se dirigía a los niños.

—Nada, Jean Louise —dijo con un imponente largo musical—, las cocineras y los trabajadores del campo están descontentos, pero ya se están calmando… El día siguiente al juicio se estuvieron quejando constantemente. —La señora Merriweather miró a la señora Farrow—. Gertrude, te digo que no hay nada que distraiga más que un negro malhumorado. La boca les llega hasta aquí. Te arruina el día tener uno de ellos en la cocina. ¿Sabes lo que le dije a mi Sophy, Gertrude? Le dije: «Sophy, hoy no estás siendo cristiana. Jesucristo no iba por ahí murmurando y quejándose», y mira, le hizo bien. Levantó la mirada del suelo y dijo: «No, señora Merriweather, Jesús no iba por ahí quejándose». Te digo, Gertrude, que nunca hay que dejar pasar una oportunidad de dar testimonio del Señor.

Me recordó al antiguo órgano que había en la capilla de Finch's Landing. Cuando yo era muy pequeña, y si me había portado bien durante el día, Atticus me dejaba pisar los pedales mientras él tocaba una melodía con un solo dedo. La última nota se quedaba resonando mientras hubiera aire para sostenerla. La señora Merriweather se había quedado sin aire, me pareció, y se estaba volviendo a llenar mientras la señora Farrow se disponía a hablar.

La señora Farrow era una mujer espléndidamente formada, con ojos pálidos y pies estrechos. Se acababa de hacer la permanente, y su cabello era una masa de pequeños ricitos grises. Era la segunda dama más devota de Maycomb. Tenía el curioso hábito de preceder todo lo que decía con un suave sonido sibilante.

—Sss Grace —dijo—, es lo que yo le decía al hermano Hutson el otro día: «Sss hermano Hutson», le dije, «es como si estuviéramos librando una batalla perdida, una batalla perdida». Le dije: «Sss no les importa nada. Podemos educarlos hasta hartarnos, podemos intentar hacer de ellos buenos cristianos hasta caer rendidos, pero por las noches no hay ninguna mujer que esté a salvo en su cama». Él me dijo: «Señora Farrow, no sé adónde vamos a llegar». Sss yo le dije que eso era muy cierto.

La señora Merriweather asintió sabiamente con la cabeza. Su voz se impuso sobre el tintineo de las tazas de café y los suaves sonidos bovinos de las damas masticando pastelitos.

—Gertrude —dijo ella—, te digo que hay algunas personas buenas pero equivocadas en esta ciudad. Buenas, pero equivocadas. Gente que cree que está haciendo lo correcto, quiero decir. No me corresponde a mí decir quién, pero algunas personas de esta ciudad creyeron que estaban haciendo lo correcto hace un tiempo, cuando lo único que consiguieron fue agitarlos. Eso fue lo único que hicieron. Tal vez entonces parecía que era lo correcto, no lo sé, no estoy versada en ese campo, pero malhumorados…, descontentos… Te digo que si mi Sophy hubiera seguido así un día más, la habría despedido. A ella nunca se le ha ocurrido que la única razón por la que sigue conmigo es que esta depresión continúa, y ella necesita su dólar y cuarto semanal.

—Su comida no disminuye, ¿verdad? —dijo la señorita Maudie.

Aparecieron dos finas líneas en las comisuras de sus labios. Había estado sentada en silencio a mi lado, con la taza de café en equilibrio sobre una de sus rodillas. Hacía un buen rato que yo había perdido el hilo de la conversación, cuando dejaron de hablar de la esposa de Tom Robinson, y me había contentado con pensar en la hacienda Finch y en el río. A la tía Alexandra le había salido al revés: la parte de trabajo de la reunión fue escalofriante, y la parte social era deprimente.

—Maudie, te aseguro que no sé a qué te refieres —dijo la señora Merriweather.

—Te aseguro que sí lo sabes —replicó secamente la señorita Maudie.

No dijo nada más. Cuando la señorita Maudie estaba enfadada, su brevedad al hablar era glacial. Algo la había enojado profundamente, y sus ojos grises eran tan fríos como su voz. La señora Merriweather se ruborizó, me miró y apartó la mirada. Yo no podía ver a la señora Farrow.

La tía Alexandra se levantó de la mesa y rápidamente pasó más refrigerios, haciendo hábilmente que la señora Merriweather y la señora Gates entablaran una animada conversación. Cuando ya las tenía en marcha, junto con la señora Perkins, la tía Alexandra volvió a su sitio. Le lanzó a la señorita Maudie una mirada de pura gratitud, y yo me asombré del mundo de las mujeres. La señorita Maudie y la tía Alexandra nunca habían tenido una relación especialmente estrecha, y ahí estaba la tía dándole las gracias en silencio por algo. Por qué motivo, yo no lo sabía. Me contenté con saber que la tía Alexandra podía emocionarse lo suficiente como para sentir gratitud hacia quien la hubiera ayudado. No había ninguna duda al respecto: yo debía entrar pronto en ese mundo, en cuya superficie, las damas perfumadas se mecían despacio, se abanicaban suavemente y bebían agua fresca.

Pero yo me sentía más a gusto en el mundo de mi padre. Personas como el señor Heck Tate no te tendían trampas con preguntas inocentes para burlarse de ti; ni siquiera Jem era muy crítico, a menos que una dijera algo estúpido. Las damas parecían vivir sintiendo un ligero horror hacia los hombres, y parecían poco dispuestas a darles su aprobación. Pero a mí me gustaban. Había algo en ellos, por mucho que maldijeran, bebieran, jugaran y mascaran tabaco; no importaba lo poco encantadores que fueran, había algo en ellos que instintivamente me gustaba… Ellos no eran…

—Hipócritas, señora Perkins, hipócritas de nacimiento —estaba diciendo la señora Merriweather—. Al menos nosotros no tenemos aquí ese pecado sobre nuestros hombros. La gente allá arriba los deja libres, pero no se les ve sentados a la mesa con ellos. Al menos aquí no los engañamos diciéndoles que son tan buenos como nosotros, pero que se mantengan alejados. Sencillamente les decimos que vivan a su manera y nosotros viviremos a la nuestra. Creo que esa mujer, esa señora Roosevelt, perdió la cabeza…, simplemente perdió la cabeza al ir hasta Birmingham e intentar sentarse con ellos. Si yo fuera el alcalde de Birmingham…

Bueno, ninguna de nosotras era el alcalde de Birmingham, pero a mí me gustaría ser el gobernador de Alabama por un día: soltaría a Tom Robinson tan rápidamente que a la Sociedad Misionera ni siquiera le daría tiempo a pestañear. Calpurnia le estaba contando a la cocinera de la señorita Rachel el otro día lo mal que Tom se estaba tomando las cosas, y no dejó de hablar cuando yo entré a la cocina. Dijo que no había nada que Atticus pudiera hacer para que llevara mejor lo de estar encerrado, que lo último que le dijo a Atticus antes de que se lo llevaran a la prisión fue: «Adiós, señor Finch, no hay nada que pueda usted hacer ahora, así que no vale la pena intentarlo». Calpurnia contó que Atticus le dijo que el día en que se llevaron a Tom a la cárcel, este perdió toda esperanza. Dijo que Atticus intentó explicarle las cosas a Tom y que le dijo que debía hacer todo lo posible por no perder la esperanza, porque él estaba haciendo todo lo posible por conseguir que le liberaran. La cocinera de la señorita Rachel le preguntó a Calpurnia por qué Atticus no decía simplemente «Sí te soltarán», y lo dejaba así… sería un gran consuelo para Tom. Calpurnia dijo: «No estás familiarizada con la ley. Lo primero que aprendes cuando estás en una familia de abogados es que no hay ninguna respuesta definida para nada. El señor Finch no podía decir nada cuando no sabía con seguridad que fuera a ser así».

La puerta delantera se cerró de golpe y oí los pasos de Atticus en el vestíbulo. Automáticamente me pregunté qué hora era. Todavía no era la hora en que solía regresar a casa y, además, por lo general los días de la Sociedad Misionera se quedaba en la ciudad hasta que era de noche.

Se detuvo en el umbral de la puerta. Llevaba el sombrero en la mano y estaba pálido.

—Discúlpenme, señoras —dijo él—. Sigan con su reunión, no quiero molestarlas. Alexandra, ¿podrías venir a la cocina un minuto? Quiero que me prestes un rato a Calpurnia.

No pasó por el comedor, sino que fue por el pasillo posterior y entró en la cocina por la puerta de atrás. La tía Alexandra y yo nos reunimos con él. La puerta del comedor se abrió otra vez y la señorita Maudie se sumó a nosotros. Calpurnia estaba a medio levantarse de su silla.

—Cal —dijo Atticus—, quiero que vengas conmigo a casa de Helen Robinson…

—¿Qué ocurre? —preguntó la tía Alexandra, alarmada por la expresión de mi padre.

—Tom ha muerto.

La tía Alexandra se llevó las manos a la boca.

—Le dispararon —dijo Atticus—. Intentó huir. Fue durante la hora de ejercicio. Dicen que cargó ciegamente contra la valla y comenzó a trepar por ella. Delante de todos…

—¿No intentaron detenerle? ¿No le dieron ningún aviso? —La voz de la tía Alexandra temblaba.

—Oh, sí, los guardias le gritaron que se detuviese. Primero dispararon al aire y después a matar. Le alcanzaron cuando estaba en lo alto de la valla. Dijeron que si hubiera tenido los dos brazos buenos, lo habría logrado, pues se movía con mucha rapidez. Diecisiete agujeros de bala en su cuerpo. No era necesario que le dispararan tantas veces. Cal, quiero que vengas conmigo y me ayudes a explicárselo a Helen.

—Sí, señor —murmuró ella, palpando torpemente su delantal. La señorita Maudie se acercó a Calpurnia y lo desató.

—Esta es la gota que colma el vaso, Atticus —dijo la tía Alexandra.

—Depende de cómo lo mires —dijo él—. ¿Qué suponía un negro más o menos, entre otros doscientos? Él no era Tom para ellos, era un prisionero que se escapaba.

Atticus se apoyó contra la nevera, se levantó las gafas y se frotó los ojos.

—Teníamos posibilidades —dijo—. Le dije lo que pensaba, pero no podía asegurarle que tuviéramos algo más que posibilidades. Supongo que estaba cansado de las posibilidades de los hombres blancos y prefirió probar la suya. ¿Estás lista, Cal?

—Sí, señor Finch.

—Entonces vamos.

La tía Alexandra se sentó en la silla de Calpurnia y se llevó las manos a la cara. Estaba muy quieta, tan quieta que me pregunté si se desmayaría. Oía la respiración agitada de la señorita Maudie, como si acabara de subir las escaleras, y en el comedor las damas charlaban alegremente.

Creí que la tía Alexandra estaba llorando, pero cuando apartó las manos de su cara, vi que no era así. Parecía cansada. Habló, y su voz sonaba abatida.

—No puedo decir que apruebe todo lo que él hace, Maudie, pero es mi hermano, y quiero saber cuándo terminará todo. —Elevó la voz—. Se destroza. No lo demuestra mucho, pero todo esto le destroza. Le he visto cuando… ¿Qué más quieren de él, Maudie, qué más?

—¿Qué más quieren de él quiénes, Alexandra? —preguntó la señorita Maudie.

—Me refiero a esta ciudad. Están más que dispuestos a dejarle hacer lo que ellos mismos tienen demasiado miedo a hacer… podrían perder unos centavos. Están más que dispuestos a permitir que él arruine su salud haciendo lo que ellos tienen demasiado miedo a hacer, están…

—Calla, te van a oír —dijo la señorita Maudie—. Tómalo de este modo, Alexandra: lo sepa Maycomb o no, le estamos rindiendo el mayor tributo que se puede rendir a un hombre. Confiamos en que él hará lo correcto, es así de sencillo.

—¿Quiénes? —La tía Alexandra nunca supo que se estaba haciendo eco de su sobrino de doce años.

—El puñado de personas de esta ciudad que dicen que el juego limpio no lleva la etiqueta de «solo para blancos»; el puñado de personas que afirman que los juicios justos son para todo el mundo, no solo para nosotros; el puñado de personas que tienen la suficiente humildad para pensar, cuando miran a un negro: «Si no hubiera sido por la bondad del Señor, ese sería yo». —La sequedad habitual de la señorita Maudie estaba regresando—. El puñado de personas que en esta ciudad tienen abolengo, esos son.

Si yo hubiera estado atenta, habría tenido más información que añadir a la definición de abolengo de Jem, pero no podía dejar de temblar. Yo había visto la Granja Prisión de Enfield y Atticus me había señalado el patio donde hacían los ejercicios. Tenía el tamaño de un campo de fútbol.

—Deja de temblar —me ordenó la señorita Maudie, y yo me detuve—. Levántate, Alexandra, ya las hemos dejado solas bastante tiempo.

La tía Alexandra se levantó y se colocó unas cuantas varillas del corsé en la zona de las caderas. Sacó su pañuelo del cinturón y se sonó la nariz. Se dio unos toques en el cabello y dijo:

—¿Se me nota?

—Ni un poquito —dijo la señorita Maudie—. ¿Estás bien ya, Jean Louise?

—Sí, señorita.

—Entonces, vayamos a reunirnos con las damas —dijo seriamente.

Sus voces se escucharon más fuertes cuando la señorita Maudie abrió la puerta del comedor. La tía Alexandra iba delante de mí y vi que levantaba la cabeza al cruzar la puerta.

—Ah, señora Perkins —dijo—, ya se ha terminado el café. Permita que le sirva otro.

—Calpurnia ha tenido que salir unos minutos a hacer un recado, Grace —dijo la señorita Maudie—. Permitan que les sirva más tartaletas de zarzamora. ¿Se han enterado de lo que mi primo hizo el otro día, ese al que le gusta ir a pescar…?

Y así continuaron, recorriendo la fila de mujeres joviales, dando la vuelta al comedor, rellenando tazas de café, distribuyendo las golosinas como si su único pesar fuera el desastre doméstico temporal de perder a Calpurnia.

El suave murmullo comenzó de nuevo:

—Sí, señora Perkins, ese J. Grimes Everett es un santo mártir… él… era necesario que se casaran, y corrieron a… en el salón de belleza todos los sábados por la tarde… en cuanto se pone el sol. Él se acuesta con las… gallinas, una jaula llena de gallinas enfermas, Fred dice que fue allí donde empezó todo. Fred dice…

La tía Alexandra me miró desde el otro lado de la habitación y sonrió. Dirigió la mirada a una bandeja de galletas que había sobre la mesa y asintió con la cabeza. Yo la cogí con cuidado y me acerqué a la señora Merriweather. Con mis mejores modales de anfitriona, le pregunté si quería alguna. Después de todo, si la tía podía ser una dama en un momento como ese, también podía serlo yo.

25

—No hagas eso, Scout. Déjala en las escaleras de atrás.

—Jem, ¿estás loco?

—He dicho que la dejes en las escaleras de atrás.

Con un suspiro, recogí el animalito, lo puse en el último escalón y regresé a mi catre. Había llegado el mes de septiembre, pero no el frío, y seguíamos durmiendo en el porche trasero, que estaba cerrado. Las luciérnagas seguían estando por allí, las criaturas nocturnas y los insectos voladores que se chocaban contra la tela metálica durante todo el verano no se habían ido a dondequiera que se fueran cuando llega el otoño.

Una cochinilla había logrado entrar en casa; imaginé que el diminuto insecto había subido por las escaleras y se había colado por debajo de la puerta. Estaba dejando mi libro en el suelo al lado de mi catre cuando la vi. Esos animalitos no llegan a los tres centímetros de longitud y, cuando se les toca, se enrollan y se convierten en una apretada bolita gris.

Me tumbé boca abajo, extendí el brazo y la empujé. La cochinilla se hizo una bola. Después, sintiéndose segura, supongo, lentamente se fue desenrollando. Caminó unos centímetros sobre sus cien patas y yo volví a tocarla. Se hizo una bola de nuevo. Como tenía sueño, decidí terminar con todo aquello. Mi mano descendía hacia la cochinilla cuando Jem habló.

Mi hermano tenía el ceño fruncido. Probablemente formaba parte de la etapa que estaba atravesando, y yo deseé que se diera prisa en atravesarla y la dejara atrás. Era cierto que él nunca fue cruel con los animales, pero no sabía que su caridad incluyera al mundo de los insectos.

—¿Por qué no puedo aplastarla? —pregunté.

—Porque no te está molestando —respondió Jem en la oscuridad. Había apagado su luz de lectura.

—Imagino que estás en la etapa en la que no matas moscas ni mosquitos —dije—. Avísame cuando cambies de idea. Pero te diré una cosa, no voy a quedarme sentada sin tocar ni una chinche roja.

—Ah, calla —respondió él con voz somnolienta.

Jem era el que cada día se comportaba más como una niña, no yo. Tumbada cómodamente de espaldas, esperaba a quedarme dormida, y mientras esperaba pensaba en Dill. Se había marchado el primer día del mes asegurándonos que regresaría en cuanto terminara la escuela; suponía que sus padres habían captado la idea de que le gustaba pasar los veranos en Maycomb. La señorita Rachel nos llevó con ellos en el taxi hasta el Empalme de Maycomb, y Dill se despidió desde la ventana del tren diciendo adiós con la mano hasta que le perdimos de vista. Pero no se perdió en el recuerdo: le echaba de menos. Los dos últimos días que estuvo con nosotros, Jem le había enseñado a nadar…

Enseñado a nadar. Yo estaba totalmente despierta, recordando lo que Dill me había contado.

Barker's Eddy está al final de un camino de tierra que partía de la carretera de Meridian, a un kilómetro y medio de la ciudad. Conseguir que te lleve una carreta de algodón o un motorista que pase por ese camino es fácil, y el corto paseo que hay hasta el arroyo también lo es; pero la perspectiva de tener que regresar caminando a casa al atardecer, cuando hay poco tráfico, no es muy atractiva, y los nadadores se aseguran de no quedarse allí hasta muy tarde.

Según Dill, Jem y él acababan de llegar a la carretera cuando vieron a Atticus conduciendo hacia ellos. Como parecía que él no los había visto, le hicieron señas con la mano. Atticus finalmente redujo la velocidad y, cuando se pusieron a su altura, les dijo:

—Será mejor que busquéis a otra persona que os lleve. Yo voy a tardar en regresar. —Calpurnia iba en el asiento trasero.

Jem protestó, después le rogó, y Atticus dijo:

—De acuerdo, podéis venir con nosotros si os quedáis en el coche.

De camino a la casa de Tom Robinson, Atticus les contó lo que había sucedido.

Salieron de la carretera, continuaron despacio junto al vertedero, pasaron por la residencia de los Ewell, y siguieron por el estrecho sendero que llevaba a las cabañas de los negros. Dill dijo que un gran grupo de niños negros estaba jugando a las canicas en el patio delantero de Tom. Atticus aparcó el coche y se bajó. Calpurnia le siguió y cruzaron la valla.

Dill le oyó preguntar a uno de los niños:

—¿Dónde está tu madre, Sam?

—En casa de la hermana Stevens, señor Finch. ¿Quiere que vaya a buscarla? —oyó decir a Sam.

Dill dijo que Atticus pareció inseguro, después dijo que sí y Sam se fue enseguida.

—Seguid jugando, muchachos —dijo Atticus a los niños.

Una niña pequeña salió a la puerta de la cabaña y se quedó mirando a Atticus. Dill dijo que su cabello era un montón de diminutas trenzas tiesas, y cada una de ellas terminaba en un brillante lazo. Sonreía de oreja a oreja, y se acercó a nuestro padre, pero era demasiado pequeña para bajar los escalones. Dill dijo que Atticus fue hasta ella, se quitó el sombrero y le ofreció un dedo. Ella lo agarró y él la ayudó a bajar las escaleras. Entonces la entregó a Calpurnia.

Sam iba trotando detrás de su madre cuando llegaron. Dill contó que Helen dijo:

—Buenas noches, señor Finch, ¿no quiere sentarse? —Pero no añadió nada más. Tampoco Atticus habló.

—Scout —dijo Dill—, ella se desplomó en el suelo. Simplemente, se derrumbó como si un gigante con pies grandes hubiera llegado y la hubiera pisado. Así... —Dill golpeó el suelo con el pie—. Como se pisa a una hormiga.

Dill dijo que Calpurnia y Atticus levantaron a Helen y medio la llevaron en volandas, medio la hicieron caminar hasta la cabaña. Se quedaron dentro mucho tiempo, y Atticus salió solo. Cuando pasaron conduciendo de regreso por el vertedero, algunos de los Ewell les gritaron, pero Dill no entendió lo que decían.

Los habitantes de Maycomb se interesaron por la noticia de la muerte de Tom durante, quizá, dos días; dos días fueron suficientes para que la información se difundiera por todo el condado.

—¿No lo has oído...? ¿No? Bueno, dicen que iba corriendo como un rayo...

Para Maycomb, la muerte de Tom era típica. Era típico de un negro salir corriendo. Era típico de la mentalidad de un negro no tener ningún plan, ningún proyecto para el futuro, tan solo salir corriendo ciegamente a la primera oportunidad. Lo irónico era que Atticus Finch podría haber conseguido que le dejaran libre, pero ¿esperar? Demonios, no. Ya se sabe cómo son. Igual que vienen, se van. Aunque Robinson estaba casado legalmente, dicen que se mantenía limpio, que iba a la iglesia y todo eso, a la hora de la verdad, esa capa exterior es muy fina. El negro siempre sale a la superficie.

Unos cuantos detalles más, con los que el que escuchaba podía repetir su propia versión, y después nada más de qué hablar hasta que apareció *The Maycomb Tribune* el siguiente jueves. Había un breve obituario en la sección de noticias de gente de color, pero también había un editorial.

El señor B. B. Underwood fue de lo más mordaz, y no podría haberle importado menos que cancelaran anuncios y suscripciones a su periódico. (Pero en Maycomb la gente no se comportaba así: el señor Underwood podía gritar hasta desgañitarse y escribir cualquier cosa que quisiera, y aun así seguiría teniendo su publicidad y sus suscripciones. Si quería ponerse en evidencia en su periódico, era problema suyo). El señor Underwood no hablaba de errores de justicia, y escribía de modo que hasta los niños pudieran entenderlo. El señor Underwood pensaba que era un pecado matar a personas tullidas, estuvieran estas de pie, sentadas o escapando. Equiparaba la muerte de Tom a la caza sin sentido de aves cantoras por parte de cazadores y niños, y Maycomb pensó que intentaba escribir un editorial lo bastante poético para ser reproducido en *The Montgomery Advertiser.*

Mientras leía el editorial del señor Underwood, me preguntaba cómo podía ser eso. Matar sin sentido… Tom había sido sometido al proceso legal hasta el día de su muerte; había sido juzgado públicamente y doce hombres buenos le habían condenado; mi padre había luchado por él en todo momento. Entonces comprendí lo que quería decir el señor Underwood: Atticus había utilizado todas las armas de que disponía un hombre libre para salvar a Tom Robinson, pero en los tribunales secretos de los corazones de los hombres Atticus no tenía dónde apelar. Tom era hombre muerto desde el momento en que Mayella Ewell abrió la boca y gritó.

El apellido Ewell me daba náuseas. Maycomb no había perdido el tiempo en conocer la opinión del señor Ewell sobre el fallecimiento de Tom y pasarla por el Canal de la Mancha del chismorreo: la señorita Stephanie Crawford. La señorita Stephanie le dijo a la tía Alexandra en presencia de Jem («Diantres, ya es bastante mayor para oírlo») que el señor Ewell dijo que eso significaba que uno ya estaba liquidado y que le seguirían dos más. Jem me dijo que no tuviera miedo, que al señor Ewell se le iba la fuerza por la boca. Jem también me dijo que si le decía una sola palabra a Atticus, si de alguna manera le hacía saber a Atticus que lo sabía, no me volvería a hablar en la vida.

26

Comenzaron las clases en la escuela y también nuestros paseos diarios junto a la Mansión Radley. Jem estaba en séptimo grado e iba al instituto, que estaba detrás del edificio de primaria; yo estaba ya en tercer grado y nuestras rutinas eran tan distintas que íbamos juntos a la escuela solo por las mañanas y le veía a la hora de comer. Él entró en el equipo de fútbol americano, pero todavía era demasiado joven y estaba demasiado delgado para hacer otra cosa que no fuera llevar los cubos de agua. Una tarea que hacía con entusiasmo; la mayoría de las tardes, raras veces llegaba a casa antes de oscurecer.

La Mansión Radley había dejado de aterrorizarme, pero no era menos lúgubre, ni menos sombría bajo sus grandes robles, y continuaba igual de poco acogedora. En los días claros seguíamos viendo al señor Nathan Radley ir y regresar de la ciudad; sabíamos que Boo estaba allí, por la misma razón de siempre: nadie había visto que le sacaran todavía. A veces yo sentía una punzada de remordimiento, al pasar al lado de la vieja casa, por haber participado en lo que debió de haber sido una tortura para Arthur Radley; ¿qué recluso razonable querría tener niños espiando por las persianas, enviándole saludos con una caña de pescar, rondando por su huerto de coles por la noche?

Y, sin embargo, lo recordaba. Dos monedas con cabezas de indios, goma de mascar, muñecos de jabón, una medalla oxidada, un reloj roto con su cadena. Jem debió de haberlos guardado en algún lugar. Yo me detuve y miré al árbol una tarde: el tronco estaba abultado alrededor de su parche de cemento. El parche en sí se estaba poniendo amarillento.

Un par de veces casi le vimos; una estadística bastante buena para cualquiera.

Pero yo seguía mirando por si le veía cada vez que pasaba por allí. Quizá algún día le vería. Me imaginaba cómo sería: él estaría sentado en el balancín cuando yo pasara por delante. Yo le diría: «Hola, señor Arthur», como si lo hubiera dicho cada tarde de mi vida. Él contestaría: «Buenas tardes, Jean Louise», como si lo hubiera dicho cada tarde de su vida. «Estamos teniendo un tiempo muy agradable, ¿verdad?». «Sí, señor, muy agradable», diría yo, y seguiría andando.

Era solamente una fantasía. Nunca le veríamos. Probablemente él salía cuando la luna ya no se veía y espiaba a la señorita Stephanie Crawford. Yo habría escogido a otra persona a la que espiar, pero eso era cosa de él. Nunca nos espiaría a nosotros.

—No vais a comenzar de nuevo con eso, ¿verdad? —dijo Atticus una noche, cuando yo expresé el deseo de poder ver, aunque solo fuera una vez, a Boo Radley antes de morir—. Si habéis vuelto a las andadas, os lo digo desde este momento: basta ya. Soy demasiado viejo para ir a buscaros a la propiedad de los Radley. Además, es peligroso. Os podrían disparar. Sabéis que el señor Nathan dispara a cada sombra que ve, incluso a las que dejan huellas de niño. Tuvisteis suerte de que no os matara.

Yo me quedé callada en ese instante. Y sorprendida. Esa era la primera vez que nos daba a entender que sabía mucho más de algo de lo que nosotros pensábamos. Y había sucedido hacía años. No, solo el verano pasado… no, el verano anterior a ese, cuando… El tiempo me estaba jugando una mala pasada. Tenía que acordarme de preguntárselo a Jem.

Nos habían sucedido tantas cosas que Boo Radley era lo que menos nos preocupaba. Atticus decía que ya no podía suceder nada más, que las cosas tendían a apaciguarse por sí solas y que, cuando hubiera pasado el tiempo suficiente, la gente se olvidaría de que alguna vez se había interesado por Tom Robinson.

Quizá Atticus tuviera razón, pero los acontecimientos del verano se cernían sobre nosotros como si fueran humo en una habitación cerrada. Los adultos de Maycomb nunca hablaban del caso con Jem y conmigo; sí parecían hablarlo con sus hijos, y debieron de decidir que ni Jem ni yo podíamos evitar que Atticus fuera nuestro padre, y por eso sus hijos debían ser amables con nosotros a pesar de él. Los niños nunca habrían llegado a esa conclusión por sí mismos; si nuestros compañeros de clase hubieran seguido sus propios impulsos, Jem y yo habríamos disfrutado cada uno de unas cuantas peleas rápidas y habríamos zanjado el asunto para siempre. Tal y como estaban las cosas, nos veíamos obligados a mantener las cabezas altas y a ser, respectivamente, un caballero y una dama. En cierto modo, era como en la época de la señora Henry Lafayette Dubose, pero sin sus gritos. Había, sin embargo, algo extraño que nunca entendí: a pesar de los defectos de Atticus como padre, la gente le reeligió para la asamblea legislativa estatal ese año, como siempre, sin ninguna oposición. Llegué a la conclusión de que la gente, simplemente, era rara, así que me aparté de ella, y no pensaba en sus cosas a menos que me viera obligada a hacerlo.

Me vi obligada un día en la escuela. Una vez a la semana teníamos una clase de Noticias de Actualidad. Cada niño debía escoger un artículo de un periódico, asimilar su contenido y presentarlo a la clase. Supuestamente, esa práctica combatía diversos males: estar de pie delante de los compañeros fomentaba una buena postura y daba aplomo al niño; ofrecer una pequeña charla le hacía pensar en sus palabras; aprenderse la noticia le fortalecía la memoria; al estar separado de los demás sentía más deseos de volver al grupo.

La idea era muy buena, pero, como siempre, en Maycomb no funcionaba muy bien. En primer lugar, pocos niños del campo tenían acceso a los periódicos, de modo que la carga de la clase de Noticias de Actualidad la llevaban los niños de la ciudad, lo que servía para convencer aún más a los que venían en autobús de que los alumnos de la ciudad eran los que acaparaban la atención de los maestros. Los niños del campo que podían, por lo general, llevaban recortes de lo que ellos llamaban *The Grit Paper,* una publicación que la señorita Gates, nuestra maestra, consideraba espuria. Nunca supe por qué fruncía el ceño cuando un niño recitaba algo de *The Grit Paper,* pero en cierto modo estaba relacionado con el gusto por el jaleo, comer tortitas con sirope para almorzar, tener ceremonias religiosas que eran todo un espectáculo, cantar *Dulcemente canta el burro* pronunciando mal la palabra «burro», todo lo cual los maestros debían eliminar con el sueldo que el estado les pagaba.

Aun así, pocos niños sabían lo que era una noticia de actualidad. Little Chuck Little, que tenía cien años de experiencia con las vacas y sus costumbres, estaba hablándonos sobre el tío Natchell cuando la señorita Gates lo interrumpió:

—Charles, eso no es una noticia de actualidad. Es un anuncio.

Pero Cecil Jacobs sí sabía lo que era una noticia. Cuando llegó su turno, pasó al frente de la clase y comenzó:

—El viejo Hitler...

—Adolf Hitler, Cecil —dijo la señorita Gates—. Nunca se empieza diciendo «el viejo Fulano...».

—Sí, señorita —dijo él—. El viejo Adolf Hitler ha estado prosiguiendo a los...

—Persiguiendo, Cecil...

—No, señorita Gates, aquí dice... Bueno, de todos modos, el viejo Adolf Hitler ha estado persiguiendo a los judíos y los ha metido en la cárcel, y les está quitando sus propiedades, y no deja a ninguno salir del país, y limpia a todos los deficientes...

—¿Limpia a los deficientes?

—Sí, señorita Gates, creo que no tienen juicio suficiente para lavarse solos, no creo que un idiota pudiera mantenerse limpio. De todos modos, Hitler también ha comenzado un programa para reunir a todos los medio judíos, y quiere apuntarlos en una lista para que no le causen ningún problema. Creo que esto es malo, y esta es mi noticia de actualidad.

—Muy bien, Cecil —dijo la señorita Gates.

Resoplando, Cecil regresó a su asiento.

Al fondo de la clase se levantó una mano.

—¿Cómo puede hacer eso?

—¿Hacer qué y quién? —preguntó pacientemente la señorita Gates.

—Me refiero a cómo puede Hitler meter a muchas personas en una jaula de ese modo. Creo que el Gobierno debería impedirlo —dijo el dueño de la mano.

—Hitler es el Gobierno —dijo la señorita Gates, y aprovechando una oportunidad para hacer dinámica la clase, fue a la pizarra y escribió la palabra DEMOCRACIA en grandes letras—. Democracia —dijo—. ¿Alguien me puede dar una definición?

—Nosotros —dijo alguien.

Yo levanté la mano, recordando un viejo eslogan de campaña del que Atticus me había hablado una vez.

—¿Qué crees que significa, Jean Louise?

—Los mismos derechos para todos, privilegios especiales para nadie —cité.

—Muy bien, Jean Louise, muy bien. —La señorita Gates sonrió. Delante de DEMOCRACIA escribió SOMOS UNA—. Ahora, clase, vamos a decirlo todos juntos: «Somos una democracia».

Lo repetimos, y entonces la señorita Gates dijo:

—Esa es la diferencia entre América y Alemania. Nosotros somos una democracia y Alemania es una dictadura. Dicta-du-ra —dijo—. Aquí creemos que no se debe perseguir a nadie. La persecución es propia de personas que tienen prejuicios. Pre-jui-cios —silabeó con cuidado—. No hay personas mejores en el mundo que los judíos, y la razón de que Hitler no piense eso es un misterio para mí.

Un alma curiosa en medio del aula preguntó:

—¿Por qué cree usted que no le gustan los judíos, señorita Gates?

—No lo sé, Henry. Ellos hacen su aportación a cada sociedad en la que viven, y, sobre todo, son personas profundamente religiosas. Hitler intenta deshacerse de la religión, y quizá no le gustan por ese motivo.

Cecil habló:

—Bueno, no lo sé con seguridad —dijo—, creo que cambian dinero o algo así. Pero eso no es ninguna causa para perseguirlos. Son blancos, ¿verdad?

—Cuando llegues a la secundaria, Cecil —dijo la señorita Gates—, aprenderás que los judíos han sido perseguidos desde el principio de la historia, incluso expulsados de su propio país. Es uno de los relatos más terribles en la historia. Bien, es la hora de Aritmética, niños.

Como nunca me había gustado la Aritmética, pasé la hora mirando por la ventana. Las únicas ocasiones en que veía a Atticus fruncir el ceño eran cuando Elmer Davis nos daba las últimas noticias sobre Hitler. Atticus apagaba después la radio y decía: «Hummm».

Una vez le pregunté por qué se enfadaba con Hitler, y Atticus dijo:

—Porque es un maníaco.

«Algo no cuadra», cavilaba yo mientras la clase seguía con las sumas. Un maníaco y millones de alemanes. Me parecía que deberían encerrar a Hitler en una jaula, en lugar de permitirle que los encerrara a ellos. Tenía que haber algo más que yo no comprendía; tendría que preguntarle a mi padre al respecto.

Lo hice, y él me dijo que no podía contestarme porque no conocía la respuesta.

—Pero ¿está bien odiar a Hitler?

—No —dijo él—, no está bien odiar a nadie.

—Atticus —dije—, hay algo que no entiendo. La señorita Gates dijo que era horroroso que Hitler haga lo que hace, y se le puso la cara colorada al hablar...

—No me extraña.

—Pero…

—¿Sí?

—Nada, señor. —Y me fui, sin estar segura de poder explicarle a Atticus lo que me rondaba por la mente, sin estar segura de poder aclarar lo que era solamente una sensación. Quizá Jem pudiera darme la respuesta. Jem entendía las cosas de la escuela mejor que Atticus.

Jem estaba agotado tras haber pasado el día entero acarreando agua. Había al menos doce pieles de plátano en el suelo al lado de su cama, rodeando una botella de leche vacía.

—¿Para qué haces eso? —le pregunté.

—El entrenador dice que, si puedo engordar once kilos para el año que seguirá al que viene, podré jugar —me dijo—. Esta es la manera más rápida de hacerlo.

—Si no lo vomitas todo. Jem —dije—, quiero preguntarte algo.

—Dispara. —Dejó a un lado su libro y estiró las piernas.

—La señorita Gates es una buena mujer, ¿verdad?

—Sí, claro —dijo Jem—. Me gustaba cuando estaba en su clase.

—Ella odia mucho a Hitler…

—¿Y qué hay de malo en eso?

—Bueno, hoy ha hablado de lo malo que es que trate a los judíos de ese modo. Jem, no está bien perseguir a nadie, ¿verdad? Me refiero a incluso tener pensamientos mezquinos respecto a alguien, ¿no es cierto?

—Claro que no, Scout. ¿Qué te está carcomiendo la cabeza?

—Bueno, al salir del juzgado aquella noche, la señorita Gates estaba… iba bajando las escaleras delante de nosotros, puede que no la vieras… iba hablando con la señorita Stephanie Crawford. La oí decir que ya era hora de que alguien les diera una lección, que ya se estaban pasando de la raya y que lo siguiente que pensarían sería en casarse con nosotros. Jem, ¿cómo se puede odiar tanto a Hitler y después darse la vuelta y tratar mal a personas dentro del propio país…?

De repente, Jem se puso furioso. Saltó de la cama, me agarró por el cuello de la camisa y me zarandeó.

—No quiero volver a oír hablar del juzgado, nunca, nunca, ¿me oyes? ¿Me oyes? No vuelvas a decirme ni una palabra sobre eso, ¿me oyes? ¡Ahora vete!

Me quedé demasiado sorprendida para llorar. Salí del cuarto de Jem y cerré la puerta con suavidad, para que ningún ruido indebido le enfureciera otra vez. Súbitamente cansada, sentí la necesidad de estar con Atticus. Él estaba en el comedor, me acerqué e intenté sentarme en su regazo.

Atticus sonrió.

—Estás creciendo tanto que solo voy a poder sostener una parte de ti. —Me acercó a su pecho—. Scout —dijo con suavidad—, no dejes que Jem te ponga triste. Estos días están siendo duros para él. He oído lo que decíais.

Atticus dijo que Jem estaba intentando olvidar algo a toda costa, pero que lo que realmente hacía era apartarlo durante una temporada, hasta que pasara el tiempo suficiente. Entonces podría volver a pensar en ello y poner las cosas en orden. Cuando fuera capaz de volver a meditar sobre ello, Jem volvería a ser él mismo.

27

Las cosas se calmaron, en cierto modo, como Atticus dijo que pasaría. A mediados de octubre, solo hubo dos acontecimientos insólitos que afectaron a dos ciudadanos de Maycomb. No, hubo tres, y no nos afectaban directamente a nosotros, los Finch, pero en cierto aspecto lo hicieron.

El primero fue que el señor Bob Ewell consiguió y perdió un empleo en cuestión de días, y probablemente eso le hizo ser un caso singular en los anales de la década de 1930: fue el único hombre del que yo había oído que perdiera un empleo público por perezoso. Supongo que su breve periodo de fama hizo que durante un tiempo se aplicara en el trabajo, pero el empleo le duró tan poco como la notoriedad: el señor Ewell quedó tan olvidado como Tom Robinson. De ahí en adelante, siguió apareciendo cada semana en la oficina de beneficencia para recibir su cheque, y lo recibía sin agradecimiento alguno y murmurando confusamente que los bastardos que creían dirigir esa ciudad no le permitían a un hombre honesto ganarse la vida. Ruth Jones, la encargada de la beneficencia, dijo que el señor Ewell acusó abiertamente a Atticus de quitarle el empleo. Le molestó tanto que decidió ir a la oficina de Atticus y contárselo. Atticus le dijo a la señorita Ruth que no se preocupara, que si Bob Ewell quería hablar sobre si él le había quitado el empleo, ya conocía el camino hasta la oficina.

El segundo acontecimiento le sucedió al juez Taylor. El juez Taylor no solía ir a la iglesia los domingos por la noche; su esposa sí. Él disfrutaba quedándose solo en su enorme casa las tardes de los domingos, y cuando llegaba la hora de ir a la iglesia, se refugiaba en su estudio a leer los escritos de Bob Taylor (no era pariente suyo, pero al juez le habría encantado afirmar que lo era). Un domingo por la noche, perdido entre jugosas metáforas y una dicción florida, un irritante ruido de arañazos lo distrajo de la lectura.

—Calla —le dijo a Ann Taylor, su gruesa y anodina perra. Pero entonces se dio cuenta de que estaba hablando a una habitación vacía; el ruido de arañazos provenía de la parte de atrás de la casa. Se dirigió al porche trasero para dejar salir a Ann y se encontró abierta la puerta de tela metálica. Una sombra en la esquina de la casa captó su atención, y eso fue lo único que vio de su visitante. Cuando la señora Taylor regresó de la iglesia, se encontró a su esposo en el sillón, inmerso en los escritos de Bob Taylor, con una escopeta en el regazo.

El tercer acontecimiento le sucedió a Helen Robinson, la viuda de Tom. Si el señor Ewell estaba tan olvidado como Tom Robinson, Tom Robinson estaba tan olvidado como Boo Radley. Pero a Tom no lo había olvidado su patrón, el señor Link Deas. El señor Link Deas le dio un empleo a Helen. En realidad no la necesitaba, pero dijo que se sentía muy mal por cómo habían resultado las cosas. Nunca supe quién se ocupaba de sus hijos mientras Helen estaba fuera. Calpurnia dijo que era difícil para Helen, porque tenía que desviarse kilómetro y medio de su camino para evitar a los Ewell, quienes, según Helen, «la emprendieron contra ella» la primera vez que intentó utilizar el camino público. Algún tiempo después, el señor Link Deas se dio cuenta de que Helen llegaba a trabajar cada mañana desde la dirección incorrecta y consiguió que le contara el motivo.

—Déjelo estar, señor Link, por favor, señor —le rogó Helen.

—¡Claro que no, por todos los demonios! —respondió el señor Link. Le dijo que pasara por su tienda esa tarde antes de irse. Ella lo hizo, y el señor Link cerró la tienda, se caló el sombrero y acompañó a Helen hasta su casa. La llevó por el camino más corto, pasando junto a la casa de los Ewell. De regreso, se detuvo delante de la puerta.

—¿Ewell? —gritó—. ¡He dicho Ewell!

Las ventanas, normalmente llenas de niños, estaban desiertas.

—¡Sé que estáis todos ahí, tirados en el suelo! Ahora escúchame, Bob Ewell: si me vuelvo a enterar de que mi criada Helen no puede pasar por este camino, ¡haré que te metan en la cárcel antes de que se ponga el sol!

El señor Link escupió en el suelo y se fue a su casa. Helen fue a trabajar a la mañana siguiente y utilizó el camino público. Nadie la emprendió contra ella, pero cuando estuvo a cierta distancia de la casa de los Ewell, miró hacia atrás y vio al señor Ewell siguiéndola. Se giró y siguió adelante, y el señor Ewell se mantuvo a la misma distancia detrás de ella hasta que llegó a la casa del señor Link Deas. Helen dijo que durante todo el camino había estado oyendo una voz baja a sus espaldas, diciendo cosas repugnantes. Muy asustada, telefoneó al señor Link a su tienda, que no estaba muy lejos de la casa. Cuando el señor Link salió de la tienda, vio al señor Ewell apoyado en la valla. Este dijo:

—Link Deas, no me mires como si fuera basura. No he molestado a tu...

—Lo primero que vas a hacer, Ewell, es sacar tu apestoso pellejo de mi propiedad. Te estás apoyando en la valla y no puedo permitirme pintarla otra vez. Lo segundo que vas a hacer es mantenerte alejado de mi cocinera, o haré que te detengan por asalto...

—No la he tocado, Link Deas, ¡y no pienso acercarme a ninguna negra!

—No tienes que tocarla, con que la asustes es suficiente, y si el asalto no basta para mantenerte encerrado durante un tiempo, recurriré a la Ley de las Damas*, ¡así que fuera de mi

---

* Ley del código penal de Alabama que prohibía el uso de un lenguaje insultante, obsceno o abusivo, especialmente delante de mujeres. (N. del E.)

vista! Si no crees que lo digo en serio, ¡vuelve a molestar a esa muchacha!

El señor Ewell, sin duda, creyó que lo decía de veras, porque Helen no volvió a informar de ningún otro problema.

—No me gusta, Atticus, no me gusta nada —fue la evaluación que la tía Alexandra hizo de esos acontecimientos—. Ese hombre parece tener un rencor permanente contra todos los que están relacionados con ese caso. Sé cómo esa gente salda los rencores, pero no entiendo por qué tiene que albergar ese sentimiento... Se salió con la suya en el juicio, ¿no es cierto?

—Creo que lo entiendo —dijo Atticus—. Puede ser porque en el fondo sabe que muy pocas personas en Maycomb creyeron lo que dijeron Mayella y él. Pensaba que sería un héroe, pero lo único que consiguió después de tanto sacrificio fue... «De acuerdo, condenaremos a ese negro, pero tú regresa a tu basurero». Ahora ya se ha enfrentado a todo el mundo, así que debería estar satisfecho. Se calmará cuando cambie el tiempo.

—Pero ¿por qué intentaría asaltar la casa de John Taylor? Obviamente, no sabía que John estaba en casa, o no lo habría hecho. Las únicas luces que John enciende los domingos por la noche son las del porche frontal y las de la parte trasera...

—No se sabe si Bob Ewell cortó esa tela metálica, no se sabe quién lo hizo —dijo Atticus—. Pero lo puedo suponer. Yo demostré que era un mentiroso, pero John lo ridiculizó. Mientras Ewell estuvo en el estrado, no pude mirar a John y mantenerme serio. John le miraba como si fuera una gallina de tres patas o un huevo cuadrado. No me digáis que los jueces no intentan predisponer a los jurados. —Atticus se rio.

A finales de octubre, nuestras vidas habían regresado a la familiar rutina de escuela, juego y estudio. Jem parecía haber sacado de su mente aquello que quería olvidar y nuestros compañeros de clase, misericordiosamente, nos permitieron olvidar las excentricidades de nuestro padre. Cecil Jacobs me preguntó una vez si Atticus era un radical. Cuando le pregunté a Atticus, él se rio tanto que yo me molesté bastante, pero me dijo que no se estaba riendo de mí. Dijo:

—Dile a Cecil que soy casi tan radical como Cotton Tom Heflin*.

La tía Alexandra iba progresando. La señorita Maudie debía de haber aplacado a toda la Sociedad Misionera, porque la tía dirigía de nuevo ese gallinero. Sus meriendas eran cada vez más deliciosas. Aprendí más sobre la vida social de los pobres mrunas escuchando a la señorita Merriweather: tenían tan poco sentido de la familia que la tribu entera era una gran familia. Un niño tenía tantos padres como hombres había en la comunidad, tantas madres como mujeres había. J. Grimes Everett hacía todo lo posible para cambiar ese estado de cosas, y necesitaba desesperadamente nuestras oraciones.

Maycomb era el mismo de siempre. Exactamente igual que el año anterior y el anterior a ese, con solo dos pequeños cambios. En primer lugar, la gente había quitado de los escaparates de sus tiendas y de sus automóviles las pegatinas que decían: NRA: NOSOTROS HACEMOS NUESTRA PARTE. Le pregunté a Atticus el porqué, y él dijo que la National Recovery Act, la ley de recuperación, estaba muerta. Le pregunté quién la había matado, y él dijo que fueron nueve ancianos.

El segundo cambio que se dio en Maycomb desde el año anterior no tuvo repercusión nacional. Hasta entonces, Halloween en Maycomb era una fiesta completamente desorganizada. Cada niño hacía lo que quería, con ayuda de otros niños si había que trasladar algo, como subir una pequeña calesa a lo alto del establo de los caballos. Pero los padres creyeron que las cosas habían ido demasiado lejos el año anterior, cuando se vio alterada la paz de la señorita Tutti y la señorita Frutti.

---

* James Thomas Helfin (1869-1951), apodado Cotton Tom, era partidario de la supremacía de los blancos y fue congresista demócrata y senador por Alabama. (N. del E.)

Las señoritas Tutti y Frutti Barber eran damas solteras, hermanas, y vivían juntas en la única residencia de Maycomb que presumía de tener una bodega. Se rumoreaba que las damas Barber eran republicanas, al haber inmigrado desde Clanton, Alabama, en 1911. Sus costumbres nos resultaban extrañas, y nadie sabía por qué querían una bodega, pero querían tener una, y cavaron una, y se pasaron el resto de sus vidas echando de allí a generaciones de niños.

Las señoritas Tutti y Frutti (en realidad se llamaban Sarah y Frances), además de tener costumbres yanquis, eran sordas. La señorita Tutti lo negaba y vivía en un mundo de silencio, pero la señorita Frutti, que no estaba dispuesta a perderse nada, usaba una trompetilla tan grande que Jem decía que era un altavoz de esas gramolas del perrito.

Con ese estado de cosas y Halloween a la vuelta de la esquina, unos cuantos picaruelos esperaron hasta que las señoritas Barber estuvieron profundamente dormidas, entraron en su salón (nadie excepto los Radley cerraban con llave por la noche), se llevaron sigilosamente todos los muebles que había allí y los ocultaron en la bodega. Niego haber participado en tal cosa.

—¡Yo los oí! —fue el grito que despertó a los vecinos de las señoritas Barber al amanecer de la mañana siguiente—. ¡Los oí acercar un camión hasta la puerta! Pateaban como caballos. ¡Ahora ya estarán en Nueva Orleans!

La señorita Tutti estaba segura de que los vendedores de pieles que habían pasado por la ciudad dos días antes les habían robado los muebles.

—Eran morenos —dijo—. Sirios.

Llamaron al señor Heck Tate. Este inspeccionó la zona y dijo que pensaba que era obra de alguien de la localidad. La señorita Frutti dijo que podía distinguir la voz de cualquier habitante de Maycomb en cualquier lugar, y que no hubo ninguna voz de Maycomb en su salón la noche anterior... y los ladrones habían estado gritando todo el rato. La señorita Tutti insistió en que nada menos que perros sabuesos debían usarse para localizar sus muebles. De modo que el señor Tate se vio obligado a caminar dieciséis kilómetros para reunir a los sabuesos del condado y ponerlos sobre la pista.

El señor Tate los situó en las escaleras frontales de las señoritas Barber, pero lo único que los perros hicieron fue ir hasta la parte de atrás de la casa y ladrar ante la puerta de la bodega. Después de repetir la maniobra tres veces, finalmente adivinó la verdad. Cuando llegó el mediodía, no se veía a ningún niño descalzo en Maycomb, y nadie se quitó los zapatos hasta que devolvieron a los perros.

Por lo tanto, las damas de Maycomb dijeron que las cosas serían diferentes ese año. Se abriría el auditorio de la escuela de secundaria y habría una obra de teatro para los adultos; para los niños, pesca de manzanas con la boca, estirar masa de caramelos, poner la cola al burro. También habría un premio de veinticinco centavos para el mejor disfraz de Halloween, creado por quien lo llevara.

Jem y yo nos quejamos. No es que nunca hubiéramos hecho nada, era cuestión de principios. De todos modos, Jem se consideraba demasiado mayor para Halloween; decía que no pensaba ni acercarse a la escuela para hacer esas tonterías. Yo pensé: «Ah, Atticus me llevará».

Pronto supe, sin embargo, que serían requeridos mis servicios en el escenario aquella tarde. La señorita Grace Merriweather había compuesto una original función titulada *Condado de Maycomb: Ad Astra Per Aspera*, y yo haría de jamón. Pensó que sería adorable si algunos niños llevaran disfraces para representar los productos agrícolas del condado: Cecil Jacobs iría vestido para parecer una vaca; Agnes Boone sería una adorable habichuela, otro niño sería un cacahuete, y así hasta que la imaginación de la señora Merriweather y los niños se agotaron.

Nuestras únicas obligaciones, por lo que pude deducir tras dos ensayos, eran entrar al escenario por la izquierda a medida que la señora Merriweather (que no solo era la autora, sino también la narradora) nos identificara. Cuando ella gritara «Cerdo», yo debía salir. Después, todo el grupo reunido cantaría: «Condado de Maycomb, Condado de Maycomb, todos te seremos fieles» como apoteosis final, y la señora Merriweather subiría al escenario con la bandera del estado.

Mi disfraz no supuso mucho problema. La señora Crenshaw, la costurera local, tenía tanta imaginación como la señora Merriweather. Cogió alambre de gallinero y le dio la forma de un jamón curado. Lo cubrió de tela marrón y lo pintó para que se pareciera al original. Yo podía meterme por debajo y alguien tiraba del artefacto para ponérmelo por la cabeza. Me llegaba casi a las rodillas. La señora Crenshaw tuvo a bien dejar dos agujeros para que pudiera ver. Hizo un buen trabajo; Jem decía que me parecía exactamente a un jamón con piernas. Tenía sus desventajas, sin embargo: hacía calor y estaba muy encerrada; si me picaba la nariz, no podía rascarme, y una vez dentro no podía salir yo sola.

Cuando llegó Halloween, supuse que la familia al completo estaría presente para ver mi actuación, pero me llevé una decepción. Atticus dijo con todo el tacto que pudo que no creía que pudiera aguantar una representación esa noche, pues estaba muy cansado. Había estado en Montgomery durante una semana y había regresado tarde aquel día. Pensaba que Jem podría acompañarme si yo se lo pedía.

La tía Alexandra dijo que tenía que irse a la cama temprano, que había estado decorando el escenario toda la tarde y estaba agotada… y se interrumpió en mitad de la frase. Cerró la boca y después la abrió para decir algo, pero no pronunció ninguna palabra.

—¿Qué pasa, tía? —le pregunté.

—Ah, nada, nada —dijo—, me ha dado un escalofrío.

Descartó lo que fuese que le hubiera producido un poco de aprensión, y me sugirió que hiciese una representación previa para la familia en el comedor. Por lo tanto, Jem me ayudó a meterme en mi disfraz, se situó en la puerta del comedor, gritó «Ceeer-do» igual que lo haría la señora Merriweather, y yo entré. A Atticus y la tía Alexandra les gustó mucho.

Repetí mi representación para Calpurnia en la cocina, y me dijo que estaba maravillosa. Yo quería cruzar la calle para enseñárselo a la señorita Maudie, pero Jem dijo que probablemente asistiría a la representación.

Después de aquello, ya no me importó si ellos iban o no. Jem dijo que él me llevaría. Y así comenzó la mayor aventura que vivimos juntos.

28

Hacía un calor inusitado para ser el último día de octubre. Ni siquiera necesitábamos chaqueta. El viento era cada vez más fuerte y Jem dijo que podría llover antes de que llegáramos a casa. No había luna.

La farola de la esquina proyectaba sombras definidas sobre la casa de los Radley. Oí a Jem reírse suavemente:

—Apuesto a que nadie los molesta esta noche —dijo.

Jem llevaba mi disfraz de jamón, con bastante torpeza, pues era difícil de agarrar. Yo pensé que era muy galante por su parte.

—Sin embargo, es un lugar que da miedo, ¿verdad? —dije yo—. Boo no quiere hacer ningún daño a nadie, pero me alegro de que vengas conmigo.

—Sabes que Atticus no te dejaría ir a la escuela sola —dijo Jem.

—No veo por qué, está a la vuelta de la esquina y cruzando el patio.

—Ese patio es demasiado largo para que las niñas pequeñas lo crucen por la noche —se burló Jem—. ¿No te dan miedo los fantasmas?

Nos reímos. Fantasmas, fuegos fatuos, encantamientos, señales secretas, todo se había desvanecido con el paso de los años como neblina cuando sale el sol.

—¿Qué era aquello que decíamos? —preguntó Jem—. «Ángel con brillo, vida en un muerto; sal del camino, no sorbas mi aliento».

—Déjalo ya —dije yo. Estábamos delante de la Mansión Radley.

—Boo no debe de estar en casa. Escucha —dijo Jem.

Muy por encima de nosotros en la oscuridad, un solitario ruiseñor exhibía su repertorio con la inconsciente dicha de ignorar de quién era el árbol donde se había posado, pasando desde el canto estridente, el canto de un pájaro del girasol, el irascible graznido de un arrendajo azul, hasta el triste lamento del tapacaminos cuerporruín, cuerporruín, cuerporruín.

Doblamos la esquina y yo me tropecé con una raíz que sobresalía en el suelo. Jem intentó ayudarme, pero lo único que consiguió fue dejar caer mi disfraz al suelo. No me caí, sin embargo, y enseguida reemprendimos la marcha.

Salimos del camino y entramos en el patio de la escuela. Estaba muy oscuro.

—¿Cómo sabes dónde estamos, Jem? —le pregunté cuando habíamos dado unos cuantos pasos.

—Sé que estamos bajo el gran roble porque estamos pasando por un lugar fresco. Ten cuidado ahora y no vuelvas a caerte.

Habíamos ralentizado el paso e íbamos palpando para no tropezarnos con el árbol. Era un roble muy viejo; dos niños no podían rodear su tronco con los brazos y tocarse las manos. Estaba muy lejos de los maestros, de espías y de vecinos curiosos: estaba cerca de la finca de los Radley, pero los Radley no eran curiosos. Bajo sus ramas había un trozo de suelo endurecido por las muchas peleas y furtivos juegos de dados que allí se habían celebrado.

Las luces en el auditorio de la escuela brillaban en la distancia, pero si algo hacían era cegarnos.

—No mires adelante, Scout —dijo Jem—. Mira al suelo y no te caerás.

—Deberías haber traído la linterna, Jem.

—No sabía que estaba tan oscuro. No parecía que fuera a estar tan oscuro hacía unas horas. Es porque está muy nublado. Sin embargo, en un rato despejará.

Alguien saltó hacia nosotros.

—¡Dios Todopoderoso! —gritó Jem.

Un círculo de luz estalló ante nuestras caras; Cecil Jacobs estaba detrás del mismo.

—¡Ja, ja, os pillé! —gritó—. ¡Sabía que llegaríais por este camino!

—¿Qué estás haciendo aquí tú solo, muchacho? ¿No tienes miedo de Boo Radley?

Cecil había ido en coche al auditorio con sus padres, no nos había visto, y entonces se había aventurado a llegar hasta allí porque sabía que iríamos por ese camino. Creía que el señor Finch iría con nosotros, sin embargo.

—Qué va, si apenas hemos doblado la esquina —dijo Jem—. ¿A quién le da miedo ir al otro lado de la esquina?

Sin embargo, teníamos que admitir que Cecil había sido bastante listo. Nos había dado un susto y ahora tenía el privilegio de contarlo por toda la escuela.

—Oye —dije yo—, ¿no eres una vaca esta noche? ¿Dónde está tu disfraz?

—Está detrás del escenario —dijo él—. La señorita Merriweather dice que la función no empezará hasta dentro de un rato. Puedes dejar el tuyo junto al mío ahí detrás, Scout, y podemos ir con los demás.

Jem pensó que era una idea excelente. También pensaba que era bueno que Cecil y yo fuéramos juntos, pues así él podría estar con los chicos de su edad.

Cuando llegamos al auditorio, la ciudad entera estaba allí, excepto Atticus y algunas damas, que estaban agotadas por haber estado decorando, y los marginados y enclaustrados de siempre. Parecía que la mayor parte del condado estaba allí: el vestíbulo estaba a rebosar de campesinos bien arreglados. El edificio de la escuela tenía un amplio vestíbulo en el piso de abajo y las personas se arremolinaban en torno a unos puestos que habían instalado a lo largo de las paredes.

—Oh, Jem, se me ha olvidado el dinero. —Suspiré cuando vi los puestos.

—A Atticus no —dijo Jem—. Aquí hay treinta centavos, puedes comprar seis cosas. Te veré luego.

—Muy bien —dije yo, bastante contenta con mis treinta centavos y con Cecil. Fui con él hasta el frente del auditorio, pasamos por una puerta lateral y llegamos detrás del escenario. Dejé allí mi disfraz de jamón y me fui enseguida, pues la señorita Merriweather estaba de pie ante un atril, delante de la primera fila de asientos, haciendo cambios de última hora en el guion.

—¿Cuánto dinero tienes? —le pregunté a Cecil.

Cecil también tenía treinta centavos. Derrochamos las primeras monedas en la Casa de los Horrores, que no nos dio ningún miedo; entramos en el cuarto oscuro de séptimo grado, por donde nos guio un espíritu maligno que nos hizo tocar varios objetos que supuestamente eran partes de un ser humano.

—Estos son los ojos —nos decía cuando tocábamos dos uvas peladas sobre un plato—. Este es el corazón. —Al tocarlo parecía hígado crudo—. Aquí están sus entrañas. —Y nos metía las manos en un plato de espaguetis fríos.

Cecil y yo visitamos varios puestos. Cada uno compró una bolsa de los dulces caseros de la mujer del juez Taylor. Yo quería pescar manzanas con la boca, pero Cecil dijo que no era higiénico. Su madre decía que podía contagiarse de cualquier cosa al haber estado las cabezas de todo el mundo metidas en el mismo recipiente.

—Ahora no hay nada en la ciudad de lo que contagiarse —protesté yo. Pero Cecil dijo que su madre decía que no era higiénico comer donde los demás. Más adelante le pregunté sobre eso a la tía Alexandra y me contestó que las personas con tales ideas eran, por lo general, quienes querían subir en la escala social.

Estábamos a punto de comprar caramelos cuando aparecieron unos niños enviados por la señora Merriweather para decirnos que fuéramos detrás del escenario, que era el momento de prepararnos. El auditorio estaba lleno de gente; la banda de la escuela superior del condado de Maycomb se había reunido delante del escenario; las luces estaban encendidas y el telón de terciopelo rojo ondulaba con las idas y venidas de los que estaban detrás.

Entre bambalinas, Cecil y yo vimos que el estrecho pasillo estaba a rebosar: adultos con sombreros de tres picos hechos por ellos mismos, gorros de confederados, sombreros de la Guerra de Cuba y cascos de la Guerra Mundial. En torno a la única y pequeña ventana se arremolinaban niños disfrazados de diversos productos agrícolas.

—Alguien ha aplastado mi disfraz —me quejé yo. La señora Merriweather se acercó enseguida, retocó el alambre de gallinero y me metió dentro.

—¿Estás bien ahí, Scout? —preguntó Cecil—. Tu voz suena muy lejana, como si estuvieras al otro lado de una colina.

—Tú no suenas más cerca —dije yo.

La banda tocó el himno nacional y oímos ponerse en pie al público. Entonces sonó el redoble de un tambor. La señora Merriweather, situada detrás de su atril al lado de la banda, dijo:

—Condado de Maycomb: *Ad Astra Per Aspera*. —El tambor redobló de nuevo—. Eso significa —dijo la señora Merriweather, traduciendo para el público del campo— del barro a las estrellas. —Y añadió, aunque a mí me pareció innecesario—: Obra de teatro.

—Te apuesto a que no habrían sabido lo que es si no lo hubiera explicado —susurró Cecil, a quien inmediatamente hicieron callar.

—Toda la ciudad lo sabe —dije con un suspiro.

—Pero han venido también los campesinos —dijo Cecil.

—Callaos ahí atrás —ordenó la voz de un hombre, y nos quedamos en silencio.

El redoble de tambor resonaba con cada frase que la señora Merriweather pronunciaba. Salmodiaba tristemente que el condado de Maycomb era más antiguo que el estado, que era parte de los territorios de Misisipi y Alabama, que el primer hombre blanco que pisó los bosques vírgenes fue el bisabuelo del juez de sucesiones cinco veces trasladado, de quien no volvió a saberse nada más. Entonces llegó el intrépido coronel Maycomb, de quien había tomado el nombre el condado.

Andrew Jackson lo designó para un puesto de autoridad y la autoconfianza injustificada del coronel Maycomb y su escaso sentido de la orientación llevaron al desastre a todos aquellos que le acompañaron en las guerras contra los indios creek. El coronel Maycomb se empeñó en conseguir una región apropiada para instaurar la democracia, pero su primera campaña fue también la última. Sus órdenes, recibidas de manos de un guía indio aliado, eran avanzar hacia el sur. Después de consultar a un árbol para deducir por su liquen en qué dirección estaba el sur, y sin hacer caso a los subordinados que se aventuraron a corregirlo, el coronel Maycomb emprendió viaje para derrotar al enemigo y adentró a sus tropas en el bosque profundo tan al noroeste que finalmente fueron rescatados por colonos que avanzaban tierra adentro.

La señora Merriweather se enfrascó en una descripción de treinta minutos de las hazañas del coronel Maycomb. Yo descubrí que, si doblaba las rodillas, podía meterlas debajo del disfraz y más o menos sentarme. Me senté, me quedé escuchando el soniquete de la señora Merriweather y los redobles de tambor, y poco después estaba profundamente dormida.

Más tarde me contaron que la señora Merriweather, que puso toda su alma en la apoteosis final, había gritado «Ceerdo» con la confianza que brotaba de la buena entrada que habían realizado los pinos y las habichuelas. Esperó unos segundos y llamó de nuevo: «¿Ceer-do?». Como no apareció nada, gritó: «¡Cerdo!».

Yo debí de haberla oído en sueños, o la banda que tocaba «Dixie» me despertó, pero decidí hacer mi entrada cuando la señora Merriweather subía triunfante al escenario con la bandera del estado. «Decidí» es incorrecto: pensé que sería mejor ponerme al lado del resto.

Después me dijeron que el juez Taylor salió del auditorio y se quedó fuera sin parar de reír y dándose palmadas en las rodillas con tanta fuerza que la señora Taylor le tuvo que llevar un vaso de agua y una de sus pastillas.

Según parecía, la señora Merriweather triunfó, pues todo el mundo aplaudía y vitoreaba. Sin embargo, me cogió detrás del escenario y me dijo que le había arruinado la función. Me hizo sentir muy mal, pero cuando llegó Jem a buscarme se mostró muy comprensivo. Dijo que desde donde estaba sentado no podía ver mucho mi disfraz. Cómo pudo darse cuenta de que me sentía mal, estando yo metida ahí dentro, no lo sé, pero dijo que lo había hecho bien, que solamente entré un poco tarde. Jem casi lo hacía ya tan bien como Atticus a la hora de hacerme sentir bien cuando las cosas salían mal. Casi. Ni siquiera Jem pudo convencerme para que pasara en medio de esa multitud, y accedió a esperar detrás del escenario conmigo hasta que el público saliera.

—¿Te lo quieres quitar, Scout? —me preguntó.

—No, me lo dejaré puesto —dije yo. Podía esconder mi mortificación mejor debajo.

—¿Queréis que os lleve a casa? —dijo alguien.

—No, señor, gracias —oí decir a Jem—. Está muy cerca.

—Tened cuidado con los fantasmas —dijo la voz—. Mejor aún, decidles a los fantasmas que tengan cuidado con Scout.

—Ya no queda mucha gente —me dijo Jem—. Vamos.

Atravesamos el auditorio hasta llegar al vestíbulo y bajamos las escaleras. Seguía estando muy oscuro. Los coches que quedaban estaban aparcados al otro lado del edificio y sus faros no eran de mucha ayuda.

—Si algunos fueran en nuestra dirección, veríamos mejor —dijo Jem—. Scout, deja que te agarre por el… jarrete. Podrías perder el equilibrio.

—Veo perfectamente.

—Sí, pero podrías perder el equilibrio. —Sentí una ligera presión en la cabeza, y supuse que Jem había agarrado ese extremo del jamón.

—¿Me tienes?

—Sí, sí.

353

Comenzamos a cruzar el oscuro patio de la escuela, esforzándonos por ver nuestros propios pies.

—Jem —dije—, me he olvidado los zapatos, están detrás del escenario.

—Bueno, vamos a buscarlos. —Pero cuando nos giramos, las luces del auditorio se apagaron—. Puedes recogerlos mañana —dijo.

—Pero mañana es domingo —protesté, mientras Jem me daba la vuelta de nuevo en dirección a nuestra casa.

—Puedes pedirle al conserje que te deje entrar... ¿Scout?

—¿Qué?

—Nada.

Hacía mucho tiempo que Jem no salía con esas cosas, y me pregunté qué estaría pensando. Me lo diría cuando quisiera, probablemente cuando llegáramos a casa. Sentí que me apretaba mucho la parte superior del disfraz, con demasiada fuerza. Sacudí la cabeza.

—Jem, no tienes que...

—Calla un momento, Scout —dijo, apretándome.

Caminamos un trecho en silencio.

—Ya ha terminado el momento —dije yo—. ¿Qué pasa?

Me giré para mirarlo, pero apenas podía ver su silueta.

—Me ha parecido oír algo —dijo—. Párate un momento.

Nos detuvimos.

—¿Has oído algo? —me preguntó.

—No.

No habíamos caminado ni cinco pasos más cuando me detuvo otra vez. —Jem, ¿estás intentando asustarme? Ya sabes que soy demasiado mayor...

—No hables —dijo él, y supe que no estaba bromeando.

Había mucha quietud. Yo oía su respiración pausada a mi lado. De vez en cuando se levantaba una brisa que sentía en las piernas desnudas, lo único que quedaba de una noche que prometía mucho viento. Era la calma antes de la tormenta. Nos quedamos escuchando.

—Sería un perro viejo —le dije.

—No es eso —respondió Jem—. Lo oigo cuando vamos caminando, pero cuando nos detenemos no.

—Es mi disfraz, que cruje. Vaya, el espíritu de Halloween se ha apoderado de ti...

Lo dije más para convencerme a mí misma que a Jem, porque efectivamente, cuando comenzamos a caminar, oí lo que él me decía. No era mi disfraz.

—Es otra vez Cecil —dijo Jem de inmediato—. No nos asustará otra vez. Que no piense que vamos deprisa porque tenemos miedo.

Aminoramos mucho la marcha. Le pregunté a Jem cómo podía seguirnos Cecil con esa oscuridad, pues me parecía que se chocaría con nosotros desde atrás.

—Yo sí te veo, Scout —dijo Jem.

—¿Cómo? Yo no puedo verte a ti.

—Se ven tus vetas de tocino. La señora Crenshaw las pintó con esa cosa reluciente para que se vieran bajo las luces. Puedo verte bastante bien, y espero que Cecil te vea lo suficiente para mantenerse a distancia.

Yo le demostraría a Cecil que sabíamos que iba detrás de nosotros y que estábamos preparados para lo que fuera.

—¡Cecil Jacobs es una gallina gorda y mojaaaadaaa! —grité de repente, girándome.

Nos detuvimos. Nadie contestó salvo el «aaadaaa» que hacía eco en la lejana pared de la escuela.

—Le cogeré —dijo Jem—. ¡Eh!

«Eh, eh, eh», respondió el muro de la escuela.

No era propio de Cecil esperar tanto tiempo; cuando hacía una broma, la repetía una y otra vez. Ya debería haber saltado sobre nosotros. Jem me hizo una señal para que me detuviera de nuevo y dijo en voz baja:

—Scout, ¿puedes quitarte el disfraz?

—Creo que sí, pero no llevo mucha ropa debajo.

—Yo tengo tu vestido.

—No me lo puedo poner en la oscuridad.

—Bien —dijo él—, no importa.

—Jem, ¿tienes miedo?

—No. Creo que casi hemos llegado al árbol. Desde allí solo hay unos pocos metros hasta el camino. Entonces veremos la farola.

Jem hablaba pausadamente, con voz monótona. Me pregunté cuánto tiempo seguiría con el mito de Cecil.

—¿Crees que deberíamos cantar, Jem?

—No. Quédate muy callada otra vez, Scout.

No habíamos acelerado el paso. Jem sabía tan bien como yo que era difícil caminar deprisa sin darse un golpe en un dedo del pie, tropezar con piedras y otros inconvenientes, ya que yo iba descalza. Quizá fuera el viento susurrando entre los árboles. Pero no corría nada de viento y no había ningún árbol salvo el gran roble.

Quien nos seguía arrastraba y deslizaba los pies, como si llevara zapatos muy pesados. Fuera quien fuese, llevaba gruesos pantalones de algodón; lo que me había parecido el susurro de los árboles era el suave roce de algodón contra algodón, un siseo a cada paso.

Sentí que la arena estaba más fría bajo mis pies, y supe que estábamos cerca del gran roble. Jem me apretó la cabeza. Nos detuvimos y escuchamos.

Esa vez el arrastrapiés no se detuvo. Sus pantalones seguían siseando suavemente. Entonces el ruido paró. Ahora iba corriendo, corriendo hacia nosotros con pasos que no eran de niño.

—¡Corre, Scout! ¡Corre! ¡Corre! —gritó Jem.

Yo di un paso gigante y me tambaleé; en la oscuridad y sin poder usar los brazos, no podía mantener el equilibrio.

—¡Jem, Jem, ayúdame, Jem!

Algo aplastó el alambre de gallinero que me rodeaba. El metal desgarraba el metal, me caí al suelo y rodé tan lejos como pude, forcejeando para escapar de mi cárcel de alambre. Desde algún lugar cercano me llegaban ruidos de pelea, de patadas, de zapatos y de cuerpos luchando en el polvo y sobre las raíces. Alguien rodó y se chocó contra mí, y sentí que era

Jem. Se levantó como un rayo y tiró de mí pero, aunque yo tenía la cabeza y los hombros libres, seguía tan enredada que no llegamos muy lejos.

Casi habíamos llegado al camino cuando noté que la mano de Jem me soltaba y sentí que caía de espaldas al suelo. Más ruido de refriega, después un sordo crujido y Jem gritó.

Corrí en dirección al grito de Jem y me choqué con el flácido estómago de un hombre. Su dueño dijo «¡Uff!» e intentó cogerme los brazos, pero estaban estrechamente aprisionados. Tenía el estómago blando, pero sus brazos eran como el acero. Me apretaba tanto que me estaba dejando sin respiración. No podía moverme. De repente, tiraron de él hacia atrás y se cayó al suelo, casi arrastrándome con él. Yo pensé que Jem se había levantado.

A veces la mente trabaja muy despacio. Anonadada, me quedé allí parada. Los sonidos de pisadas se iban desvaneciendo; alguien resolló y luego la noche volvió a quedar en silencio.

En silencio, a excepción de la respiración pesada y entrecortada de un hombre. Me pareció que iba hacia el árbol y se apoyaba en él. Tosió violentamente, con una tos sollozante, temblorosa.

—¿Jem?

Nadie me respondió, salvo la pesada respiración.

—¿Jem?

Jem no respondía. El hombre comenzó a moverse por allí, como si buscara algo. Le oí gruñir y arrastrar algo pesado por el suelo. Lentamente comencé a darme cuenta de que ahora había cuatro personas bajo el árbol.

—¿Atticus?

El hombre iba caminando pesadamente y de manera vacilante hacia el camino. Yo me dirigí adonde pensaba que él había estado y palpé frenéticamente por el suelo con los pies. Enseguida toqué a alguien.

—¿Jem?

Con los dedos de los pies toqué unos pantalones, la hebilla de un cinturón, botones, algo que no pude identificar, el cuello de una camisa, y una cara. Una barba hirsuta e incipiente me indicó que no era Jem. Olía a *whisky* rancio.

Me puse a andar hacia donde creía que estaba el camino. No estaba segura, porque había dado muchas vueltas; pero lo encontré y miré más adelante hacia la farola. Un hombre pasaba por debajo. Caminaba con las pisadas cortas de alguien que lleva una carga demasiado pesada. Iba doblando la esquina y llevaba a Jem. El brazo de Jem colgaba y se balanceaba de manera absurda delante de él.

Cuando llegué a la esquina, el hombre estaba cruzando nuestro patio delantero. La luz de nuestra puerta formó la silueta de Atticus por un instante; mi padre bajó corriendo las escaleras y, juntos, los dos metieron dentro a Jem.

Yo ya estaba en la puerta delantera cuando ellos cruzaban el vestíbulo. La tía Alexandra corrió a mi encuentro.

—¡Llama al doctor Reynolds! —exclamó Atticus bruscamente desde el cuarto de Jem—. ¿Dónde está Scout?

—Está aquí —gritó la tía Alexandra, llevándome hacia el teléfono. Me palpaba con ansiedad.

—Estoy bien, tía —dije yo—. Tú llama..

Ella levantó el auricular y dijo:

—Eula May, ¡póngame con el doctor Reynolds, rápido! Agnes, ¿está tu padre en casa? Oh, Dios, ¿dónde está? Por favor, dile que venga aquí en cuanto llegue. ¡Por favor, es urgente!

No era necesario que la tía Alexandra se identificara; todos en Maycomb se conocían por la voz.

Atticus salió del cuarto de Jem. En cuanto la tía Alexandra cortó la conexión, Atticus le quitó el auricular de la mano. Le dio unos rápidos golpes al soporte y dijo:

—Eula May, póngame con el *sheriff,* por favor. ¿Heck? Atticus Finch. Alguien ha atacado a mis hijos. Jem está herido. Entre mi casa y la escuela. No puedo dejar solo a mi hijo. Vaya hasta allí, por favor, por si sigue por esa zona. Dudo que lo encuentre ahora, pero si lo hace, me gustaría verlo. Ahora tengo que irme. Gracias, Heck.

—Atticus, ¿está muerto Jem?

—No, Scout. Cuida de ella, hermana —dijo mientras atravesaba el vestíbulo.

A la tía Alexandra le temblaban los dedos mientras me quitaba la tela y el alambre aplastados.

—¿Estás bien, cariño? —preguntaba una y otra vez mientras me iba liberando.

Fue un alivio quitarme eso de encima. Comenzaba a sentir un hormigueo en los brazos, y estaban enrojecidos y con pequeñas marcas hexagonales. Me los froté y los sentí mejor.

—Tía, ¿ha muerto Jem?

—No... no, cariño, está inconsciente. Cuando venga el doctor Reynolds sabremos el alcance de sus heridas. ¿Qué ha pasado?

—No lo sé.

Ella no insistió. Me llevó algo que ponerme y, si yo me hubiera fijado bien entonces, nunca le habría dejado que lo olvidara: en su distracción, la tía me llevó el mono.

—Ponte esto, cariño —dijo, entregándome la ropa que ella más despreciaba.

Se fue apresuradamente al cuarto de Jem y después regresó conmigo al vestíbulo. Me dio unos suaves golpecitos, y volvió a marcharse al cuarto de Jem.

Un coche se detuvo delante de la casa. Yo conocía los pasos del doctor Reynolds casi tan bien como los de mi padre. Él nos había traído al mundo a Jem y a mí, nos había atendido en todas las enfermedades infantiles conocidas, incluida la vez en que Jem se cayó de la casa del árbol, y nunca había perdido nuestra amistad. El doctor Reynolds dijo que si hubiéramos sido propensos a tener forúnculos, las cosas habrían sido diferentes, pero nosotros lo dudábamos.

Entró por la puerta y exclamó:

—¡Dios mío! —Se acercó a mí—. Tú todavía estás de una pieza. —Y cambió de rumbo.

Conocía todas las habitaciones de la casa y sabía que, si yo estaba en mal estado, también lo estaría Jem.

Después de una eternidad, el doctor Reynolds regresó.

—¿Ha muerto Jem? —pregunté.

—Ni mucho menos —dijo, agachándose hasta mi altura—. Tiene un chichón en la cabeza, como tú, y un brazo roto. Scout, mira hacia allí… No, no gires la cabeza, solamente mueve los ojos. Ahora mira hacia el otro lado. Tiene una fractura complicada y, por lo que he podido ver, está en el codo. Como si alguien hubiera intentado arrancarle el brazo retorciéndoselo… Ahora mírame.

—Entonces, ¿no está muerto?

—¡Claro que no! —El doctor Reynolds se puso de pie—. No podemos hacer mucho esta noche —dijo—, salvo intentar que esté lo más cómodo posible. Le haremos una radiografía del brazo… y creo que tendrá que llevar una escayola durante un tiempo. Pero no te preocupes, quedará como nuevo. Los muchachos de su edad son de goma.

Mientras hablaba, el doctor Reynolds me había estado observando con atención, tocando ligeramente el chichón que me empezaba a salir en la frente.

—No te sientes rota, ¿verdad? —La pequeña broma del doctor Reynolds me hizo sonreír.

—Entonces, ¿usted no cree que esté muerto?

Se puso su sombrero.

—Puede que me equivoque, desde luego, pero creo que está muy vivo. Muestra todos los síntomas de estarlo. Puedes ir a verlo, y cuando yo regrese, nos reuniremos y decidiremos si realmente lo está.

El paso del doctor Reynolds era juvenil y vivo; el del señor Heck Tate no. Sus pesadas botas castigaron el porche, abrió la puerta con torpeza y exclamó lo mismo que había dicho el doctor Reynolds cuando entró.

—¿Estás bien, Scout? —añadió.

—Sí, señor, voy a ver a Jem. Atticus y los demás están dentro.

—Iré contigo —dijo el señor Tate.

La tía Alexandra había cubierto la luz de lectura de Jem con una toalla y su cuarto estaba tenuemente iluminado. Jem estaba tumbado de espaldas. Había una fea marca a lo largo de una de sus mejillas. Tenía el brazo izquierdo un poco separado del cuerpo; su codo estaba ligeramente doblado, pero en la dirección incorrecta. Fruncía el ceño.

—¿Jem?

—No puede oírte, Scout —dijo Atticus—, está apagado como una lámpara. Estaba volviendo en sí, pero el doctor Reynolds hizo que volviera a dormirse.

—Sí, señor.

Retrocedí. El cuarto de Jem era grande y cuadrado. La tía Alexandra estaba sentada en una mecedora al lado de la chimenea. El hombre que había llevado allí a Jem se encontraba de pie en un rincón, apoyado contra la pared. Era un campesino al que yo no conocía. Probablemente había asistido a la función y estaba cerca cuando ocurrió todo. Debió de oír nuestros gritos y acudió corriendo.

Atticus estaba de pie junto a la cama de Jem.

El señor Heck Tate se había quedado en el umbral de la puerta. Sostenía el sombrero en la mano y se le notaba el bulto de una linterna en el bolsillo del pantalón. Iba de uniforme.

—Entre, Heck —dijo Atticus—. ¿Ha encontrado algo? No se me ocurre nadie tan ruin como para hacer esto, pero espero que lo haya encontrado.

El señor Tate tomó aire. Le dirigió una rápida mirada al hombre que estaba en el rincón, lo saludó con una inclinación de cabeza y después paseó la mirada por el cuarto fijándose en Jem, en la tía Alexandra y en Atticus.

—Siéntese, señor Finch —dijo afablemente.

—Vamos a sentarnos todos —dijo Atticus—. Coja esa silla, Heck. Yo traeré otra del salón.

El señor Tate se sentó en la silla del escritorio de Jem y esperó a que Atticus volviera y se hubiera sentado. Yo me preguntaba por qué Atticus no había llevado otra silla para el hombre que estaba en el rincón, pero él conocía las costumbres de la gente del campo mejor que yo. Algunos de sus clientes campesinos solían dejar a sus caballos de largas orejas bajo los cinamomos que había en el patio trasero, y Atticus con frecuencia desempeñaba su trabajo en las escaleras de atrás. Ese hombre probablemente estaba más cómodo donde estaba.

—Señor Finch —dijo el señor Tate—, le diré lo que he encontrado. He encontrado el vestido de una niña, está ahí fuera, en mi coche. ¿Es tuyo, Scout?

—Sí, señor, si es uno rosa con frunces —dije yo.

El señor Tate se comportaba como si estuviera en el estrado de los testigos. Le gustaba decir las cosas a su manera, sin restricciones por parte del fiscal ni de la defensa, y a veces le llevaba un rato.

—He encontrado trozos de una tela extraña de color barro...

—Son de mi disfraz, señor Tate.

El señor Tate se pasó las manos por los muslos. Se frotó el brazo izquierdo, inspeccionó la repisa de la chimenea de Jem, y luego pareció interesarse en la lumbre. Se llevó los dedos a su larga nariz.

—¿Qué sucede, Heck? —dijo Atticus.

El señor Tate se frotó el cuello.

—Bob Ewell está tirado en el suelo, debajo de ese árbol, con un cuchillo de cocina clavado entre las costillas. Está muerto, señor Finch.

362

29

La tía Alexandra se levantó y se acercó a la repisa de la chimenea. El señor Tate se levantó, pero ella rehusó su ayuda. Por una vez en su vida, la cortesía instintiva de Atticus le falló, y se quedó sentado donde estaba.

Yo solo podía pensar en el señor Bob Ewell diciendo que se vengaría de Atticus aunque le llevara el resto de su vida. Casi lo logró, y fue lo último que había hecho.

—¿Está seguro? —dijo Atticus con un tono apagado.

—Está bien muerto —dijo el señor Tate—. Bien muerto. No volverá a hacer daño a estos niños.

—No me refería a eso. —Atticus parecía hablar dormido.

Se le marcaron los signos de la edad, señal de que estaba sufriendo una tormenta interior: la fuerte línea de la mandíbula se desdibujaba un poco, y uno notaba que se le formaban unas arrugas delatoras debajo de las orejas, lo que llevaba a fijarse no en su pelo azabache, sino en las zonas de cabello gris que aparecían en sus sienes.

—¿No sería mejor que fuéramos al salón? —dijo la tía Alexandra por fin.

—Si no le importa —dijo el señor Tate—, preferiría que nos quedáramos aquí, si eso no perjudica a Jem. Me gustaría echar un vistazo a sus heridas mientras Scout… nos explica qué ha pasado.

—¿Les importa si me voy? —preguntó la tía—. Creo que aquí estoy de más. Estaré en mi cuarto si me necesitas, Atticus. —La tía Alexandra fue hacia la puerta, pero se detuvo y se giró—. Atticus, tenía el presentimiento de que algo así pasaría esta noche…Yo… es culpa mía —comenzó a decir—, debería haber…

El señor Tate levantó la mano.

—No se preocupe, señorita Alexandra, sé que esto la ha impactado. Y no se angustie por nada; si siempre hiciéramos caso a los presentimientos, seríamos como gatos persiguiéndose la cola. Señorita Scout, veamos si puedes decirnos lo que sucedió, ahora que todavía lo recuerdas. ¿Podrás hacerlo? ¿Viste al hombre que os perseguía?

Yo fui hasta Atticus y sentí que sus brazos me rodeaban. Enterré la cabeza en su regazo.

—Estábamos volviendo a casa. Le dije a Jem que se me habían olvidado los zapatos. Acabábamos de darnos la vuelta para ir a buscarlos cuando se apagaron las luces. Jem me dijo que podía ir a buscarlos mañana…

—Scout, incorpórate para que el señor Tate pueda oírte —dijo Atticus. Yo me enderecé en su regazo.

—Entonces Jem me dijo que me callara un momento. Yo creía que él estaba pensando…, él siempre quiere que me calle para poder pensar…, y entonces dijo que había oído algo. Creímos que era Cecil.

—¿Cecil?

—Cecil Jacobs. Nos había dado un susto esta noche, y creímos que era él que había vuelto. Llevaba una sábana por encima. Daban un cuarto de dólar al mejor disfraz, no sé quién lo ganó…

—¿Dónde estabais cuando creísteis que era Cecil?

—A poca distancia de la escuela. Yo le grité algo…

—¿Qué le gritaste?

—«Cecil Jacobs es una gallina grande y gorda», creo. No oímos nada… Entonces Jem gritó «hola», o algo así, con la fuerza suficiente para despertar a los muertos…

—Un momento, Scout —dijo el señor Tate—. Señor Finch, ¿los oyó usted?

Atticus dijo que no, pues tenía encendida la radio. La tía Alexandra también tenía encendida la suya en su dormitorio.

Atticus lo recordaba porque ella le pidió que bajara un poco el volumen para poder oír la suya. Atticus sonrió.

—Siempre pongo la radio demasiado fuerte.

—Me pregunto si los vecinos oyeron algo... —dijo el señor Tate.

—Lo dudo, Heck. La mayoría ponen la radio o se van a la cama muy pronto. Puede que Maudie Atkinson estuviera levantada, pero lo dudo.

—Sigue, Scout —dijo el señor Tate.

—Bien, después de que Jem gritara, seguimos caminando. Señor Tate, yo estaba encerrada en mi disfraz, pero entonces pude oírlo. Me refiero a pisadas. Caminaban cuando nosotros caminábamos y se detenían cuando nosotros nos deteníamos. Jem dijo que podía verme porque la señora Crenshaw puso algún tipo de pintura brillante en mi disfraz. Yo era un jamón.

—¿Cómo es eso? —preguntó asombrado el señor Tate.

Atticus le describió el papel que yo representaba, además de cómo habían hecho mi disfraz.

—Debería haberla visto cuando entró —dijo él—; estaba destrozado.

El señor Tate se frotó la barbilla.

—Me preguntaba por qué el cadáver tiene esas marcas. Sus mangas están perforadas con pequeños agujeros, y tiene una o dos pequeñas marcas de pinchazos en los brazos que encajan con los agujeros. Permítame ver ese objeto, señor.

Atticus cogió los restos de mi disfraz. El señor Tate lo miró por todos lados y lo dobló para hacerse una idea de cuál era su forma original.

—Esta cosa probablemente le salvó la vida —dijo—. Mire.

Señaló con su largo índice. Una brillante línea limpia destacaba sobre el alambre.

—Bob Ewell iba en serio —musitó el señor Tate.

—Estaba fuera de sí —dijo Atticus.

—No me gusta contradecirle, señor Finch..., pero no estaba loco..., era ruin como el infierno. Un canalla de baja calaña que solo harto de alcohol pudo reunir la valentía suficiente para matar a niños. Nunca se habría enfrentado a usted cara a cara.

Atticus meneó la cabeza.

—Nunca habría pensado que un hombre pudiera…

—Señor Finch, hay cierto tipo de hombres a los que hay que disparar antes incluso de saludarlos, y aun así no se merecen ni la bala. Ewell era uno de ellos.

—Creía que se había desahogado por completo el día que me amenazó —dijo Atticus—. Y, de no ser así, pensé que vendría a buscarme a mí.

—Tuvo agallas para molestar a una pobre mujer de color y para molestar al juez Taylor cuando creyó que la casa estaba vacía; ¿cree que se hubiera enfrentado a usted a la luz del día? —El señor Tate suspiró—. Será mejor que sigamos. Scout, le oíste detrás de vosotros…

—Sí, señor. Cuando llegamos al árbol…

—¿Cómo sabíais que estabais debajo del árbol? No podíais ver nada.

—Yo iba descalza, y Jem dice que el suelo siempre está más fresco debajo de un árbol.

—Tendremos que nombrarlo ayudante; sigue.

—Entonces, de repente algo me agarró y me aplastó el disfraz… Creo que me caí al suelo… Oí una pelea debajo del árbol como… como si se golpearan contra el tronco, eso parecía. Jem me encontró y comenzó a tirar de mí hacia el camino. Alguien… creo que el señor Ewell, lo derribó. Pelearon un poco más, y entonces oí ese ruido tan raro… Jem gritó… —Me interrumpí. Había sido el brazo de Jem—. Bueno, Jem gritó y no lo volví a oír más, y lo siguiente… El señor Ewell intentaba asfixiarme, creo… Entonces alguien tiró del señor Ewell y lo tumbó. Creí que Jem se había levantado. Eso es todo lo que sé…

—¿Y después? —El señor Tate me miraba fijamente.

—Oí que alguien se tambaleaba y resollaba y… tosía como si se fuera a morir. Al principio pensé que era Jem, pero

366

él no tose de ese modo, así que fui palpando el suelo para buscarlo. Pensé que Atticus había llegado para ayudarnos y que se había quedado agotado…

—¿Quién era?

—Bueno, ahí está, señor Tate, él puede decirle su nombre.

Mientras lo decía, comencé a señalar al hombre que estaba en el rincón, pero bajé el brazo enseguida para que Atticus no me regañara por señalar. Era de mala educación.

Estaba apoyado contra la pared, como cuando yo entré en el cuarto, con los brazos cruzados sobre el pecho. Mientras yo señalaba, bajó los brazos y presionó las palmas de las manos contra la pared. Eran unas manos blancas, de un blanco enfermizo que no habían visto nunca el sol, tan blancas que destacaban sobre el color crema de la pared bajo la tenue luz del cuarto de Jem.

Desvié la mirada de sus manos hasta los pantalones de color caqui manchados de arena; recorrí con los ojos su delgada silueta hasta la camisa vaquera rota. Tenía la cara tan blanca como las manos, a excepción de una sombra que había en su saliente barbilla. Sus mejillas eran muy delgadas, hundidas, y la boca grande; había en sus sienes unas hendiduras poco profundas, casi delicadas, y sus ojos eran de un gris tan claro que pensé que era ciego. Su cabello era fino y apagado, casi plumoso en lo alto de su cabeza.

Cuando lo señalé, deslizó ligeramente las palmas de las manos, dejando grasientas marcas de sudor en la pared, y enganchó los pulgares en el cinturón. Un pequeño espasmo extraño le sacudió, como si hubiera oído el sonido de uñas que arañan una pizarra, pero al ver que yo le miraba con asombro, la tensión desapareció lentamente de su cara. Sus labios dibujaron una tímida sonrisa, pero la imagen de nuestro vecino quedó nublada por mis lágrimas repentinas.

—Hola, Boo —le dije.

30

—Señor Arthur, cariño —dijo Atticus amablemente corrigiéndome—. Jean Louise, él es el señor Arthur Radley. Creo que él ya te conoce.

Si Atticus podía presentarme educadamente a Boo Radley en un momento como aquel… Bueno, así era Atticus.

Boo me vio correr instintivamente hacia la cama donde Jem estaba durmiendo, y la misma sonrisa tímida se dibujó en su cara. Sonrojada de vergüenza, intenté esconderme cubriendo a Jem.

—Eh, eh, no le toques —dijo Atticus.

El señor Tate seguía sentado mirando fijamente a Boo a través de sus gafas. Estaba a punto de hablar cuando el doctor Reynolds apareció en el vestíbulo.

—Salgan todos —dijo cuando entró por la puerta—. Buenas noches, Arthur, no me di cuenta de que estabas aquí la primera vez que vine.

La voz del doctor Reynolds era tan relajada y despreocupada como su paso, como si lo hubiera dicho cada noche de su vida, un anuncio que me asombró incluso más que estar en la misma habitación con Boo Radley. Bueno…, incluso Boo Radley se pondría enfermo a veces, pensé. Pero por otro lado no estaba segura.

El doctor Reynolds llevaba un paquete grande envuelto en periódicos. Lo puso sobre la mesa de Jem y se quitó el abrigo.

—¿Estás ya bastante convencida de que está vivo? Te diré cómo lo supe yo. Cuando intenté examinarle, me dio una patada. Tuve que hacerle dormir para poder tocarle. Y ahora, hay que salir —me dijo.

—Bien… —dijo Atticus, mirando a Boo—. Heck, salgamos al porche delantero. Hay bastantes sillas allí, y sigue haciendo calor.

Me pregunté por qué Atticus nos invitaba al porche delantero en lugar de ir al salón, y entonces lo comprendí. Las luces del salón eran demasiado fuertes.

Salimos en fila, el señor Tate primero… Atticus esperaba en la puerta para que Boo pasara delante de él. Entonces cambió de idea y siguió al señor Tate.

Las personas tienen la costumbre de hacer las cosas cotidianas incluso en las circunstancias más extrañas. Yo no era una excepción.

—Venga, señor Arthur —me oí a mí misma decir—, usted no conoce bien la casa. Le llevaré hasta el porche, señor.

Él bajó la vista para mirarme y asintió con la cabeza. Yo le guie por el vestíbulo, pasando el comedor.

—¿No quiere sentarse, señor Arthur? Esta mecedora es bonita y cómoda.

Mi pequeña fantasía cobraba vida otra vez: él estaría sentado en el porche… «Estamos teniendo un tiempo muy agradable, ¿no le parece, señor Arthur?».

«Sí, un clima muy agradable».

Sintiéndome un poco fuera de la realidad, le llevé hasta la silla que estaba más alejada de Atticus y del señor Tate, en la oscuridad. Boo se sentiría más cómodo allí.

Atticus estaba sentado en el balancín, y el señor Tate, en una silla a su lado. La luz que salía de las ventanas del comedor caía sobre ellos de pleno. Me senté al lado de Boo.

—Bien, Heck —estaba diciendo Atticus—, supongo que lo que hay que hacer… Oh, Señor, estoy perdiendo la memoria… —Atticus se subió las gafas y se apretó los ojos con los dedos—. Jem aún no tiene trece años…, no, ya los ha cumplido…, no me acuerdo. De todos modos, se verá ante el tribunal del condado…

—¿Qué se verá, señor Finch? —El señor Tate descruzó las piernas y se inclinó hacia adelante.

—Desde luego, fue claramente en defensa propia, pero tendré que ir a la oficina y buscar...

—Señor Finch, ¿cree que Jem mató a Bob Ewell? ¿Eso cree?

—Ya ha oído lo que ha dicho Scout, no hay ninguna duda. Dijo que Jem se levantó y de un tirón lo apartó de ella... probablemente encontró el cuchillo de Ewell en la oscuridad... lo sabremos mañana.

—Señor Finch, un momento —dijo el señor Tate—. Jem no apuñaló a Bob Ewell.

Atticus se quedó en silencio por un momento. Le dirigió al señor Tate una mirada de agradecimiento, pero negó con la cabeza.

—Heck, es usted muy generoso, y sé que lo hace movido por su buen corazón, pero no me salga con esas cosas.

El señor Tate se levantó y fue hasta el extremo del porche. Escupió hacia los arbustos, después metió las manos en los bolsillos y se giró para mirar a Atticus.

—¿Qué cosas?

—Siento haber sido brusco, Heck —dijo Atticus—, pero nadie va a ocultar esto. Yo no soy así.

—Nadie va a ocultar nada, señor Finch.

Tate hablaba con calma, pero estaba plantado con tanta firmeza en el porche que parecía que sus botas hubieran crecido entre los tablones de madera. Entre mi padre y el *sheriff* se estaba desarrollando una curiosa competición, cuya naturaleza se me escapaba..

Entonces fue Atticus el que se levantó y se dirigió al extremo del porche.

—Humm —murmuró, y escupió sin saliva al patio. Se metió las manos en los bolsillos y se giró hacia el señor Tate.

—Heck, aunque no lo ha dicho, sé lo que está pensando. Y se lo agradezco. Jean Louise... —se giró hacia mí—, ¿has dicho que Jem apartó de ti de un tirón al señor Ewell?

—Sí, señor, eso creí… yo…

—¿Lo ve, Heck? Le doy las gracias de todo corazón, pero no quiero que mi muchacho comience con una carga así sobre los hombros. La mejor manera de aclararlo todo es examinar el caso públicamente. Que el condado intervenga y traiga sándwiches. No quiero que crezca rodeado de habladurías, no quiero que nadie diga: «El padre de Jem Finch pagó un buen dinero para sacarle del aprieto». Cuanto antes solucionemos esto, mejor.

—Señor Finch —dijo el señor Tate, impasible—, Bob Ewell cayó sobre su cuchillo. Él mismo se mató.

Atticus caminó hasta la esquina del porche y fijó la mirada en la glicinia. Yo pensé que, a su manera, cada uno era tan terco como el otro. Me preguntaba quién cedería primero. La terquedad de Atticus era tranquila y raras veces evidente, pero en ciertos aspectos era tan tozudo como los Cunningham. El señor Tate carecía de instrucción y se ponía más en evidencia, pero estaba a la misma altura que mi padre.

—Heck —dijo Atticus, que seguía de espaldas—, si todo esto se acalla, todo lo que he hecho para educar a Jem no servirá de nada. A veces creo que soy un fracaso total como padre, pero soy lo único que tienen. Antes de mirar a nadie más, Jem me mira a mí, y yo intento vivir de tal manera que pueda sostenerle la mirada sin bajar la vista… Si me confabulara en algo como esto, no podría mirarlo a los ojos, y sé que, el día que no pueda hacer eso, lo habré perdido. Y no quiero perder a Jem ni a Scout, porque son todo lo que tengo.

—Señor Finch —el señor Tate seguía plantado sobre las tablas del suelo—, Bob Ewell se cayó sobre el cuchillo. Puedo demostrarlo.

Atticus se dio la vuelta y hundió las manos en los bolsillos.

—Heck, ¿ni siquiera puede intentar ponerse en mi lugar? Usted también tiene hijos, pero yo soy mayor que usted. Cuando los míos sean adultos, yo seré un anciano, si sigo vivo, pero en este momento… Si no confían en mí, no confiarán en nadie. Jem y Scout saben lo que sucedió. Si me oyen diciendo en la ciudad algo diferente… los perderé, Heck. No puedo ser de un modo en público y de otro distinto en mi casa.

El señor Tate se meció sobre los talones y dijo pacientemente:

—Se abalanzó sobre Jem y lo tiró al suelo, tropezó con una raíz del roble y…, mire, puedo enseñárselo. —El señor Tate metió la mano en el bolsillo y sacó una larga navaja. Mientras lo hacía, apareció el doctor Reynolds—. El hijo de… El cadáver está bajo ese árbol, doctor, en el patio de la escuela. ¿Tiene una linterna? Mejor coja esta.

—Puedo ir hasta allá con el coche y dejar los faros encendidos —dijo el doctor Reynolds, pero cogió la linterna del señor Tate—. Jem está bien. No se despertará esta noche, espero, así que no se preocupen. ¿Ese es el cuchillo que lo mató, Heck?

—No, señor, aún lo tiene clavado. Parecía un cuchillo de cocina, a juzgar por el mango. Ken debe de estar allí con el coche fúnebre. Buenas noches, doctor. —El señor Tate abrió la navaja—. Fue así —dijo. Sostuvo el cuchillo y fingió tropezar; se inclinó hacia delante y el brazo izquierdo quedó delante de su cuerpo—. ¿Lo ve? Él mismo se acuchilló entre las costillas. Todo su peso cayó encima. —El señor Tate cerró la navaja y volvió a meterla en su bolsillo—. Scout tiene ocho años —añadió—. Estaba demasiado asustada para saber con exactitud lo que sucedió.

—Se sorprendería usted… —dijo Atticus en tono grave.

—No estoy diciendo que se lo inventara, sino que estaba demasiado asustada para saber con exactitud lo que sucedió. La oscuridad era absoluta, negra como la tinta. Solo una persona acostumbrada a la oscuridad sería un testigo competente…

—No lo admitiré —dijo Atticus suavemente.

—¡Maldita sea, no estoy pensando en Jem!

El señor Tate golpeó con tanta fuerza el suelo con la bota que las luces del dormitorio de la señorita Maudie se encendieron. Las luces de la señorita Stephanie Crawford también se encendieron. Atticus y el señor Tate volvieron la vista al otro lado de la calle y después se miraron el uno al otro. Esperaron.

Cuando el señor Tate volvió a hablar, su voz era apenas audible.

—Señor Finch, no me gusta discutir con usted cuando se comporta así. Esta noche ha soportado una presión que ningún hombre debería nunca experimentar. No sé cómo no se ha puesto enfermo, pero lo que sí sé es que por una vez no ha sido usted capaz de sumar dos y dos, y tenemos que solucionar este asunto esta noche, porque mañana será demasiado tarde. Bob Ewell tiene un cuchillo de cocina clavado en el pecho.

Añadió que Atticus no iba a ser capaz de mantener que un muchacho del tamaño de Jem con un brazo roto tendría fuerza suficiente para abalanzarse sobre un hombre adulto y matarlo en la más absoluta oscuridad.

—Heck —dijo Atticus bruscamente—, eso que tenía era una navaja. ¿De dónde la ha sacado?

—Se la quité a un borracho —respondió el señor Tate con serenidad.

Yo intentaba recordar. El señor Ewell se abalanzó sobre mí..., entonces cayó... Jem debió de haberse levantado. Al menos yo creía...

—¿Heck?

—He dicho que se la quité a un borracho en la ciudad esta noche. Ewell probablemente encontró ese cuchillo de cocina en el vertedero. Lo afiló y esperó una oportunidad... Eso es, esperó la oportunidad.

Atticus se dirigió al balancín y se sentó. Dejó caer las manos sin fuerzas entre las rodillas y miró al suelo. Se movía con la misma lentitud que aquella noche delante de la cárcel, cuando yo pensé que tardó una eternidad en doblar el periódico y dejarlo en la silla.

El señor Tate deambulaba con paso pesado pero silencioso por el porche.

—No le corresponde a usted tomar la decisión, señor Finch, sino a mí. Es mi decisión y mi responsabilidad. Si no

373

lo ve como yo, esta vez no podrá hacer gran cosa. Si quiere intentarlo, le llamaré mentiroso a la cara. Su hijo no acuchilló a Bob Ewell —dijo lentamente—, ni siquiera tuvo la intención de hacerlo, y ahora usted lo sabe. Lo único que quería era llegar a salvo con su hermana a casa. —El señor Tate dejó de pasear. Se detuvo delante de Atticus, dándome la espalda—. No soy un hombre extraordinario, señor, pero soy *sheriff* del condado de Maycomb. He vivido en esta ciudad toda mi vida, y voy a cumplir ya cuarenta y tres años. Estoy enterado de todo lo que ha sucedido aquí incluso antes de que yo naciera. Un muchacho negro ha muerto sin motivo alguno, y ahora el responsable también está muerto. Deje que los muertos entierren a los muertos esta vez, señor Finch. Deje que los muertos entierren a los muertos.

El señor Tate fue hasta el balancín y agarró su sombrero, que estaba junto a Atticus. Se echó hacia atrás el pelo y se lo puso.

—Que yo sepa, que un ciudadano haga todo lo posible por evitar que se cometa un crimen no es ir contra la ley, y eso es exactamente lo que él ha hecho. Tal vez usted dirá que es mi obligación explicarle todo a la ciudad y no acallarlo. ¿Sabe qué sucedería entonces? Todas las damas de Maycomb, incluida mi esposa, estarían llamando a la puerta de ese hombre para regalarle pasteles. A mi modo de ver, señor Finch, coger al hombre que le ha hecho a usted y a esta ciudad un gran favor y arrastrarlo bajo los focos sin tener en cuenta su timidez… para mí, eso es un pecado. Es un pecado, y no voy a permitir que pese sobre mi conciencia. Si fuera cualquier otro hombre, sería distinto. Pero no con este hombre, señor Finch.

El señor Tate parecía querer cavar un agujero en el suelo con la punta de la bota. Se frotó la nariz, y después se masajeó el brazo izquierdo.

—Puede que yo no sea gran cosa, señor Finch, pero sigo siendo el *sheriff* del condado de Maycomb y Bob Ewell se ha caído sobre su cuchillo. Buenas noches, señor.

El señor Tate bajó del porche con fuertes pisadas y cruzó el patio delantero. Cerró su coche de un portazo y se alejó.

Atticus se quedó sentado mirando al suelo durante mucho tiempo. Finalmente levantó la cabeza.

—Scout —dijo—, el señor Ewell se cayó sobre su cuchillo. ¿Puedes entenderlo?

Atticus parecía necesitar que le animasen. Corrí hasta él, le abracé y le besé con todas mis fuerzas.

—Sí, señor, lo entiendo —le aseguré—. El señor Tate tenía razón.

Atticus se soltó de mis brazos y me miró.

—¿Qué quieres decir?

—Bueno, habría sido como matar a un ruiseñor, ¿no es cierto?

Atticus acercó la cara a mi cabello y me lo acarició con las mejillas. Cuando se levantó y cruzó el porche hacia las sombras, había recobrado su paso juvenil. Antes de entrar en casa, se detuvo delante de Boo Radley.

—Gracias por mis hijos, Arthur —dijo.

31

Cuando Boo Radley se puso de pie, la luz que salía de las ventanas del comedor le hizo resplandecer la frente. Cada movimiento que hacía era incierto, como si no estuviera seguro de que sus manos y sus pies pudieran establecer un contacto adecuado con las cosas. Tosió con ese horrible ruido de estertores, sacudiéndose tanto que tuvo que volver a sentarse. Metió la mano en el bolsillo de los pantalones y sacó un pañuelo. Tosió con él delante de la boca, y después se limpió la frente.

Al haber estado tan acostumbrada a su ausencia, me resultaba increíble que hubiera estado sentado a mi lado todo el tiempo. No había hecho ni un ruido.

Una vez más, se puso de pie. Se giró hacia mí y señaló con la cabeza hacia la puerta.

—Le gustaría darle las buenas noches a Jem, ¿verdad, señor Arthur? Venga.

Le acompañé por el vestíbulo. La tía Alexandra estaba sentada junto a la cama de Jem.

—Entre, Arthur —dijo ella—. Sigue dormido. El doctor Reynolds le ha dado un sedante fuerte. Jean Louise, ¿está tu padre en el salón?

—Sí, tía, eso creo.

—Iré a hablar con él un minuto. El doctor Reynolds ha dejado… —Su voz se fue apagando con la distancia.

Boo se había ido a un rincón del cuarto, donde estaba de pie con la barbilla levantada mirando a Jem desde cierta distancia. Yo le cogí de la mano, una mano sorprendentemente cálida para ser tan blanca. Tiré de él un poco y me dejó llevarlo hasta la cama de Jem.

El doctor Reynolds había montado una especie de tienda sobre el brazo de Jem, para mantener apartada la manta, supongo, y Boo se inclinó para mirarla. En su cara había una expresión de tímida curiosidad, como si nunca antes hubiera visto a un muchacho. Tenía la boca un poco abierta, y miró a Jem desde la cabeza hasta los pies. Levantó una mano, pero la volvió a dejar caer al costado.

—Puede acariciarlo, señor Arthur, está dormido. No podría hacerlo si estuviera despierto, pues él no se lo permitiría... —me sorprendí explicando—. Adelante.

Boo dejó la mano suspendida sobre la cabeza de Jem.

—Adelante, señor, está dormido.

La posó suavemente sobre el cabello de Jem.

Yo estaba comenzando a aprender el idioma de su cuerpo. Su mano apretó la mía indicándome que quería irse. Le llevé hasta el porche delantero, donde sus inseguros pasos se detuvieron. Aún me iba agarrando de la mano, sin intención de soltarla.

—¿Quieres acompañarme a casa?

Casi lo susurró, con la voz de un niño que tiene miedo a la oscuridad. Yo puse un pie en el primer escalón y me detuve. Le llevaría así por nuestra casa, pero nunca le acompañaría hasta la suya de ese modo.

—Señor Arthur, doble el brazo así. Eso es, señor.

Yo deslicé la mano en el hueco que formaba su brazo. Él tuvo que encorvarse un poco para acomodarse a mí, pero si la señorita Stephanie Crawford estaba mirando desde su ventana en el piso superior, vería a Arthur Radley acompañándome por la acera, como lo haría cualquier caballero.

Llegamos a la farola de la esquina y me pregunté cuántas veces Dill se había quedado abrazado al grueso poste, observando, esperando, deseando. Me pregunté cuántas veces Jem y yo habíamos recorrido ese camino, y atravesé la valla delantera de los Radley por segunda vez en mi vida. Boo y yo subimos los escalones del porche. Me soltó la mano suavemente, abrió la puerta, entró y cerró tras él. Nunca más volví a verlo.

Los vecinos traen comida cuando alguien fallece, flores cuando hay algún enfermo, y pequeños obsequios sin ningún motivo especial. Boo era nuestro vecino. Nos había regalado dos muñecos de jabón, un reloj estropeado con cadena, un par de monedas de la suerte y nuestras vidas. Los vecinos corresponden a su vez con regalos, y nosotros nunca le devolvimos al tronco del árbol lo que habíamos sacado de él; no le habíamos dado nada, y eso me entristecía.

Me di la vuelta para regresar a casa. Las farolas parpadeaban por la calle, marcando el camino hacia la ciudad. Nunca había contemplado nuestro barrio desde ese ángulo. Allí estaba la casa de la señorita Maudie, la de la señorita Stephanie… y nuestra casa, con el balancín en el porche… La casa de la señorita Rachel estaba más allá de la nuestra, perfectamente visible. Incluso podía ver la de la señora Dubose.

Miré hacia atrás. A la izquierda de la puerta marrón de Boo había una larga ventana con persiana. Me acerqué a ella, me quedé un rato mirándola y luego me di la vuelta. A la luz del día, pensé, desde allí se veía la esquina de la oficina de correos.

La luz del día… En mi mente, la noche se desvaneció. Era de día y había ajetreo en el barrio. La señorita Stephanie Crawford cruzaba la calle para contarle las últimas noticias a la señorita Rachel. La señorita Maudie se inclinaba sobre sus azaleas. Era verano, y dos niños corrían por la acera hacia un hombre que se acercaba en la distancia. El hombre los saludó con la mano y los niños echaron una carrera para ver quién llegaba primero hasta él.

Seguía siendo verano y los niños se acercaban más. Un muchacho caminaba fatigosamente por la acera arrastrando una caña de pescar. Un hombre esperaba de pie, con las manos en las caderas. Verano, y los niños jugaban en el porche delantero con su amigo, representando un extraño drama que ellos mismos habían inventado.

Era otoño y los niños se peleaban en la acera delante de la casa de la señora Dubose. El muchacho ayudó a su hermana a levantarse y emprendieron el camino a su casa. Otoño, y los niños trotaban de un lado a otro de la esquina, con las desgracias y los triunfos del día reflejados en sus rostros. Se detuvieron delante de un roble, entusiasmados, perplejos, recelosos.

Invierno, y los niños temblaban de frío frente a la puerta delantera, con sus siluetas recortadas contra una casa en llamas. Invierno, y un hombre salía a la calle, dejaba caer las gafas al suelo y disparaba a un perro.

Verano, y él vio que a los niños se les rompía el corazón. Otoño otra vez, y los niños necesitaban a Boo.

Atticus tenía razón. Solo poniéndose en el lugar de un hombre y viviendo como él se le llegaba a conocer. Quedarme de pie en el porche de los Radley me bastó.

Las luces de las farolas estaban borrosas por la fina lluvia que caía. Mientras regresaba a casa, me sentía muy mayor. Al mirarme la punta de la nariz veía gotitas neblinosas, pero poner los ojos bizcos me mareaba, así que lo dejé. Mientras regresaba a casa, pensé qué le contaría a Jem por la mañana. Estaría tan furioso por habérselo perdido que no me dirigiría la palabra durante días. Mientras regresaba a casa, pensé que Jem y yo nos haríamos mayores, pero no nos quedaría mucho más que aprender, excepto, posiblemente, álgebra.

Subí corriendo los escalones y entré en casa. La tía Alexandra se había ido a la cama, y el cuarto de Atticus estaba a oscuras. Iría a ver si Jem revivía. Atticus estaba en la habitación de Jem, sentado junto a su cama. Leía un libro.

—¿Se ha despertado ya Jem?

—Duerme tranquilamente. No se despertará hasta la mañana.

—Ah. ¿Llevas mucho tiempo con él?

—Una hora, más o menos. Vete a la cama, Scout. Has tenido un día muy largo.

—Bueno, creo que me quedaré contigo un rato.

—Como quieras —dijo Atticus. Debía de ser más de medianoche, y me sorprendió que accediera de tan buena gana. Pero era más astuto que yo: en cuanto me senté comencé a sentir sueño.

—¿Qué estás leyendo? —pregunté.

Atticus le dio la vuelta al libro.

—Es de Jem. Se titula *El fantasma gris*.

De pronto me sentí muy despierta.

—¿Por qué has elegido ese?

—Cariño, no lo sé. Lo he cogido al azar. Es una de las pocas cosas que no he leído —dijo significativamente.

—Léelo en voz alta, por favor, Atticus. Da mucho miedo.

—No —contestó—. Ya has tenido miedo suficiente para una temporada. Esto es demasiado...

—Atticus, yo no he tenido miedo.

Enarcó las cejas, y yo protesté.

—Por lo menos, hasta que comencé a explicárselo todo al señor Tate. Jem no tenía miedo. Se lo pregunté y me dijo que no tenía. Además, no hay nada que dé miedo de verdad, salvo en los libros.

Atticus abrió la boca para decir algo, pero la cerró otra vez. Quitó el pulgar del centro del libro y volvió a la primera página. Yo me acerqué y apoyé la cabeza en su rodilla.

—Humm —dijo—. *El fantasma gris*, de Seckatary Hawkins. Capítulo uno...

Me propuse mantenerme despierta, pero la lluvia era tan suave, el cuarto estaba tan calentito, su voz era tan profunda y su rodilla era tan cómoda, que me quedé dormida.

Segundos después, o eso me pareció, me dio unos suaves golpecitos con el pie en las costillas. Me puso de pie y me acompañó a mi cuarto.

—He oído todo lo que has dicho... —musité—. No estaba dormida. Había un barco y Fred «Tres Dedos» y Boy «Pedradas»...

Me desabrochó el mono, me apoyó contra él y me lo quitó. Me sujetó con una mano y cogió el pijama con la otra.

—Sí, y todos pensaban que Boy «Pedradas» revolvía su club de amigos y derramaba tinta por todas partes...

Me llevó hasta la cama y me sentó. Me levantó las piernas y me metió bajo las sábanas.

—Y ellos le perseguían, pero nunca podían cogerle porque no sabían cómo era y, Atticus, cuando finalmente le vieron, resulta que él no había hecho nada de eso... Atticus, era bueno de verdad...

Me tapó hasta la barbilla y me arropó bien.

—La mayoría de las personas lo son, Scout, cuando por fin las ves.

Apagó la luz y fue al cuarto de Jem. Se quedaría allí toda la noche, y seguiría allí cuando Jem se despertara por la mañana.

Printed in the USA
CPSIA information can be obtained
at www.ICGtesting.com
JSHW032019240624
65293JS00014B/145